btb
Aus Freude am Lesen

Robert Hültner · Der Hüter der köstlichen Dinge

Robert Hültner

Der Hüter der köstlichen Dinge

Roman

btb

Umwelthinweis:
Dieses Buch und sein Schutzumschlag wurden auf chlorfrei gebleichtem Papier gedruckt.
Die Einschrumpffolie (zum Schutz vor Verschmutzung) ist aus umweltschonender und recyclingfähiger PE-Folie.

btb Bücher erscheinen im Goldmann Verlag,
einem Unternehmen der Verlagsgruppe Random House.

1. Auflage

Satz: Uhl + Massopust, Aalen
Druck und Bindung: GGP Media, Pößneck
Printed in Germany
ISBN 3-442-75042-3
www.btb-verlag.de

»Wenn ich einen Fluss sehe, dann sage ich ›Fluss‹,
und sehe ich einen Baum, sage ich ›Baum‹;
niemals aber sage ich ›Frankreich‹ zu alledem.
Das gibt es nicht.«

JEAN GIONO

In einer Sammlung von Aufsätzen zur Geschichte des Languedoc *(L'histoire du languedoc méditerranéen, in der im Departmentsarchiv vorhandenen Ausgabe fehlen Originalumschlag und Impressum)*, die etwa ein Jahrzehnt nach Kriegsende in geringer Auflage erschienen ist, findet sich eine merkwürdige Fußnote:

In jenem Teil, der sich mit der Zeit der Besetzung Frankreichs befasst, berichtet einer der Autoren von einem deutschen Deserteur. Dieser – als *beau Bavarois, grand, bien bâti, l'air jeune,* also als gewinnender, gut aussehender und groß gewachsener junger Bayer in einem ansonsten eher sachlichen Text ungewöhnlich anschaulich beschrieben – sei von den Bauern vor den Nachstellungen der Wehrmacht auf deren Höfen versteckt worden, und hätte, als die Pressionen gegen die Bevölkerung zunahmen, zu einer abgelegenen Waldhütte gebracht werden müssen. Von dort, so die Notiz weiter, sei er eines Tages aufgebrochen, hätte sich der Feldgendarmerie gestellt und alle Welt denunziert. Das Merkwürdige dabei ist, dass dieses Geschehnis, das mehreren seiner Helfer das Leben gekostet haben muss, in diesem Text nicht etwa als Verrat oder heimtückisches Verbrechen, sondern gnädig als *drame,* d. h. als tragischer Vorfall gewertet wird. Auch widersprechen die wenigen Zeitzeugen, die es gibt, vehement dieser offiziellen Darstellung. Ein Verdacht gegen einen der Flüchtlinge habe bestenfalls bestanden, mehr nicht. Sicher ist also nur, dass es diesen jungen Mann tatsächlich gegeben hat. Ein Geheimnis scheint aber geblieben zu sein, welche Rolle er wirklich gespielt hat.

Wiederum keineswegs sicher, aber möglich ist (einige Bemerkungen zu Herkunft und Alter sowie die zeitliche Koinzidenz sprechen dafür), dass es sich dabei um einen Gefreiten namens Johann (oder Hans, auch Jean) Huck, geboren am 20. 12. 1924 in der Gemeinde Krain (Nähe Weilheim, im bayerisch-schwäbischen Alpenvorland) gehandelt haben könnte, welcher im Annex des Regimentstagebuches (Freiw. St. Rgt. 2, Tgb. Nr. 198/44 v. 2. April 1944 / geh.) als »Verlust« markiert ist – wobei allerdings ungewöhnlich ist, dass sich in diesem Zeitraum keinerlei Hinweise auf ein Gefecht, auf einen Überfall durch Partisanen oder einen Unfall finden. Eine Verbindung mit der Vernichtung des südwestfranzösischen Ortes St. Etiènne-Vallongue – Johann Huck war in der Garnison Harnac, damit unweit dieses Geschehens stationiert – ist ebenfalls nicht herzustellen; sie fand erst mehrere Wochen nach dieser Eintragung statt. Mehrere Quellen (u.a. »Cévennes Libre«, 14.8.44) notieren für diesen Zeitraum zwar den Tod mehrerer Deutscher, wobei es sich allerdings immer eindeutig um in Einheiten der französischen Geheimarmee Kämpfende handelte.

Die Einsicht in entsprechende Gemeinde- und Kirchenverzeichnisse der Gemeinde Krain bestätigt Geburt und Taufe des jüngsten Kindes der Kleinhäuslersleute Konrad Huck und seiner Ehefrau Sabine. Dieser Sohn gilt seit Kriegsende als verschollen.

Allerdings taucht dieser – in der Region verhältnismäßig seltene – Nachname in den Akten des Gendarmeriepostens Krain und des Untersuchungsgefängnisses München-Stadelheim auf, die am 1. September 1942 den Zugang einer Huck Agathe, 20 Jahre alt, vermerken. Am 2. Dezember desselben

Jahres ist die vorübergehende Entlassung der Gefangenen A. H. eingetragen. Der, wie der erneute Blick in das Geburtsregister bestätigt, Schwester Johanns.

ROBERT HÜLTNER

I

Die Wunden der Liebe

1

Es hätte sein können. Man hofft ja immer, oder? Es waren doch vier lange Monate vergangen, und darin viele Nächte, in denen nichts als der Wind ums Haus heulte, das Gebälk knarrte, eine flüsternde Stille durch Tenne und Kammern kroch, dann und wann ein im Schlaf geächztes Wort, ach. Ich habe doch auch Gutes getan. Hans, Bruder, wenigstens du. Ich friere.

Niemand holte sie am Bahnhof ihres Heimatortes ab. Ihre Wangen brannten im scharfen Frost, vor Mund und Nase dampften kleine Wölkchen. Es hatte seit Tagen geschneit. Auf Straßen und Wegen lag knöchelhoch Schnee. Sie trug die Sommerbekleidung, mit der sie vor einem halben Jahr ins Untersuchungsgefängnis gebracht worden war – einen blau geblümten Rock, über der hochgeschlossenen Bluse eine grüngesäumte, graue Strickjacke, und darüber einen stumpffarbenen, welk über ihren unförmigen Körper fließenden Mantel. Die flachen Schuhsohlen waren nach wenigen Schritten durchweicht gewesen. Hätte sich nicht schließlich ein Fuhrknecht ihrer erbarmt, so hätte sie den Weg zu ihrem Elternhaus zu Fuß zurücklegen müssen. Das Ross schnaubte, die eisenbeschlagenen Räder gruben sich durch den knirschenden Schnee. Ihre Angst wuchs.

Der Abend dämmerte bereits, als sie den Hof erreichte, der über einer verwehten Hangstufe vor den Bergen lag. Sie tappte durch die düstere Tenne und schob die Tür zur Stube auf. Die

Huckin, die, mit Blicken nach links und rechts zu den Nachbarhöfen, ihr Ankommen durch einen Schlitz der Verdunkelung aus beobachtet hatte, blieb im Türrahmen zur Küche stehen.

»Bist da«, stellte die Bäuerin fest.

Agathe nickte. Erschöpft und breitbeinig, ihren Bauch nach vorne gereckt, stand sie schmal und wächsern auf der Schwelle.

»Mach d' Tür zu.«

Hinter der Mutter tauchte Nilla auf. Mit bösem Blick musterte sie ihre jüngere Schwester, gab einen gehässigen Ton von sich und verschwand wieder.

Agathe stellte den kleinen Koffer ab, schloss die Türe hinter sich und ging einige Schritte zum Ofen.

Die Augen der Bäuerin brannten. Noch immer stand sie da wie angewachsen. Ihre Arme pendelten unentschlossen. Agathe setzte sich auf die Ofenbank und starrte zur Wand. Ihr Oberkörper zuckte fröstelnd.

Wenig später kam der alte Huck – klein, knotig zusammengeschrumpft, dabei noch keine Fünfzig, nach Stall und altem Schweiß stinkend. Er würdigte seine Tochter keines Blickes. Hinter ihm tauchte Hans' schlaksige Gestalt aus dem Dunkel der Tenne.

Verstohlen, Empörung und Trauer im Jungengesicht, betrachtete Hans die Schwester. Sie suchte seinen Blick.

»Grüß dich, Hans!«, sagte Agathe. Der Junge erwiderte den Gruß heiser und floh hinter den klobigen Tisch.

Kurz danach saß sie alleine in der Küche. Vor ihr dampfte die Suppe. Sie hörte, wie in der Stube gebetet wurde. Ein leichter Schwindel befiel sie. Nach dem Abendessen betrat der Vater die Küche. Scharfe Furchen durchzogen seine Wangen von den welken Tränensäcken bis zum Kinn. Er sah krank aus. Sein gekrümmter Finger stieß wie der Schnabel eines bösartigen Hahns in ihre Richtung. »Damit du es nur weißt«, sagte er,

»der Zigeuner-Bankert kommt mir nicht ins Haus. Zum Entbinden gehst sonstwohin.« Beim Hinausgehen wandte er sich noch einmal um, starres Schildpatt in den tiefen, geschlitzten Augen.

»Diese Schand …«, presste er durch die Lippen, »diese Schand.«

»Wo soll ich denn hin?«, begehrte Agathe mager auf.

»Wo du hingehörst!«, brüllte der alte Huck. Er holte rasselnd Luft. »Ins Zuchthaus!«

»Jesus-Marie …«, sagte die Huckin kläglich. Der Bauer knallte die Türe hinter sich zu.

Das Mädchen zog schniefend ihr Kopftuch zurecht. »Wo soll ich denn hin?«, wiederholte sie weinend.

»Ins Krankenhaus«, antwortete Nilla nüchtern, während sie das Geschirr auf den Waschstein stellte, »jedenfalls nicht bei uns. Und bilde dir bloß nicht ein, dass wir es dir aufziehen, wenn du im Zuchthaus bist.«

»Soll's denn verhungern?«, sagte Agathe ungläubig.

»Von mir aus«, sagte Nilla. Mit heftigen Bewegungen begann sie, die Teller zu säubern.

»Nilla …«, sagte die Bäuerin hilflos. Sie löste sich aus ihrer Erstarrung, setzte sich an den Tisch, legte ihre Hände im Schoß übereinander und schielte zu ihrer Tochter.

»Du schläfst in der Kammer über dem Stall«, sagte sie. »Der Vater will nicht, dass du im Haus bleibst.« Sie schüttelte langsam den Kopf. »Wie hast uns das nur antun können?« Ihr graues Gesicht zerfiel. Sie schlug die Hände vor's Gesicht. Ihre Schultern zuckten.

»Mama …«, sagte Agathe flehend. »Er … er will mich doch heiraten, wenn der Krieg aus ist.«

»Das glaubst«, antwortete die Bäuerin bitter. »Wie blöde bist du denn noch?«

»Wer ist es denn überhaupt?« Nilla unterbrach für einen Moment ihre Arbeit.

»Ich kann's nicht sagen. Das weißt doch.« Agathe sah zur Seite.

Die Huckin hob den Kopf. »Also war's doch einer von den Kriegsgefangenen unten«, stellte sie klagend fest.

»Was hast denn du geglaubt?«, zischte Nilla. »Die lügt doch, wenn sie nur's Maul aufmacht.«

»Sonst … hätten … sie ihn umgebracht«, stammelte Agathe. »In Grassau … haben sie einen aufgehängt deswegen.«

»Hättest ihn nur anzugeben brauchen«, sagte die Mutter, als hätte sie ihren Einwand nicht gehört, »dann hätten wir jetzt nicht die Schand auf dem Hof. Kaum einer grüßt uns noch.«

»Die haben doch selber alle Dreck am Stecken!«, stieß Agathe heraus.

»Halt dein Maul«, rief Nilla zornig. »Dein Bankert kommt uns jedenfalls nicht ins Haus! Sonst geh ich!«

»Sie ist bös, die Nilla, weil sie der Wasner-Lois hat stehen lassen«, versuchte die Bäuerin zu erklären. »Wegen deiner Geschichte.«

»War doch eh ein Grieskopf«, murmelte Agathe, den Blick auf den Boden gerichtet, »das hast du doch selber immer gesagt.«

»Das geht dich nichts an!«, schrillte Nilla.

»Gebt eine Ruh«, sagte die Bäuerin müde. Sie wandte sich wieder an Agathe. »Sag: Warum hast du's nicht so gemacht, wie wir dir gesagt haben? Nichts wär dir geschehen, nichts.«

»Was gemacht?«

»Stell dich nicht so blöd an.« Das Geschirr klapperte.

»Du verbletz mir nicht wieder die guten Teller, Nilla!«, sagte die Mutter besorgt.

»Ich geb schon Obacht auf dein Sach.«

»Das Geschirr, das gute. Jesus-Marie.«

»Was habt ihr gesagt, das ich hätt machen sollen, Mama?«, sagte Agathe leise.

Die Huckin drehte sich zu ihr um. »Ist leicht vergessen, was die Eltern raten, gell? – Wissen will ich, warum hast du ihnen nicht gesagt, dass er dich vergewaltigt hat.«

Agathe starrte sie stumm an.

»Weil ich … weil ich ihn lieb hab«, antwortete sie schließlich.

Nilla spuckte auf den Boden.

»Nur an sich wird gedacht, nur an sich«, sagte die Bäuerin mit leidender Stimme. »Und wir haben die Schand. Mit dem Finger zeigen die Leut auf unsereinen. Der Bub wird gehänselt, überall beißen sie ihn hinaus. Bei der Hitlerjugend darf er nicht mehr mitmachen, beim Theater auch nicht, und im Wirtshaus schicken sie ihn sogar an den Grattler-Tisch. Der Vater geht schon gar nicht mehr aus dem Haus, so genieren muss er sich deinetwegen. Und ich trau mich bloß noch in die Frühmesse gehen, seit ich einmal fast gestorben wär, wie der Pfarrer über die Sittenverderbnis überall gepredigt hat und andauernd zu mir hergeschaut hat.«

»Haben doch alle selbst Dreck am Stecken«, wiederholte Agathe störrisch, »lassen sich bloß nicht erwischen. Die Wasner-Cilly war doch auch schon in der Hoffnung …«

»Jetzt macht sie auch noch andere schlecht!«, fauchte die Schwester.

»… aber sie hat sich den Bauch so geschnürt, dass sie einen Abgang gekriegt hat! Warum ist die nicht angezeigt worden?«

Nilla fuhr herum. »Weil die vom Wasner ist!«, kreischte sie, »und weil der Wasner einer der Größten bei uns ist! Weil er Ortsbauernführer auch noch ist! Und weil wir bloß windige Häusl-Leute sind und den Arsch viel zu weit unten haben, um uns das leisten zu können!«

Agathe war auf dem Stuhl zusammengesunken. Ihre Wangen brannten. Sie schloss die Augen.

»Habt doch ein Erbarmen«, flüsterte sie.

Die Tür zur Stube stand offen. Hans, Agathes jüngerer Bruder, saß noch immer am Tisch. Er hatte bewegungslos zugehört. Sein Herz schlug hämmernd. Er stand auf und ging stampfend in die Küche.

»Hast du ein Erbarmen gehabt mit uns?«, schrie er. Er wollte noch etwas hinzusetzen, war jedoch über den lächerlich blechernen Klang seiner Stimme erschrocken. Nach Luft schnappend verließ er die Stube.

2

Wenige Wochen später, am späten Nachmittag vor dem Weihnachtsabend, fühlte Agathe die ersten Wehen. Ihr Rücken schmerzte, als sie ein kleines Bündel mit Tüchern, die sie für die Entbindung brauchen würde, zusammenschnürte. Sie hatte noch nie geboren, und sie fürchtete sich.

Nachdem sie sich angezogen hatte, betrat sie die Küche. Der Geruch säuerlicher Milch stand im Raum. Es war warm. In einem Topf auf dem Herd perlte kochendes Wasser.

»Ob der Vater anschirren könnt?«, bat Agathe, den Körper bereits gekrümmt.

Die Huckin rührte stumm in der Pfanne. Nilla, die neben ihr am Herd stand, wandte sich nicht um.

»Und der Hans?«

Wieder erhielt sie keine Antwort. Tränen sickerten aus ihren Augenwinkeln.

»... es ist doch Schnee draußen.«

»Ist deine Sach!«, versetzte Nilla. »Können wir was dafür?«

»Aber ...«

»Meinst du vielleicht, der Hans mag sich mit dir blicken lassen?«

»Aber es wird doch gleich finster. Da sieht ihn doch keiner.«

»Der Vater hat's ihm verboten«, wand sich die Bäuerin. »Und jetzt geh. Bevor er kommt.«

»Mama ...«

»Schaffst es schon noch, bevor es finster wird«, log die Huckin, und der Herzschlag schien durch ihre Worte zu pochen. Sie begann zu weinen. Nilla machte einen Satz zur Türe, riss sie auf und wies mit dem Finger bebend in die Tenne.

»Noch nicht genug, alles?«, flüsterte sie. Ihr gelbes Gesicht glänzte.

Agathe antwortete nicht mehr. Als sie den Hof verließ, sah sie Hans im Torbogen der Scheune stehen. Er schien etwas sagen zu wollen. Als sie ihm das Gesicht zuwandte, drehte er sich jäh um und verschwand in der Dunkelheit. Das Vieh schrie.

Sie stapfte durch den kniehohen Schnee ins Tal. Als sie dort ankam, war es bereits dunkel. Über den Dächern der Dorfhäuser, aus denen kein Geräusch, kein Licht drang, stiegen fette Rauchsäulen in den sternenhellen, frostflimmernden Nachthimmel. Der Schnee knisterte unter ihren Schritten. Sie folgte den verwehten Fahrrinnen. Dann war das Dorf hinter den schwarzen Flankenrissen des Vorgebirges versunken.

Nach mehr als zwei Stunden schlug sie an die Pforte des Krankenhauses. Gesicht und Finger waren violett gefroren, das Fruchtwasser hatte ihre Beinkleider durchnässt und quietschte in ihren eisstarren Schuhen.

Erschrocken wies man sie sofort in ein Bett. Sie konnte kaum noch sprechen. Ihre strähnig abstehenden, kurz geschnittenen Haare und die wenigen Sätze, die sie schluchzend hervorstieß, sagten der Nonne alles. Die Alte arbeitete schweigend, mit fliegenden, geübten Bewegungen.

3

Am Weihnachtstag brachte Agathe nach mehrstündigen Wehen einen Jungen zur Welt. Als stemme sich das Wurm gegen das Geborenwerden, riss es ihr den Damm blutend weit. Die junge Frau war so erschöpft, dass sie den Säugling nicht stillen konnte. Das Kleine wimmerte, wirkte krank, man ordnete eine Nottaufe an. Da Agathe außer Stande war, einen Namen anzugeben, trug man den Namen ihres Vaters ein. Sie dämmerte während der Zeremonie vor sich hin und wehrte sich nicht.

Drei Wochen später fand die Verhandlung statt. Noch einmal war ihr nahe gelegt worden, den Namen des Kindsvaters anzugeben und ihn der Vergewaltigung zu bezichtigen. Ihre Verstocktheit würde sich strafverschärfend auswirken.

Sie dachte einen Augenblick nach. Dann schüttelte sie weinend den Kopf.

Die Verhandlung dauerte nicht lange. Die Zeugen machten präzise Angaben und widersprachen sich nicht: Man habe sie – ja, auch im vergangenen Frühjahr – mit einem Mann in der Kleidung der Kriegsgefangenen im oberen Bannwald gesehen; beide seien schuldbewusst auseinander gestiebt, der Gefangene sei jedoch unerkannt geblieben, sie sähen sich schließlich alle ähnlich, nicht wahr? Agathe hielt dagegen, es hätte sich um einen verheirateten Mann aus der Nachbargemeinde gehandelt. Dagegen trat jedoch die Magd des Nachbarhofes auf, die Wangen vor Angst und Aufregung dunkel gefleckt: Agathe habe ihr ihre Verliebtheit gestanden, sie habe es nicht sagen wollen, da die Angeklagte ihre beste Freundin sei, aber der Pflicht, die Wahrheit zu sagen, könne sie sich nicht entziehen.

Mit käsigem Gesicht, ungläubig, als könne alles nichts mit ihr zu tun haben, hörte Agathe die Stimme des Richters: Die Angeklagte habe mit einem Kriegsgefangenen in einer Weise Umgang gepflegt, die das gesunde Volksempfinden gröblich verletze und sich eines Vergehens nach Paragraf vier, Absatz römisch Eins der Verordnung zum Schutze der Wehrkraft des Deutschen Volkes schuldig gemacht. Da es sich damit um einen schweren Fall des Umganges mit Kriegsgefangenen handele, wird die Angeklagte zu einem Jahr Zuchthaus verurteilt.

Agathe wurde noch im Gerichtssaal festgenommen und am

nächsten Morgen im ungeheizten Schandwagen in das Frauenzuchthaus Aichach gebracht. Ihren Sohn durfte sie nicht mehr sehen.

Dieser hatte sich in den Wochen bis zur Verhandlung etwas erholt. Eine im Nachbarort wohnende Tante, die mit dem alten Huck seit jeher in Streit stand, hatte ihn zu sich genommen, und eine kräftige junge Frau, die zur gleichen Zeit geboren hatte, brachte den Säugling als Milchkind über die ersten, krisenhaften Monate.

4

Einige Monate zuvor war Agathes jüngerer Bruder Hans achtzehn Jahre alt geworden. Kurz darauf hatte er den Gestellungsbefehl erhalten. Vergeblich hatte der Alte zuvor ein Gesuch eingegeben, dass sein Sohn freigestellt werden solle, da er ihn auf dem Hof brauche und er – die Bescheinigung als Kriegsverletzter mit fahrigen Fingern knitternd – nicht mehr voll arbeitsfähig sei. Doch weil er auch hier Furcht davor hatte, als Kleinhäusler und Habenichts beschämt zu werden, hatte er es ohne größere innere Überzeugtheit getan. Prompt fuhr man ihm grob über das Maul. Er war zusammengezuckt, kehrte wie ein geprügelter Hund heim und brüllte seine Frau unbeherrscht an, als diese sich arglos nach dem Erfolg seiner Bemühung erkundigte.

Hans war jedoch nicht unglücklich darüber. Sein Leben war ihm unerträglich geworden; seine Stimmung schwankte seit längerem zwischen grundlosem Zorn und Schwermut. Er wollte fort. Als er die Nachricht erhielt, dass er eingezogen werden sollte, begann er sich leichter zu fühlen. Die guten Wünsche zum Abschied, die Eltern und Schwester unbeholfen hervorbrachten, berührten ihn peinlich. Er verließ den Hof ohne besondere Regung. Der Gang durch die Dorfstraße war bereits kein Spießrutenlaufen mehr. Ein Gesicht lächelte ihm sogar zu, noch war es ein gedrungenes, einfältiges Gesicht, aber es hatte gelächelt, und es hatte ihn gemeint.

Als er am späten Nachmittag das Postauto bestieg, zog ein weicher frühlingshafter Wind durch das Tal. Der Eisgrind der von Wagen- und Schlittenspuren gepflügten Dorfgasse war geschmolzen, wässrige Erde glitzerte stumpf, eine milde Fäulnis stand in der Luft, die Misthaufen rauchten.

Hans atmete tief ein: Etwas schmeckte mit einem Mal nach Ferne, nach Meer und geblähten Segeln. Waren da nicht irgendwann einmal Kindertage unter hellerem Himmel gewesen, ein Dahinträumen auf weichen, sonnenwarmen Wiesen, betörender Geruch von Harz und im Mund der Geschmack der Reineclauden? Er begann zu ahnen, dass Größeres in ihm war. Er zitterte vor Neugierde. Schon duckten sich, als er ein letztes Mal aus dem anfahrenden Bus zurücksah, die Dorfhäuser und die klobige Kirche in den Talgrund.

5

Nach der Ausbildung wurde der junge Huck an einen Standort in Westfrankreich versetzt. Man hörte wenig von ihm; er schrieb selten. Die Feldpostkarten kamen aus Orten wie Angoulème, Bordeaux, später aus dem Süden, aus Nîmes, Harnac, St. Etiènne-Vallongue. Wenn die Huck'schen diese Namen vorlasen, klangen sie den Zuhörenden, als handele es sich um Orte in der Umgebung. Einmal, als er sich für ein Weihnachtspäckchen zu bedanken hatte, wies er die Mutter vorwurfsvoll an, ihm künftig kein Tannenreisig mehr beizulegen, da sich die Nadeln in die Krapfenstücke gedrückt hätten und er sie erst mühsam habe auslösen müssen. Beschämt nahm die Huckin auch die Vorhaltungen des Alten entgegen.

Nach einem Jahr, er hatte Urlaub erhalten, erkannte man ihn

im Dorf bereits nicht mehr. Er war ein anderer geworden. Seine Lust zu leben war in der Fremde aufgeschäumt, hatte das Verließ von Bedrückung und Angst bersten lassen wie eine zu Sonne und Luft treibende Pflanze unter dem Fels. Seine Rede kam jetzt sprudelnd, er hatte Worte und Sprache aufgesaugt wie ein Verdurstender das Wasser und bald – wenn auch noch mit kantigem Akzent und ohne je zu vergessen, dass es sich dabei schließlich um den Feind handelte – mit jungen Leuten im besetzten Land parliert, als seien es alte Bekannte.

In seiner Einheit fiel er durch unbekümmerten, unermüdlichen Einsatz auf. Sein Zugführer zollte ihm knorrig Lob, wenn er von riskanten Unternehmungen zurückkehrte, für die er sich freiwillig gemeldet hatte.

Er war glücklich. Er wusste, dass ihm nie etwas geschehen würde. Seine Kraft war zu grenzenlos, nie würde er sterben, nie untergehen. Das war Schicksal derer, die sich ihm entgegenstellten, ihn in berserkerhaften, nahezu besinnungslosen Zorn versetzten und ihn Dinge tun ließen, bei denen er das Gefühl hatte, als wäre es nicht er selbst, der sie tat.

Wie damals, bei einem Patrouillengang im Tal von Amalric, wenige Wochen nach seiner Ankunft in der Garnison von Harnac: Das Gewehr des Jungen, den sie festgenommen hatten, lag einige Meter von ihm entfernt im Unterholz. Ein alter, gekerbter Karabiner war es, einschüssig. Der Junge hatte es weggeworfen. Sie stellten ihn an einen Baumstamm. Ein Befehl. Der Junge ging mit rudernden Armen in die Geschossgarbe. Ein wuchtiger Ruck warf ihn zurück. Dann fiel er, als würde eine schwere Frucht vom Baum plumpsen, und lag still. Sein Gesicht, in dem zuvor Angst, Verzweiflung und Flehen lichterten, schwieg jetzt, und es war, als sei er dankbar, endlich ruhen zu dürfen. Alles war nicht gut und nichts schlecht gewesen – sie hatten sich eines Heckenschützen entledigt.

Trotzdem war Huck wütend auf ihn gewesen. Er hasste den Toten noch Stunden danach, weil es diesem zuvor gelungen war, ihn für einige Minuten zu beunruhigen. Er hasste ihn auch, weil er keine Verlierer mochte. Menschen, aus deren Gesicht Unglück und Geschlagenheit schrie, versetzten ihn in maßlosen Zorn.

Nein, sein Blick schielte jetzt nicht mehr hündisch von unten. Aufrecht stelzte er über den buckeligen Hang zum heimatlichen Hof empor, schien gar gewachsen zu sein, wirkte kräftig, redete viel und hatte sich eine leichte Herablassung zugelegt, wenn man ihn danach fragte, wie es »draußen« aussähe. (Einmal wunderte er sich insgeheim, dass man dabei vom »Feld« sprach, aber dann ließ er es dabei bewenden.) Der Wirt wagte nicht mehr, ihn, der nun in Uniform die Gaststube betrat, des Tisches zu verweisen. »Hans«, sagte er jetzt, der Vokal tönte nicht mehr gering und hell, sondern tief und respektvoll.

Was seine Schwester Agathe betraf, so war es, als sei sie vor langer Zeit gestorben. Niemand in der Familie sprach von ihr, und auch er vermied, sich nach ihr zu erkundigen. Es war kurz vor seiner Abreise, als er zufällig erfuhr, was in der Zwischenzeit vorgefallen war: dass eines Nachts im Frühsommer ein Unbekannter an das Fenster von Agathes Kammer (die zu dieser Zeit längst von einer jungen Frau aus dem Ruhrgebiet belegt gewesen war) geklopft hatte, vom Bauern entdeckt und festgehalten worden war, die Gendarmen jedoch bereits unterwegs gewesen waren, von Nachbarn alarmiert. Dass Milan, so der Name des verhafteten Serben, aus dem Lager der Kriegsgefangenen in Moosburg ausgebrochen gewesen sei. Dass er – so soll er angegeben haben – Sehnsucht nach Agathe und dem Kind gehabt habe und nichts wollte, als sie sehen, nur einmal, sie und das Kind, wer wisse denn, ob er je noch einmal Gelegenheit dazu habe. Dass danach Gerüchte die Runde machten, den jungen Mann habe man anschließend halb tot geprügelt und ein Ring, den ihm Agathe geschenkt hatte, sei sein Todesurteil gewesen. Dass ein Nachbar nicht an sich habe halten können und dem alten Huck unbeherrscht und vor den falschen Zuhörern Vorhaltung gemacht habe (was der Huck denn gar so ein Theater mache, was denn eigentlich so fürchterlich daran sei, dass seine Tochter ein lediges Kind geboren habe, von einem durchaus ansehnlichen und arbeitsamen Kerl – der kräftig anpackende Milan war auf den Höfen nicht unbeliebt gewesen –, der schließlich alles habe, was ein junges Weib sich wünsche, besonders in Zeiten, wo die anderen jungen Männer jetzt reihum im Krieg blieben?). Dass es auf die Huckischen auch zurückgefallen war, als dieser Nachbar wenig später wegen »Feindhörens« nach Dachau gekarrt worden war, obwohl – jeder wusste es – nicht sie es waren, die ihn angezeigt hatten …

Huck hatte da schon nicht mehr genau hingehört. Wieder kroch ein Gebräu aus Verzweiflung und Zorn in ihm hoch. Er warf sich zornig gegen den Schmerz; es machte ihn wütend zu sehen, wie sich Eltern und Schwester all der Demütigung duldsam fügten.

Auch war die Begeisterung im Ort, wie sie noch in den ersten Kriegsmonaten vorgeherrscht hatte, als die Armeen Polens und Frankreichs überwältigt worden waren, merklich geschwunden. Zwar glaubte man – zumindest, wenn man sich öffentlich äußerte – noch an die Richtigkeit des Krieges. Denn allein dass es ihn gab, verlieh ihm den Anschein, als müsse er von gewisser Vernunft und gerechtfertigt sein. Auch für die, die nicht von ihm profitierten, war undenkbar, dass diese längst in den Wahn gekippte, alles Leben vereinnahmende Entfaltung militärischer Macht keinen wirklichen Sinn haben könnte. Überzeugt vom Sieg waren jedoch nur noch wenige.

Huck sehnte die Abfahrt herbei. Er fühlte längst, dass es nun nicht mehr genügte, in Uniform durch den Ort zu stolzieren, prahlerisch Andeutungen über erfolgreich überstandene Gefechte und die Willigkeit der französischen Frauen zu machen, mit zweideutigen Sätzen neu erworbene Sprachkünste und Weltläufigkeit zu demonstrieren. Solche Schilderungen gab es nun schon zu viele, sie schienen das ganze Dorf auf wunderliche Weise in die Mitte der Welt gerückt zu haben. Doch was waren seine Reden gegen die Berichte aus der Wüste Tunesiens, aus den Weiten der Ukraine? Er hatte gehört, dass einer seiner ehemaligen Schulkameraden bereits zum Obergefreiten befördert worden war.

Als die Nachricht von dessen Tod im Ort eintraf, befand sich Huck schon wieder auf dem Weg zu seiner Garnison. Der Zug polterte dahin. Das Land hob und senkte sich geschmeidig. Im Abteil, in Schwaden von Schweißdunst und Rauch, machte er noch ein paar Späße mit seinen Kameraden. Es wurde dunkel. Schläfrige Bahnhöfe schwammen vorüber. Seine Lider wurden schwer.

In der Morgendämmerung erwachte er von einem heftigen Ruck. Der Zug war auf freier Strecke angehalten worden. Er sah schlaftrunken aus dem Fenster; sie befanden sich bereits tief im Süden. Die Lok stand dampfend; von Abteil zu Abteil lief die Nachricht: Auf die Gleise war ein Anschlag verübt worden.

Der Wind hatte sich gedreht. Die Geheimarmee hatte die Wälder verlassen, war auf die Ebenen südlich des Zentralmassivs vorgedrungen. Schon beherrschte der *maquis,* wie die Partisanen ihre Bewegung nannten, ganze Talschaften.

»Endlich wird's lustig«, sagte einer. Die Soldaten lachten.

II

Der Narr in den Hügeln

1

Wo sich die karstig versteppten Höhen des Zentralmassivs, von protzend grünen Tälern gekerbt, mit dramatischen Abbrüchen und dichten, undurchdringlich scheinenden Waldgebieten zum südwestlichen Midi hinab staffeln, am Oberlauf eines der vielen, Gardon genannten schluchtenreichen Bergflüsse, liegt das kaum mehr als fünfhundert Einwohner zählende Marktdorf St. Etiènne-Vallongue. Massige, erdfleckig geschindelte Häuser klumpen sich wie Nester an die Hänge zu beiden Seiten einer spätmittelalterlichen Bogenbrücke. Vor Generationen war der Ort wohlhabend gewesen; die eingesunkene Bedachung der aufgelassenen Seidenspinnerei, der platzende Verputz und die ausgebleichten, noch immer kunstvollen Malereien an den Gebäuden im Zentrum, die auf frühere Handwerksbetriebe, mehrere Hotels und Cafés hinweisen, lassen dies aber nur mehr erahnen. Noch stemmen sich die hochfahrenden Fassaden der reichen Höfe gegen die Hänge über dem Dorf, doch viele von ihnen stehen bereits leer. Jetzt ist der Talort staubgrau und etwas verkommen. Es gibt kaum Reichtum, wenn auch niemand, der betteln müsste. Aber neben klagloser, gelassener Zufriedenheit, gelegentlichen, zuweilen sehr fröhlichen Festen findet sich auch das übliche Elend, herztiefe Trauer, Einsamkeit und Eifersucht, und manchmal, über Wochen, ohne Vorbereitung wie eine regensatte Gewitterwand aufbrechend, sinnlosen, verbissenen, maßlosen Streit.

Alles in allem ist es in dieser Zeit kein schlechter Platz zum Leben. Über dem Ort liegt ein schläfriger Trotz. Denn obwohl das Ende von Krieg und Besetzung, die das Land nun schon seit Jahren lähmen, zwar ersehnt, doch noch immer nicht abzusehen ist, bleibt das Dorf nahezu unbehelligt. Schmerzlich genug, dass zwei junge Männer im Juni 1940 im Norden gefallen waren, die Namen eines Dutzend anderer sich in den Kriegsgefangenen-Listen fanden – doch nichts war dies gegen den ungeheueren Blutzoll, den die Gemeinde im Großen Krieg zu bezahlen gehabt hatte. Allein aus der Gemeinde waren über zwanzig Männer nicht mehr heimgekehrt, und schon damals hatte begonnen, dass ganze Talschaften sich nach und nach entvölkerten, Höfe verödeten und irgendwann aufgegeben werden mussten.

Den Ort schützte, dass er im Landesinneren, abseits bedeutsamer Verkehrswege und strategisch wichtiger Planquadrate lag, militärisch und wirtschaftlich also nahezu bedeutungslos und nur über kurvenreiche und mühsam befahrbare Pisten zu erreichen war.

An einem der ersten Apriltage des Jahres 1944 – also nur wenige Wochen vor jener Katastrophe, in der das Dorf schließlich dennoch unter dem Beschuss von Granaten und Mörsern in Flammen aufgehen sollte – beobachtete der Schmied Gedeon, den seit seiner Pensionierung alle nur noch »Papet« nannten, wie ein Mann den Marktplatz von St. Etiènne-Vallongue überquerte.

Der Himmel hing sehr tief. Es regnete in Strömen. Die Tropfen fielen schwer, sie trommelten auf den Dächern, röhrten in den Rinnen und jagten in den aufgeweichten Boden des Platzes. Der geschwollene, erdgraue Fluss dampfte. Schäumende Gischt emporschleudernd, wälzte er sich in seinem Bett. Über den Dächern quoll Rauch in den sandgrauen Himmel.

Der Wanderer hielt den Kopf gesenkt; er ging entschlossen und kraftvoll, mit breit ausgestellten Schritten, als müsse er sich gegen den kalten Wind stemmen, der von Norden seit Tagen durch das Tal von St. Etiènne fegte. Sein Umhang war schwarz von Nässe, und auch die Krempe seines Hutes, satt wie ein Schwamm, hing ihm triefend in Stirn und Genick. Die Lider im verschatteten, noch nicht sonderlich alten Gesicht waren zu Schlitzen zusammengekniffen, an den hochknochigen Wangen, an Kinn und Hals sprossen dunkle Bartstoppeln durch die erdfahle, von violetten Äderchen durchzogene Haut. Unter der steilen Falte zwischen den dichten, haubig gebogenen Brauen hob sich der kantige Rücken der Nase. Welche Art Schuhe er trug, war unter dem krustigen Schmutz, der sie bedeckte, fast nicht mehr zu erkennen, und schwarze Nässe und Schlamm hatten seine Stoffhose bis zu den Knien getränkt.

Neben ihm stakste ein Maultier durch die Pfützen. Die Kordel hing schlaff; das Tier, das zwei Säcke zu beiden Seiten des Sattels auf seinem Rücken trug, trottete willig voran. Das triefende und struppige Etwas, das beide umrundete, wieselig und japsend, störte seinen Gleichmut nicht.

Der Mann bog in die Gasse zwischen der Metzgerei und Baptiste Dillons »Bar du Planet« ein, betrat den steil nach oben führenden Weg, in dessen Mitte ein schlammiger Wasserlauf nach unten lärmte, folgte nach wenigen Schritten einer Biegung und verlor sich im Nebel, der zwischen den kahlen Terrassen über dem Dorf schwebte.

2

»Lucie! Da kann's regnen, hageln, schneien …« Die Briefträgermütze neben sich, die Ellenbogen auf die Theke gestützt, nahm André das Weinglas entgegen. »… dich zu sehen, ist immer, als ginge die Sonne auf.«

»Lügner!« Mit mädchenhaftem Hüftschwung ging die Wirtin hinter die Theke und tauchte ein Glas in das Spülbecken.

»Die Nase wieder in Liebesbriefe gesteckt, die du ausliefern sollst, hm?«

»Aber ich sage die Wahrheit!«, protestierte der Briefträger.

Lucie Dillon schürzte geschmeichelt die Lippen, machte eine wegwerfende Handbewegung und fuhr sich mit beiden Händen durch ihr weizengelbes, im Nacken von einer Spange gehaltenes Haar.

»Wenn du Lucie weiter anschmust, könnte es passieren, dass die Sonne bald für dich untergeht!«, ließ sich der Wirt Baptiste, der im Hintergrund in eine Zeitung vertieft war, vernehmen. »Dann siehst du eher 'ne Hand voll Sterne als sonst was, das sag ich dir.«

»Hör mal, mein Freund«, André drehte sich zu ihm um, »wär's dir etwa lieber, es hieße, Baptiste hätt ein hässliches Weibsstück an Land gezogen, hm?«

»Tss!«

»Nein, nein – mit diesem Unglück musst du nun mal leben. Hättest es schließlich auch anders haben können! Die Tochter von Achille hat dir ja Stielaugen gemacht, dass sie noch heute wie ein Frosch aussieht, oder?«

»André, sei nicht so boshaft«, tadelte Lucie. »Germaine hat dir nichts getan.« Sie stellte das Glas in das Regal.

»Verlang von 'nem Gockel, er soll nicht krähen«, winkte Baptiste mürrisch ab.

André machte eine Kopfbewegung zu ihm, ohne die Wirtin aus den Augen zu lassen. »Er soll sich nicht so haben, was, Lucie? Andere würden was drum geben, wenn man ihrer Frau Komplimente machen würde – dich stört's doch nicht, oder?«

»Bist 'n alter Schwätzer, André.« Sie schmunzelte. »Aber ist schon in Ordnung. Gibt Schlimmeres.« Sie hatte sich mit verschränkten Armen an das Regal gelehnt. Eine fettgelbe Lampe über der Theke legte einen goldenen Schimmer über ihr Haar. Sie sah nach draußen. Der Wind warf den Regen gegen die bedampften Scheiben. Körnige Schlieren wanderten herab; bei jedem Windstoß wechselten sie die Richtung, um sich schließlich in einem matt glimmenden, wässerigen Wust am unteren Scheibenrand zu sammeln.

»Bin kein Schwätzer«, verteidigte sich André mit gespielter Entrüstung. »Bist einfach eine Frau, die Kerle zum Träumen bringt, oder?«

»Vorsicht! Öl läuft aus!«, sagte Baptiste bissig, »Lucie – wenn ich ihm eine langen soll, sagst du's, ja?« Seine Stimme war um einen winzigen Ton schneidender geworden.

»Baptiste!«, besänftigte sie gut gelaunt. »Hunde, die bellen, beißen nicht. Lass dich nicht aufziehen von ihm. Das und nichts anderes will er doch.«

»Schon klar«, grummelte der Wirt. »Soll er sich doch mal 'nen anderen suchen, wie wär's damit?«

»Geht bei keinem so leicht.« Der Briefträger grinste boshaft.

Baptiste schüttelte den Kopf. Er musste husten. Als er die Hand vom Mund nahm, schmunzelte er. »Bist wirklich 'n Salatkopf«, sagte er versöhnlich. »Kriegt keine ab, und schmust dafür die meine an. Wenn ich nicht wüsste, dass du nichts in der Hose hast, glaub mir, ich hätt dir längst eine verpasst.«

Der kleine Briefträger lachte angestrengt und nahm einen tiefen Schluck. Er sah sich im Spiegel der Bar, befeuchtete seine Fingerspitzen und bestippte seine akkurat rasierten Koteletten. Lucie gähnte verhalten, öffnete die Arme, stützte sich auf den Thekenrand und wandte ihr Gesicht zur Tür. Sie kniff ihre Augen zusammen.

»Papet!«, rief sie. »Was gaffst du so?«

Der Alte, der am Eingang stand und versunken in den trüben Tag schaute, wandte sich um.

»Du hast nichts mehr, Papet! Willst du noch 'n Viertel?«

Der Alte – seine welke Mütze schien ihm nur deshalb nicht über die Augen zu rutschen, weil sie von zwei großen, abstehenden Ohren abgebremst wurde – kam humpelnd näher und setzte sich an den Tresen. »Was glaubt ihr, wer das war, hm?«

Er legte den Gehstock zwischen seine Oberschenkel. »Numa war das!«

»Numa?«

»Red ich chinesisch? – Schenk mir ein, Kind.«

Lucie goss sein Glas voll. »Du siehst wieder Gespenster, Papet. Wer geht denn bei so einem Wetter vor die Tür?«

»Wenn ich es euch sage. Das war der Idiot Numa.« Papet schüttelte den Kopf. »Es schüttet, wie die Kuh pisst, aber der Kerl kennt nichts.«

André sah ihn über die Schulter an. »Dachte, der hilft grad bei Claude, Lises Dach zu decken?«

Papet warf ihm einen abschätzigen Blick zu. »Klar. Und wieso bist du nicht auf deiner Tour?«

»Bei dem Wetter? Bin ich 'ne Forelle?«

»Eben. Deshalb sag ich ja, dass er 'n Idiot ist. Schuftet unten bei Claude wie zehn nackte Mauren, aber verschwindet in jeder freien Minute in die Berge. Und was tut er da oben? Kann einem Leid tun.«

»Weißt du's, André?«, warf Lucie ein. »Wirst ihm doch schon mal 'nen Brief gebracht haben.«

»Ich und nach Masaldemar hinaufgehen? Alles was recht ist, aber 'ne Weltreise ist da nichts dagegen.«

»Übertreib nicht. Ist wohl außerdem deine Arbeit, oder nicht?«

»Mit Ihrer geschätzten Erlaubnis, Monsieur Gedeon, auch, wenn's dich nichts angeht: Ich geb's ihm, wenn er im Dorf ist. Außerdem ist für ihn nur alle hundert Jahre was dabei. Zum Glück.«

Papet stellte das Glas ab und strich sich über seinen fransigen Schnurrbart.

»Dass der die Nase noch immer nicht voll hat?«, sagte er nachdenklich. »Jeder vernünftige Mensch zieht heutzutage ins Tal, nur er macht das Gegenteil.«

André zuckte die Achseln. »Was sollte er machen? Eugène hat ihn damals schließlich vor die Tür gesetzt.«

»Blödsinn. Wenn er gewollt hätte, hätte er auch hier im Tal wieder was gefunden. Aber er hat eben 'nen Sprung da oben.« Papet deutete auf seine Stirn.

»Jaja«, bemerkte Baptiste, »das sagst du nur, weil sich deine Schwägerin mit ihm in die Haare gekriegt hat.«

»Ach was!« Papet schüttelte den Kopf. »Als ob Françoise auf das bisschen Weide da oben nicht verzichten könnte.«

»Aber scharf war sie damals drauf wie noch was.«

Papet hob die Schultern. »So ist sie eben. Ich lass nichts auf sie kommen. Hat Bosc Cremat wieder ordentlich nach vorne gebracht. Castro, dieser Lapp, hätte alles vor die Hunde gehen lassen. Hat Glück gehabt, so was wie sie noch zu erwischen.«

»Castro sieht's bestimmt genauso«, sagte Baptiste schmunzelnd.

»Ach was.« Papet zuckte mit den Achseln. »Aber ich mein was anderes: Die Farm von Masaldemar ist am Ende der Welt, das kann doch keiner bestreiten. Ich sag euch: Keine Minute tät ich's da oben aushalten. Ich kapier den Kerl einfach nicht. Besonders nicht nach dem, was ihm alles passiert ist.«

»Immer dieses Geschwätz!«, mischte sich Lucie ein. »Jeder tut und redet, aber keiner rückt wirklich mit der Sprache raus. Sag du, André? Was war da eigentlich?«

»Kennst du die Geschichte von Numa etwa nicht?«

»Sie kann das nicht wissen«, sagte Baptiste herablassend, ohne von seiner Zeitung aufzusehen, »weil wir erst später geheiratet haben. Sie ...«, er wandte sich an seine Frau, »... sie stammt schließlich nicht von hier.«

»So ein Glück ist das nun auch wieder nicht, in St. Etiènne geboren zu sein, mein Lieber!«, sagte Lucie spitz.

»Das habe ich wirklich nicht gesagt!«, verteidigte sich Baptiste energisch. »Aber gut, wenn du meinst, daheim bei dir in Prades, wo du herkommst, lebe es sich besser, dann frage ich mich, warum du nicht wieder dorthin zurückgehst, hm?«

»Täte ich ja gerne!« Ihre Augen blitzten kriegerisch.

»Eh, eh, eh!«, dröhnte Baptiste.

»Aber ich kann dich Esel schließlich nicht allein lassen. Was würden die Leute sagen?« Um ihren Mund hatten sich zwei vergnügte Grübchen gebildet. Sie tauschten einen sekundenschnellen, zärtlichen Blick aus.

André spielte den Enttäuschten. »Ich sehe, ihr liebt euch doch noch ein wenig.«

»Ja, mein Junge. Gib's auf«, Papet schlug ihm auf die Schulter und entblößte die tabakgelbe Ruine seines Gebisses, »keine Chance für 'nen Windhund wie dich.«

»Ich seh's ja ein.« André hob mit gespieltem Ernst den Zeigefinger. »Aber noch ist nicht aller Tage Abend, klar?«

Lucie boxte ihn lachend in den Oberarm. »Jetzt lass den Schmus, André«, sagte sie, »das war doch noch vor dem Krieg, nicht wahr?«

»Das mit Numa? Das war neunundreißig«, tat André klug. »Im September, wenn du's genau wissen willst.«

»Wenn er seine Schulden bei mir zahlen soll, hat er nie so 'n gutes Gedächtnis«, tönte es aus dem Hintergrund.

»Ich meine, es war Oktober«, sagte Papet.

»Red nicht, es war September. Da fing nämlich ganz nebenbei und zufällig der Krieg an, mein Freund. So viel kann ich mir gerade noch merken.«

Der Wirt hatte seine Zeitung zu Ende gelesen. Er schlug sie mit einem Seufzer zusammen, warf sie auf die Fensterbank und kam nach vorne. Er stellte sich neben seine Frau und küsste sie auf die Wange.

Sie schob ihn von sich. »Und? Was war da mit diesem Numa?«

»Weiß keiner genau«, sagte Baptiste achselzuckend. »Er selbst sagt keinen Ton. Ihr kennt ihn ja.«

Papet nickte. »Ja. Ein Idiot ist er.«

»Ihr seid Giftzwerge, ihr aus St. Etiènne, wirklich.«

»Ist doch so.«

»Kann ja sein, Papet«, sagte Baptiste. »Aber tut er einem was? Mich stört er nicht.«

»Stimmt«, gab André zu. »Aber maulfaul wie ein Karpfen ist er. Besonders dann, wenn man von ihm wissen will, was da oben in Masaldemar damals eigentlich passiert ist.«

»Kann mir einer jetzt endlich sagen, was passiert ist?«

Baptiste griff hinter sich. Lucie wand ihm das Glas mit einer sanften Bewegung aus der Hand und nahm einen Schluck. Er runzelte die Stirn.

Papet zuckte mit den Achseln: »Ich weiß nur, dass er seit dieser Zeit ziemlich gaga ist. Das ist alles.«

André sah Papet von der Seite aus an. »Immerhin hat er einmal zugegeben, dass die ganze Sache damals für ihn nicht besonders angenehm gewesen sei. Eine schöne Zeit lang wäre er ordentlich geknickt gewesen deswegen. Aber das war's dann schon. Kein Wort mehr, nicht mal ein Husten. Also musste man sich daran halten, was die Männer erzählt haben, die ihn nach Wochen – da war er wohl bereits mager wie ein Nagel und grau wie ein Grottenfisch – aus der Ruine gezogen hatten. Und der Arzt, der ihn danach untersucht hat, wie auch die Gendarmen, die ihn verhört haben, nachdem er wieder einigermaßen zu Kräften gekommen war – war ja 'ne halbe Staatsaffäre damals, hm?«

»War es«, stimmte Papet zu.

»... auch die Gendarmen haben das eine oder andere rausgelassen. Aber was wirklich passiert ist, haben sie auch nicht sagen können.«

»Sowas«, spottete Lucie. »Und ich war sicher, dass es in St. Etiènne keine Geheimnisse gibt.«

Papet ließ seine Zahnstummel sehen. »Hat die 'ne Ahnung«, krächzte er vergnügt, »hier gibt es fast nur Geheimnisse.«

»Sicher, Papet, sicher.«

»Das glaubst du nicht? Ich könnt dir hundert erzählen.«

»Keine Sekunde würd ich dir das nicht glauben, Papet!« Die

Wirtin nickte sarkastisch. »Aber demnach ist das mit Numa ein besonders geheimes Geheimnis, nicht wahr? – Wisst ihr was? Behaltet es für euch.«

André tat, als hätte er ihre letzten Worte nicht gehört. »Geheimnis … nun, wie man's nimmt«, sagte er bedächtig. »Ich jedenfalls könnte mir schon zusammenreimen, was passiert ist.«

Baptiste ächzte. »Das fürchte ich auch.«

Lucie stieß ihn ärgerlich an. Sein Glas schwappte über. Er schüttelte sich die Flüssigkeit von den Fingern.

»Na, dann leg mal los«, lenkte der Wirt ein. »Im Geschichtenerfinden bist du ja bekanntlich ein Meister.« Er grinste boshaft. »Dass nur die Hälfte stimmt, ist ja bekannt.«

André überhörte es. »Nun … es hat doch damit angefangen, dass du, Papet, ihm überhaupt erst einmal erklären musstest, wie man nach Masaldemar kommt, nicht wahr?«

Papet nickte. »Er hatte keinen Dunst«, bestätigte er.

»Wetten, dass ich weiß, wie das abgelaufen ist?«

»Du willst wissen, was ich Numa erzählt habe? Warst du dabei? – Nein, warst du nicht. Schwatzkopf.«

»Lasst ihn endlich erzählen«, forderte Lucie.

André öffnete den Mund und schloss ihn wieder. Er grinste. »Geht nicht.«

Die drei glotzten ihn an. Er deutete leidend auf seine Kehle. »Trocken«, krächzte er.

Sie lachten. Lucie goss ihm ein Glas ein. Als auch Baptiste zur Flasche greifen wollte, um sich nachzuschenken, fühlte er Lucies Finger auf seinem Handrücken. Sie waren weich.

»Also: Das Gespräch mit …« André stellte das Glas zurück und wischte sich den Mund, »… mit unserem Papet wird jedenfalls damit begonnen haben, dass einer der beiden festgestellt hat, dass das Wetter für diese Jahreszeit doch ziemlich ungewöhnlich sei. Zu trocken, nicht wahr, kaum ein Wind, aber schön und angenehm, nicht zu heiß und nicht zu kalt, nicht wahr, da könnte man überhaupt nicht klagen. Papet wird das gewesen sein, der so angefangen hat, und Numa wird zugestimmt haben. ›Ja. Ist schön geworden.‹ Drauf Papet: ›Heut früh sah es noch so aus, als würde es regnen.‹ Und Numa? ›Ist schön geworden, ja.‹«

»Bist ’n Schwatzkopf, André, ’n echter Schwatzkopf«, raunzte Papet. Zwischen dem drahtigen Gespinst seiner Brauen hatte sich eine senkrechte Falte gebildet.

André spielte den Unschuldigen. »Musst mich nicht beleidigen, nur weil ich sag, wie’s ist. Ich kenn nämlich dich, und ich kenn Numa.«

»Weil das eine Kunst ist«, rief Baptiste. »Jeder fängt hier mit’m Wetter an.«

»Das ist wahr.« Lucie nickte. »Es gibt Tage, da komm ich mir wie ein Papagei vor.«

Baptiste stimmte lachend zu. Er griff hinter sich. Wieder fühlte er Lucies Hand auf seiner, während sie, ohne ihn anzusehen, mit verstellter Stimme dieses tägliche Ritual nachspielte.

»Papet …« André rang lachend nach Luft, »ich will jetzt bloß wissen, ob’s bei euch beiden auch so gewesen ist! Weiß gar nicht, warum du so rumtust.« Er wandte sich zu den beiden anderen. »Wegen nichts kann der beleidigt sein. Ist wie ’n alter Korse, der Kerl.«

»Und weißt du, was ich will? Dass du den Schnabel hältst!«, maulte Papet und drehte ihm den Rücken zu. »Wann fängst du eigentlich an, deine Post auszutragen? Schau nach draußen! Der Regen hat nachgelassen.«

»War es so, mein Alter?«, beharrte André.

Papet sah ihn nicht an.

»Los, Papet!«, sagte Lucie versöhnlich. »Lass ihn doch seine Geschichten erfinden. Was wir jeden Tag in der Wirklichkeit haben, ist beschissen genug.«

»Da hast du nicht Unrecht«, räumte Papet ein. »Aber er soll sich nicht über andre lustig machen.«

»Geh«, sagte Baptiste, »hast doch früher auch ein gutes Mundwerk gehabt, und hast es heute noch. Versteh gar nicht, dass dich so was kratzt.«

»Na?«, drängte André.

»Meinetwegen«, brummte Papet schließlich. »Dann red. Glaubt dir eh keiner ein Wort.«

»Na also«, nickte André zufrieden. »Wollt ihr wissen, wie's wahrscheinlich – was heißt wahrscheinlich? Ganz sicher! – weitergegangen ist?« André hob den Zeigefinger. »Also, dann hört zu. Papet sagt jetzt: ›Anfang Herbst schlägt's nämlich meistens um. Das ist fast immer so.‹ Und Numa, in seiner bedächtigen Art, antwortet ihm: ›Meistens, ja.‹ Jetzt wieder Papet: ›Wirst sehen, Numa, in diesem Winter werden wir uns warm anziehen müssen. Es kommt mir so vor, als würden die Winter überhaupt kälter werden. Was meinst du?‹«

»Alles Blödsinn«, sagte Papet mit einem Gesicht, als hätte er Essig getrunken.

André beachtete ihn nicht.

»Alles erstunken und erlogen«, sagte Papet. »Wenn wir zwei, drei Sätze miteinander gewechselt haben, war's viel.«

André räusperte sich viel sagend. Lucie sah ihn erwartungsvoll an.

»War das etwa schon alles?«, sagte sie.

»Nein«, antwortete der Briefträger, »das war erst der Anfang.«

3

Papet hatte damals die Türklinke bereits in der Hand und wollte gerade sein Haus betreten, als Numa von der gegenüberliegenden Straßenseite auf ihn zukam, grüßend an den Mützenrand tippte und ihn bat, ihm den kürzesten Weg nach Masaldemar zu erklären.

»Hab ich recht gehört? Hör mal, willst du etwa zum Eremiten werden? Ist doch Schwachsinn, dorthin zu ziehen.«

»Ich will doch gar nicht hinziehen«, beteuerte Numa.

Papet hatte den jungen Mann von der Seite beobachtet.

»Das ist 'ne Wüstenei da oben, glaub mir. Sie wird dich ausspeien wie alten Pfriem. Weißt du übrigens, wie die Leute Masaldemar mittlerweile nennen? Nicht?« Seine Stimme klang beschwörend: »Sie nennen es *Masel-del-Mort*, das Haus des Todes.«

»Wieso?«

»Wird schon einen Grund geben, nicht?«, antwortete Papet viel sagend, »oder was denkst du?«

»Hab wirklich keinen Schimmer, Papet, du?«

»Hab auch keinen«, gab der Alte zu. Er wiegte nachdenklich den Kopf. »Sicher, Béberts Mutter ist bei seiner Geburt gestorben. Aber sein Vater hat sich schleunigst eine Neue gesucht, die ihm im Handumdrehen zwei weitere Bälger in die Kammer gelegt hat. Womit er aber auch Pech gehabt hat, weil die ihm nach kurzer Zeit wieder eingegangen sind. Haben faules Wasser zu trinken bekommen, weil sie zu bequem war, es abzukochen. Gut, sie waren noch klein. War aber trotzdem kein Spaß. Er hat dann noch dies und das angefangen, um das mit dem Wasser hinzukriegen. Aber sie war zwar eine grundgute Person und ehrlich bis auf die Haut, doch schlampig bis zum Geht-nicht-mehr und wohl auch nicht die Allerhellste, hat ihm schließlich noch die Kastanientrocknerei abgefackelt. Hat nicht aufgepasst, es war trocken und heiß in diesem Herbst, hat zu viel Brennzeugs auf die Glut gelegt. Da hat er sie endlich zum Teufel gehauen. Na, dann war er eben allein mit deinem Onkel, hat gerackert bis zum Umfallen, und wie's kommen will, so hat er sich eines Tages beim Anziehen aufs Bett gesetzt, gesagt, dass ihm schlecht ist, und ist umgefallen. – Aber das ist bestimmt nicht der Grund, warum es so genannt wird. Wenn's danach ginge, müsste schließlich fast jedes Haus so heißen, nicht?«

»Woher kommt's dann?«

»Nun, das Haus wird seinen Namen daher haben, weil da früher ein Mann namens Aldemor oder so ähnlich gehaust haben soll. Muss aber lang her sein. Wenn es heute trotzdem so genannt wird, dann kann's nur deswegen sein, weil man da oben einfach nicht mehr leben kann. Es ist einfach vorbei, hörst du?«

»Wirst Recht haben«, sagte Numa. »Ich will auch nur mal sehen.«

Papet ließ den Türknauf los und kratzte sich am Oberarm. »Françoise von Bosc Cremat wird es auch nicht mögen.«

Numa glotzte ihn einfältig an. »Was?«

»Was?«, rief Papet ungeduldig. »Dass sich jemand auf Masaldemar einrichtet, natürlich!« Er wechselte seinen Stock zur anderen Hand.

»Ah?« Numa hob neugierig die Brauen. »Wieso? Ist doch nicht ihrs, oder?«

»Wahrscheinlich sieht sie's deshalb nicht so gern, weil sie ihre Schafe auf dem Grund weiden lässt, seit dein Onkel das Haus aufgegeben hat.« Papet hob den Finger. »Seit sehr vielen Jahren, verstehst du?«

»Aha.«

»Eben! Also überleg's dir gut, ob du dir's mit den Leuten hier verderben willst. Vergiss nicht, dass du nicht von hier bist.«

»Ich will nur hingehen und es mir ansehen. Schließlich ist es meins.«

Der Alte lenkte ein. »Ist dein Recht, klar. Nun, im Grunde kann's mir egal sein. Was hab ich mit alldem zu schaffen? Nichts.«

Numa stellte sich gerade. »Wie muss ich gehen?«

Papet sah ihn schräg an.

»Wieso fragst du ausgerechnet mich?«

»Maurice meinte, wenn einer sich auskennt, dann ist das Papet.«

»Das hat er dir gesagt? Maurice, der Fabrikler?« Papet schüttelte den Kopf. »Aber Maurice müsste es doch auch wissen. Er ist schließlich aus Amalric.«

»Er war in Eile.«

»Eh, eh, eh! Das ist neu«, rief Papet. »Der mag ja früher mal ein ganz fixer Kerl gewesen sein, aber heute bewegt sich doch der Käse in meiner Küche schneller als unser guter Maurice!«

Numa grinste höflich. »Er meinte jedenfalls, ich soll dich fragen, du wärst der Einzige, auf den Verlass ist, wenn es drum geht, sich da oben zurechtzufinden.«

»Papperlapap! Maurice ist mit Françoises Schwester verheiratet, das ist es!«

»Und?«

»Denk mal nach, mein Junge. Er ist damit der Schwager von Françoise von Bosc Cremat.«

»Wusst ich nicht.«

»Siehst du. Und Castro? Hast du den auch gefragt? Wetten, dass der auch das Maul nicht aufgebracht hat?«

»Woher weißt du das?«

»Weil Castro unter der Fuchtel von Françoise steht, Junge! Kein Wunder, dass du bei der Sippe auf Granit beißt.«

»Darum …«

»Und jemand anderes? Andere hast du nicht gefragt? Unseren klugen Eugène zum Beispiel? Du weißt doch, wen ich meine? Den großen Jäger, der statt 'nem Wildschwein immer seine Kumpane anschießt, wie vor fünf Jahren? Aber ich sollte nicht so boshaft sein. Neulich hat nur Amados Hund dran glauben müssen. Dafür ist er bei den Weibern umso … Ist 'ne falsche Marke, Eugène, so falsch wie die Farbe seines Schnauzers, den er sich wahrscheinlich jeden Morgen mit Schuhwichse einreibt. Aber sag ja niemanden, dass ich über ihn gelästert habe, ja?« Papet hatte den Zeigefinger warnend in die Höhe gestreckt.

»In Ordnung. Aber Eugène habe ich auch schon gefragt. Er meinte, ich könnte über Bosc Cremat…«

»Blödsinn, kompletter Blödsinn!«, schnaubte Papet. »Warum schickt er dich nicht gleich um's Cap der guten Hoffnung?« Er schüttelte heftig den Kopf. »Also, hör mir zu: Du klaust mir zwar die Zeit, aber um nach Masaldemar zu kommen, gehst du am besten erst ein Stück auf der Straße nach Harnac. Du verlässt die Straße kurz vor dem Pass Escouta über die Piste, die auf die Holzplätze von La Serre führt.«

Papets dürrer Finger, in dem der Nagel bis auf ein winziges Plättchen eingewachsen war, wies nach Süden. »Wenn du sie erreicht hast, erkennst du in Richtung Südwesten die Schäferhütte von Castro. Du kannst sie nicht übersehen, denn er hat das Dach vor einigen Monaten erneuert. Es hat sich zwar jeder gefragt, warum er das getan hat, aber er wird es schon gewusst haben, nicht wahr?«

»Warum zwinkerst du?«

Der Alte sah ihn listig an. »Ich hab's an den Augen, mein Junge.«

»…Ah so.«

Papet nickte und sah zum Himmel. »Castro hat eben seinen eigenen Kopf, seinen sehr eigenen. Und in den will er sich ungern hineinschauen lassen. Das…«, er wies mit dem Daumen auf seine Brust, »…will ich damit sagen, nichts anderes. *As compres*?«

»*Ai compres.*«

»Nicht dass es heißt, ich würde gewisse Geschichten in die Welt setzen…«

»Tust du doch auch nicht, Papet.«

»Eben«, nickte der Alte. »Jedenfalls, oberhalb von Castros Hütte findest du erst einmal sein Bassin. An ihm vorbei gehst du weiter in südwestlicher Richtung, bis zu den Ruinen von La Tour.«

»La Tour? Ist das nicht die Richtung nach Prades?«

»Nein, das ist Le Tour, ich aber rede von La Tour – sag mal, du kennst dich ja überhaupt nicht aus!«

»In dieser Gegend nicht«, musste Numa zugeben.

»Stimmt. Bist ja in Harnac unten großgeworden«, erinnerte sich der Alte. Er wies mit dem Kopf nach Süden. »Aber – La Tour, das wird dir doch was sagen, oder? Nicht? Das ist der Ort, in dem sich vor einiger Zeit Georges' bildschöne Tochter umgebracht hat. Na?«

»Hm.«

»Klar, warst noch ein Junge damals, vor etwa fünfzehn – oder waren es achtzehn? – Jahren. Die schöne Margot, ja…«, sinnierte Papet. »Noch keine siebzehn Jahre alt ist sie gewesen, blank und sauber wie 'n neuer Sous, weich und zart wie 'n Karnickel, ein Stimmchen, als tschilpe ein Vögelchen… In der Mitternacht nach dem Ostermarkt in Harnac war es, und jedem, den Jungen und, ich nehme mich nicht aus, auch den Alten waren zuvor die Augen übergegangen, als man sie auf dem Fest tanzen sah. Es verstand niemand, warum sie früher nach Hause ging, ein Seil über den Ast des Maulbeerbaumes warf und sich daran erhängte.«

»Warum?«

»Warum, warum…« Der Alte schien noch immer berührt. Er zuckte mit den Schultern. »Sie habe Angst, hätte sie zuvor gesagt, dass sie nie mehr in ihrem Leben so glücklich sein würde wie an diesem Abend. Aber wer gibt schon etwas auf solche Worte? Es war jedenfalls furchtbar, Georges von La Tour war danach ziemlich fertig; er war ja allein, seine Söhne sind alle nicht geblieben, und er selbst war schon ein ziemlich abgearbeitetes Männchen. Aber meinst du, er wollte aufgeben? Georges und aufgeben? Der doch nicht. Zornig war er, verflucht hat er sie, weil sie sich davongemacht hatte. Sie war doch seine Zukunft, er hatte sich doch längst einen Kerl aus der Nachbarschaft ausgeschaut, mit dem er sie verheiraten wollte, damit es da oben weitergeht.«

Papet lehnte den Stock an seine Hüfte, nahm die Mütze ab und wischte sich mit dem Hemdsärmel über die Stirn. Er seufzte.

»Aber wie es der Teufel wollte, schlug einige Monate später auch noch der Blitz ein – so sagt man wenigstens, denn es wär gut möglich, dass er selber Schluss machen wollte. Jedenfalls, Georges hat das nicht überlebt. Noch heute sieht das Haus aus wie ein Totenschädel, wirklich zum Heulen. Und das sage ich dir: Das war eine Farm, wie sie im Buche steht, und Georges, ouh, das war ein Werker vor dem Herrn. Aber eben auch so 'n Kerl, nie ein Wort zu viel, wenn überhaupt, und immer nur nach innen gewütet.« Er setzte die Mütze wieder auf.

»Und weiter?«

»Nichts weiter. Es war schließlich niemand mehr da, der sich drum gekümmert hätte.«

»Ich mein den Weg.«

»Ah so, ja. Also – geh jedenfalls nicht unter dem Maulbeerbaum durch, es macht trist, sondern hinter dem Haus vorbei. Danach steigst du in die Schlucht des Ravin-de-la-Tour, überquerst den Bach und steigst wieder hoch. Da ist zwar nur ein schmaler Pfad, aber du wirst ihn sehen können. *As compres*?«

»Hm.«

»Danach bist du kurz vor dem ersten Sattel angelangt und müsstest Masaldemar bereits sehen können. Auf dem Bergrücken nimmst du den Pfad nach Osten; er führt ein Stück abwärts, bis zu einer Abzweigung – Achtung, die darfst du nicht verfehlen! An ihr schlägst du den Weg ein, der schräg nach oben führt. Bis zur Jasse von Amado – du weißt, wo die Jäger der Gruppe um Amado ihren Unterstand haben – dahinter gehst du diesen Weg weiter, bis du zu einem Menhir kommst. Ist eine Armlänge breit, etwa halbmannshoch. Der Platz heißt ›Hort-de-Dieu‹. Sagt er dir was?«

»Soll ein altes Heiligtum sein, hab ich mal gehört.«

»Ich meine, ob du schon mal da warst?«

»Nein, sag ich doch.«

Mit beiden Händen auf den Knauf seines Stockes gestützt, beugte sich der Alte neugierig vor. »Warum bist du eigentlich damals hierher gebracht worden? Geboren bist du doch woanders, irgendwo in den Espinouse-Bergen, nicht? Stimmt es, was man sich sagt?«

»Was?«

Papet sah ihn lauernd an. »Nun, dass du und deine Schwester Waisen seid? Dass dein Vater gefallen ist und eure Mutter an der Schwindsucht eingegangen ist?«

»So viel ich gehört habe, ja.«

Der Alte schien zufrieden. »Das andere stimmt dann also nicht. Ich hab's mir ja auch gedacht, dass das dummes Zeug ist.«

Numa glotzte ihn verständnislos an. »Was?«

Papet wedelte unbestimmt mit der Hand. »Na, dieses Gerede davon, dass sie deinen Vater im Gefängnis von Perpignan so zugerichtet haben, dass er daran eingegangen ist? Nach der Revolte damals?«

»Mir haben sie gesagt, er sei gefallen.«

»Hab eh nichts drauf gegeben. Und dass deine Mutter eine, na, sagen wir, so eine gewesen ist?«

Es dauerte einige Augenblicke, bis Numa begriff.

»Was … was meinst du damit?«

»Musst dich nicht aufblasen, mein Junge«, wiegelte der Alte ab. »Was so geredet wird, nicht?«

»Ich hab sie nicht gekannt«, sagte Numa einsilbig. »Aber ich bügle trotzdem jedem die Nase, der keinen Respekt vor ihr zeigt.«

»Das ist anständig von dir«, sagte Papet anerkennend. »Aber trotzdem: Hast du nie nachgefragt? Wer weiß, ob da nicht noch ein Besitz ist, den sich deine Verwandten unter den Nagel gerissen haben?«

»Onkel Bébert hätte es mir gesagt.«

»Das stimmt. Der gute Bébert war in Ordnung. Gott schütz

ihn, da oben. Aber kommen wir wieder zurück auf die Erde – wo waren wir gerade? Am Hort-de-Dieu, nicht wahr?« Der Alte hob den Zeigefinger und lachte keckernd. »Den du aber, hehe, nicht mit dem Arsch von Germaine verwechseln darfst, denn dort oben – aber Maul halten, ja? – hat sie ihren geheimen Pilzplatz. Und bei Germaines Arsch handelt es sich, wie man so sagt, um alles andere als um ein Heiligtum. Na gut, auf der anderen Seite scheint es nicht wenige in St. Etiènne zu geben, die ihn wiederum anbeten, obwohl sie sonst nicht sehr gläubig sind… Aber lassen wir diese religiösen Dinge. Hör zu: Wenn du am Hort-de-Dieu angekommen bist, steigst du auf dem Grat hinter dieser Kuppel senkrecht nach oben – senkrecht, hörst du? Du ersparst dir dadurch den Weg über den Wald von Amalric…«, er wechselte den Stock wieder in die andere Hand und schürzte nachdenklich die Lippen. »Du könntest andererseits natürlich auch über den Wald von Amalric gehen. Aber dazu müsstest du wieder in die Senke absteigen. Außerdem ist dieser Weg, wie berichtet worden ist, vor zwei Jahren an mehreren Stellen in die Schlucht geschwemmt worden, und keiner will einsehen, warum man in wieder herrichten soll. – Nein, ist ’n Blödsinn, so zu gehen! Du machst es, wie ich dir zuerst gesagt habe! Ich will dich ja schließlich nicht durcheinander bringen, nicht?«

»Tust du nicht, Papet.«

»*Ben, alara*… oben müsstest du auf den alten Schafstrail treffen. Dem folgst du bis zum Menhir von St. Jean. Am Stein, wenn ihn der Sturm in der Zwischenzeit nicht umgeworfen hat, gehst du in südöstlicher Richtung weiter, bis zum Felssturz von La Fare. *As compres*?« Papet musterte ihn skeptisch.

»*Ai compres.*«

Papet kratzte sich den Handrücken. »Diese Halde durchquerst du schließlich waagrecht. Du siehst dann schon den Wald von Condo – von da ist es nun wirklich nicht mehr weit bis Masaldemar. An dieser Stelle schlägst du wieder die Richtung nach Süden ein, bis du zu den Ruinen von Andales-Dorf kommst.«

»Wohnt dort auch niemand mehr?«

»Wenn ich Ruinen sage, wohl nicht, oder?« Papet verdrehte die Augen. »Nein, solange ich mich erinnern kann, ist das ein gottverlassener Ort. Keiner weiß, wieso die Leute von dort weggezogen sind. Ja, mein Junge, dass das Land leerer und leerer wird, hat schon früh angefangen. Ich hab mal gehört – der Lehrer von St. Privat ist so ein Monsieur Oberklug, der 'ne Menge Zeit hat und in den alten Papieren stöbern kann, was sag ich: ein Beamter eben –, dass es um diese Zeit 'ne Kastanien-Seuche gegeben hat, die die Leute aus den Bergen getrieben hat. Wenn's stimmt und wirklich alle Bäume abgestorben sind, dann würd's mich nicht wundern, dass die Leute fort sind. Und was willst du auch machen? Womit backen die Leute ihr Brot? Womit machen sie ihre Suppe? Was sollen sie auf dem Markt verkaufen? Und das Holz taugt dann auch nicht mehr viel. Schlimm, was? – Tja. Aber ob wir es schade finden oder nicht, es ist einfach so, nicht wahr?«

»Ja. Wie lange werde ich schon gegangen sein, wenn ich dort bin?«

»Es wird dann Mittag sein – vorausgesetzt, dass du schon früh aufgebrochen bist und nicht rumtrödelst. Dahinter geht es jetzt, der Weg ist ziemlich eben, durch die Kastanierie bis zu den Felsen von Rochefort unterhalb des Mirador von Andales. Das heißt, wenn der Efeu noch etwas von ihm übrig gelassen hat. Danach hältst du dich wieder Richtung Südosten. Am Bach macht der Weg eine Biegung nach Süden, bis du die Prärie von Fromental erkennen kannst. Um zu ihr zu kommen, steigst du steil über den Bergrücken. Du passierst das Ginsterfeld an seinem unteren Rand. Könnte sein, dass du dazu heute schon deine Machete brauchst, Doro hat es zumindest so berichtet. Du kennst ihn doch – Doro?«

»Natürlich.«

»Braver Kerl und tüchtiger Werker, nicht?«

»Klar.«

»Ist er nicht in die Minen gegangen? Ich habe so etwas gehört.«

»Er ist in die Minen gegangen, ja.«

»Schade drum«, seufzte der Alte. »Wird nach ein paar Jahren wieder hierher zurückkommen, mit ’ner kaputten Lunge, und husten, wie ein kranker Hund bellt. Wie Jaquot, der es wohl auch nicht mehr lange macht. Aber die Jagd lässt er sich nicht nehmen, der Sturkopf.«

»Ist es dann noch weit nach Masaldemar?«

»Von Andales aus?« Papet schüttelte den Kopf. »*Es pas luengh,* bist schon kurz davor. Nach dem Boden von Fromental stößt du auf den Bach von Fromental. Der aber im Augenblick kein Wasser führen dürfte – schätze ich, nach der Trockenheit, die wir in diesem Sommer gehabt haben. Ist schon verrückt, dieses Wetter, was? Die Winter werden kälter und kälter, und im Sommer verbrennt alles. Verrückt. Alles wird überhaupt immer verrückter, habe ich den Eindruck. Ich kenn mich bald nicht mehr aus. Als läg was in der Luft.«

»Was soll in der Luft liegen? Glaubst du, was die Leute sagen? Das mit einem Krieg?«

»Blödsinn«, sagte Papet. »So schwachsinnig können nicht mal die Preußen sein. Wo doch der Große Krieg erst seit ein paar Jahren vorbei ist. Nein – neulich, erinnerst du dich nicht? Die Hochzeit von Roberts Neffen, Raymond?«

»Von Amalric?«

»Nein, nicht der. Hat der einen Neffen? Nein, gibt nur Weiber in dieser Sippe. Robert von Mialet meine ich!«

»Ah… und?«

»Na, da wirft doch der Vater sein ganzes Geld für eine Hochzeit aus dem Fenster, damit die Leute was zu reden haben, und was ist? Die Beiden stehen vor dem Bürgermeister, und sie sagt: Nein. Einfach: Nein. Raymond hätte sie am Morgen geärgert, das mache keiner mit ihr, und basta! Und innerhalb eines Monats gehen drei weitere Paare aus der Gemeinde auseinander – die Weiber hatten längst einen anderen, klar, kennt man ja – und schauen sich von einem Tag auf den anderen nicht mehr an! Wenn das nicht verrückt ist? Sag?«

»Sicher.« Numa räusperte sich.

»Andererseits: Einer von Mialet und eine von den Cabanels. Da ist doch schon Krach, wenn die sich nur von weitem sehen, kennt man doch, oder? Neulich, die Geschichte mit den Bäumen an der Grenze von Roberts Grundstück, die der Cabanel zu viel Schatten auf ihren Garten werfen …«

»Was mache ich, wenn ich am Bach bin?«

»Jès! Herrgott, sei doch nicht so zappelig. Außerdem, wenn du mich nicht so oft unterbrechen würdest, wäre ich schon längst fertig.«

»Entschuldige, Papet.«

»Schon gut. Da ist also eine kleine Schlucht, mit einigen Gumpen und, ich sag's dir, mit eisigem Wasser. Wenn du sie hinter dir gelassen hast, steigst du wieder schräg nach oben. Jetzt geht es hart nach Osten, und leicht bergan. Wenn du dabei den Eingang der Grotte der Kamisarden passierst, weißt du, dass du richtig bist.«

»Grotte der Kamisarden?«

Papet nickte. »Die Aufständischen, also die Kamisarden, sollen sich nach einem Gefecht mit den königlichen Truppen dort versteckt haben, sagt man – wobei es sich dabei nicht um eine große Höhle handelt, sondern nur um ein höchstens fünf Meter tiefes Loch unter dem Fels. War mal so eine Mode, jede Delle im Fels heilig zu sprechen. Jeder meinte irgendeinen Beweis dafür gefunden zu haben, dass Rolland oder Sequier hier oder dort einmal hingepisst haben. Blöd, nicht?«

Numa kratzte sich an der Nase. »Kenn mich nicht aus.«

»Hab ja nichts gegen unsere Vorfahren. Waren brave Leute. Nicht?«

»Sicher.«

»Sag mal – bist du eigentlich gläubig?«

»Weiß nicht.«

»Das weißt du nicht? Wirklich? – Nimm mir's nicht krumm, wenn ich so neugierig bin. Aber kaum einer kennt dich richtig. Du redest nicht viel.«

»Ist schon in Ordnung. Aber ich weiß wirklich nicht.«

Papet schien mit dieser Antwort zufrieden. »Ich jedenfalls bin's nicht. Hab zu viel erlebt, um das noch zu sein.«

Numa nickte. »Hm.«

Papet maß ihn jetzt mit einem schnellen Blick. Er seufzte. »...aber was erzähl ich. Interessiert eh niemanden. Den Weg nach Masaldemar wolltest du wissen, nicht? Also, hör zu: Die Grotte der Kamisarden jedenfalls musst du passieren – wenn du sie nicht findest, bevor du an die nächste größere Kehre kommst, heißt das: Umkehren und neu suchen. Sonst verirrst du dich dermaßen, dass du irgendwann nicht mehr vorwärts, aber auch nicht mehr zurückkommst. Das tu mir nicht an, denn hinterher heißt es, der alte Papet würde Blödsinn quatschen.«

»Tu ich nicht. Bestimmt.«

»Fein. Also – wenn sich der Weg etwas später wieder nach Süden wendet, ist es nicht mehr weit, denn über dir müsstest du bereits den Gipfel des L'homme-mort sehen können. Gib an diesem Platz übrigens Acht auf die Vipern! In dieser Gegend soll es eine Menge von ihnen geben, nimm dir am besten 'nen Stock mit.«

»Stock«, wiederholte Numa. »In Ordnung.«

»Wirst es mir noch danken, glaub mir! Weiter: Nach einiger Zeit macht der Weg wieder eine Kehre nach Süden, geht in leichter Biegung abwärts. Wenn du übrigens soweit bist, müsstest du die Terrassen von Masaldemar schon gut sehen können – vorausgesetzt, dass es keine Wolken hat. Hin und wieder ist da oben nämlich eine Suppe, dass du die Hand nicht mehr vor den Augen siehst. Die Wolken von Süden stauen sich hier, und von der anderen Seite hält der Tramontane dagegen. Amado wollte da übrigens einmal einen riesigen Wolf gesehen haben, und geht seither nicht mehr dorthin. Aber Amado macht sich gerne wichtig, wie man schließlich zur Genüge weiß. Aber das hast du nicht von mir gehört, klar? Musst wissen, Amado und Scipion sind miteinander verkracht – Scipion ist zwar mein Freund, Amado aber der Schwiegersohn meiner Schwester, verstehst du?«

»Nicht genau, Papet. Wieso sind sie verkracht?«

»Das weiss keiner. Amados und Scipions Großväter waren schon miteinander über Kreuz – und wenn so was bis heute dauert, dann muss das wohl einen verteufelt ernsten Grund gehabt haben.«

»Bestimmt. Wie geht es weiter?«

»Geduld, mein Junge. Du bist schon ganz in der Nähe von Masaldemar! Musst nur noch in flacher Steigung nach Süden hoch, bis du zu den Resten von Granville kommst – das ist das Dorf, zu dem früher Masaldemar gehört hat, das aber, ach, schon Generationen zuvor verlassen worden ist, weil es von Jahr zu Jahr weniger Wasser gab. Außerdem lebte das Dorf, wie man sich erzählt, früher von einer Silbermine, die aber irgendwann aufgegeben worden ist. Es muss schon zu Zeiten der Revolution gewesen sein. Vermutlich hing es damit zusammen, dass man seinerzeit das Schloss von Amalric, auf dem die Baronnie von Granville herrschte, überfallen, ausgeraubt, niedergebrannt und anschließend dem Erdboden gleichgemacht hatte. In den Wänden und um die Tür- und Fensterstürze vieler Höfe der Umgebung von Amalric finden sich jedenfalls noch heute feinst geschnittene Frédonite-Quader. Wo werden sie sie hergebracht haben, wenn nicht vom Schloss? Ist ja nur vernünftig, sage ich. Und dass es wenig Wasser gab, hing wiederum damit zusammen – so erzählt man es sich zumindest –, dass der große Buchenwald, der bis an den Gipfel des L'homme-mort reichte, das Opfer eines Brandes geworden war und in den Jahren danach die Schafe jedem neu aufkommenden Trieb den Garaus machten, bis der Hang schließlich verkarsten musste. Kennt man ja, ein jeder denkt nur bis zum nächsten Zaunpfahl. Tja, und wie es kommen musste, konnte man am Ende nicht einmal mehr Schafe dorthin treiben. Gewiss denkt man seit einigen Jahren an eine Wiederaufforstung, aber da gibt es Plätze, bei denen es wichtiger ist, weil da noch Menschen leben. Aber hier? Und ganz billig ist das ja schließlich auch nicht, nicht wahr?«

»Bestimmt nicht, aber…«

»Der Pastor dagegen behauptet steif und fest, dass das Dorf zur Zeit des Hugenotten-Aufstandes von königlichen Truppen dem Erdboden gleichgemacht worden ist und keiner der Bewohner überlebt hatte. Nun, das steht zu bezweifeln, denn zwischen den Trümmern siehst du zwar noch die Mauern eines *Temple*, nicht aber die einer Kirche – also war es eher umgekehrt. Die Unseren, also die Kamisarden haben nämlich ebenfalls gut und gern gezündelt, heißt es. Aber der Pastor liegt falsch damit. Dass Granville verlassen worden ist, hängt mit dem Wasser zusammen, mit nichts anderem. Von Jahr zu Jahr wurde es weniger. Die Leute hatten schließlich die Schnauze voll. Und der Zug ging ins Tal. Das Leben da unten war ungleich bequemer. Der Pastor hat keine Ahnung, wie sollte er auch, is' 'n Städter, mit so Träumen. – So ist das, nicht wahr?«

»Wie man's sieht.« Numa gähnte verhalten.

Papet streckte das Kinn vor. »Ich jedenfalls seh es so. Aber da fällt mir ein, dass man sich auch erzählt, dass sich in Granville noch eine Zeitlang ein Eremit aufgehalten hat. Soll zuletzt in der Waschgrotte gehaust haben, die er mit allem möglichen selbstgeschnitzten Krimskrams verziert hat, ein paar verrottete Holzfiguren will man gefunden haben. Aber ich glaube eher, dass das Ganze eine Erfindung ist. Um einen Verrückten wird es sich gehandelt haben. Um einen, der nicht mitbekommen hat, dass alle anderen ins Tal gegangen sind. Tja, von solchen Leuten, die ihr Dorf auf den Teufel nicht verlassen, nicht einsehen wollen, dass es keine Zukunft mehr hat, es stiller und stiller wird, weder der Laut von Tieren noch von Kindern mehr zu hören ist, gibt es immer wieder welche, wie man weiß.«

Numa wechselte sein Standbein.

»Tja…«, seufzte Papet versonnen.

»Und?«

»Der Kerl ist vielleicht ungeduldig!«, schimpfte der Alte. »Ich habe dir doch schon ein paar Mal gesagt, dass du schon kurz davor bist. Aber gut, nach Granville wirst du einen Weg erkennen können, der wieder steil nach unten führt, bis zu einer Steinbogenbrücke. Kannst drübergehen. Auch wenn der Bach von Granville eine ordentliche Wucht haben kann, wovon die im Tal ein Lied singen können, so dürfte sie noch stehen. Nach ihr teilt sich dann der Weg. Der eine führt nach unten, Richtung Amalric, der andere geht nach oben. Nach einer Biegung tauchst du in ein Waldstück; es wird eine Wohltat sein nach all der Hitze, wenn du nicht gerade das Glück hast, dass es regnet. Aber danach sieht es nicht aus. Doch wer weiß? Um die Mondwende hat man schon manche Überraschung erleben können.«

»Das ist wahr.«

»Also – der Weg nach oben verengt sich jetzt, bis er – vor der Schlucht eines Baches, dessen Namen niemand mehr kennt, zumindest ich nicht, und ich bin ja nun schon ein paar Jahre auf dieser…«, er spuckte aus, »… schönen Erde und bin gut herumgekommen in unserer Gegend – bis also dieser Weg eine Kurve in entgegengesetzter Richtung nach oben macht. Es gibt dann einige Serpentinen, immer zwischen Schlucht und Bergrücken. Der Wald ist hier feucht und kühl. Vor lauter Farn und, in den Lichtungen, Ginsterbüschen könnte es schwierig sein, den Lauf des Wegs zu erkennen. Nach einer Zeit kommst du zum Trockenhaus von Masaldemar. Darüber siehst du die frühere Kastanierie, die aber – ach, es ist ein Jammer – heute nichts als ein Gestrüpp zu Boden gefallener, weißer Stämme und einem Filz von Dornenbüschen sein wird, höher als ein ausgewachsener Mann. Es ist düster dort oben. Am Tag geht es, aber nachts, auch bei hellem Mond, würdest du die Hand nicht mehr vor dem Gesicht sehen. Pass einfach auf, dass du nicht in die Dunkelheit gerätst.«

»Werd früh losgehen.«

»Das solltest du auch. Also – am Ende der Kastanierie biegt sich der Weg wieder nach Südosten, und – *voila!* – vor dir liegt der Boden von Masaldemar. Das Haus selbst kannst du von hier noch nicht erkennen, aber jetzt dürfte nichts mehr schief gehen. Nur zwei – oder sind es drei, weiß nicht mehr – kleinere Bergrücken sind noch zu umgehen, bis du schließlich zu einem zwei- oder dreistöckigen Turm kommst. Was der für einen Zweck hatte, weiß heute keiner mehr. Er bestand vielleicht darin, dass sich früher hier eine wichtige Straße befunden hat und dort die Truppen des Königs den Übergang bewachten – von Masaldemar hat man schließlich einen ausgezeichneten Blick auf die alte Route über die Berge. Für so manche Raubgesellen, die sich an den durchziehenden Herden schadlos hielten, dürfte die Stelle ebenfalls ganz praktisch gewesen sein, denn vielleicht war Masaldemar einmal ein Wegelagerernest, wer weiß? Hinter diesem Turm jedenfalls beginnen jetzt bereits die Terrassen von Masaldemar, und nach ein paar Schritten, du wirst sehen, bist du, wohin du wolltest. Vor einem Haufen staubigen Gerölls und verfaultem Holz nämlich. – Ist doch einfach, der Weg, nicht?«

»Doch.« Numa nickte zögernd. »Eigentlich schon. Aber gibt es keinen anderen? Von der anderen Seite des Berges?«

»Über Lagranne, über die Farm von Almir? Lass mich überlegen.« Papet kniff sein Kinn und sah zu Boden. »Doch, da soll es einen höllisch steilen Pfad über den Grat geben – aber hör mal: Bis du auf La Granne kommst, kannst du genauso gut den

Weg nehmen, den ich dir beschrieben habe. Wenn du natürlich darauf spekulierst, einen Blick aus den schönen Augen von Jeanne aus La Granne zu erwischen, dann ist das was anderes. Das hättest du mir gleich sagen müssen.« Er grinste anzüglich. Numa sah zur Seite.

»Gut, mein Junge. Jetzt weißt du, wie du hinkommst. Hast du's dir gemerkt?«

»Ja.« Numa nickte höflich und hob die Hand. »Danke, Papet. Wiedersehn.«

»…aber ich versteh noch immer nicht, was du da oben suchst.«

Numa hatte sich bereits zum Gehen gewandt. Er drehte sich zurück.

»Hab ich doch gesagt, oder?«

Der Alte neigte den Kopf.

»Es hat deinem Onkel Bébert gehört. Aber es wird geredet, deine Schwester in Harnac hätte es zugesprochen bekommen. Ist es nicht so?«

»Wir haben getauscht.«

»Du bist verrückt.«

»Margot will es so. Sie will in Harnac bleiben.«

»Und du – du magst Harnac nicht? Ist doch 'n netter Platz? Die meisten, die runtergezogen sind, wollen nicht mehr weg. Hättest dort alles. Sogar 'n Kino.«

»Weiß nicht. Ist nicht mein Ding.«

»Bleibst lieber in St. Etiènne, nicht wahr. Na ja, hast es auch nicht schlecht bei Vater Teissier.«

»Er ist im Hospital.«

Papet runzelte die Stirn.

»Das klingt nicht gut. Vater Teissier hat sich doch immer geschworen, erst dann zu einem Arzt zu gehen, wenn er bereits gestorben ist. Und jetzt gleich das Hospital?«

»Er wird sterben. Ich habe mit dem Arzt geredet.«

»*Triste a plorar…*« Papet schien ehrlich bekümmert. »Dann

wirst du dir wohl eine andere Bleibe suchen müssen, nicht wahr? Sein Sohn, der flotte Eugène, hat ja bekanntlich andere Pläne mit dem Haus. Kann wohl nicht genug kriegen.«

»Noch lebt Vater Teissier. Ich werd's sehen.« Numa hatte wieder den Finger an den Mützenrand gelegt. »Wiedersehn, Papet, und nochmal…«

»Aber dann willst du dich ja vielleicht doch in Masaldemar niederlassen? Junge, tu dir das nicht an. Lass verfallen, was verfallen will.«

Numa zuckte abwesend die Schultern.

»Und wenn du es verkaufst? An Françoise von Bosc Cremat vielleicht? Wär bestimmt nicht die schlechteste Idee.«

»Glaubst du denn, dass sie es will?«

Papet hob die Hände. Betont unbeteiligt sagte er: »Etwas Heu kann sie immer brauchen. Wenn du ihr einen guten Preis machst?«

»Hm«, machte Numa.

»Ich würde es an deiner Stelle tun. Denn ob du einen anderen Dummen findest, weiß ich nicht. Das da oben ist nichts mehr wert, glaub mir.«

»Ich muss jetzt…«

»Sei gescheit!«

»Mhm.«

Papet zuckte resigniert mit den Schultern. »Ich glaube, das geht dir bei einem Ohr rein und beim anderen wieder raus. – Hast du wenigstens zugehört, wie ich dir den Weg beschrieben habe?«

»Ja.«

»Soll ich es wiederholen, damit du auch wirklich nicht in die Irre gehst? Hör zu: Der einfachste Weg, egal was dir der eingebildete Esel erzählt, ist…«

»Nein!«, rief Lucie. Sie wischte sich die Lachtränen aus den Augen.

»Alles Quatsch«, brummte Papet. »Er hat mir die Zeit geklaut mit seiner Fragerei. Was sollte ich tun? Ich hab's ihm erklärt, so gut es ging. War ja immerhin sein Haus, kann ja wohl keiner abstreiten, oder?« Er wandte sich an Baptiste und wies mit dem Daumen auf André. »Der Kerl da hat zu viel Zeit, das ist alles.«

Baptiste lachte gutmütig. »Stimmt. Den Holzeinschlag hast du auch noch nicht ausgeräumt. André. Mach mal zu!«

»Läuft mir schon nicht davon«, winkte dieser ab. »Papet! War's so oder war's nicht so?«

»Natürlich nicht«, sagte der Alte mürrisch. »Du machst dich über mich lustig. Wer wie 'n Buch quatscht, bist schließlich du. Radio und so 'n Blödsinn, Baptiste, kannst du dir hier jedenfalls sparen, solang der gute André da ist.«

»Ach«, rief Lucie, »jetzt sei nicht beleidigt. Lass ihn weiterspinnen.«

4

Die Beschreibung Papets hatte genau zugetroffen. Sogar die Pilzsucherin war an ihrem Platz vor dem Hort-de-Dieu. Germaine hatte ihm ein paar freundliche Worte zugeworfen. Von Pilzen sagte sie nichts.

»Warm, Numa, was?«

Der Wind bauschte ihre Bluse. Etwas wohlig Erschöpftes ging von ihr aus, als wünsche sie, man möge sie um die Mitte nehmen, halten und mit ihr auf ein weiches Lager gleiten.

Numa stimmte ihr zu. Ja, es sei wirklich sehr heiß.

Sicher würde es noch heißer werden, meinte sie. Die Mücken tanzten, wenn nicht gar ein Gewitter zu erwarten sei.

Numa war nicht stehen geblieben, hatte nur seine Schritte

etwas verlangsamt. Beim Weitergehen glaubte er ihren neugierigen Blick auf seinem Rücken zu fühlen.

Die Sonne stand bereits in Zenit, als er an der zunehmenden Terrassierung erkannte, dass Masaldemar nicht mehr fern sein konnte. Die Trockenmauern waren hier sorgfältiger geschichtet und, je höher er kam, mit breiten Treppen verbunden. Noch versperrten eine Kolonnade raurindiger Stämme, von einem knöchelhohen Teppich knisternder Maronenhüllen umgeben, den Blick.

Über Steine tänzelnd, durch eine Fahne kühlfeuchter Luft, überquerte er einen Bachlauf. Der Wald öffnete sich. Mauerwerk blinkte aus dem Gestrüpp. Dann stand er vor der Farm von Masaldemar. Eine Steintreppe führte auf eine schmale Terrasse. Er trat näher. Seine Schuhe versanken in einer Matte aus moderndem Laub und Gehölz. Die Mauern dampften. Steifes Dornengestrüpp, verfilzt mit den Zweigen eines mit rotschwarzen Dolden behangenen Holunders, hatte sich bereits bis zur ersten Etage hochgerankt. Die Luft knisterte, Wespen schwirrten um die mürben Trauben der verwilderten Weinlaube. Wo sich die Sonne durch den faulsüßen, brütenden Dunst und das fette Blattwerk kämpfen konnte, wiegte sich mannshoch Farn.

Verschwinde!, schrie alles. Masaldemar gehört uns!

Numa zog die Machete und schlug sich einen schmalen Pfad durch das störrische Dickicht.

Die Eingangstür stand einen Spalt offen; irgendjemand hatte das Schloss abmontiert. Als er sie aufschob, splitterte Rost von den Angeln. Ein Brombeerstrauch hatte seine Stränge unter der Tür durchgeschoben. Dahinter, in der Dunkelheit des Raums, waren sie verkümmert. Die Läden waren geschlossen; an mehreren Stellen hatten Spechte ein handtellergroßes Loch in das verwitterte Holz gehackt.

Numa ließ seinen Blick kreisen: In eine Ecke des Wohnraumes hatte jemand – ein Jäger, ein Schäfer? – Heu gestreut. Daneben ein Holztisch mit wurmzerfressenen Beinen, mit einem Brett notdürftig gestützt. An der Bergseite, unter einem mächtigen, über die gesamte Raumbreite gesetzten Balken, der Kamin, schwarz, von Spinnweben verhangen. Auf seinem Sockel bröselige Verputzplacken, Asche und mürbe Holzreste. Auch auf den Bohlen, im Staub verstreut: Rußkrümel, vom Regen aus dem Kaminschacht geschwemmt. Neben der Türe die Trümmer eines Stuhls, die Stäbe gebrochen, die Sitzfläche zerfetzt. Die Mauer zur Bergseite graugelb, der Verputz mehlig. Ritzen im Plafond, staubflirrende Lichtstäbe. Der beißende, bittere Geruch kalter Asche.

Neben der Feuerstelle führte ein Durchgang in eine Kammer. Die massige Tür schwang knirschend zurück. Der Boden des düsteren Raumes war mit Steinplatten belegt, darüber teppichdicker Staub, Flusen, Schmutz und Tierkot. An der Rückwand des Kamins eine, wenn auch kleinere, Herdstelle. Verstreute Ruß- und Aschenreste, in die Regen münzgroße Krater gebacken hatte. Daneben die Öffnung des Backofens. Unter der gemauerten Kaminhaube die rußverkrusteten Reste der Topf- und Pfannenketten, die sich in der Zugluft wiegten. Über ihnen, von toten, staubsatten Spinnennetzen durchzogen, das fahle Karree der Öffnung.

Die einzige Lichtquelle: eine handbreite Luke über dem Waschstein, durch dessen Abfluss sich ein Brombeerstrang verirrt hatte, knöchern, verdorrt. Die Wand der Bergseite bis zu den Deckenbalken roher Fels. Auf Kniehöhe ein Wasserhahn aus zerfressenem Messing, die Dichtung verrottet, die Flügel des Verschlusses drehten sich knirschend ins Leere. Eine handbreite Drainage, unter den Waschstein ins Freie gemeißelt. Numa, der noch die Hitze des Tages in seiner Haut spürte, fühlte nun die schweißige Feuchtigkeit seines Hemdes. Er fröstelte und ging wieder in den Wohnraum zurück, der ihm jetzt bereits freundlicher erschien.

Er schob die Tür links vom Eingang auf. Staub wirbelte auf.

Die kleine Kammer war hell. Die Läden an den Fenstern waren bereits vom Sturm abgeschlagen worden. Die Wände waren gelblich gekalkt, ockerfarbige Humidflecken blühten darauf, und um den hölzernen Fußboden war eine etwa kniehohe Bordüre aus erdrotem Lack aufgetragen. In der Ecke stand ein rostmattes Bettgestell, dessen spindeligen Füße nach innen gebogen waren. Aus einer Nische hingen die Bretter eines Wandschranks. Seine Türen fehlten.

Auf der Bergseite führte eine Tür in eine zweite, etwas kleinere Kammer. Auch dieser Raum war leer. Man hatte alles noch Brauchbare an Mobiliar und Gerätschaften gestohlen, sogar die Gläser aus den Fenstern gestochen. Aber vielleicht war ›gestohlen‹ auch das falsche Wort. War Masaldemar nicht verlassen worden? Hatten die früheren Bewohner damit nicht zum Ausdruck gebracht, dass sie das Haus und alles, was sich in ihm befand, nicht mehr benötigen würden? Tausende von Gehöften waren in den vergangenen Jahrzehnten aufgegeben worden. Manche der Bewohner ließen sich weit entfernt nieder, in der Nähe der Kohleminen von Alais, in den Fabriken von Nîmes oder Marseille. Ihre Grundstücke verpachteten sie für ein paar Francs, mit denen die Instandhaltung der Gebäude jedoch nicht mehr zu bezahlen war. Ja, es stimmte, was die Leute sagten: Auch Häuser können sterben, wie die Menschen, wie die Tiere.

Numa machte auf dem Absatz kehrt, ging wieder in den Kaminraum zurück und betrat eine steingemauerte Treppe, die auf den zweiten Boden führte. Kein Zweifel: Dies war die Magnanerie, der Raum, in dem man einst Seidenraupen gezüchtet hatte. Darüber spannte sich der Dachstuhl, zwischen den Sparren bauschten sich staubschwere Spinnennetze.

Prüfend glitt Numas Blick über Balkenwerk und Bretter. An vielen Stellen schimmerte bereits Tageslicht durch; die Leckstellen waren kalkig gerandet, und auf den Bohlen unter ihnen breiteten sich verbackene Krusten im Staub aus. Feuchtigkeit schimmerte aus den Verbindungsritzen; das Regenwasser hatte das Holz bereits geschwärzt.

Würde das Wasser hier weiter ungehindert eindringen, so würden die in den Tramm gespreizten Sparren, auf die die tonnenschweren Schieferplatten der Dachhaut geschichtet waren, nach außen drängen und das gesamte Dach zum Einsturz bringen. Wie lange würde es dauern? Numa überlegte. Zwei Jahre? Drei? Oder würde schon der nächste schneereiche Winter genügen?

Eine Tür führte auf einen kleinen Vorplatz hinter dem Haupthaus. Er lag bereits im Schatten. Entlang der Mauerlinie einer kleinen Scheune, deren Dach schon vor langer Zeit eingestürzt sein musste, führten Stufen auf eine weitere Terrasse, an die sich ein einstöckiges Gebäude schmiegte, dessen Türen und Fenster durch klobig behauenen Frédonit gerahmt waren. Armdicke Efeustücke hatten sich in die freigelegten Ritzen geschoben. Sie wanden sich in pelzig gewundenen Strängen nach oben, zur Mauerkrone mit ihren zum Sturz bereiten Randplatten.

Aus dem Geröll ragte das Skelett geborstener Balken – die ausgebleichten Reste des Daches, das schon eingebrochen sein musste, als Onkel Bébert noch hier lebte. Numa setzte einen Schritt in die Laibung der Tür. Er zuckte zurück. Vor ihm perlte, seimig glitzernd im nachmittäglichen Licht, eine Viper unter einer Steinplatte hervor. Numa hielt den Atem an. Die Schlange kroch träge unter eine von Moos ummantelte Schieferplatte.

Die Terrasse führte um die Ecke des Hauses und endete an der Felswand. Hier war der Boden mit großen Steinplatten belegt, aus deren Ritzen steifes Unkraut wuchs. Zu Numas Linken wurde sie von einem etwa hüfthohen, knapp einen halben Meter schmalen und einen Meter langen steinernen Trog begrenzt. Er war bis an den Rand mit Flugerde und faulendem Laub gefüllt. Dahinter war unter Geröll die Spur einer seichten Rinne zu erkennen, die entlang des Felsens verlief. Nach wenigen Metern verlor er sich in der Undurchdringlichkeit von Büschen, Gesteinsbrocken und abgestorbenem Gestrüpp.

Numa stocherte in der Erde. Keine Spur von Feuchtigkeit war zu entdecken. Wenn sich hier die Quelle befunden hatte, so war sie längst versiegt.

Er ging wieder nach unten, trat auf den schmalen Absatz vor dem Eingang und lehnte sich an die Brüstung.

Das also war der Grund, warum Onkel Bébert die Farm aufgegeben hatte: Masaldemar hatte kein Wasser. Es war wertlos.

Er sah ins Tal. Die dunstverhangene Glast des Vormittags hatte sich längst in kristallene Klarheit verwandelt. Scharf hob sich der Abriss des Mont Gabale gegen den dunkelblauen Himmel ab; das Gebirge döste wie ein schläfriges Urtier, den Rücken grüngrau bepelzt. In weicher werdenden, violetten Stufungen schmolz es nach Südosten, zum fernen Midi hinab. Seine Hänge, gesprenkelt vom schmutzigen Grün der Steineichen, sanken in die Tiefe schattiger Waldrinnen, wo sie sich, schon nicht mehr sichtbar, zum Talboden weiteten. Außer der gelegentlich aus dem Wald schimmernden Linie der uralten Route Royal unterhalb des Grates des Mont Gabale und dem blonden Fetzen einer Weide, auf einem Sattel darunter, wo am Rande das Dach einer einsamen Farm silbrig schimmerte, waren keine Spuren menschlichen Lebens zu sehen.

Auf der anderen Seite, nicht weit von den letzten Terrassen, türmte sich das Gebirge in kahlen Scharten fast einhundert Meter hoch. Föhren und fleckiges Grün hatte sich in Spalten des rostbraunen Gesteins geklammert. Wenige Meter hinter Masaldemar ragte ebenfalls kantig gerissener Fels zum Gipfelgrat des L'homme-mort empor.

Ein heiserer Pfiff! Hoch im Nordwesten schwebte, nahezu reglos, ein Bussard. Numa starrte in das blendende Blau. Er zwinkerte. Im gleichen Augenblick hatte das Raubtier seine

Flügel angelegt, schoss in steiler Linie zu Boden und verschwand hinter der Silhouette des Felsbruchs.

Numa wurde plötzlich von Unruhe erfüllt. Die Sonne stand tief im Westen, die Front von Masaldemar lag bereits im Schatten. Er warf einen letzten Blick auf das Haus.

Nein, er hatte keine Lust, diesen verrotteten Kasten wieder bewohnbar zu machen. Es würde unendlich viel Arbeit sein, es wieder in Stand zu setzen. Masaldemar lag zu abseits. Und es hatte kein Wasser.

Er würde Papets Rat befolgen und verkaufen. Natürlich würde man ihm nicht so viel bezahlen, dass er sich davon eine andere, auch kleinere Farm würde leisten können. Aber immerhin würde er so viel Geld erhalten, wie noch nie zuvor in seinem Leben. Was er damit anfangen würde? Nun, das würde ihm schon zur rechten Zeit noch einfallen.

Wind war aufgekommen. Die Läden des Erdgeschosses schlugen an die Wand. Numa rieb sich fröstelnd die Arme. Er zögerte, ging noch einmal rasch ins Haus, verließ es über die Hintertür der Magnanerie, kletterte auf das Dach und schob eine Schindel über die Stelle, an der sich der Zugbalken zu lösen drohte.

Er wusste, dass er sich nun beeilen musste, wollte er St. Etiènne noch vor Einbruch der Nacht erreichen. Seine Unruhe wuchs. Schon berührte die Sonne den Horizont.

5

Am nächsten Morgen erwachte Numa früh. Er hatte unruhig geschlafen, Eigenartiges geträumt. Gedankenverloren kleidete er sich an. An der Wasserstelle, die sich im Durchgang zum Vordergebäude befand, warf er sich einige Hände Wasser ins Gesicht.

Noch war die Luft kühl, doch schon bald würde die Sonne

den aus dem Fluss steigenden Nebel aufgelöst haben. Schon blitzten blaue Felder aus dem grauen Schleier, der das Tal verhing. Numa begab sich auf den Dorfplatz. Die Marktleute waren dabei, ihre Auslagen zu bestücken. Er schlenderte zwischen den Ständen hindurch. Vater Teissiers Sohn, der rundliche, rotwangige Eugène, eilte geschäftig durch die Reihen. Numa grüßte ihn. Schlecht, sagte Eugène betrübt, schlecht stehe es um Vater Teissier, aber was könne man machen, außer zu hoffen?

Im Café du Planet war das Radiogerät angestellt. Einige der Gäste hörten schweigend zu, die anderen palaverten lautstark. Baptiste stellte ihm einen Kaffee auf die Theke.

»Heute nicht bei Claude, Numa? – Nein? – Schon fertig mit dem Dach?«

»Ja.«

»Wirklich? Ging aber fix. Nun, das Wetter hat ja gut gehalten, hoffentlich bleibt es, nicht?«

Einer der Marktleute winkte dem Wirt. Numa trank seinen Kaffee in wenigen Zügen aus. Er legte die Münzen auf die Theke und verließ wortlos die Bar.

Eine halbe Stunde später befand er sich bereits auf dem Weg nach Masaldemar. Er dachte an nichts, ging schnell, mit weiten Schritten. Irgendwann um die Mittagszeit stand er schwer atmend vor dem Gehöft. Er öffnete alle Fenster des Wohntraktes. Gelbes Licht durchflutete die Räume, im flimmernden Staub tobten die Mücken.

Er hastete die Stufen zum Althaus hinauf und blieb vor dem Wassertrog stehen. Er überlegte einen Augenblick, trat hinter ihn und stocherte mit der Machete in der trockenen Rinne. Er sah auf: Dort, wo das wuchernde Gebüsch begann, war ein ausgebleichter Stamm in den Kanal gestürzt. Er versuchte vergeblich, ihn zur Seite zu schieben, konnte ihn nur wenige Zentimeter anheben – genug jedoch, um unter ihm einen flachen Graben zu erkennen. Er hieb einen schmalen Gang durch das knotige Grün und ging gebückt weiter. Noch immer war der Lauf der Rinne zu sehen.

Nach einer halben Stunde entdeckte er hinter einer Geröllhalde zum ersten Mal einen Flecken glitzernden Morasts, von einem Schwarm durcheinander jagender Mücken umsungen. Numa atmete schneller. Das Dickicht löste sich, doch bald verschloss wieder übermannshohes Dorngebüsch den Durchgang. Numa keuchte, Schweiß brannte in seinen Augenwinkeln. Seine Machete kreiste.

Nun drängte sich eine Felswand an den Kanal, und nach wenigen Schritten zwängte er sich unter einen Überhang. Ein von Menschenhand ausgeschlagener, niedriger Stollen führte einige Meter in das Innere des Berges. An ihrem Ende, von feinsandigem Schlick umgeben und durch ein niedriges Mäuerchen gefasst, döste ein schwarzer Tümpel.

Ein winziges Medaillon aus Licht tanzte auf der blanken Fläche. Numa ging in die Knie, griff mit beiden Händen in die Lake und warf sich das kalte Wasser ins Gesicht. Kurz trübte sich der Tümpel, dann hatte er sich wieder geklärt. Numa richtete sich auf. Er hatte die Quelle gefunden! Noch während Numa in Gedanken den Aufwand überschlug, den es kosten würde, den Kanal wieder freizulegen, fand er sich schon dabei, die ersten Steine mit bloßen Händen zu entfernen. Sofort sickerte das Wasser nach. Numa grub schneller, fuchtelte mit der Machete zwischen den Büschen, hieb ab, was ihm im Weg stand, zerrte tropfende Wurzelballen aus dem Geröll und schabte die gemauerte Rinne Meter für Meter frei. Mit leisem Gurgeln folgte ihm das Wasser. Längst waren Hose und Weste schmutzig, die Ärmel bis zu den Ellbogen schlammschwarz.

Nachdem er die kleine Geröll-Lawine beseitigt hatte (er war sich nun sicher, dass irgendjemand – und er glaubte auch zu wissen, wer – den Kanal absichtlich zugeschüttet hatte), boten sich dem handbreiten Rinnsal kaum noch Hindernisse. Numa arbeitete nun wie ein Besessener. Immer wieder musste er einige Meter zurückgehen, da das nachfließende Wasser kleine Geschiebedämme bildete und dadurch aus der Rinne gelenkt wurde. Endlich wälzte sich ein armdicker Schwall trüber Flüssigkeit in das Becken neben dem Althaus. Numa schaufelte mit den Händen die steinerne Wanne frei. Bald würde sich der Schlamm absetzen, das Wasser klar werden.

Er setzte sich an den Rand des Beckens und beobachtete zufrieden, wie es sich immer mehr füllte. Er griff in seine Brusttasche, holte den Lederbeutel hervor, entnahm ihm ein Büschel *Gris* und rollte sich eine Zigarette. Er hatte sie noch nicht zu Ende geraucht, als das Wasser über den Rand leckte und über eine Scharte abfloss. Am Fuß des Trogs jedoch schien es spurlos zu versickern.

Numa runzelte die Stirn. Er warf die Zigarette zu Boden.

Dann hatte er die Lösung gefunden: Irgendwo unter ihm musste sich ein Reservoir befinden. Er stampfte auf eine der Platten. Ein dumpfer Hall antwortete. Wo war dieser Hohlraum?

Noch einmal hob er den Fuß. Er hatte die Bewegung noch nicht beendet, konnte sie aber auch nicht mehr abfangen, als er erkannte, dass er eine entsetzliche Dummheit beging. Der Boden unter ihm gab nach. Die Platte kippte mit mürbem Ächzen in die Tiefe. Seine Hände fanden keinen Halt mehr.

Er sah und hörte nichts mehr, fühlte nur noch, wie er in eine brackige Flüssigkeit stürzte und ein reißender Schmerz aus seinem rechten Bein gellte. Er konnte sich gerade noch zur Seite rollen, als ein schwerer Gesteinsbrocken neben ihm aufschlug und ihn mit einem Schlammschwall übergoss.

Als er sich fassungslos aufrichtete, erkannte er sofort, dass er verloren war. Die Zisterne war über vier, vielleicht gar fünf Meter tief. Oberhalb der vier Schritt breiten, quadratischen Kaverne verengte sie sich wie ein Flaschenhals auf die Luke zu. Die Wände bestanden bis kurz vor dem Einstieg aus glatt behauenem Fels. Ohne Hilfe würde er sie nicht mehr verlassen können. Hilfe? Welche Hilfe? Seit Jahr und Tag hatte kein Mensch mehr einen Fuß auf Masaldemar gesetzt! Und er hatte niemandem erzählt, dass er ein zweites Mal hierhergehen wollte, war dem geschwätzigen Papet ausgewichen, als dieser am Morgen über den Dorfplatz auf das Café zugesteuert war! Es würde Wochen, Monate, vielleicht Jahre dauern, bis ein Jäger oder Hirte hierher kommen würde. Und wenn, würde er ihn nicht einmal hören. Und umgekehrt galt das Gleiche.

Numa schrie und wütete. Die glatten Wände warfen den Hall höhnisch zurück. Er machte einige Versuche, Steiggriffe in den glatten Fels zu ritzen, krallte sich verzweifelt in die fingerbreiten Schlitze, gewann einen halben Meter über dem Boden, einen weiteren dann kreischte wieder der Schmerz durch das Bein, und es verließ ihn die Kraft. Er stürzte in die Bracke zurück.

Irgendwann gab er auf. Wimmernd sank er zu Boden, starrte nach oben auf die zackig gerandete, gleißende Öffnung. Sein Puls begann zu poltern, er klapperte mit den Zähnen, verlor die Besinnung und sank zur Seite.

Erstickungsnot weckte ihn. Er hustete röhrend, spuckte das Wasser aus, das ihm in Gaumen und Kehle gelaufen war. Noch immer klatschte aus einem Rohr am Ende des Gewölbes ein armdicker Wasserstrahl in die Tiefe. Er schöpfte Hoffnung. Lass, betete er, sich die Zisterne bis an den Rand füllen, damit ich mit dem Wasser nach oben schwimmen kann. Gib, dass das Geröll in der Rinne oben sich nicht staut und das Wasser ableitet.

Er wartete. Gleichmäßig plätscherte das Wasser neben ihn. Doch die schwarz glimmende Fläche hob sich nur wenig, auch nicht, nachdem er im Schlamm nach dem Abflussrohr gesucht und es mit einem Stoffstreifen verstopft hatte. Das Wasser floss vermutlich über unsichtbare Risse im Fels ab.

Am Abend des zweiten Tages schlitzte ein Blitz über ihm den Himmel. Ein heftiger Wolkenbruch setzte ein. Die Zisterne füllte sich bis auf Hüfthöhe, dann senkte sich der Wasserpegel wieder.

Die Tage vergingen in grausamer Trägheit. Irgendwann wusste er nicht mehr, wie lange er bereits hier lag. Aus fernen Geräuschen wurde Geflüster. Er stand auf, schrie, so laut er konnte, dann sank er wieder zurück, betrachtete die Wände seines Kerkers, deren Ausblühungen sich zu Gesichtern, albtraumhaften Untieren und Landschaften verwandelten.

Er war sehr wach, wurde jedoch ruhiger. Er betrachtete gelassen den Wechsel des Lichts, füllte von Zeit zu Zeit seine gewölbten Handflächen mit Wasser und trank. Dann lauschte er wieder dem Klicken des herabrieselnden Wassers und fühlte sein Herz in der Brust gleichmäßig schlagen.

Er erwartete nichts mehr. Etwas würde geschehen, und es würde gut sein. An manchen Tagen sah er über sich Sterne und den Mond, der über einer stummen, nächtlichen Welt dem Morgen zuwanderte.

6

»Ich habe ihn gewarnt, das habe ich getan! Hab ihn beschworen, das dürft ihr mir glauben! Was suchst du da oben, habe ich gesagt, hast nichts verloren, was…«

»Furchtbar.« Lucie schauderte. »Fast drei Wochen ist er da drin gewesen?«

Die Männer nickten.

»Mindestens, wenn nicht länger.«

»Nun übertreib nicht schon wieder, André. So lange hält das keiner aus.«

»Aber es muss doch aufgefallen sein, dass er nicht mehr da war?«

»Ist es ja auch«, stimmte André zu, »man hat sich Gedanken gemacht, so ist das nicht, auch wenn er ein Sonderling war. Aber es gab für alle nur eine Erklärung…«

»Nämlich?«

»Dass er sich aus dem Staub gemacht hatte. Wie damals Franzelloni. Der ist damals im Großen Krieg abgehauen und hat sich oben im Wald versteckt, als sie ihn einziehen wollten, aber …«

Baptiste griff ein. »André, denk dran, dass du noch ’ne ordentliche Tour vor dir hast! Manche warten auf Post. So was soll’s geben.«

»Also dachten alle«, folgerte Lucie, »Numa hätte sich ebenfalls vor der Einschreibung gedrückt. Und deshalb hat man nicht nach ihm gesucht?«

»Genauso war es«, bestätigte der Briefträger. »Außer den Gendarmen natürlich, die sich den vermeintlich Fahnenflüchtigen schnappen wollten.«

Papet grinste bübisch: »Aber natürlich haben sie bei den meisten auf Granit gebissen, als sie rumgefragt haben.«

»Wieso?«

»Wieso, fragst du?« Papet schnaubte verächtlich. »Meinst du etwa, ich hätte denen gesagt, was ich vermutet habe? Schließlich wollte ihn keiner reinreiten, nicht? Viele fanden, dass er es richtig gemacht hat.«

»Aber das Verrückte ist doch«, sagte Baptiste nachdenklich, »dass er da oben verfault wäre, wenn der Krieg nicht angefangen hätte.«

»Alles hat schließlich sein Gutes«, meinte André trocken. »Es gab jedenfalls eine Fahndung, wie sie die Gegend seit Franzelloni nicht mehr gesehen hat. Weißt du noch, Baptiste?«

»Und ob«, nickte der Angesprochene. »Hätt aber alles nichts genutzt, wenn der liebe Eugène nicht Gewissensbisse gekriegt und den Gendarmen gesteckt hätte, dass Numa sich bei ihm kürzlich nach Masaldemar erkundigt hat.«

»Schon seine Mutter war falsch wie ’ne Natter.«

Lucie lachte ungläubig. »Dass ihm dieser Salatkopf von Krämer eins auswischen wollte, hat ihm das Leben gerettet?«

»Es ist, wie du es sagst«, bestätigte André. »Wobei es dann allerdings Jeanne von La Granne gewesen ist, die ihn schließlich gefunden hat. Die Gendarmen haben sie sich gegriffen, damit sie sie nach Masaldemar führt. Almir hat mir erzählt, dass sie, als sie endlich dort waren, schon wieder abdrehen wollten. Aber Jeannes Hund hat wohl Theater gemacht, und da hatte sie so 'ne Idee und ist zur Zisterne hochgeklettert. ›Numa, bist du tot?‹, soll sie hinuntergerufen haben. Was er darauf geantwortet hat, ist nicht bekannt.«

Lucie lachte leise.

»Tja«, räusperte sich Papet, »aber seit der Zeit ist er eben nicht mehr ganz dicht da oben, unser Numa.« Er tippte sich an die Stirn.

Die Standuhr schlug die Mittagsstunde.

»André?«, fragte Lucie verhalten, »noch 'n Kleinen?«

Der Briefträger warf einen Blick nach draußen und schüttelte bedauernd den Kopf.

»Es hat zu regnen aufgehört. Hab 'nen ordentlichen Packen, und auch 'ne Menge Leute, die scharf auf Post sind.«

»Was du nicht sagst«, lästerte Papet, »hm, Baptiste, was er nicht sagt? Kollege Jeannot wird mit seiner Tour jedenfalls schon fast fertig sein.«

André streckte sich. »Weil er 'ne kürzere Tour hat. Und eben so 'n Schleimer ist.«

Er legte einige Münzen auf den Tresen, hängte sich seine Tasche um und rückte seine Kappe zurecht. Er hatte die Tür bereits geöffnet und stand mit einem Fuß bereits unter der Eingangsstufe, als zwei Militärlastwagen in schneller Fahrt den Platz überquerten. André sah ihnen nach, bis sie am Ortsausgang verschwunden waren. Er drehte sich um und senkte die Stimme. »Übrigens, habt ihr schon gehört, dass sie bei der Negase-Brücke droben wieder einen erwischt haben? Gestern früh? 'nen Deutschen?«

»Was?«

»Zuvor soll's 'ne Schießerei gegeben haben. Mit Beltons Leuten, sagt man.«

»Ich hab nichts mitgekriegt.« Papet schüttelte den Kopf. »Der Boche war wahrscheinlich bloß Pilze suchen und hat sich verlaufen. Kann man ja verstehen, sind ja nicht zu Hause hier, nicht?«

»Pilze suchen«, sagte André kopfschüttelnd. »Wahrscheinlich, Papet. Wie man das um diese Jahreszeit eben so tut, nicht wahr?«

»Die Boches sind hier nicht zu Hause. Weiß man's?«

»Wie du meinst.« André hob die Brauen. »Und?«, raunte er verschwörerisch. »Hat er auch welche gefunden? Unter der Erde vielleicht?«

»Ich hab wirklich nichts gehört«, sagte Papet mit beiläufigem Ton. »Die Ohren, weißt du. Bin ja nicht mehr der Jüngste.«

Andrés Blick glitt über die Runde. Eine leichte Röte tönte seine Wangen. Dann hatte er es plötzlich eilig. Mit verkniffenem Lächeln verabschiedete er sich. Er schob das Fahrrad einige Schritte, dann drehte er sich unvermittelt um und stapfte wütend zurück. Sein Gesicht brannte vor Zorn.

»Ihr zwei – kann es sein, dass ihr Arschlöcher seid?«

»Wieso? Hör mal!«

»Will's bloß wissen!«

»Pass auf, was du sagst, ja?!«

»Hab ich was gesagt?«, fauchte André. »Ich hab nur mal gefragt, ob es sein könnte, dass ihr beiden zwei Arschlöcher seid! Ich werde mich jedenfalls in Zukunft im Café du Nord aufhalten. Wo – nebenbei – eine Bohne mehr durch den Kaffee geschossen wird.«

»Aber, André, alter Freund …«

»Schluss mit Freund!« Der Briefträger warf die Tür heftig hinter sich zu und verschwand.

»Was hat er?«, fragte Lucie.

Baptiste zuckte mit den Schultern und rieb sich die Hände.

»Morgen ist er wieder da, nur keine Angst.«

Lucie stieß ihn an. »Sagt mal«, sagte sie gedämpft, »André ist doch… ich meine… Oder?«

»Doch, natürlich«, beschwichtigte Baptiste. »Er ist in Ordnung. Nur bei seinem Kollegen Jeannot heißt es auf der Hut sein.«

»Und bei Eugène«, ergänzte Papet.

»Nein, André ist wirklich in Ordnung«, wiederholte Baptiste. Er verschränkte die Arme vor der Brust. »Unser guter Briefträger hat nur die Gewohnheit, gerne Geschichten zu erzählen. Er freut sich, wenn er viele Leute unterhalten kann.«

»Sind ja auch schön, seine Geschichten.« Lucie sah sinnend in ihr Glas. »Fast so schön wie die, mit denen du damals versucht hast, mich herumzukriegen.«

»Klar. Es gibt aber Zeiten, in denen das Geschichtenerzählen gefährlich ist. Benedetti hat seine Ohren überall.«

»Benedetti?«, wollte Lucie wissen.

»Von der Staatssicherheit«, erklärte Baptiste ungeduldig. »Ist seit ein paar Monaten Chef des Sicherheitsbüros. Sag mal, kümmerst du dich eigentlich um gar nichts?«

Die Wirtin warf ihm einen ärgerlichen Blick zu.

»Benedetti? Benedetti Joseph? Den kenn ich, oh!« Papet kratzte sich am Nacken. »Ist 'n Fuchs mit kalter Schnauze. War 'ne Zeit lang in der Unterpräfektur in Harnac. Ist aber ganz schön nach oben gestiegen.«

»Musst nur 'n Schwein sein heutzutage«, warf Baptiste ein. »Der Mist ist nur, dass er sich hier auskennt wie kein Zweiter.«

»Und bestimmt wird er nach diesem Boche suchen lassen«, ergänzte Papet noch. »Da gilt's, ein paar Scheunen gut abzuschließen. Aber unser Pastor ist 'n guter Hirte. Der hat das mit den Scheunen schon im Griff.«

Lucie hatte Andrés Glas ausgespült und in das Regal gestellt.

»Benedetti… Hab den Namen noch nie gehört«, sagte sie nachdenklich.

»Klar, kannst du auch nicht«, sagte Baptiste herablassend, »du stammst schließlich nicht von hier.«

Sie verschränkte die Arme vor ihrer Brust und wandte sich wütend ab. Plötzlich stutzte sie. Papet folgte ihrem Blick. Er stand auf, nahm seinen Stock und humpelte zum Türfenster. Dann schob er seine Kappe in den Nacken und winkte den beiden. Sie stellten sich neben ihn und sahen durch die angelaufene Scheibe auf den Platz hinaus.

Auch der Wind hatte sich abgeschwächt, die Sonne war wieder durch die Wolken gebrochen. Der Marktplatz hatte sich wieder belebt. Der Krämer Eugène kurbelte geschäftig die Markise aus. Der graue, schlammbespritzte Citroen *Torpedo* Claudes – der Maurer hatte ihn sich zum Lieferwagen umgebaut – rumpelte zur Brücke. Auf der Ladefläche polterte eine Ladung Hölzer. Vor dem Postbüro schleppte der Fahrer des Postautos einen schlaffen, mit Briefen gefüllten Leinensack heran und warf ihn mit Schwung in den Bus. Eine leichte Bö zauste das bieder aufgesteckte Haar der in einen dunklen, hochgeschlossenen Mantel gehüllten Frau, die eben mit ernstem Gesicht den Bus bestieg.

»Germaine macht wieder ihre Kranke-Tante-Visite«, raunte Papet anzüglich. »Wetten? Was 'n Lapp, Henri. Er glaubt ihr das auch noch.«

»Salatkopf«, sagte Lucie. »Beschwer du dich bloß noch mal, dass andere zu viel schwatzen! Aber Germaine meine ich nicht. Sieh doch – dort …«

Papets Blick folgte der Richtung, in die ihr Zeigefinger wies.

In der Mitte des Platzes ging ein schlaksiger junger Mann unschlüssig auf und ab.

»Seltsam …«, sagte nun auch Baptiste.

Die Wirtin blickte von einem zum anderen. »Kennt ihr den?«

»Von hier ist er jedenfalls nicht«, stellte Papet fest. »Garantiert nicht. Ich sag euch: Der ist nicht mal nicht von hier, sondern von … also, wenn mich mein Gefühl nicht narrt, dann ist das der Kerl, von dem unser André eben gesprochen hat.«

III

Fährten im Unterholz

1

»Nourex – Handelsgesellschaft«, stand auf einem Schild neben dem Eingang des unauffälligen Hauses in einer Straße in der Nähe der Arena von Nîmes. Sicherheitsinspektor Joseph Benedetti schloss die Türe auf und ließ seine Begleiterin vor sich eintreten. Er nahm ihr den Mantel ab.

»Sie sind eine wahre Patriotin, Madame Brugiere«, lobte er, während er seinen Straßenmantel ebenfalls an den Garderobenhaken hängte. Mit zuvorkommender Geste wies er auf einen Stuhl und nahm hinter dem Schreibtisch Platz. Er wirkte plötzlich größer.

Sie ließ sich mit einer hastigen, etwas geziert wirkenden Bewegung nieder, öffnete ihr Kopftuch, das sie unter dem Kinn verknotet hatte, legte es sich über die Schultern und richtete ihr Haar.

»Aber es …«

»… wird vertraulich behandelt, selbstverständlich«, beruhigte sie der Inspektor. Er korrigierte den Sitz seiner Krawatte, stützte seine Ellenbogen auf die Tischplatte und legte die Fingerspitzen aneinander. »Aber erzählen Sie mir noch etwas mehr über diesen Mann, den Sie dabei beobachten konnten, wie er eine Waffe hinter seiner Scheune versteckt hat.«

Die Frau setzte zu einer Antwort an. Er hob den Zeigefinger und blickte ihr ins Gesicht.

»Sie wissen«, unterbrach er sie, »dass er dafür hart bestraft werden wird?«

»Das weiß ich durchaus, Monsieur l'Inspecteur.«

»Sehr hart, Madame.«

»Er verstößt gegen das Gesetz!«, rief sie.

»Sehr richtig«, stimmte Benedetti ihr ernst zu. »Und man wird ihn wahrscheinlich erschießen, wenn sich Ihre Angaben als zutreffend erweisen sollten.«

Sie schluckte. »Das …«, die Lider über den fleischigen Wangen zuckten, »… das möchte ich nicht.«

»Man wird sich leider nicht danach richten, was Sie möchten, Madame. Der Besitz einer Waffe ist streng verboten.«

»Das ist mir bekannt«, sagte sie hastig. »Aber seit wann wird …«

»Seit kurzem. Die Überfälle der Banditen haben zugenommen. Man ist nicht mehr bereit, dies hinzunehmen.«

Inspektor Benedetti hatte nicht laut gesprochen. Er lehnte sich zurück und rückte an seiner Brille.

Dreißig, einunddreißig, höchstens dreiunddreißig, dachte er. Auf eigenwillige Art hübsch. Ihre Augen, sehr ernst, stehen leicht vor. Stirn und Oberlippe glänzen. Die Haut dunkel, weich. Schöne Figur, hohe, füllige Brüste. Ein Weib – in der Liebe vermutlich nachgiebig, und bösartig. Hasst die Männer, hasst sich. Ist völlig humorlos. Was fällt mir sonst noch ein, wenn ich sie betrachte? Hungrig, auf was auch immer, auf alles. Eine Art Verdorrtheit. Als fresse etwas in ihr. Vielleicht trinkt sie. Sie atmet schnell, flach, fast erstickt. Es gelingt ihr schlecht, ihre Aufgeregtheit zu verbergen. Hält, wenn sie zu sprechen beginnt, immer erst die Augen für Sekunden geschlossen. Also? Er schob die Brille gegen seine Nasenwurzel.

Er sieht wie ein Fuchs aus, dachte sie.

»Nun, Madame? Ich hatte Sie gebeten, mir mehr über diesen Mann zu erzählen.«

»Ich … ich bin mir jetzt sicher, dass ich mich getäuscht habe.

Ich möchte gehen. Bitte entschuldigen Sie, dass ich Sie aufgehalten habe.«

Sie stand auf.

»Bleiben Sie bitte sitzen.«

»Ich sagte doch, dass ich mich getäuscht ...«

»Und ich sagte, dass Sie sitzen bleiben sollen«, unterbrach Benedetti. »Drücke ich mich so undeutlich aus?«

Sie sank auf den Stuhl zurück. Ihr Blick flirrte.

»Und jetzt zurück zu diesem ... Monsieur Dillon. Dillon Baptiste, so ist doch sein Name, nicht wahr?«

Sie winkelte ihre Beine mit einer nervösen Bewegung unter den Stuhl und schwieg. Der Inspektor strich sich mit gespielter Verzweiflung über den Kopf. Er hob beschwörend die Hände.

»Gut, ich verspreche Ihnen, mich dafür einzusetzen, dass es nicht zum Schlimmsten kommt«, lenkte er ein. »Aber um eine empfindliche Strafe wird er nicht herumkommen.«

»Ihr Wort darauf?«

»Mein Wort darauf, Madame. Wie alt ist er? Das können Sie mir doch sagen. Damit schaden Sie ihm nicht.«

Sie überlegte einen Moment. »Vierunddreißig Jahre.«

»Und er ist Ihr Nachbar, nicht wahr? Das bedeutet, dass das Grundstück Ihrer Familie an seines grenzt.«

»Natürlich.«

»Welchen Beruf hat er?«

»Er hat 'ne Bar-Tabac und macht ein bisschen mit Gemüse, Obst und Honig und so rum.«

»Ist er verheiratet?«

Sie nickte heftig.

»Glücklich?«

Sie gab einen verächtlichen Laut von sich.

»Wozu ist das alles wichtig?«

Benedetti überhörte die Frage.

»Ist er ein ...«, er schien zu überlegen, »... ein begehrenswerter Mann, dieser Monsieur Dillon?«

»Begehrenswert? Dieser *Putanier*?« Sie schnaubte. »Dieser Hurenbock?«

»Na na na, Madame«, rügte Benedetti amüsiert, »zügeln Sie sich. Darf ich fragen, ob auch Sie verheiratet sind?«

»Was fragen Sie mich das alles? Ich werde jetzt gehen.«

»Sie gehen nicht!«, brüllte Benedetti unvermittelt. Sie erstarrte. Er war aufgestanden, hatte sich nach vorne gebeugt und seine Hände auf die Schreibtischplatte gestützt. »Sie antworten gefälligst auf meine Fragen! Sie befinden sich hier in einem Büro des staatlichen Sicherheitsdienstes und nicht beim Kaffeeklatsch! Wenn Sie nicht augenblicklich antworten, lasse ich Sie festnehmen. Wollen Sie mich zum Narren halten?«

Sie nickte hastig. »Ja.«

»Ja – was?!«

»Ich bin verheiratet.«

Er setzte sich wieder.

»Na, sehen Sie«, sagte er versöhnlich. »Und – glücklich? Ich meine: Glücklich verheiratet?«

Sie sah ihn kläglich an. »Selbstverständlich. Aber ich möchte jetzt wirklich gehen. Verzeihen Sie. Ich fühle mich nicht wohl.«

»Madame…« Benedetti seufzte. Sein Blick wanderte gleichgültig durch den kahlen Raum. Schließlich blickte er ihr ins Gesicht und sagte ruhig: »Ich schätze es nicht, wenn man sich zum Komplizen von Banditen macht.«

Sie richtete sich erschrocken auf. Ihre Wangen röteten sich. »Komplizin? Ich?« Sie legte ihre Hand auf ihre Brust.

»Natürlich. Sie decken diese Terroristen. Das ist nur allzu deutlich.«

Sie öffnete den Mund und schluckte. Ihr Blick war feucht geworden.

»Lassen Sie mich gehen, Monsieur l'Inspecteur. Ich flehe Sie an!«, flüsterte sie.

Benedetti wandte sich zur Seite, öffnete eine Schublade und entnahm ihr eine Zigarettendose. Er ließ sich Zeit.

»Das werde ich nicht.« Er zündete sich eine Zigarette an.

»Nicht, bevor Sie mir erzählt haben…«, er blies Rauch aus, »…woher Sie die Waffe hatten.«

Ihre Augen wurden rund. »Ich…?«

»Von irgendwoher müssen Sie sie ja bekommen haben, nicht wahr?«

»Wieso… welche Waffe?«, flüsterte sie.

»Die Waffe, Madame Brugiere, die Sie hinter der Scheune Ihres Nachbarn, der Ihre Liebe – unverständlicherweise, da Sie eine sehr attraktive Frau sind – nicht erwidert hat, versteckt haben.«

Sie schüttelte entsetzt den Kopf.

»Aber ja, meine Liebe«, sagte Benedetti gütig. »Ich muss Ihnen leider sagen, dass Ihre Intelligenz nicht ausreicht, um mich hinter's Licht zu führen.«

Er lehnte sich zurück. »Ich kann mich auf meine Intuition verlassen, weil es Ihnen selbst jeglicher Fantasie zu mangeln scheint. Erlauben Sie mir also, dass ich ein wenig fabuliere: Monsieur Dillon war Ihre große Liebe. Vermutlich kamen Sie mindestens einmal Ihrem Ziel sehr nahe, dann jedoch wandte er sich einer anderen zu. Der Mann, den Sie schließlich heirateten, war zweite Wahl. Nun hassen Sie beide – Ihren Gatten, der das Pech hat, immer Sinnbild Ihrer Niederlage zu sein, und Monsieur Dillon, der in Ihren Augen der Verursacher Ihres tristen Schicksals ist. Habe ich Recht?«

Die Brugiere presste die Oberarme eng an ihren Oberkörper. Ihre Brust wölbte sich. Ihr Kopf war zwischen die Schultern gesunken. Ihr Gesicht glänzte. Sie versuchte zu lächeln. Es sah albern aus.

»Sie könnten Dichter sein«, flötete sie. »Wie kommen Sie dazu, von mir anzunehmen, dass ich Sie belügen könnte, Monsieur l'Inspecteur?«

Benedetti strich sich mit der Rechten über Schläfe und Haar. »Erfahrung, Madame«, erwiderte er eitel. »Aber ich werde Sie trotzdem verhaften lassen. Es sei denn, Sie sagen endlich die Wahrheit.«

»Aber ich sage die Wahrheit!«

»Gewiss doch.« Der Inspektor betrachtete gelangweilt seine Fingernägel. Dann legte er seine Hände breit auf den Tisch und fixierte sie kalt.

»Aber leider glaube ich Ihnen nicht. Ich kann Ihnen außerdem nicht garantieren, dass sich nicht auch der deutsche Sicherheitsdienst für Sie interessieren wird. Es sei denn…«

Sie schniefte auf. »Was… was wollen Sie, dass ich tue?«

»Nun, ich kann von einer Verhaftung absehen, wenn Sie sich wirklich kooperativ zeigen. Verstehen Sie?«

Sie nickte fahrig. Benedetti faltete seine Hände.

»Sie heißen Germaine Brugiere, wohnen in St. Etiènne-Vallongue und sind mit Monsieur Brugiere, Henri, verheiratet, richtig?«

»Mein Mann hat nichts damit zu tun. Er darf nie erfahren, dass ich hier… Er würde mich umbringen.«

»Das kann ich mir durchaus vorstellen. Ihr Ehemann, vor allem sein Bruder, sind schließlich nicht gerade bekannt dafür, auf der Seite des richtigen Frankreich zu stehen.«

»Bruder?«, hauchte sie.

»Marcel Brugiere. Sein Kampfname lautet ›Belton‹ – ja, glotzen Sie mich nicht so an. Es beginnt mich wütend zu machen, für wie unfähig Sie einen Inspektor des staatlichen Sicherheitsbüros halten.«

Ihre Rechte flatterte ihm entgegen. »Ich wollte Sie wirklich nicht verärgern, Monsieur l'Inspecteur.«

»Das will ich hoffen. Gehen Sie bitte künftig einfach nicht mehr von sich aus, wenn Sie die geistigen Fähigkeiten anderer Menschen beurteilen. Haben Sie verstanden?«

Ihr Gesicht zuckte.

»Sehen Sie«, lenkte der Inspektor ein, »natürlich habe ich mich gefragt, warum Sie mit mir Kontakt aufgenommen haben.« Er hob die Hand. »Nein, erzählen Sie mir jetzt nichts von Patriotismus, nichts von Gesetz und Recht! Es wäre einfach zu schön, um wahr zu sein. Sehen Sie, es gibt eine Sorte von Informanten, denen es schlicht um Geld geht. Entweder um das, was sie von uns erhalten, oder um das, was sie erhalten, wenn sie einen unliebsamen Geschäftskonkurrenten ausschalten können. Andere haben einen persönlichen Zwist mit irgendeiner Person, der sie damit schaden möchten.«

Madame Brugieres Gesicht glühte.

»Und nur ein kleiner Prozentsatz arbeitet deshalb mit uns zusammen«, fuhr Benedetti fort, »weil er davon überzeugt ist, das Richtige zu tun oder – womit ich keine Probleme habe, da ich jedem Menschen das Recht auf Irrtum zuerkenne – sich damit rechtzeitig auf die richtige Seite zu schlagen. Wie steht es damit eigentlich bei Ihnen, Madame?«

»Ich bin eine gute Französin«, sagte sie hastig.

»Natürlich. Aber mich würde Ihre Meinung interessieren, gewissermaßen die Meinung des Volkes. Wie sieht Ihresgleichen die Zukunft?«

Sie blies Luft in die Backen. »Was weiß ich? Als die Deutschen angriffen, hieß es, sie kämen niemals durch die Maginot-Linie.«

Der Inspektor nickte ihr aufmunternd zu.

»Dann redete jeder davon, dass die Engländer und die Amerikaner … und so.«

»Und nichts ist geschehen, nicht wahr? Illusionen, Versprechungen?«

»Ja. Schließlich sind die Deutschen auch in den Süden gekommen, und alles hat sich geduckt.«

»Alles?«

Sie zögerte. »Außer ein paar Maulhelden natürlich.«

»Natürlich.«

»… und letztes Jahr war sich jeder sicher, dass die Deutschen spätestens im Herbst hinausgeworfen sein würden. Aber was ist?«

»Ja«, nickte Benedetti, »jetzt haben wir Ende März '44, und sie sind immer noch da. Also?«

»Sie werden gewinnen. Sie sind uns über. Sagt man.«

»Man? Und Sie? Sind Sie auch davon überzeugt?«

»Man sagt so. Was verstehe ich davon?«

»Macht Sie das eigentlich glücklich? Ich meine – als Französin?«

Wieder zögerte sie. Ihr Blick huschte über sein Gesicht. »Es … es ist, wie es ist. Wer fragt schon jemanden wie unsereinen?«

»Ich zum Beispiel habe Sie gefragt, nicht wahr?« Benedetti klappte seine Brille auseinander, setzte sie auf und griff zu einem Stift. Am oberen Rand des vor ihm liegenden Blattes trug er das Datum ein.

»Madame Brugiere«, sagte er. »Sie können uns jetzt beweisen, wie ernst es Ihnen wirklich ist. Als Erstes jedoch möchte ich von Ihnen wissen, ob Sie etwas über einen deutschen Soldaten gehört haben, der gestern in der Nähe von St. Etiènne-Vallongue verschwunden ist. Nach unseren Ermittlungen ist er desertiert. Sagt Ihnen dieser Name etwas?«

»Wie?«

»Der Name ist Huck. Johann Huck. Etwa 20 Jahre alt. Soll ziemlich groß sein. Schlank. Brünettes Haar. Ein Boche wie aus dem Bilderbuch, also kaum zu übersehen.«

Sie dachte nach und schüttelte den Kopf.

»Überlegen Sie, Madame«, drängte Benedetti, »gibt es Gerüchte über eine Schießerei, in die ein Deutscher verwickelt war? Oder bei der ein Deutscher gar getötet worden ist?«

Sie dachte kurz nach. Dann schüttelte sie den Kopf. »Es tut mir aufrichtig Leid, Monsieur l'Inspecteur. Sie müssen mir glauben.«

Benedetti musterte sie nachdenklich.

»Ich glaube Ihnen«, sagte er schließlich. »Vermutlich hat man ihm bereits einen Decknamen gegeben. Es scheint, dass die Banditen eine sehr effektiv arbeitende Organisation aufgebaut haben, um deutsche Soldaten zur Desertion zu bewegen und ihnen anschließend Unterschlupf zu gewähren. Haben Sie schon davon gehört?«

Sie schürzte unbeteiligt die Lippen. »Ich? Ich kümmere mich nicht um solche Dinge.« Sie befingerte ihren Ring.

Inspektor Benedetti sah auf. Er schien etwas sagen zu wollen. Schließlich schüttelte er mit bedauernder Miene den Kopf. Sie hob die Brauen und versuchte ein entschuldigendes Lächeln.

Er drückte seine Zigarette aus und nahm seine Brille ab. Dann schnellte er hoch.

»Habe ich dir nicht gesagt …« Seine Rechte peitschte ihr ins Gesicht, das noch in dümmlicher Unschuldsmiene erstarrt war, »… dass du mich nicht verärgern sollst?«

Er sank wieder auf seinen Stuhl zurück und schob sich eine Strähne seines dunklen Haares zurück, die ihm auf die Stirn gefallen war. Sie schluchzte. Er wartete, bis sie ein Taschentuch aus ihrer Handtasche gefingert und sich geschnäuzt hatte.

»Also? Wo wird dieser Mann versteckt gehalten?«

Bevor sie antworten konnte, klopfte es an der Tür. Ein junger Mann trat ein, legte dem Inspektor einen Funkspruch auf den Tisch und entfernte sich wortlos. Benedetti las die codierte Nachricht. Er nickte befriedigt und sah auf die Uhr über dem Eingang. Er runzelte die Stirn. Dieser Commandant »Ruben«, dessen Maquis-Einheit erst vor einigen Monaten südlich des Mont Gabale aufgetaucht war, schien ein Mann schneller Entschlüsse zu sein.

Der Inspektor faltete das Blatt und wandte sich wieder an sein Gegenüber.

»Madame?«, sagte er, »hatte ich Sie nicht eben etwas gefragt?«

2

Was redet ihr da? Ich hab euch Idioten doch deutlich gesagt: »Deserteur…!« Ich habe euch doch dieses Flugblatt gezeigt! Ihr habt es doch gelesen! »Kameraden der Westfront! … Macht ein Ende…«

Was geht hier vor? Wieso lässt mich der Anführer des Trupps noch immer scharf bewachen? Worüber haben der Kommandant und einige Mitglieder der Bande auf dem Hermarsch miteinander gestritten?

Was geht hier vor?

Muss mich zusammennehmen. Muss mir einprägen, was ich bisher hab sehen können. Sobald es geht, werde ich es aufschreiben und dem Mann übergeben, den mir der Abwehroffizier genannt hat.

Was werd ich schreiben?

Fang am besten damit an, wo du jetzt bist.

Name des Dorfes: Prades. Zu erreichen, wenn man Straße zwischen Harnac und St. Etiènne-Vallongue kurz nach Brücke über Vibron-Bach auf linker Seite verlässt. Weg führt anschließend flussaufwärts etwa vier bis fünf Kilometer zur Mühle. Bis dahin Piste mit Lastautos gut zu befahren, danach zu eng. Der Weg danach sehr uneben, steil, viele Windungen, ausgewaschene Querrinnen, höchstens mit einer schmalen Karre zu benutzen. Teilt sich mehrmals. Keine Wegweiser, aber mit präziser Karte wäre Verlauf nachträglich leicht zu markieren. Zwei größere Anwesen passiert, beide anscheinend nicht mehr bewohnt. Gehzeit? Etwa zweieinhalb Stunden. Geschätzt.

Ort auf etwa sechs- bis siebenhundert Höhenmetern. Obstbäume blühen bereits. Hänge, von Kastanien, Buchen und Steineichen bewachsen, aber noch weitgehend kahl. Luft kühl. Ort nach Südost ausgerichtet, liegt an verhältnismäßig steilem Hang, in von Bergfluss durchteilter Mulde zwischen zwei Bergrücken. Bei Gebirgszug, dessen höchste Kuppel von hier aus zu sehen ist, muss es sich um Mont Gabale handeln. Entfernung schlecht einzuschätzen, da Luft dunstig. Auf gegenüberliegenden Hängen keine Siedlung auszumachen. Dorfkern besteht, soweit für mich erkennbar, aus etwa fünfzehn, meist ein-, selten zweistöckigen Gebäuden. Häuser sehr alt, heruntergekommen. Bis auf ein oder zwei unverputzt. Hauptstraße nicht befestigt. Auf Schotter Schafskot, Geruch dementsprechend.

Schätze Einwohnerzahl hundert bis hundertzwanzig. Man trägt abgenutzte Arbeitskleidung. Frauen – einige jüngere von südlichdunklem Aussehen, andere kränklich bleich – desgleichen in verschossenen Farben. Einige kleinere Kinder gesehen. Schmutzig, wirken aber gut ernährt. Von Terrassen unterhalb des Dorfes gelegentlich Klang von Herdeglocken. Bäckerei und eine Art Bar vorhanden, ebenso Schule, sowie auf einer Anhöhe über dem Dorf eine protestantische Kirche, Temple, wie hier genannt. Keine Elektrizität, wenn auch auf Weg hierher Arbeiten zur Verlegung einer Leitung erkennbar.

Terroristen bewegen sich hier völlig ungezwungen. Wurden freundlich begrüßt, einige mit Vornamen angesprochen. Lager der Bande dürfte sich irgendwo hinter dem Höhenzug oberhalb des Dorfes befinden.

Aufenthaltsort im Augenblick: Alte, bis auf einen Tisch und zwei Stühle leere Kirche. Etwa hundert Meter oberhalb des Bachgrundes. Daneben ein Rundturm und Reste eines Gebäudes, vermutlich stand hier eine Burg. Habe den Namen »St. Pierre« gehört – der Name der Kirche vermutlich. Dorf auf dem Hang gegenüber zu sehen. Wände innen unverputzt, auf Boden Stroh. Raum acht mal zwölf Meter groß, geschätzt.

Werde von einem Bewaffneten bewacht. Keine Uniform. Hemd, Weste und Hose, wie von Arbeitern aus Minengebiet bekannt. Dunkelbraunes Haar, klobiges Gesicht, schlecht rasiert, fransiger Schnauzbart, zwischen dreißig und vierzig Jahre alt. Alte Mauser, in Soldatenart gehalten, wenn auch etwas lässig. Wirkt unbeteiligt, lässt mich aber nicht aus den Augen. Wurde mehrmals mit »Abel« angesprochen.

Am anderen Ende des Raums etwa vierzigjähriger Mann in Fallschirmjäger-Uniform sowie etwa fünfunddreißigjähriger, städtisch wirkender Mann in Zivil. Uniformierter etwa einssiebzig groß, korpulent. Haar dicht, schwarz, glatt nach hinten gekämmt. Kleine, engstehende Augen, dicke, schlaffe Tränensäcke, drahtiger Schnurrbart und auffallend fettlippiger Unterbiss über leicht fliehendem Kinn.

Wird »Kommandant« oder »Belton« genannt. Vermutlich Deckname, da von älterer Dorfbewohnerin mit »Marcel« angesprochen.

Sein Gegenüber schlank, hellbraunes, leicht gelocktes und nach hinten gekämmtes Haar. Stirn hoch, unter Haaransatz gewölbt. Gesichtszüge ausgeprägt, Lippen schmal. Wurde auf Hermarsch in Mischung aus Respekt und Komplizenschaft mit »Monsieur le Pasteur« angeredet. Glaube aber den Namen Bondille oder Dondille gehört zu haben.

Während »Belton« kehliges, fast spanisch klingendes Französisch spricht, ist Pastor gut verständlich. Wirkt gebildet, wenn auch nicht so weihevoll, wie von Priester zu erwarten. Flucht.

Der Pastor spielt offensichtlich bedeutende Rolle in Organisation. Spielt mit seinem Gegenüber. Ist gerissen. Hier unauffällige Spitze, dort mehrdeutige Anmerkung, dann wieder beredtes Schweigen und vieldeutige Miene.

Weiter?

Auffallend, wie ungeheuer sorglos man hier ist, obwohl vermutlich keine fünfzehn Kilometer von unserem Stützpunkt entfernt! Bereits während Transport hierher gab man sich keine Mühe, irgendetwas zu verbergen, geschweige denn, dass Augen verbunden worden wären. Habe erkennen können, dass Trupp Beltons aus höchstens dreißig Mann besteht. In der Mehrzahl Franzosen. Allerdings auch halbes Dutzend Spanier, mindestens ein Russe oder Pole oder Tscheche sowie vier oder fünf Deutsche darunter. Einer von ihnen, der mir auf Deutsch einige Fragen gestellt hat, gibt sich ebenfalls als Elsässer aus, doch Tonfall verrät ihn. Gibt, darauf angesprochen, sofort zu, aus der Nähe von Wien zu stammen. Grinst dazu. Namen? Einer wurde als »langer Albert« bezeichnet, ein anderer als »Lopez« – bei ihm dürfte es sich jedoch um Decknamen handeln, denn er spricht, soweit ich beurteilen kann, hiesiges Französisch. Bewaffnung der Bande wirklich lächerlich. Altes Gerät, wie im Ersten Weltkrieg üblich, also Mauser, sowie einige Handgranaten neuerer Art und zwei, drei Maschinenpistolen, vermutlich englisch, STEN. Aber Männer allem Anschein nach militärisch ausgebildet, von einigen noch sehr jungen Leuten abgesehen. Stimmung schwer beschreibbar. Gut jedenfalls nicht. Einige wirken gereizt und mürrisch, andere erschöpft. Die meisten mager. Wangen eingefallen, viele in meinem Alter. Mit Zuversicht nicht weit her. Die Jungen nervös, reden laut und schnell.

»Demoralisiert« aber falsches Wort. Disziplin sehr gut. Gespräch zwischen den beiden Männern gereizter geworden. Lauter. Kann jetzt Worte deutlicher verstehen.

Sagte der Uniformierte eben: »Töten«?

Habe mich verhört. Der Raumhall. Töne vermengen sich.

Wieder: »... töten.« Der Kommandant scheint mir nicht zu glauben!

Idiot! Ich bin Deserteur!

Er glaubt mir nicht.

Halt dich gebückt – musst erschöpft wirken, darf keine Gefahr von dir ausgehen. Muss Kraft kosten, dich dorthin zu schleppen, wo sie dich töten würden.

Müssen Eindruck bekommen, dass du bereits geschlagen bist, dass es kaum der Mühe wert, dich umzubringen.

Hände schlaff übereinander. Kopf leicht nach links gekippt, lass Lider heruntersacken, wie kurz vor Zusammenbruch. Still.

Atme ruhig. Nichts sagen. Wenn Befragung: stockend sprechen, stammeln. Einen, der schon fast gestorben ist, tötet man nicht mehr.

Kein Fluchtversuch!

Sie werden dir glauben! Weil sie Dummköpfe sind. Einfältige, hinterhältige und dumme Idioten. Und du bist kein Delinquent, der Strafe erwartet – du bist Deserteur. Ein Überläufer kann fordern, dass man ihn aufnimmt, brüderlich, freundlich.

Bitt sie um Wasser. Sage es so, wie du deine Kameraden darum bitten würdest. Und als ob du sicher wärst, dass sie dir diesen Wunsch nicht abschlagen werden.

Sag jetzt, in diese kleine Pause:

»Wasser…«

Kommandant Belton wandte sich stirnrunzelnd um.

»Was?«

»Hast du deine Flasche bei dir, Abel?«, fragte der Pastor.

Der Bewacher nickte. Der Kommandant machte eine ungeduldige Handbewegung.

»Los, gib ihm 'nen Schluck. Sonst klappt er uns noch zusammen. Würde uns gerade noch fehlen.«

Der Angesprochene griff hinter sich, öffnete den Verschluss des Wassersacks und reichte ihn dem Gefangenen, ohne das Gewehr abzustellen. Huck sah ihn dankbar an. Er nahm einen tiefen Schluck.

Der Kommandant wandte sich wieder an sein Gegenüber.

»Und jetzt – hören Sie endlich mit ihrem ewigen Ich-vertraue-ihm auf! Ich weiß überhaupt nicht, warum Sie sich um die Boches so umtun! Ich mag sie nicht, ist eine komische Rasse, so oder so. Warum bringen Sie sich und uns in Gefahr?«

»Dafür gibt's viele Gründe«, antwortete der Pastor.

»Klar.« Belton nickte bissig. »Das Herumdeuteln haben Sie schließlich gelernt.«

»Einer davon ist, dass die Preußen uns, als unsere Glaubensbrüder hier verfolgt wurden, in ihrem Land Asyl gegeben haben.«

Der Kommandant stemmte seine Hände in die Hüften. »Aber das ist doch lächerlich! Das ist an die zweihundertfünfzig Jahre her! – Monsieur le Pasteur, noch einmal: Was beweist uns hier und heute, dass der Kerl kein Spion ist? Dass er nicht bei der erstbesten Gelegenheit abhaut und uns alle hinhängt? Alle Deserteure, die wir bisher aufgenommen haben, hatten irgendeine Referenz von irgendjemandem. Und wenn's nur war, dass 'n paar Mädchen sagten, dass er auch sonst nicht übel ist, oder? Was aber haben wir? Nichts, außer dass er uns dieses Flugblatt hingehalten hat.«

Pastor Dondille nickte. »In dem versprochen wird, dass jeder, der zu uns überläuft, gut behandelt wird. Wir wissen schließlich, welche Konsequenzen das für einen Deutschen hat, wenn man ihn mit diesem Blatt ertappt hätte.«

»Hab ich den Wisch etwa drucken lassen?«

»Monsieur le Commandant!«

»Ist ja schon gut«, lenkte Belton ein. »Aber dass ihn das nicht sauberer macht, müssen Sie zugeben. Es ist doch keine Frage, dass es sowohl dem fuchsgesichtigen Benedetti als auch Capitaine Lange …«, der Kommandant spuckte angewidert auf das Pflaster, »… zuzutrauen ist, jemanden bei uns einzuschleusen! Es heißt, dass vor allem Lange immer wütender wird, weil sich schon eine ziemliche Anzahl seiner arischen Helden in die Felder geschlagen hat. Von den Armeniern, Tscherkessen und Ukrainern ganz zu schweigen. Haben schon längst keine Lust mehr, für die Boches ihren Hals zu riskieren.«

»Hören Sie: Sie haben auf ihn geschossen, als er seinen Trupp verließ.«

»Aber sie haben ihn verfehlt«, nickte Belton bissig. »Leider. Dann bräuchten wir jetzt keine Zeit verschleudern.«

»Mein Gott«, sagte der Pastor kopfschüttelnd, »wenn er tot wäre, hätten wir den Beweis, nicht?«

»Allerdings«, bestätigte Belton ungerührt.

»Gut. Aber lassen wir jetzt die Scherze. Wohin…«

»Das war kein Scherz, Monsieur le Pasteur!«, polterte Belton. »Können wir es uns leisten, Gefangene herumzuschleppen? Zeigen Sie uns einen Flecken, wo wir ein ordentliches Kriegsgefangenenlager einrichten können. Bitte!« Er öffnete die Arme zu einer fragenden Geste und reckte den Kopf nach vorne.

»Monsieur le…«

»…Noch-Kommandant«, giftete Belton.

»Ach was! Für uns sind Sie's – egal, was bei den Verhandlungen mit den London-Leuten rauskommen wird.«

»Was rauskommen wird?« Belton knurrte gereizt. »Lassen wir das. Ich habe Sie etwas gefragt. Zeigen Sie mir diesen Platz? Und danach bitte ich Sie auch noch um einen Vorschlag, womit wir sie durchfüttern sollen! Gibt's da nicht irgendsoeinen Kniff aus der Heiligen Schrift, wie man aus einem Laib Brot zwanzig macht? Und wieso wenden Sie ihn eigentlich nicht an, wenn unsere Leute Hunger haben? Dann müssten sie nicht die Läden im Tal ausnehmen.«

Der Pastor lächelte nachsichtig. Er setzte zu einer Antwort an.

»Nein«, fuhr Belton fort, »einen Fehler haben wir bereits gemacht, das genügt. Der Boche hier hat bereits zu viel gesehen. Er hat Sie gesehen, und er hat mich gesehen, er weiß bereits jetzt, über welche Bewaffnung wir verfügen – wenn ich dieses große Wort für den Schrott, mit dem sich unsere Väter schon im Großen Krieg geschlagen haben, dafür verwenden darf. Er weiß außerdem, wie groß unsere Gruppe ist. Und zuletzt kann er sich auch noch ausrechnen, dass bei Prades einer unserer Stützpunkte liegt. Nein – es ist zu gefährlich!«

»Aber Stritzel hat mit ihm gesprochen. Und er glaubt ihm.«

»Wer? Der Österreicher?«

Der Pastor nickte.

»Und er glaubt ihm?« Der Kommandant machte eine heftige Handbewegung. »Hören Sie auf. Stritzel ist ein Einfaltspinsel.«

»Dafür geht er aber nicht schlecht mit dem Maschinengewehr um.«

»Jaja«, knurrte Belton, »wie oft wollen Sie mir das noch unter die Nase reiben? Wie oft habe ich schon Leute aus der Scheiße gehauen?« Er wandte sich zu dem Bewacher. »Was, Abel?«

Der Bewacher nahm seine Zigarette aus dem Mund und nickte gleichmütig. »Hast Recht«, stimmte er zu, »wer's Gegenteil sagt, der lügt.«

»Eben.«

»Hat auch jeder gesagt, dass das in Le Crema nicht deine Schuld gewesen ist, ehrlich.«

Beltons Gesicht hatte sich gerötet. »Besten Dank«, fauchte er, »aber ich brauch keine Lossprechung von etwas, was mir kein Mensch, der auch nur ein bisschen Hirn im Kopf hat, vorwerfen kann. Klar? Sag's den anderen.«

Der Pastor hob die Stimme. »Das kann ich allerdings bestätigen. Commandant Belton hat mir gegenüber immer Bedenken gegen die Aktion in Le Crema geäußert.«

»Eben. Ich habe jedem, der es hören wollte, gesagt, dass das mit Sicherheit eine Falle ist.«

Der Bewacher zuckte verständnislos die Achseln. »Sag ich doch, oder? Du hast keine Schuld dran, dass wir in die Scheiße geraten sind.«

»Halt einfach den Schnabel, Abel«, presste Belton durch die Zähne. Er ging zum Fenster und rieb sich den Nacken.

»Ich hab's satt«, sagte er leise. »Glauben Sie mir, es gibt wirklich Dinge, die mir mehr Vergnügen bereiten, als Gefangene erschießen zu lassen.«

Der Pastor hatte den Gefangenen mit einem besorgten Blick gestreift.

»Das glaube ich«, antwortete der Pastor verständnisvoll. Er hatte sich an den Mauervorsprung gelehnt, der Kirchenschiff und Apsis trennte.

Der Kommandant drehte sich um.

»Aber es geht eben nicht darum, was uns Spaß macht! Es geht darum, dass wir unsere Arbeit machen können! Und dass sie nicht gestört wird! Sie wissen, was in den nächsten Wochen vorgesehen ist.«

»Wobei wir aber jeden Mann gebrauchen können.«

»Ach, den Preußen hier vielleicht? Der soll uns nützen? Was hat er denn geantwortet, als ich von ihm Informationen über das Deutschen-Camp in Grezac wollte?«

»Dass er es nicht fertig brächte, seine Landsleute zu verraten.«

»Eben! Also? Er ist und bleibt ein Preuße.«

»Das beweist nur, dass er möglicherweise etwas simpel ist. Aber spricht das nicht für ihn? Hast du schon einmal einen Verräter erlebt, der ein Simpel ist? Ich nicht. Alle, die ich gesehen habe – so viele waren es glücklicherweise noch nicht –, waren gerissen! Haben geredet wie ein Wasserfall, wollten alle Welt mit ihren Lügen einwickeln. Aber dieser Junge da drüben? Sieh ihn dir doch einmal an!«

»Junge, sagen Sie? Soll ich Mitleid mit ihnen haben? Hören Sie: Auch die Unseren sind Jungen. Aber ich sage Ihnen etwas: Wer ein Gewehr benutzen kann, ist kein Junge mehr. Und wenn einer dieses Gewehr auch noch gegen mich und Sie richtet, dann ist es für mich nicht mehr wichtig, ob er dumm oder gescheit, jung oder alt, sympathisch oder nicht ist. Dann ist er ein Feind.«

»Und wenn einer es nicht mehr sein will? Sind Sie selbst von einem Tag auf den anderen klug geworden?«

»Nein. Ich bin mir auch nicht sicher, ob ich es bin, wenn ich mich überhaupt auf eine Debatte darüber einlasse, wie wir mit einem gefangenen Boche umgehen sollen.«

»Sehen Sie ihn sich an: Er will nichts als überleben.«

»Was auch sonst? Was wollen Sie damit sagen?«

»Dass es ein Beweis ist, dass er harmlos ist.«

»Machen Sie es nicht zu kompliziert. Wieso soll gerade das ein Beweis sein?«

»Er schwätzt nicht lang und breit, dass er vom Saulus zum Paulus geworden sei ...«

»Das müsste Ihnen aber doch gerade gefallen?«

»Ich sage nicht, dass es mir missfällt.« Der Pastor schüttelte bestimmt den Kopf. »Aber solche wie er sind mir lieber. Er spielt nicht den Erleuchteten, sondern sagt einfach: Ich hab's satt! Rutscht mir den Buckel runter! Das ist Vernunft. – Mon dieu, überlegen Sie doch bloß einmal, wie weit wir wären, wenn das jeder sagen würde?«

»Aus Ihnen soll einer schlau werden«, schnaubte Belton. »Spielt den Friedlichen, geht aber nie aus dem Haus, ohne neben dem Gebetbuch auch 'ne Pistole einzustecken.«

»Die Waffe habe ich nicht, um auf andere zu schießen«, antwortete Dondille. »Sondern weil ich Angst habe. Wenn die Boches mich erwischen würden und wenn sie anfangen würden, mich auszuquetschen, wäre ich wahrscheinlich nicht stark genug. An Fantasie hat es mir nie gemangelt. Ich weiß, wie sie mich zum Reden bringen könnten.«

Belton nickte ernst.

»Und noch etwas«, fuhr der Pastor fort. »Wenn sich die Deutschen hier schon breit machen, dann gönne ich ihnen nicht auch noch, dass sie mich dazu bringen, Menschen zu töten. Wenn ich es täte, wäre dies nämlich nicht meine Entscheidung, sondern von der Idiotie ihres Führers veranlasst. Ich gestehe ihnen nicht zu, derart über mich zu verfügen. Verstehen Sie?«

Belton winkte ab.

»Schön gesagt, das alles. Aber wenn Sie 'ne Gefangennahme dadurch vermeiden können, dann werden Sie sich's schon überlegen. – Was sagst du dazu, Abel?«

Dieser zuckte die Schultern.

»Ich seh das einfacher. Ich schieße, wenn sich ein Boche auf meinem guten Grund und Boden rumtreibt, nicht von mir eingeladen ist und ein Gewehr in der Hand hat. Sonst nicht. Als Tourist oder so kann er gern kommen, das ist mir egal. – Eh, übrigens, da fällt mir ein: Mein Schwager ist stinksauer, dass Lopez' Gruppe vor drei Tagen den Bus überfallen hat. Den mit den Ausflüglern, du weißt.«

»Natürlich. Hab ich so befohlen. Na und?«

»Er ist trotzdem sauer, mein Schwager.«

»Welcher Schwager? Und wieso ist er sauer?«

»Kennst du doch: Scipion.«

»Welcher Scipion? Gibt viele.«

»Der Sophie geheiratet hat.«

»Der.«

»Er sagt: Die Ausflügler waren unterwegs zu ihm, wollten 'nen Bootsausflug machen. Er sagt, er wartet den ganzen Tag auf den Bus, aber nichts.«

»Dann grüß ihn und sag ihm, dass er 'n Arschloch ist, ja?«, rief Belton aufgebracht.

»Hör mal…«

»Nein! Hör du mir mal zu: Da saßen Offiziere der Boches mit ihren Weibern drin! Nichts als 'ne Frechheit war das, hier vor unserer Nase einen Bootsausflug zu unternehmen und so zu tun, als gäb's uns nicht.«

»Trotzdem«, sagte Abel. »Scipion ist eben sauer, weil er sich erst neulich zwei neue Boote zugelegt hat und jetzt jede Menge Schulden hat. Ist mir ja egal, wollt's nur gesagt haben.«

Belton stemmte seine Arme in die Hüften. »Dann sag ihm, deinem Schwager: Er ist kein übler Kerl, Scipion, sonst überhaupt nicht auf den Kopf gefallen, guter Kumpel und alles, wirklich. Aber 'n Arschloch.«

»Ach was, der is' schon in Ordnung. Wenn's um sein Geschäft geht, wird er eben eigen. Er schaut, wo er bleibt, das ist alles.«

Belton nickte mürrisch.

»Was meinen Sie, Monsieur le Pasteur?«

»Ich meine, dass es vor allem eine Quälerei für den Jungen ist, was wir da anstellen.«

»Ach so, ja.«

Belton maß den Gefangenen nachdenklich.

»Sie haben ihn ja hübsch verprügelt«, meinte er sachlich, »Marguerite geriet ganz schön in Rage, als wir ihn herbrachten.«

»Sie hat eben wieder die Heldin spielen müssen, ja.«

»Sie war's nicht allein.« Der Kommandant hob seinen Zeigefinger. »Und nichts gegen Marguerite. Wenn's drauf ankommt, ist Verlass auf sie. Und dass sie einen Zorn auf alle Boches hat, wird ihr wohl keiner übel nehmen, oder?«

Dondille nickte. »Natürlich nicht. Sie wusste ja nicht, dass er ein Überläufer ist. Aber jetzt weiß sie es, und es tut ihr Leid.«

»Ihrem Filius täte die gleiche Handschrift allerdings ebenfalls gut. Aber über den lässt sie nichts kommen, obwohl es heißt, er treibe sich mit Leuten von der Miliz rum.«

»Gerüchte.«

»Ich wünsche es ihr.«

Belton angelte sich eine Zigarette aus der Hemdtasche und riss ein Streichholz an.

»Tja«, begann er, während er sich die Zigarette anzündete, »das ändert aber alles nichts daran, dass wir uns entscheiden müssen. Abel, was sagst du eigentlich? Ist der Kerl sauber oder nicht?«

Der Bewacher sah gleichmütig zur Seite.

»Der Kommandant bist du«, sagte er.

»Ist bekannt!« Belton stieß eine Rauchwolke aus. »Aber du sollst mir deine Meinung sagen, nichts anderes, Abel.«

»Lass mich da raus. Ich weiß, dass das immer 'ne Scheiß-Sache ist. Also lass mich da raus.«

»Ist auch 'ne Scheiß-Zeit, Abel.« Der Kommandant drehte

sich verärgert zu Dondille. Der Pastor widersprach nicht. Belton griff sich die Stuhllehne, setzte sich breitbeinig und stierte zu Boden.

»Er stinkt«, sagte Abel nach einer Weile.

»Klar«, Beltons Zigarette wippte in seinem Mundwinkel, »er wird sich angeschissen haben.«

»Das meine ich nicht. Er stinkt nach Bauer.«

»Ja – und?«

»Ein Spion, mein ich immer, müsste anders riechen.«

»Parfümiert – oder wie?«

»Zumindest nicht nach nasser Kuh wie der da.«

Belton schüttelte ärgerlich den Kopf. »Du wirst es ja wissen.«

»Du hast mich gefragt, und ich hab's dir gesagt.«

»Jaja.« Der Kommandant ging wieder zum Fenster, nahm einen tiefen Zug aus seiner Zigarette und steckte seine Hände in die Hosentaschen. Er senkte den Kopf.

»Was sind wir für lächerliche Idioten«, sagte er nach einer Weile. »Hat sich einer schon mal überlegt, was die Deutschen mit einem von uns machen, wenn sie ihn erwischen? Ohne sich auch nur eine Minute die Köpfe darüber zu zerbrechen?« Er wandte sich halb zu Dondille, ohne ihn anzusehen und wartete auf eine Antwort.

Dondille trat einen winzigen Schritt vor und sagte schnell: »Ich übernehme die Verantwortung.«

Belton grunzte unwillig. Er drehte sich um und hob die Brauen. »Und wenn ich ›Nein‹ sage?«

Dondille schwieg.

Belton wirbelte jäh herum, warf seine Zigarette mit einer heftigen Bewegung fort, stiefelte auf den Sitzenden zu und packte ihn bei der Hemdbrust. Mit einem harten Ruck zog er ihn nah an sein gerötetes Gesicht.

»Hör mir zu, Preuße«, dröhnte er. »Hör mir gut zu: Wenn du ein Verräter bist, dann finden wir das heraus.«

Huck hob sein geschwollenes Gesicht. Belton bleckte seine bläulichen Zähne und schüttelte ihn.

»Hast du das verstanden?«

Huck nickte benommen.

»Gut! Und wenn wir nur den geringsten Beweis dafür haben, dann stirbst du. Hast du das auch verstanden? Sterben! Ist dir dieses Wort schon einmal untergekommen, seit du hier Ferien machst?«

Hucks Blick war auf Beltons Brust geheftet. Der säuerliche Atem des Kommandanten dampfte über sein Gesicht.

»Sieh mich an!« Wieder riss der Kommandant an Hucks Hemd. Dessen Kopf pendelte kraftlos. »Lass dir außerdem sagen, dass ich überhaupt keinen Respekt vor Kerlen hab, die ihre friedliche Gesinnung erst dann entdecken, wenn sie dabei sind, den Krieg zu verlieren!«

»Ja«, flüsterte Huck.

»Was – ja?«, brüllte Belton. Sein Schnauzbart bebte.

»Ich bin, ich bin …«

»Ach!« Belton ließ den Stoff los und schob Huck mit einer heftigen Bewegung von sich. »Halt dein Maul«, sagte er verächtlich und drehte ihm den Rücken zu. »Ich will nichts mehr hören. So sind sie, die Deutschen. Erst angeben wie ein Käfig voller Affen! Großes Maul, wenn's gut läuft. Aber winseln wie ein altes Weib, wenn's in die Hose gegangen ist.« Er drehte ihm den Rücken zu und schritt zu Dondille, der die Szene schweigend beobachtet hatte. Es war still.

»Nein, wir …«, begann Belton mürrisch.

Der Pastor wischte sich mit rascher Bewegung über die Stirn.

»Puhh«, stöhnte er. »Könnt ihr euch eigentlich an ein Frühjahr erinnern, in dem es derart warm gewesen ist?«

»Und ob!« Abel schulterte sein Gewehr. »So selten ist das nun auch wieder nicht. Wird sich aber bald ändern. Ich riech's. Liegt in der Luft.«

»Wer so 'nen Kolben zwischen den Augen hat wie du, der

kann sich ja wohl kaum irren.« Belton grinste boshaft. »Aber ehrlich gesagt, wenn's nach mir ginge, könnt's so bleiben.«

»Jaja«, sagte Pastor Dondille und zwinkerte Abel komplizenhaft zu, »so sind die Leute aus dem Midi.«

»Genau«, pflichtete Abel bei, »immer ein bisschen wehleidig.«

Belton klatschte in die Hände. »Schluss jetzt!«, rief er. »Monsieur la Pasteur, schaffen Sie den Kerl, wohin Sie wollen. Nur weit weg. Ich kann ihn nicht mehr sehen.«

Er winkte Abel und ging zum Tor.

»Keine Sorge«, nickte Dondille. »Eh, Monsieur le Commandant, vergessen Sie nicht, Otto und Stritzel Bescheid zu geben.«

Der Kommandant drehte sich um.

»Ich brauche sie am Sonntag für den Chor«, erklärte der Pastor. »Sie sollen es nicht vergessen.«

Der Kommandant nickte belustigt.

»Ich werd's ausrichten«, rief er, »Aber wissen sie eigentlich, was sie denen antun? Die beiden sind von der Konkurrenz!«

»Was soll das heißen?«

Belton lachte. »Es sind Rote!«

»Mir egal.« Der Pastor winkte amüsiert ab. »Außerdem: Seit wann ist der Marxismus eine Religion, hm? Aber vielleicht singen die zwei deshalb wie die Russen. Und ohne Bass hört sich unser Chor nun mal wie ein Haufen halskranker Hühner an. – Außerdem haben sie's versprochen.«

Der Kommandant schüttelte den Kopf und griff zum Torknauf. Als sie das Tor öffneten, drang kurz das Geschrei eines Säuglings und das blecherne Zirpen der Zikaden herein.

Auf dem Treppenabsatz blieb Abel einen Moment stehen und sah nach oben.

Der Wind hatte sich gedreht. Im Südwesten ballten sich dichte Wolken.

»*Al diable*«, sagte Abel leise. »Mist. Ich hab's ja gesagt: Da kommt was runter, und zwar bald. Willst du wirklich noch nach St. Etiènne runter?«

»Nein, ist zu spät geworden.«

»Wie geht's ihm?«

»Wem?«

»Deinem Bruder. Du wolltest doch zu ihm.«

»Henri? Ach, der wird wieder. Es ist seine verfluchte Sauferei. – Weiß nicht, was er will. Hat's dringend gemacht. Tut Henri sonst nie.«

Das Schloss schlug mit dumpfem Klacken zu. In der Halle herrschte Stille. Dondilles Hände zitterten. Er musste sich setzen, stützte seine Ellenbogen auf seine Oberschenkel und rieb sein Gesicht mit beiden Händen. Er blickte auf.

»Komm her«, sagte er. Huck nickte tumb. Er schien nicht zu verstehen. Dondille winkte mit einer erschöpften Bewegung. »Stell dich nicht so blöd an.«

Huck stemmte sich von seinem Hocker hoch und ging mit unsicheren Schritten an den Tisch. In seinem Jungengesicht flackerten Ticks.

»Setz dich. Ich bin…«, wollte der Pastor beginnen. »Puhh, du stinkst wirklich, als hättest du dir in die Hose gemacht. Du nimmst schleunigst ein Bad, verstanden? Im Bach hinter dem Dorf. Fließend kaltes Wasser, wenn's genehm ist. Ich bin übrigens der Pasteur, der für diese Gegend zuständig ist. Wie heißt du eigentlich, Soldat?«

»Soldat… nein. Deserteur«, stammelte Huck.

»Das wissen wir. Nein! Dein Name!«, erklärte der Pastor ungeduldig. Er legte seine Hand auf seine Brust. »Ich bin Pasteur Dondille – und du?«

Der junge Mann nickte verstehend.

»Huck«, antwortete er, »Huck, Johann.«

»Aha. Wie schreibst du das? H - o - u - k ?«

»Nein. H - u - c - k .«

»Ich frage dich, weil du natürlich schleunigst neue Papiere

brauchst. Überleg dir also schon mal einen neuen Namen. Einen, der dir schnell über die Zunge geht, wenn du gefragt wirst. Am besten einen, bei dem du dich nicht verplapperst, wenn du mal was über den Durst getrunken hast.«

Huck nickte zögernd.

»Verstanden?«

»Ja… verstanden.«

»Gut. Ich schlage vor, dass wir einen ›Huc‹ aus dir machen. Das ist ein häufiger Name in der Gegend. Wenn auffällt, dass du einen deutschen Akzent hast, dann gibst du eben an, im Elsass aufgewachsen zu sein. Und jetzt setz dich endlich, mein Junge.« Dondille deutete auf den Stuhl. Huck griff tastend nach der Lehne.

»Noch Schmerzen, hm? – Das vergeht bald. Man darf Marguerite nicht böse sein. Sie haben ihren Mann deportiert. Buchenwald – der Name sagt dir doch was? – Nein? – Na, dafür sagt er einigen Leuten von hier umso mehr.«

Der Pastor sah einen Augenblick zur Seite. Er stand auf.

»Hör zu: Du wartest hier. Ich werde jemanden bitten, dir etwas zu Essen zu machen. In der Zwischenzeit werde ich sehen, wohin wir dich bringen können. Spätestens morgen früh musst du nämlich von hier verschwunden sein. Könnte durchaus sein, dass es sich der Kommandant doch noch anders überlegt.«

Huck sah ängstlich auf.

»Beunruhige dich nicht.« Dondille lächelte ihm aufmunternd zu. »Das werden wir auch noch hinkriegen. Dein Pech war eben, dass du einer Patrouille des Maquis in die Fänge gelaufen bist. Wärst du gleich zu uns gekommen, hätten wir uns das ersparen können.«

Er ging zum Tor. Bevor er es öffnete, drehte er sich noch einmal um.

»Aber es war knapp, mein Junge«, sagte er, plötzlich ernst geworden. »Sehr knapp.«

Das Tor schlug hallend zu. Huck hörte, wie sich die Schritte des Pastors entfernten.

Ein unerhörter Jubel quoll aus seiner Brust. Er schnürte ihm die Kehle zu. Sie glaubten ihm! Diese Dummköpfe, diese Idioten!

Er kicherte. Erst jetzt spürte er, dass seine Wange brannte. Der Schmerz weitete sich zur Schläfe. Er hob die Hand, um sein Gesicht zu betasten. Sie gehorchte ihm nicht mehr. Er starrte sie verwundert an: Sie zitterte. Das Zittern verstärkte sich, ging plötzlich in ein haltloses Flattern über. Ein namenloser Aufruhr überwältigte ihn. Seine Nerven sirrten, peitschten umher wie die gerissenen Enden einer überdehnten Bogensehne, sein Unterkiefer zuckte, der Puls dröhnte in seinen Ohren, sein Herz hämmerte schmerzhaft. Seine Knie begannen zu tanzen: In seinem Magen klumpte sich Übelkeit. Röhrend holte er Luft.

Nach einer Weile beruhigte er sich. Er war entsetzt. Noch nie hatte er erlebt, dass sich sein Körper derart jeder Kontrolle versagte. Was war mit ihm geschehen?

Langsam wurde ihm klar, in welcher Gefahr er sich befunden hatte. Die Situation war viel heikler gewesen, als er sich vorgestellt hatte. Verhöre, Gespräche, Misstrauen, das hatte er erwartet, darauf war er eingestellt, darauf hatte ihn der Offizier der Abwehr vorbereitet, dafür hatte er sich Antworten überlegt. Dieses nüchterne Feilschen um sein Leben aber – nicht viel anders, als würden Bauer und Metzger über den Preis des Osterochsen verhandeln – hatte ihn überrascht. Und er hatte nahezu jedes Wort verstanden, jede Wendung, die der Streit zwischen den beiden Männern gemacht hatte, jedes Für, jedes Wider. Dass er sterben könnte, dass alles nicht mehr von ihm, sondern nur noch von geschickt gesetzten Worten und Gesten abhing, schien ihm absurd. Langsam jedoch hatte ihn die Ahnung beschlichen, dass dies alles wirklich war. Eine fremde und maßlose Lust zu leben hatte ihn durchströmt.

Jetzt aber, da alles vorüber war – warum zitterte er da noch immer, wühlte und würgte und pochte noch immer alles an ihm und wollte nicht aufhören? Huck presste sich auf den Stuhl. Seine Brust schmerzte. Er atmete tief durch. Es war vorbei. Die erste Schlacht hatte er gewonnen. Aber noch immer war da etwas, das ihn beunruhigte. Hatte er sich überschätzt? War er dem, was er sich vorgenommen hatte, nicht gewachsen?

War es Angst? Vor wem? Vor dem Kommandanten, noch immer? Vor Abel?

Nein. Beide waren, wie er sich den Feind ausgemalt hatte: Bärbeißig und verschlagen der eine, klobig und dumm der andere. Er hasste sie nicht, sie waren ihm gleichgültig.

Und Dondille? Bei aller Gerissenheit, mit der er den Kommandanten überzeugt hatte, war er doch ein Dummkopf wie all jene Menschen, die nicht wissen, welche Regeln in bestimmten Zeiten gelten.

Huck spürte, dass ihm bei dem Gedanken an den Pastor unwohl wurde. Er mochte ihn nicht. Je länger er über ihn nachdachte, desto mehr begann er dessen Dankbarkeit einfordernde, eiserne Güte zu hassen. Die Heftigkeit dieses Gefühls verwirrte ihn.

IV
Der schwarze Weg

1

Oberleutnant Wegner sah von der Anklageschrift auf.

»Fiala – das ist doch ihr richtiger Name, oder? Fiala, Leonhard, geboren am 3. März 1913 in Kehlheim?«

Der Angesprochene bejahte. Die Schultern des kräftigen Mannes hingen erschöpft herab. Aus seinem Gesicht sprach mühsam gebändigte Furcht.

»Gut. Erwarten Sie keinesfalls, dass ich besondere Sympathien für Leute wie Sie hege. Ich verabscheue Dummköpfe«, sagte Wegner ungerührt. »Und erwarten Sie vor allem nicht, dass ich noch viel für Sie tun kann. Reden wir also nicht drumherum. Das Todesurteil ist so sicher wie das Amen in der Kirche. Das ist Ihnen ja wohl klar, oder?«

Der Gefangene nickte. Ein nüchterner Blick streifte ihn.

»Nun gut. Da ich aber nun mal Ihr Offizialverteidiger bin, kann ich höchstens versuchen, die Sache etwas hinauszuzögern – vorausgesetzt, Sie wollen das überhaupt. Oder möchten Sie es lieber schnell hinter sich bringen?«

Leonhard riss ungläubig den Mund auf.

»Das war kein Scherz, wenn Sie das glauben sollten. Es gibt durchaus Leute, denen es lieber ist. Theatralisch Veranlagte, denen die schöne Geste vor dem Erschießungskommando, der Ruf ›Es lebe Stalin‹ oder ›Nieder mit…‹ irgendetwas, wichtiger gewesen zu sein schien.«

»Mir aber nicht!«, stieß Leonhard hervor.

»Na, beruhigen Sie sich«, sagte Wegner. »Also gut, wie Sie meinen. Dann versuchen wir zu verzögern. Als Erstes…« Er hob den Finger und sah Leonhard mit strengem Blick an, »…will ich vor allem nichts von einem Gnadengesuch hören, das Sie nach dem Urteilsspruch stellen wollen. Verstanden?«

»Wieso?«

»Weil dieses Gesuch sofort Feldmarschall von Kluge vorgelegt wird«, sagte Wegner ungeduldig, »Dieser ordnet daraufhin erfahrungsgemäß eine Exekution binnen vierzehn Tagen an. Genügt das?«

Leonhard war erschrocken.

»Eben«, sagte Wegner herablassend. »Mit etwas Glück haben Sie andernfalls noch etwa sechs Monate.« Wieder hob er den Finger. »Wenn Sie Glück haben, sagte ich.«

Leonhard nickte.

»Also passen Sie gefälligst auf. Der Ankläger wird Ihnen das Gnadengesuch nämlich gleich nach der Urteilsverkündung vorlegen.« Wegner überlegte. »Eine andere Sache ist, dass Sie sich als Staatenloser ausgegeben haben, in Wirklichkeit aber Deutscher sind. Ihre Ausbürgerung haben Sie erfunden, das streiten Sie doch mittlerweile nicht mehr ab?«

»Ich dachte, alle…«

»Keineswegs. Kleine Lichter wie Sie werden nicht automatisch ausgebürgert.– Haben Sie das erfunden? Ja oder nein?«

»Ja.«

»Es hätte auch wenig Sinn, sich darauf zu versteifen. Dass Sie Deutscher sind, würde aber immerhin bedeuten, dass wir eine neue Verhandlung beantragen könnten. Das Urteil wird zwar nicht anders ausfallen, im Gegenteil, denn es käme dann der Anklagepunkt ›Wehrdienstentziehung‹ hinzu. Aber ordentlich, wie es bei einem deutschen Gericht zugeht, müsste eine neue Anklageschrift erstellt werden, und damit haben wir…«

»…Zeit gewonnen.«

Wegner nickte. »Dass es allerdings ein höchst riskantes Spiel ist, das wir da treiben, wird Ihnen ja klar sein.«

»Es gibt keine andere Möglichkeit?«

»Um Zeit zu gewinnen? Nein – oder höchstens wenn… sagen Sie, haben oder hatten Sie Verbindung zum ›Nationalkomitee Freies Deutschland-West‹? Drucksen Sie nicht herum, es nützt Ihnen eh nichts mehr – hatten Sie?«

»Ja, ich…«

»Gut.« Wegner schürzte zufrieden die Lippen. »Dann könnte ich dafür plädieren, dass Ihr Prozess nicht hier in Bordeaux, sondern in Paris oder sogar vor dem Volksgerichtshof geführt werden muss. Lassen Sie sich aber nicht zu der Hoffnung verleiten, dass das irgendetwas am Ergebnis ändern wird. Sie haben dann nämlich auch gleich noch eine Anklage wegen Vorbereitung zum Hochverrat am Hals. Also – was soll ich tun?«

»Alles«, sagte Leonhard. »Alles.«

»Man kann schließlich nur einmal erschossen werden, nicht wahr?« Wegner verzog den Mund. Er klappte die Anklageschrift zu, verstaute sie in seiner Mappe und stand auf. »Dann werden wir also versuchen, Zeit zu gewinnen. Wobei ich mir immer noch nicht ganz sicher bin, ob ich Ihnen damit einen Gefallen tue – den ich Ihnen im Übrigen auch gar nicht tun möchte. Ich mag, wie gesagt, Dummköpfe wie Sie nicht. Es ist eher eine Art sportlicher Reflex aus früheren Zeiten, wenn Sie verstehen, was ich meine. Und, übrigens: Ihnen zu empfehlen, Reue zu zeigen, dürfte angesichts Ihrer hier dokumentierten Einstellung – aktives Mitglied der Holzarbeitergewerkschaft, eineinhalb Jahre Dachau, Anklage wegen erneuter illegaler Betätigung, Flucht nach Rotspanien, Vorbereitung zur Sabotage – wohl auf keine Resonanz stoßen.«

»Würde es…?«

»…was ändern? Natürlich nicht.« Wegner hob eine Augenbraue. »Aber Sie sollten es nicht unbedingt übertreiben, ja? Affekte kann ich nicht brauchen – weder von Ihnen noch von

Seiten des Gerichts. – Sagen Sie, diese Verletzung an Ihrer Wange, und ein Zahn scheint Ihnen auch zu fehlen – rührt sie etwa daher, dass Sie sich auch noch geweigert haben, die Namen Ihrer Quartiergeber preiszugeben?«

Leonhard schwieg.

»Sie sind wirklich ein Dummkopf«, seufzte Wegner. »Machen Sie sich fertig. Man erwartet uns.«

2

Hab einiges darüber herausfinden können, über welche Wege die Deserteure in ihre Verstecke gebracht werden. In meinem Bericht wird stehen: Pastor weckt mich kurz vor Sonnenaufgang. Ist nicht allein, hat ein etwa zwölfjähriges Mädchen mitgebracht, das mich ins Tal führen soll. Bevor wir aufbrechen, steckt er mir einen Ausweis mit meinem neuen Namen zu. Pastor sehr nervös. Beim Abstieg wundere ich mich: Hätte den Weg tatsächlich nicht mehr gefunden. Das Mädchen ist lebhaft und freundlich, aber ein etwas altkluges Ding.

Vor der Mühle im Tal wartet bereits ein jüngerer Mann mit einem Terrot-Motorrad. Nannte meinen neuen Namen, er den seinen aber nicht. Als ich auf dem Sozius Platz nehme, bemerke ich, dass Fußstützen fehlen. Der Mann zuckt die Schultern, als ich es ihm sage.

Wir fahren die Schotterstraße, die, wie ich zunächst dachte, zur Brücke über den Vibron führen müsste. Nach mehr als einer Stunde aber haben wir sie noch immer nicht erreicht. Befinden uns jetzt auf einer holperigen Straße in Richtung Südwesten. Die Piste besteht nur aus Kurven, ist in miserablem Zustand.

Als das Tal breiter wird, tauchen erste Gebäude einer Siedlung auf. Ein älterer Mann kommt uns entgegen und macht eine aufgeregte Handbewegung. Mein Fahrer hält an. Ich versteh nicht, was sie sagen, sie sprechen in hiesiger Mundart. Mein Chauffeur flucht. Sehr aufgebracht. Die Auskunft des Mannes hat zur Folge, dass wir umkehren und ein Stück des Weges zurückfahren müssen. Will wissen, was der Mann gesagt hat. Der Junge gibt mürrisch zurück:

Boches, Kontrolle… Scheint angespannt zu sein, Angst zu haben und die Tour nur widerwillig auszuführen. Irgendetwas muss vorgefallen sein. Versuche nicht weiter, mit ihm ins Gespräch zu kommen.

Ich glaube, dass wir die Siedlung oberhalb eines Hanges umfahren. Befinden uns jetzt wieder auf einer Piste in Richtung Südwesten. Das Wetter wird schlechter. Kann mich an den Namen eines kleinen Ortes erinnern, an dem der Fahrer eine kurze Pause macht: Santa Krotz.

Die Fahrzeit zwischen Martinet und diesem Platz dürfte etwa zweieinhalb bis drei Stunden betragen haben. Die Fahrgeschwindigkeit schätze ich auf selten über dreißig, höchstens fünfunddreißig Stundenkilometer.

Die Straße hinter Santa Krotz ist besser ausgebaut, führt aber über steile Serpentinen auf einen Pass, dann wieder in ein Tal zu einem Ort, dessen Namen ich nicht in Erfahrung bringen kann. Will nicht zu neugierig wirken. Der Fahrer heißt mich hinter einer Hütte warten. Nach längerer Zeit – vermutlich hat er eine Bar aufgesucht – kommt er mit einem auffallend großen und kräftig wirkenden Mann zurück. Dieser winkt mir, ihm zu folgen.

Auch mein neuer Chauffeur ist nicht sehr gesprächig. Er fährt einen verbeulten Lieferwagen, auf dessen Ladefläche er Bretter und Balken transportiert. Wenigstens sitze ich jetzt bequemer. Und im Trockenen – es hat zu regnen begonnen. Der Fahrer bedeutet mir, dass ich mich auf der Ladefläche verstecken müsste, falls wir in eine Kontrolle geraten würden.

Zeige ihm meinen Ausweis. Es amüsiert ihn. Aber auch er schweigt, als ich nach seinem Namen frage. Nach etwa einer

Stunde Fahrzeit, während der wir etliche Straßendörfer und Weiler durchqueren, halten wir am Rande eines größeren Dorfes. Auffallend eine mittelalterliche Brücke, die die beiden Ufer miteinander verbindet, sowie eine Art Schloss oder Kloster auf einem Hügel. Der Fahrer deutet zu den Häusern: St. Etiènne-Vallongue, sagt er. Wir seien da. Gehe zu Fuß weiter. Die Regenwolken scheinen direkt über dem Ort zu stehen; nach kurzer Zeit bin ich nass bis auf die Haut.

Der Marktplatz fast menschenleer. Erinnere mich an einen Mann, der einen bepackten Maulesel mit sich führte.

Die Instruktion des Pastors lautete, dass ich ein genau beschriebenes Haus am Ortsende aufsuchen solle. Ich finde es nach einiger Zeit; am Türschild lese ich den Namen ›Plantier‹, Gustave. Klopfe an die Tür. Zu meiner Überraschung werde ich sehr unfreundlich empfangen. Der etwa vierzigjährige, kleine und korpulente Mann wirkt nervös. Er streitet verärgert ab, den Pastor zu kennen. Schlägt die Tür vor meiner Nase zu. Gehe in den Ort zurück. Bin ratlos. Glücklicherweise hat es zu regnen aufgehört.

Wenig später höre ich, wie sich schwere Fahrzeuge nähern. Ziehe mich unauffällig in eine Seitengasse zurück. Wie vermutet sind es zwei Mannschaftswagen unserer Leute. Sie passieren den Ort in rascher Fahrt. Als ich nach einiger Zeit wieder auf die Hauptstraße gehe, noch immer unschlüssig, was ich tun soll, öffnet sich die Tür der Bar am Marktplatz. Ein Mann, offensichtlich der Wirt, winkt mir.

Die Bar ist bis auf einen alten Mann, eine junge Frau und den Wirt leer. Der Wirt, ein, kräftig gebauter Mann um die fünfunddreißig, bittet mich an einen Tisch im hinteren Teil des Raumes. Er will wissen, was ich hier zu suchen habe. Zögere mit einer Antwort. Das scheint für ihn ein Zeichen zu sein, mir zu vertrauen. Er gibt der jungen Frau an der Theke ein Zeichen, mir eine Tasse Kaffee zu bringen. Die Frau wird »Lucie« gerufen.

Sage ihm schließlich, dass ich jemandem im Ort besuchen wollte. Wen, will er wissen. Beschreibe das Haus und rede von irgendwelchen Geschäften. Der Wirt sagt mir auf den Kopf zu, dass der Pastor mich geschickt hat. Gebe es, wieder mit gespieltem Zögern, zu. Er verlässt die Bar, kommt nach kurzer Zeit wieder. Ich soll warten, sagt er. Nach mehr als einer halben Stunde betritt ein kleines Mädchen, etwa sieben bis acht Jahre alt, die Bar und flüstert dem Wirt etwas zu.

Ich könne nach Schulschluss, also in etwa zwei Stunden, wieder hingehen, sagt der Wirt danach. Alles sei nun in Ordnung.

Wir sprechen noch eine Weile miteinander. (Habe übrigens meine Legende etwas korrigieren müssen. Soviel ich jetzt weiß, verläuft Fahnenflucht meist so, dass sich derjenige auf Freigängen zuvor mit jemandem aus der Bevölkerung angefreundet hat. Bei diesem Techtelmechtel wird er, ohne es zu bemerken, ausgehorcht und schließlich, wenn er entsprechende Dinge äußert, mit den Leuten der Organisation zusammengebracht. – Eine ganze Reihe junger Mädchen scheint übrigens mit den Banditen zusammenzuarbeiten und gezielt auf deutsche Soldaten loszugehen, um sie auszuhorchen. Wenn diese dann tatsächlich nicht mehr in die Unterkunft zurückkehren und die Suche nach ihnen beginnt, sind sie längst in Sicherheit. Mein Sprung in den Fluss bei Pont-Negase war also eine auffällig ungewöhnliche Art, sich davonzumachen. Ich habe meine Geschichte deshalb um einen Streit mit einem Vorgesetzten erweitert, der mir angeblich angedroht hat, mich wegen einer eigentlich harmlosen Äußerung als Wehrkraftzersetzer vor Gericht zu bringen.)

Bedanke mich und mache mich ein zweites Mal auf den Weg an den Ortsrand. Warte in der Nähe des Hauses, bis Besitzer zurückkehrt. Werde dieses Mal nicht abgewiesen. Der Mann ist wie ausgewechselt. Ich müsse entschuldigen, hätte mich für einen Spion gehalten. Zeige mich betroffen und verletzt.

Ist ihm peinlich. Er versucht mich zu beruhigen. Allerdings könne ich nicht bei ihm bleiben, im Augenblick sei es hier zu gefährlich. Man hätte mich eigentlich auf einer Farm oberhalb des Ortes unterbringen wollen, aber dort sei erst gestern eine Razzia durchgeführt worden. Die Razzien nähmen in den letzten Tagen zu. Auch scheint es jemand im Ort zu geben, der plaudert.

Markiere den Ängstlichen. Er beruhigt mich wieder: Er hätte bereits mit Pastor Dondille Kontakt aufgenommen. Ich müsse mich noch kurze Zeit gedulden. Das kann wohl länger dauern, sage ich. Wieso?, frägt er. Ich: Prades sei schließlich mehr als eine Halbtagesreise entfernt. Woraufhin er erstaunt den Kopf schüttelt: es seien keine fünfzehn Kilometer nach dorthin, eher weniger. Als ich Plantier von meiner langen Fahrt erzähle, vermutet er, dass dies eine Sicherheitsmaßnahme gewesen sein könnte. Er sichert mir zu, dass man auf jeden Fall ein geeignetes Versteck für mich fände.

Spiele den Erleichterten und lass mir nicht anmerken, dass es mir nicht gefällt, an einem anderen als dem geplanten Ort untergebracht zu werden. Wenn ich in Schwierigkeiten geriete, würde es schwieriger werden, mein neues Versteck ausfindig zu machen.

(Der etwa fünfzig bis fünfundfünfzig Jahre alte Plantier ist der Lehrer des Ortes und bemüht sich sichtlich, gelassen zu sein, verrät sich aber durch sehr unruhige Bewegungen und kurzatmiges Sprechen.)

Plantier führt mich zu einem Verschlag im Anbau des Hauses. Im Wohnhaus sei es zu riskant, erklärt er, erst gestern habe man jemanden aus dem Nachbarhaus verhaftet. Er gibt an, noch etwas in der Schule erledigen zu müssen, und verspricht, dass ich bald abgeholt werden würde. Er schiebt einen Schrank vor die Türe des Verschlags und geht. Ich lege mich auf eine Holzpritsche. Es ist still im Haus.

Der Lehrer taucht nicht mehr auf, stattdessen höre ich, nach etwa zwei Stunden, wie sich das Geräusch eines Motorrades nähert. Der Fahrer kommt in die Scheune und ruft meinen Namen. Gebe mich zu erkennen.

Wir fahren entlang des Flusses in Richtung Süden, biegen nach kurzer Fahrzeit in einen schmalen Waldweg ein, der sich in engen Serpentinen nach oben schlängelt. Treffen unterwegs niemanden, passieren lediglich nach etwa zwei Stunden Fahrzeit ein verlassenes Gehöft.

Dämmerung setzt ein. Himmelsrichtung nur noch vage zu bestimmen. Müssen uns irgendwo östlich von St. Etiènne-Vallongue befinden. Weg endet jetzt auf einem Bergsattel.

3

Als Huck vom Rücksitz des Motorrades stieg und nach Stunden wieder festen Boden unter den Füßen spürte, torkelte er wie ein Betrunkener. Seine Knie schlotterten. Die Fahrt war eine Tortur gewesen.

Der Fahrer, dem er nicht näher gekommen war, obwohl er sich den ganzen Weg über an ihn klammern musste, bemühte sich nicht zu verbergen, dass er froh war, seine lästige Fuhre loszuwerden. Er ließ den Motor laufen, während er erklärte, dass der Weg ab hier nicht mehr befahrbar sei und Huck das letzte Wegstück zu Fuß zurücklegen müsse. Der Weg zu seinem Fluchtort sei aber nicht mehr kompliziert. Das Gehöft hieße La Granne, man würde ihn dort erwarten. Er wies mit der Hand nach Südwesten: Immer diesen Pfad entlang! Es gäbe nur eine Abzweigung, die kaum zu übersehen sei. Es könne jedoch nicht schaden, wenn er sich beeilen würde.

Der Fahrer blickte noch einmal prüfend zum Himmel, ließ den Motor aufheulen und machte eine Kehre. Wenig später verlor sich das Geräusch des Motorrades hinter einer Biegung. Noch einmal hallte es, bereits sehr fern, im Tal nach.

Wind kam auf. Huck streckte sich. Er fühlte sich, als würde statt Blut Blei in seinen Adern fließen, ließ sich auf einem Baumstrunk nieder und senkte erschöpft den Kopf auf die Knie. Er atmete tief durch. Zu seinen Füßen wimmelten Ameisen. Eine Hummel schwirrte heran, umkreiste ihn und verschwand im Wald. Die Dämmerung nahm zu. Der Himmel hinter den kahlen Kämmen im Westen war mit rauchigem Dunst verschleiert. Der Wind fächelte den Brodem von Fäulnis und feuchter Erde durch die kalte Luft. Huck stemmte sich hoch und betrat den von Ginster und Blaubeerbüschen gesäumten Weg, den ihm der junge Mann gewiesen hatte.

Der Nebel wurde dichter. Langsam zog sich alle Farbe aus Gräsern und Büschen. Noch war gut zu erkennen, wo der Hauptweg entlangführen musste. Huck ging schneller. Unter seinen Tritten raschelte altes Laub. Nach einer Weile sah er eine schmale Felskanzel vor sich. Als er näher trat, schlug ihm eine kräftige Bö entgegen. Hose und Hemd flatterten im eisigen Luftzug.

Vor ihm glitten Bergrücken in die Tiefe. Der Himmel hatte bereits die Farbe nasser Asche angenommen. In der Ferne heulte ein Hund, doch kein Gehöft war zu sehen. Dann zersägten wieder Grillen die Ödnis, bis sie vom Geräusch des Windes, der aus der tintigen Tiefe heranflog, übertönt wurden. Huck rieb sich fröstelnd die Arme.

Der Pfad führte nun wieder bergab. Nach wenigen Schritten tauchte er in einen Buchenwald ein. Pfützen und morastige Placken schimmerten schwarz. Der Wind ließ die Nebelfetzen tanzen, wühlte in den kahlen und widerspenstigen Baumkronen, deren Gitterwerk jetzt nur noch zu erahnen war. Huck schritt weit aus. Er hatte zu schwitzen begonnen. Auf der Stirn fühlte er einen kalten Film, und zwischen seinen Schulterblättern rieselten kiesige Tröpfchen seinen Rücken hinab.

Der Weg durchquerte einen Hang. Regen hatte Geröll ausgeschwemmt, aus Trockenmauern waren Blöcke geplatzt. Hucks Tritte wurden unsicher, immer öfter glitt er auf dem schlierigen Fels zu seinen Füßen aus. Er ging gebückt; starrte auf den Boden. Der immer steiler ansteigende Weg war nur noch als eine matt schimmernde Linie zu erkennen. Das Tosen des Windes nahm zu.

Dann hatte ihn die Dunkelheit eingeholt. Huck riss einige Streichhölzer an, die der Wind jedoch sofort wieder löschte. Er streckte beide Arme in Höhe seiner Augen aus, und setzte, die Schuhe durch das Laub schiebend, Schritt vor Schritt. Immer öfter tappten seine zögernden Tritte ins Leere. Schließlich kroch er auf allen vieren, um den Weg mit den Händen zu erfühlen. Sein Puls hämmerte. Noch nie hatte er eine derartige Finsternis erlebt. Die Welt war erloschen.

Wo war dieser verfluchte Hof? Der Fahrer hatte angedeutet, dass er nur noch eine Stunde zu gehen hatte! Huck war bereits doppelt so lange unterwegs, La Granne musste also direkt in der Nähe sein. Hatte er den Mann missverstanden? Oder gar die Abzweigung übersehen? Was sollte er tun – versuchen, wieder zurückzugehen?

Huck stockte. Er hatte ein Geräusch gehört. Er richtete sich mit einem Ruck auf, setzte sich auf seine Fersen und lauschte in die Dunkelheit. Wieder knackte Unterholz. Ein Schauer durchlief Huck. Er wagte nicht mehr zu atmen. Wieder Stille, Wind. Jetzt: Ein dumpfes Grunzen. Es entfernte sich langsam. Huck hörte sein Blut pochen. Ihm war heiß geworden.

Wieder brandete das Rauschen heran. Der Wald ächzte greisenhaft. Huck tappte mit weit aufgerissenen Augen vorwärts. Seine Hände erfühlten dichtes, steifes Gesträuch. Er schrie auf; ein Dornzweig hatte seine Stirn gepeitscht. Er betastete die brennende Stelle, sie fühlte sich feucht an. War er endgültig vom Weg abgekommen? Er kroch zurück. Seine Hände ertasteten nichts mehr, was ein Weg gewesen hätte sein können. Stattdessen näherte sich ein hohler, gurgelnder Ton, der aus der

Tiefe zu steigen schien. Wieder verharrte er bang. Das Geräusch veränderte sich nicht. Je weiter er kroch, desto lauter wurde es.

Dann griff er ins Leere. Sein Schrei mischte sich mit dem empörten Tosen einer Bachschlucht, das ihn aus der Schwärze tief unter ihm ansprang. Er ruderte verzweifelt mit den Armen, nicht mehr auf die Dornen und schartiges Gestein achtend, bis er einen armdicken Baum greifen, sich daran festhalten und in die Höhe ziehen konnte.

Nun bewegte er sich nicht mehr. Er würde hier bis zum Morgengrauen warten müssen. Die Luft war kalt und klamm; seine Zähne klapperten. Sein Gesicht fühlte sich wie eine Maske an, eine hauchdünne Legierung aus Eis und Schweiß. Seine Handflächen glühten. In seinen von Stacheln gespickten Fingern pochte das Blut. Er legte sich auf den Rücken. Der Boden war kalt und feucht wie ein von Nässe gesättigter Schwamm. Kälte durchdrang ihn augenblicklich. Er stemmte sich in die Hocke und rieb seine Oberarme. Wieder krachte etwas im Unterholz über ihm. Huck verharrte in der Bewegung.

Etwas schnaubte.

Der Wind wechselte seine Richtung und ließ das Geräusch verstummen. Huck atmete vorsichtig aus.

Doch nun hörte er es wieder. Geäst knackte, brach unter Tritten. Ein zorniges Knurren näherte sich.

Huck fühlte, wie sich ihm die Haare zu sträuben begannen.

4

Aus dem »Café du Planet« in St. Etiènne-Vallongue drang kein Lichtschein nach draußen. Lucie war bereits zu Bett gegangen. Baptiste hatte Henri, seinen letzten Gast, mit nach hinten genommen. Dort hatte er die Tageseinnahmen auf den Tisch geschüttet und damit begonnen, die Münzen zu zählen, als es an der Tür klopfte.

»Marcel?« Baptiste stand auf.

»Was denkst du denn? Ein Gespenst?«

Der Wirt drehte den Schlüssel, steckte seinen Kopf aus der Tür und sah vorsichtig nach rechts und links. Hinter seinem Rücken betrat Belton die Bar. Baptiste schloss wieder ab.

»Bist spät, Marcel.«

»Mir ist noch was dazwischengekommen.« Belton knöpfte sich den Mantel auf.

»Ist er noch da?«

Baptiste wies mit dem Kopf nach hinten und machte ein Zeichen: Der ist schon wieder voll bis obenhin. Belton grunzte unwillig. Er setzte sich neben seinen Bruder.

»Gut, dass du …«, begann Henri.

»Übrigens, Marcel, bevor ihr anfangt, eure Familiengeschichten zu beharken – es geht das Gerede, ihr hättet bei der Nega-se-Brücke 'nen Boche einkassiert. Ist das zufällig so ein Großer, mit Haaren wie 'n Weizenfeld vor dem Schnitt?«

»Wie kommst du drauf?«

»Ooch – Radio St. Etiènne hat's berichtet.« Baptiste schob einen Stapel Münzen in eine Ledertasche.

Belton lachte. »Euer Briefträger – Na ja, so lange es nur André und nicht sein Kollege Jeannot in die Ohren kriegt, ist es nicht tragisch. Aber woher willst du wissen, wie er ausgesehen hat?«

»Weil sich heute Nachmittag zufällig so was hier herumgetrieben und auf den Pasteur berufen hat.«

»Das wird er gewesen sein, ja.«

»Ist der in Ordnung?«

»Ja. Ist 'n Deserteur, wie's aussieht. Wo ist er hin?«

»Weiß nicht genau. Er sollte erst nach Les Molines, aber nachdem sie neulich welche bei Jaquot ausgehoben haben, ist der nicht mehr so scharf drauf. Mehr weiß ich auch nicht.«

»Kann ich verstehen, wenn Jaquot da zögert. Aber mir egal. Soll sich der Pasteur mit ihm streiten.« Der Kommandant wandte sich an seinen Bruder.

»Also, mein Alter – was gibt es so Dringendes? – Gott, hast ja schon wieder 'nen Kopf blau wie 'ne Pflaume!«

»Gut, dass du kommst«, sagte Henri. Seine Worte flossen wie nasses Geschiebe aus seinem Mund.

»Weißt doch, dass du dich auf mich verlassen kannst«, sagte Belton ungeduldig, »wobei ich aber nicht weiß, ob's was bringt, wenn du schon wieder besoffen bist.«

Henri senkte die Stimme.

»Musst mir helfen, Marcel. Germaine…«

Baptiste, der sich abseits gesetzt hatte und immer noch die Münzen ordnete, dabei lautlos die Lippen bewegte, hob unmerklich den Kopf. Er fühlte sich unbehaglich.

»Was ist mit deiner Frau?«, fragte Belton.

»Ich trau ihr nicht mehr, verstehst du?« Henri stolperte über die Konsonanten. »Ich glaube, sie führt uns hinter's Licht.«

»Uns? Wie kommst du auf ›uns‹?«

»Sie fährt von Zeit zu Zeit nach Nîmes. Zu ihrer Tante, sagt sie, ihr den Haushalt machen.«

»Tante«, wiederholte Belton unbeeindruckt. »Na gut. Und?«

»Ich hab aber rausbekommen, dass sie zwar zu ihr fährt, nie aber so lange bei ihr ist, wie sie sagt!«

Belton sah seinen Bruder mitleidig an.

»Tja. Vielleicht hat sie noch was anderes zu erledigen, nicht?«

»Mach dich nicht lustig!«, sagte Henri leidend, »ich glaube… ich wollte dich…«

Belton runzelte die Stirn.

»Was?« Er lachte ungläubig. »Ehrlich gesagt: Ich kann mir zwar vorstellen, was da los ist. Aber ich weiß immer noch nicht genau, worauf du hinauswillst. War doch nicht deswegen, dass ich kommen sollte, oder?«

Henri hielt seinen Kopf gesenkt. Sein glasiger Blick hing irgendwo zwischen Kinn und Hals des Bruders.

»Na ja«, ein Schluckauf schüttelte ihn. »Wer weiß, wo sie hingeht, nicht? Nîmes ist verseucht von den Boches, und …«

Belton lehnte sich zurück. Zwischen seinen Brauen hatte sich eine steile Falte gebildet.

»Höre ich richtig«, sagte er scharf, »dass du mich deswegen hierherlotst, um uns zu bitten, Germaine beschatten zu lassen? Meinst du etwa, wir hätten nichts Besseres zu tun, als rauszufinden, mit wem sie's womöglich treibt? Bist du jetzt komplett verrückt geworden?«

»Hör mir doch zu …«, sagte Henri gepeinigt.

»Du hörst *mir* jetzt zu, Alter: Was du mit deiner Frau hast, ist deine Sache – ich hab dir nicht zugeraten, du wolltest sie auf Teufelkommraus! Aber jetzt sage ich dir eines: Wenn Germaine einem Kerl wie dir Hörner aufsetzt, dann hat sie nur Recht damit!«

»Das ist nicht schön von dir, Henri, wirklich nicht«, sagte Baptiste. »Es ist wirklich eure Sache. Außerdem glaube ich das nicht von Germaine.«

»Hört mir doch zu …«, flehte Henri.

»Halt die Schnauze. Ob wahr oder nicht, ist mir egal«, rief Belton, »Es ist ungeheuerlich! Ich glaub's einfach nicht!«

»Hört …«

»Du bringst was durcheinander, mein Lieber, und zwar gewaltig! Du haust jetzt auf der Stelle ab und schläfst deinen Suff aus, ja?«

»Ja, geh nach Hause, Henri«, sagte Baptiste begütigend. »Marcel hat Recht. Er hat genügend andere Sorgen.«

Henri presste seine Lider zusammen und stöhnte auf. Dann erhob er sich und ging mit unsicheren Schritten zur Tür. Wortlos verließ er die Bar.

Der Wirt schob die Münzen mit der Handkante in eine Ledertasche.

»Weiber…«, schüttelte er den Kopf. »Noch ’nen Schluck, Marcel?«

Belton nickte. »Ich bin platt. So was will mein Bruder sein. Hat mir was von Spionage und was noch alles ausrichten lassen, ich müsste ihn unbedingt anhören…« Der Korken ploppte.

»Nicht schön, ja… Übrigens auch ganz schön unvorsichtig von dir, runterzukommen«, sagte Baptiste, während er das Glas füllte, »ihr könnt euch auf etwas gefasst machen. Otto und Irene haben das Kasino in Harnac in die Luft gejagt.«

»Werd ich wohl wissen«, sagte Belton eitel.

»Und über den ganzen Canton ist seit gestern Ausgangssperre verhängt worden. Also passt auf.«

»Auch das weiß ich. Mach dir mal keine Sorgen.« Belton führte das Glas an seinen Mund.

»Außerdem ist gestern Nachmittag ein Postwagen überfallen worden. Den Fahrer haben sie erschossen.« Baptiste stellte das Glas auf den Tisch und setzte sich neben ihn. »Wart ihr das?«

Belton starrte auf die Tischplatte. »Scheiße«, murmelte er.

»Das kann man wohl sagen. Die Leute sind stinksauer. Andrè ist außer sich. Er lässt dir ausrichten, größere Idioten als ihr könne er sich kaum mehr vorstellen. Von ihm bekommt ihr keine Informationen mehr. Er hat’s satt, sagt er. Der Junge wäre auf unserer Seite gewesen. Er kennt seine Eltern gut. War es denn wirklich nötig, ihn zu töten?«

»Weder war es nötig noch waren wir es«, erwiderte Belton ärgerlich.

Baptiste sah ihn verblüfft an. »Wer dann? Rubens Gruppe war nicht in der Nähe. Also…«

»Bist du taub?«, unterbrach in Belton gereizt. »Wir waren es nicht. Wie oft soll ich’s dir noch sagen?«

»Wer dann, verdammt?«, rief Baptiste.

»Irgendwelche Banditen aus Marseille!«, entgegnete Belton wütend, »sie hängen sich an uns dran, lassen sich als Widerständler feiern, zocken das Zeug für sich ab und verscherbeln es auf dem Schwarzmarkt. Niemand kennt sie. Es sind wirklich Banditen!« Er riss das Glas hoch und nahm einen tiefen Schluck.

Baptiste starrte Belton sekundenlang an. Dann nickte er und fuhr fort, die Tageseinnahmen zu ordnen.

»Na gut. Ich werd's Andrè sagen.«

Belton sah nachdenklich auf sein halb gefülltes Weinglas.

»Wie haben sie's angestellt?« Baptistes Finger hüpften flink über den Tisch. »Weißt du's?«

»Was?«

»Das mit der Bombe.«

»Ja, Der Deutsche …«

»Welcher?«

»Otto. Du kennst ihn.«

Baptiste lachte ungläubig.

»Doch nicht der, der im Kirchenchor singt?« Baptiste ließ den Blick nicht von den Münzen, »… elftausend, zwölf …«

»Doch. Er hat sich einfach 'ne Uniform der Boches angezogen und ist mit Irene …«

»Mit wem?«

»Sie ist seine Freundin oder so was, 'ne Rote aus Hamburg. Ist aus dem Lager von Rouve geflohen, erinnerst du dich nicht? Du und Lucie, ihr habt doch damals ein paar von denen in eurem Keller versteckt?«

»Klar erinnere ich mich … sechzehn …«

»Also, sie hat sich auch etwas aufgetakelt, und so sind sie am Offizierskasino vorgefahren. Ihre Handtasche ist nicht kontrolliert worden. Gegen Mitternacht haben sie so getan, als würden sie nur eben mal kurz zur Bar gehen. Stattdessen sind sie raus und sofort abgehauen. Die Bombe ist ein paar Minuten später hochgegangen. Sie haben mindestens drei Tote und ein Dutzend Schwerverletzte.«

»Otto … das hätte ich ihm nie zugetraut. Sieht immer so aus, als könnte er keiner Fliege was zu Leide tun… zwanzig.« Der Wirt schob den Münzhaufen zur Seite.

Belton nickte. »Und Irene erst!«

»’ne Frau, Marcel, stell dir das mal vor, und macht solche Sachen! Wenn das schief gegangen wäre!«

»So ist sie, seit ich sie kenne. Hat Nerven wie Stahlseile. Sagt, sie hätte nichts mehr zu verlieren. Seit sie weiß, dass sie ihren Mann in Buchenwald massakriert haben, ist sie so.«

»Versteht man, klar. Aber jedenfalls könnt ihr euch in der nächsten Zeit auf etwas gefasst machen«, wiederholte Baptiste. Er war zum Fenster gegangen und hatte die Verdunkelung überprüft.

»Was von Leo gehört?«, fragte Baptiste.

Belton schüttelte den Kopf. »Wir wissen nur, dass er bisher dichtgehalten hat und vor Gericht gestellt werden soll.«

Wir werden ihn nicht mehr wieder sehen, dachte er.

»*Que saloparia*«, sagte Baptiste bitter, »mag gar nicht drandenken, welche Schweinereien sie mit ihm angestellt haben.«

»Jedenfalls war von unseren Leuten in Bordeaux noch nichts davon zu hören, dass er tot wäre.«

»War ja auch verdammter Schwachsinn, was? Dieser Plan, den Zug nach Alais kapern zu wollen. Aber Leo muss sich ja ausgerechnet an diesen Lokführer ranmachen. Er war sich sicher, dass der Kerl mitspielt.«

»Sind ja normalerweise auch vernünftige Leute, die bei der Eisenbahn«, meinte Belton.

»Vielleicht war es gar nicht der Lokführer, der ihn reingelegt hat. Ich trau ja unserem Jeannot immer weniger über den Weg.«

»Wer auch immer ihn verpfiffen hat. Ich war jedenfalls dagegen.«

»Und das hat nichts gefruchtet? Hör mal: Ich denke, du bist der Commandant?«

»Sicher. Aber damals haben die Deutschen noch gemeint,

hier ihre eigene Suppe kochen zu können«, sagte Belton. »Aber damit ist seither Schluss, sie haben es eingesehen. Macht alles bloß noch schwieriger. Wir sind noch zu schwach, um zu verhindern, dass sie uns das Haus über dem Kopf anzünden. Wir haben immer noch keine vernünftige Ausrüstung.«

»Ich dachte, Ruben will euch was abgeben?«

»Davon redet er schon seit einem Vierteljahr«, sagte Belton bitter.

»Warum tut er es nicht? Die Engländer haben doch erst neulich wieder eine Menge abgeworfen, drüben, über Castagnas?«

»Es ist so eine Sache mit Ruben«, sagte Belton. Er schwenkte sein Glas. »Er verlangt auch 'nen Preis dafür, verstehst du?«

»Vielleicht solltest du nicht so stur sein, Marcel«, gab Baptiste zu bedenken. »Ruben ist ein verdammt kluger Kopf. Und er hat Verbindungen, von denen wir bloß träumen können. Kenn niemand, der das nicht sagt.«

Belton hatte getrunken und wischte sich mit dem Handrücken über seinen Schnauzer. »Mag sein, aber damit hat es nichts zu tun. Ich häng wirklich nicht dran, Kommandant zu sein, kannst mir glauben.«

Baptiste warf ihm einen zweifelnden Blick zu.

»Womit hat es dann zu tun, dass du nicht mit ihm zusammengehen willst?«

Belton machte eine wegwerfende Handbewegung und schwieg.

»Klar, Ruben ist mit seinen Leuten erst vor ein paar Monaten hier aufgetaucht. Da wart ihr schließlich schon längst zugange«, sagte Baptiste, »und jetzt will er gleich den Ober-Chef spielen. Das ist es, stimmt's?«

»Ja und nein«, sagte Belton zögernd. »Ich geb zu, ich mag Kerle nicht, die sich vor 'nem Gefecht erst im Spiegel ansehen, ob die Uniform richtig sitzt. Ich mag auch die nicht, die meinen, auf uns runterschauen zu können.«

»Tut er das?«

»Wir seien nichts als ein störrischer Bauernhaufen, soll er gesagt haben. Dieser Laffe aus Nice. Muss ich das fressen? – Nein, muss ich nicht.«

»Ist eben was Besseres. Aber wir können es den Bürgerlichen nicht verbieten, auf der richtigen Seite mitzumachen.«

»Hm.«

»Keine Sorge, er wird nicht an euch vorbeikommen«, sagte Baptiste. »Ihr seid die stärkste Gruppe hier.«

»Will ich auch meinen«, gab Belton zurück. Er gähnte, wischte sich über Mund und Bart und stand auf. »Ich muss zurück.« Er knöpfe seinen Mantel mit müden Bewegungen zu. »Ich bin immer noch ganz platt«, murmelte er kopfschüttelnd.

»Wegen Henri?«

Belton nickte sarkastisch. »Vive l'amour – mehr fällt mir dazu nicht ein.«

Der Wirt lachte müde. Belton griff zum Türknauf, blieb aber stehen und drehte sich noch einmal um. Er zögerte.

»Sag, das mit Germaine …?«

»Blödsinn«, sagte Baptiste eilig, »kompletter Blödsinn. Ist manchmal wirklich nicht mehr auszuhalten, was in St. Etiènne herumgeschwatzt wird. Hast du noch dazu 'ne Bar, bist du selber mittendrin. Oh, was hab ich's satt.«

5

»Warum haben sie das Gespräch mit mir gesucht, Monsieur l'Inspecteur?«

Kommandant Ruben tupfte sich die Lippen ab. Er legte die Serviette zur Seite, lehnte sich zurück und ließ seinen Blick durch das Hinterzimmer des Restaurants schweifen. Sie waren allein; durch die angelehnte Tür zu den vorderen Räumen drangen gedämpfte Geräusche.

Benedetti stellte das Glas behutsam ab. »Das bedarf wohl keiner weiteren Begründung. Ich bin Franzose.« Er sah auf.

»Schön zu hören«, erwiderte Ruben kühl. »Was heißt das für Sie?«

»Nun – dass ich im entscheidenden Moment Entscheidungen fälle, die damit zu tun haben.«

»Wie Sie Ihren Patriotismus jedoch bisher zur Geltung brachten, war vermutlich stark von den Gegebenheiten abhängig.«

Der Inspektor sah zur Seite. Seine Stimme ließ keine Regung erkennen.

»Unterstellen Sie mir Opportunismus?«

Ruben beugte sich vor, stützte die Ellenbogen auf die Tischplatte und legte seine Hände übereinander. »Das waren Ihre Worte. Im Übrigen: Nein. Ich tue es nicht. Und wenn Sie erlauben, greife ich Ihrer Antwort zuvor: Sie glaubten an die Mission Petains, nicht wahr?«

Der Inspektor nickte. »Ich gebe zu: Ich habe den Marechal geradezu verehrt. Sie etwa nicht?«

»Damit kann ich leider nicht dienen.«

»Sie waren weit weg.«

»Das wissen Sie? Respekt.«

Benedetti hob geschmeichelt die Brauen. »Wie entwickeln sich eigentlich die Dinge in Indochina und der Kabylei, Monsieur le Commandant? Es wird von Unruhen und Aufständen berichtet. Gehen unsere Gebiete verloren?«

Ruben war amüsiert. »Sie haben vielleicht Sorgen. Aber bitte, wenn Sie es interessiert: Sie entwickeln sich – nach meinen Informationen – gut. Das heißt: im gewünschten Sinne. Den Aufständischen scheint die Lust an provokativen Manifestationen und Demonstrationen vergangen zu sein.«

»Erfreulich zu hören.«

»Ich könnte Ihnen darüber viel berichten, aber dazu haben wir uns schließlich nicht getroffen. Nochmals: Die Initiative zu diesem Gespräch ging von Ihnen aus. Was wollen Sie?«

»Sie kennen lernen.«

»Ach!«

»Ich habe viel von Ihnen gehört.«

»Das schmeichelt mir. Ich würde zu gern in den diversen Dossiers blättern, die das Sicherheitsbüro über mich angelegt hat.«

»Kein Problem, Capitaine Morlan – pardon, Ruben.«

»Schon gut«, sagte Ruben bräsig.

»Es wundert Sie nicht, was ich Ihnen anbiete?«

Der Kommandant strich sich mit einer eitlen Geste über das glatt zurückgekämmte, dunkle und volle Haar. »Nein, das tut es nicht. Ich kann eins und eins zusammenzählen, lieber Inspektor. Ich nehme an, dass Sie das wissen, denn sonst säßen wir nicht hier.«

Benedetti nickte. »Sie haben Recht.«

»Natürlich – Also?«

Der Inspektor rückte seine Brille. »Ich bitte Sie zunächst, es als Vertrauensbeweis meinerseits zu werten, dass ich nichts unternommen habe, um Ihren Aufenthalt in Nîmes in irgendeiner Weise...«

»Dass Sie mich nicht verhaften ließen, spricht lediglich für Ihre Intelligenz. Wenn ich von ihr nicht überzeugt wäre, säße ich jetzt nicht hier. Aber Sie haben meine Frage noch nicht beantwortet.«

»Sie verfügen über ein außerordentliches Selbstvertrauen, Monsieur le Commandant«, stellte der Inspektor fest.

»Das sagt man mir zuweilen nach, richtig. Aber damit Sie die Lage richtig einschätzen: Wenn Sie oder Ihre Leute heute Abend irgendeine Dummheit begehen würden, würden Sie diesen Raum nicht mehr lebend verlassen. Die drei Idioten, die an der Bar herumlungern und uns – nebenbei – alle bereits bestens bekannt sind, würden schon am Boden liegen, bevor sie nur dazu kämen, irgendetwas gegen mich zu unternehmen.«

»Halten Sie mich für albern?«

»Nein!«, erwiderte Ruben mit hörbarer Ungeduld. »Aber ich würde nun endlich, da wir bereits beim Roquefort angelangt sind, gerne von Ihnen wissen, warum Sie mich treffen wollten. Studium auf der gleichen Fakultät, sehr entfernte bekanntschaftliche Beziehungen und Ähnliches in allen Ehren – aber unter den gegebenen Voraussetzungen genügt dies wohl nicht, nicht wahr?«

»Ihren Äußerungen und Ihrer Attitüde entnehme ich, dass Sie es bereits ahnen.«

Rubens nickte selbstgefällig. »Und ich darf Ihr Zögern etwas verkürzen, da ich keine Zeit zu verschenken habe. Es gibt Kreise in der Administration des Staates, die erkannt haben, dass sich gewisse, einst schlüssig erscheinende Konzepte zu überleben beginnen. Liege ich richtig?«

»Fahren Sie fort. Es ist ein Vergnügen, Ihnen zuzuhören.«

»Danke. Dann erlauben Sie, dass ich deutlicher werde. Ich bewundere übrigens Ihre Technik, Ihr Gegenüber zum Sprechen zu bringen. Das sollte Sie allerdings nicht allzu hochmütig werden lassen, ich habe einfach die Eigenschaft, schnell auf den Punkt kommen zu wollen.«

»Sie …« Benedetti schob seine Brille auf die Nasenwurzel, »… Sie werden mir zugestehen, dass meine Situation um einiges delikater ist als die Ihre.«

»Ich vergehe diesbezüglich leider nicht vor Verständnis, werter Monsieur l'Inspecteur«, erwiderte Ruben eisig. »Die Situation, in die Sie einige unserer wichtigsten Leute gebracht haben, war nicht minder delikat.«

»Auswüchse habe ich mir nicht vorzuwerfen.«

»Mag sein. Dennoch sind Sie dafür verantwortlich, wenn die von Ihnen Verhafteten den Boches überstellt werden.«

»Ich habe wenig Spielraum, wie Sie sich denken können.«

Ruben lehnte sich zurück. »Sie werden verstehen, dass mich diese – Ihre – Probleme im Augenblick nicht sonderlich berühren. Sollten wir nicht endlich zum Punkt kommen? Ich bin übrigens im Grundsatz zunächst darüber erfreut, dass man uns auf gewissen Ebenen ernst zu nehmen beginnt.«

»Da haben Sie allerdings nicht Unrecht, lieber Herr Kommandant.«

»Alles andere wäre auch töricht«, sagte Ruben herablassend. »Aber jetzt ist die Reihe an Ihnen. Ich höre.«

Benedetti griff zur Serviette und wischte sich über den Mund.

»Zur Lage: Die Boches haben sich überfressen. Nicht nur das: Sie haben sich endlich auch die Zähne ausgebissen. Der Osten ist von ihnen nicht mehr zu halten. Wenn die Rote Armee in diesem Tempo vorankommt, ist sie in Kürze am Rhein.«

Ruben schien nicht sonderlich beeindruckt.

»Schön, dass Sie erkannt haben, was die Spatzen von den Dächern pfeifen. Aber würden Sie mich mit allzu ausführlichen Referaten verschonen?«

»Ich bin schon am Punkt…«

»Interessant. Ich höre?«

»…denn das bedeutet, dass der Tag ›J‹ keinen Aufschub mehr dulden wird. Es sieht danach aus, als hätte die amerikanische Regierung lange darauf gehofft, dass sich Deutschland und Russland gegenseitig ausbluten. Damit hätten sie schließlich zwei Probleme vom Hals gehabt. Jetzt aber hat sich das Blatt gewendet, Eile tut Not. Nach meinen Informationen ist die Invasion der Westalliierten in etwa vier Wochen geplant.«

»Noch hat sie nicht stattgefunden«, wandte Ruben unwirsch ein, »und noch weniger lässt sich voraussagen, ob sie erfolgreich sein wird. Und wenn ja: Wie lange es dauern wird, bis ihr Ziel erreicht ist, steht ebenfalls noch in den Sternen.«

Benedetti lächelte fein. »Zwei Dinge. Erstens: Sie wird erfolgen. Und zweitens: Sie wird ihr Ziel erreichen.«

»Sie sind ein Hellseher, Monsieur l'Inspecteur. Darf ich fragen: Wann rechnen Sie damit?«

Benedetti überhörte den spöttischen Unterton. »Frankreich

wird vermutlich ein schönes Weihnachtsgeschenk bekommen.«

Ruben hob zweifelnd die Brauen.

»Das dürfte Sie nicht eben freuen, nehme ich an?«

»Ja und nein«, sagte Benedetti, »es würde mich vor allem nicht freuen, wenn es zum Chaos käme.«

»Sie lieben die Ordnung«, stellte Ruben süffisant fest.

»Um meine Vorlieben geht es hier nicht, sondern darum, die kommenden Veränderungen so zu gestalten, dass sich die Nation nicht ausgerechnet in der Stunde des Sieges zu guter Letzt noch selbst an den Kragen geht.«

»Sie sprachen von ›Veränderungen‹, haben also das Wort ›Revolution‹ vermieden.«

»Sie haben ein äußerst feines Gehör. Teilen Sie meine Ansicht in diesem Punkt?«

Ruben zögerte. Benedetti beugte sich vor.

»Einige Hitzköpfe der Linken nehmen für sich in Anspruch, den Widerstand als Erste aufgenommen zu haben, und Fakt ist tatsächlich, dass die Bürgerlichen lange, sogar sehr lange gebraucht haben, sich ihm anzuschließen.«

»Sie vergessen den General«, versetzte Ruben ungehalten.

»Das tue ich nicht. Aber eben dieses Schicksal hätte de Gaulle ereilen können, wenn sich die Lage im Osten nicht so verändert hätte, wie sie sich verändert hat. Aber halten wir uns jetzt nicht bei der Frage auf, wie patriotisch das französische Bürgertum war und ist, sondern überlegen wir, was es bedeuten könnte, wenn die Linke die zu erwartende so genannte Befreiung für sich reklamiert.«

Ruben hatte ihm aufmerksam zugehört.

»Sprechen Sie weiter«, sagte er.

»Ich denke, ich habe alles gesagt«, antwortete Benedetti ruhig, »und ich würde mich sehr getäuscht haben, wenn wir uns nicht verstanden hätten.«

»Meinen Sie?«

»Ja. Sie fragen sich, woher ich das weiß? Ich sage es Ihnen: Weil ich einem Mann gegenübersitze, dem es ebenfalls nicht gleichgültig ist, ob die Nation vor die Hunde geht, nur weil sie glaubt, auf den Luxus gewisser Leidenschaften nicht verzichten zu können. Die Zeit der Träume jedoch – was diese Dinge betrifft – ist vorbei.«

»Ich bewundere Ihre Rhetorik«, sagte Ruben boshaft, »Aber noch mehr Ihre Gelassenheit. Sie scheinen mir nicht mehr über die Kompetenz und Macht zu verfügen, um noch kühne Entwürfe für die Zukunft fabrizieren zu können.«

»Ich weiß«, erwiderte Benedetti gelassen. »Dennoch sollten Sie bedenken, was ich Ihnen gesagt habe.«

»Halten Sie uns nicht für Einfaltspinsel!«

»Das tue ich nicht«, sagte Benedetti. »Ich weiß, dass ich nicht die besten Karten habe, aber auch, dass die Ihren ebenfalls besser sein könnten. Noch ist, wie Sie selbst andeuteten, nichts wirklich entschieden. Und wenn die Rote Armee siegt, womöglich bis zum Rhein vorstößt, sind auch hier die aberwitzigsten Szenarien denkbar. Übrigens nicht nur in Frankreich – bei Biarritz haben die Deutschen eine Gruppe Rotspanier ausgehoben, die sich schon auf den Einmarsch nach Spanien vorbereitet haben. Muss ich sehr viel deutlicher werden?«

»Mich beeindruckt, wie Sie vor Sorge um unsere Nation geradezu vergehen«, sagte Ruben. »Täuscht man sich etwa in Ihnen, wenn man Sie als Bluthund, Kollaborateur, Gestapo-Gehilfe und Ähnliches schmäht?«

Benedetti schien keineswegs gekränkt. »Natürlich«, antwortete er. »Ich bin, wie man mir glaubhaft versichert, ein amüsanter Unterhalter, ein liebenswerter Gastgeber. Ich liebe meine Familie, ich bewundere Schönheit, Kultur und widme mich, so es meine Zeit erlaubt, meiner Bibliothek. Einst hatte ich sogar den Plan, eine Kunst-Buchhandlung zu eröffnen.«

»Aber Sie haben sich schließlich für etwas anderes entschieden«, stellte Ruben anzüglich fest.

»Aber ich bitte Sie. Es bringt doch nichts über Moral und dergleichen zu polemisieren.« Benedetti beugte sich vor. »Es geht um Ziele – und um die Wege, diese zu erreichen. Ich gebe zu, dass ich dabei nicht eben das dankbarste Los gezogen habe. Aber auch ich liebe die Deutschen keinesfalls. Im Gegenteil: Ich hasse diese dumme Großmäuligkeit, diese Stillosigkeit, diese billige Sentimentalität, diese...« Er unterbrach sich, schien einen Augenblick selbst erstaunt. Beschwörend fuhr er fort: »Sie sind jedoch da, und wir haben es uns zuzuschreiben, es zu gewissen Zeiten nicht nachdrücklich genug verhindert zu haben – ich habe mich übrigens des Öfteren gefragt, warum wir das nicht getan haben.«

»Wir?«

»Ich spreche von denjenigen, die es zu dieser Zeit in der Hand hatten, es zu verhindern.«

»Die Elite, gewissermaßen?«

»Gewissermaßen.« Benedetti seufzte.

»Verrat also? Verrat des französischen Bürgertums an der Nation?«

»Eher ein entsetzlicher Irrtum«, entgegnete Benedetti. »Zum Verrat gehören schließlich auch jene, die ihn hinnehmen. Ich nehme mich da nicht aus.«

»Und was wäre schließlich die Antwort auf die Frage, die Sie sich selbst gestellt hatten?«

Benedetti zuckte die Schultern. »Vielleicht gab es auf gewissen Ebenen viel geringere Differenzen zwischen den Deutschen und uns, als wir uns eingestehen wollen?«

»Das glauben Sie?« Ruben schüttelte ungläubig den Kopf.

»Es ist nur eine von vielen möglichen Vermutungen. Legen Sie mich nicht fest. Sehen Sie: Was alles noch kommen würde, wussten wir damals noch nicht. Hat nicht sogar einmal, kurz nach dem deutsch-sowjetischen Nichtangriffspakt, ein, wenn auch nur kleiner, Teil unserer Kommunistischen Partei für ein Zusammengehen mit den Deutschen plädiert?«

»Bizarr.«

»Mag sein. Aber nicht bizarrer als jene – durchaus glaubhaften – Gerüchte, wonach sich hohe Offiziere angeblich weigerten, etwas gegen den Einmarsch der Deutschen zu unternehmen.«

»Unser Land war nicht einig.«

»Kein Land ist je einig. Aber das unsere war zerrissen. Die Angst vor der Volksfront saß unserem Bürgertum noch in den Knochen. Und: Das ganze Ausmaß der chaotischen und verbrecherischen Politik der Nazis, obwohl schon angelegt, stand uns nicht vor Augen, als der Krieg begann. Zuvor hatten sich die Deutschen vor allem als entschiedenste Gegner der Linken präsentiert – wie anders als wunderbar konnte das in den Ohren auch unseres Bürgertums klingen? Hitler hatte ein Europa-Konzept, mit dem sich nicht unbedeutende Teile unseres Bürgertums durchaus anfreunden konnten. Die Zeiten, in denen man von einer nationalen Bourgeoisie sprechen konnte, sind schließlich längst vorbei.«

Ruben hatte interessiert zugehört.

»Chaotisch, sagten Sie vorhin, seien die Deutschen?«

»Aber natürlich!«, sagte Benedetti verächtlich. »Das wissen sie auch. Davor haben sie Angst. Daher kommt ihr Zwang zur Kontrolle, zur Präzision, auch ihre Unbarmherzigkeit. Was die praktische Seite angeht, so sehe ich da keinen Funken Ordnung mehr, keinerlei bessere Organisation als bei uns. Hinzu kommt, dass ihnen eine gewisse bewegliche Intelligenz, die man gelegentlich durchaus benötigt, völlig fehlt. Gestapo, Abwehr, SS-Sicherheitsdienst bekriegen sich, sind geradezu kindlich eifersüchtig aufeinander, verdächtigen sich gegenseitig des Verrats. Ein lächerliches Schauspiel. Aber kommen wir wieder zum Punkt.«

»Gut. Dann sprechen wir nicht über Moral, nicht über Ideen und über das Chaos, sondern über Politik. Wenn Sie, zumindest im Augenblick, offenbar nicht danach trachten, mich liquidieren zu lassen, sondern mit mir verhandeln, dann müssen Sie von einem – und sei es noch so kleinen – gemeinsamen Interesse ausgehen.«

»Das sagte ich bereits, Monsieur le Commandant.«

»Und das wäre?«

»Ich denke, Ihnen einige Anhaltspunkte gegeben zu haben.«

Ruben nickte. »Gewiss. Ich liebe das Chaos ebenso wenig wie Sie. Über eines müssen wir uns allerdings im Klaren sein: Bestimmte Eruptionen werden unvermeidlich sein. Wobei ich ihnen nicht garantieren kann, dass Sie im Zuge einer derartigen Aufwallung nicht gelyncht werden. Es kann sogar sein, dass ich Vorsitzender jenes Ausschusses bin, der Sie zum Tode verurteilen und die Hinrichtung anordnen wird.«

Benedetti lächelte fein. »Ich werde alles tun, um Sie nicht in diese Verlegenheit zu bringen.«

»Wer sagt Ihnen, dass ich verlegen wäre? Wie kommen Sie darauf?«

»Dann gehen Sie einfach davon aus, dass Joseph Benedetti nicht auf den Kopf gefallen ist«, sagte der Inspektor. »Ich bin kein Idealist, also kein Narr. Ich denke nicht daran, mich von jener Ordnung, die ich aufrecht zu halten half, henken zu lassen. Ich liebe zu leben, das hatte ich Ihnen schon gesagt. Zurück zu unserem Anliegen, das Sie im Übrigen genau erfasst haben. Es geht um eine Lenkung möglicher Affekte. Und ich wiederhole: Dieser Staat darf untergehen – um einige an der Spitze des Staates, die sich dabei an der Laterne wieder finden werden, müssen wir durchaus keine Träne verlieren, denn für politische Fehler dieser Dimension muss man bezahlen. Was dagegen nicht untergehen darf, ist die Nation.«

Ruben musterte ihn aufmerksam.

»Und wie… möchten Sie lenken?«

»Indem ich mich mit Ihnen hier treffe, unter anderem.«

»Dürfte ich Sie bitten, konkreter zu werden?«

»Sehen Sie, der Widerstand gegen die Okkupation hat bekanntlich mehrere Facetten. Der nationale oder – wenn Sie verzeihen – bürgerliche ist jedoch nur eine von mehreren. Es gibt andere, für die Ihre Ziele nur vorläufige sein dürften. Sie verstehen mich?«

»Fahren Sie fort.«

»Es sollte mit einiger Sorge erfüllen, dass gerade bei den aktivsten Gruppen ein starker Einfluss ehemaliger Spanienkämpfer – Bolschewisten zumeist, aber auch Anarchisten und sonstige linke Oppositionelle – vorhanden ist.«

»Von welchen Gruppen sprechen Sie?«

»Nun, was unser Departement betrifft: Von Beltons sozusagen internationaler Brigade beispielsweise, die fast zur Hälfte aus Deutschen besteht, die in der Bevölkerung höchst respektiert sind. Eine – nebenbei erwähnt – durchaus disziplinierte und schlagkräftige Truppe. Gewiss, Belton selbst ist ein eher biederer CGT-ler. Aber bei anderen, wie zum Beispiel bei ›Lopez‹ handelte es sich um ein zuvor aktives Mitglied der Kommunistischen Partei, der uns bereits bei Streiks der Minenarbeiter aufgefallen ist. Ein anderer, ›Stritzel‹…«

»Namen…«, Ruben schüttelte amüsiert den Kopf.

»… so nennt man ein bestimmtes Gebäck in Österreich, er ist vermutlich Bäcker von Beruf… dieser ›Stritzel‹ ist militanter Jude, sehr gewandt, vermutlich ebenfalls Kommunist. ›Gurumeta‹, ein junger Arzt, war glühender Anhänger der spanischen Republik, ›Otto‹ wiederum, ein deutscher Sozialdemokrat, sogar Stadtrat in einer großen Stadt in Sachsen – die Liste ließe sich fortführen, und…«

»Was Sie nicht alles wissen«, lästerte Ruben, »Wie wär's, wenn Sie mir zur Abwechslung etwas Neues sagen würden?«

»… und ich weiß zufällig auch, dass sich Belton vehement dagegen wehrt, sich Ihren, Monsieur le Commandant, Verbänden unterzuordnen.«

Ruben faltete die Hände und schwieg.

»Es könnte also durchaus geschehen«, fuhr Benedetti fort, »dass das zu erwartende Chaos von dieser Seite ebenfalls gelenkt wird und eine nicht mehr kontrollierbare Ausweitung dessen, was wir mit Eruptionen umschrieben haben, stattfindet …«

»Wovor Sie offensichtlich gehörig Angst zu haben scheinen.«

»Sie missverstehen mich. Es geht nicht um mich. Es gilt, ich betone es noch einmal, ein solides Fundament für die Zeit nach dem Abzug der Boches vorzubereiten. Die Deutschen geben uns, ohne es zu wissen und zu wollen, die Chance zu einem wirklichen Neuanfang, zur Reinigung von lähmenden ideologischen Wirrnissen. Klar ist auch: Wenn wir unsere Linke nicht zähmen, werden wir die Amerikaner nicht mehr los.«

Ruben hatte aufmerksam zugehört.

»Sie können sicher sein, dass uns dieses Szenario durchaus bereits beschäftigt hat. Allerdings ist es immer eine Frage, wann man sich gewisse Sorgen leisten kann, nicht wahr?«

»Ich bitte Sie, einem maßgeblichen Vertreter der Staatssicherheit abzunehmen: Sie können es. Seit geraumer Zeit.«

Ruben nickte zufrieden. »Trotzdem …« Er setzte das Glas ab, »ist es an Ihnen, mich davon zu überzeugen, dass ich Ihnen trauen kann, während mich – Sie verzeihen und missverstehen mich bitte nicht – die Frage, ob Sie mir trauen, eher ungerührt lassen kann.«

Benedetti nickte.

»Das bedaure ich«, sagte er, »und hoffe, dass sich Ihre Einschätzung von der Nützlichkeit eines gelegentlichen und inoffiziellen Kontakts zwischen uns beiden wandelt, wenn ich Ihnen rate, von einem geplanten Besuch des Gemeindegebiets von Prades – genauer gesagt, einer Farm namens Ronc de la Sega – Abstand zu nehmen.«

»Ach ja?« Ruben konnte seine Verblüffung nicht verbergen. »Darf ich fragen …?«

»Sie dürfen. Für den dabei vorgesehenen Tag sind Sturm und Gewitter zu erwarten.«

Ruben schluckte.

»Wo sitzt Ihr Mann? Bei Belton? Oder bei …?«

»… bei Ihnen?« Benedetti hob das Glas. »Santé«, sagte er lächelnd. »Auf Ihre Gesundheit, Monsieur le Commandant.«

V

Das Versteck

1

Der Hund hatte sich beruhigt. Doch noch immer beobachtete er aufmerksam, wie Huck sich dem Hof näherte und einige Schritte vor der Eingangstreppe stehen blieb.

Diese beiden Zypressen unterhalb des Hofes, der Felshang darüber, dessen Scharten aus dem schmutzigen Grün des Eichenwaldes wie Knochen aus dem Pelz eines Kadavers stießen – nach der Beschreibung, die ihm der merkwürdige Fremde heute Morgen gegeben hatte, musste dies La Granne sein.

Die Tür stand offen.

»Jemand da?« Huck schlug an das Holz. Eine Frauenstimme rief etwas. Er zog den Kopf zwischen die Schultern und trat über die Schwelle. Er sah nichts. Ein kühler Hauch schlug ihm entgegen, während die vormittägliche Sonne noch seinen Rücken wärmte.

»Guten Tag«, sagte er. »Ist das hier …«

Wie blind tappte er einige Schritte vorwärts. Bald jedoch hatten sich seine Augen an das dämmerige Dunkel gewöhnt. Die Wände des Wohnraumes waren vergilbt, die Holzbalkendecke von Rauch schwarz gebeizt. An der Rückseite überspannte eine wuchtige Kaminhaube einen handhohen Sockel. Unter einem dampfenden Topf züngelte ein Feuerchen. Dichter Rauch stieg träge in die dunkle Öffnung des Kaminschachtes. Auf einer der beiden speckmatten Holzbänke zu beiden Seiten eines zerschliffenen Tisches, auf die ein Streif staubsatten Sonnenlichtes schien, sah eine magere Katze gelangweilt auf.

Hölzerne Sohlen klapperten.

»'nen Augenblick, Monsieur!« Die Stimme gehörte zu einer jungen Frau, deren Gestalt, aus einem Nebenraum kommend, sich nun aus dem Dunkel des verrauchten Wohnraums löste. Sie verstaute eine Haarsträhne hinter ihren Ohren; das matt glänzende, schwarze Haar über ihrem bronzierten Gesicht hatte sie zu einem Dutt hochgesteckt. Vor einer hoch geknöpften, karierten Bluse und einem dunklen, knöchellangen Leinenrock hatte sie eine Schürze gebunden, an der sie sich die Hände abtrocknete. Sie musterte ihn mit einem dunklen, leicht verhangenen Blick.

»Sind schon richtig hier, denk ich.« Sie gab ihm die Hand, unterbrach ihn jedoch, als er zu erklären versuchte, wer ihn geschickt hatte. Am Herd hatte es zu rumoren begonnen. Glasiger Schaum rieselte in die Glut und verdampfte zischend. Sie wickelte die Schürzenspitze um ihre Hand und hob den Deckel. »Wir wussten, dass Sie kommen werden«, sagte sie, ohne sich umzusehen, »aber Ihren Namen hat uns der Pasteur nicht gesagt.«

Sie bedeutete ihm, sich zu setzen. Sein Oberkörper wankte unmerklich. »Ich heiße Jean Huc.«

Sie griff nach einem Krug und goss Wasser in den Kochtopf, in dem eine sämige, braune Flüssigkeit brodelte. Augenblicklich sank der Feim in sich zusammen. Sie schloss den Deckel, richtete sich auf und wischte sich die Stirn mit dem Handrücken ab.

»Huc?« Sie hob amüsiert die Brauen und stemmte ihre Arme in die Hüften. »Sie kommen also aus 'ner Familie, die seit dem Mittelalter hier in den Bergen wohnt? Man hört's.«

»Nein…« Huck war verunsichert. »Ich bin in Metz geboren.«

»Das liegt im Lothringischen oben, hm?« Ihr kleiner Mund

verzog sich spöttisch. »Hören Sie, Monsieur: Sie brauchen hier nicht den Franzosen spielen. Das müssen Sie, wenn Sie ’ner Patrouille in die Quere kommen.« Sie verschränkte die Arme vor der Brust und wiegte den Kopf in freundlichem Tadel. »Wenn Sie’s aber hier tun, ist das nicht sehr freundlich. Glauben Sie etwa, dass man Sie hier verrät? Ich etwa?«

Huck schüttelte eilig den Kopf, nannte ihr seinen echten Namen, setzte aber hinzu: »Ich glaube, dass ich mich trotzdem lieber daran gewöhnen möchte.«

Sie beugte sich wieder über die Kochstelle, schürte die Glut und legte zwei Holzstücke darüber.

»Verstehe.« Sie richtete sich auf. »Klingt ja auch so ähnlich. Und – Johann… Ist das nicht verwandt mit Jean?«

»Ich glaube, ja.«

»Nicht wahr? Ich bin übrigens Madame Brama.« Sie wies auf die Bank. »Nun setzen Sie sich doch endlich. Wir werden gleich zu Mittag essen.«

Nachdem sich Huck auf der Bank niedergelassen hatte, erhob sich die Katze, gähnte und wölbte faul ihren Rücken. Zutraulich näherte sie sich ihm. Er kraulte das Tier. Es begann zu schnurren.

»Was haben Sie vor, Monsieur? Haben Sie Pläne?« Die junge Frau hatte einen Korb auf eine kleine Anrichte neben dem Waschstein gestellt und begann die Kartoffeln zu reinigen.

Huck schüttelte den Kopf.

»Ich meine, ob Sie nur vorübergehend hier sind.«

»Ich weiß es noch nicht.«

»Hm«, machte sie und sah ihn von der Seite an, während sie die Kartoffeln in eine Schüssel warf.

»Also wahrscheinlich nicht vorübergehend«, stellte sie fest.

»Ich gehe sofort, sobald ich eine Möglichkeit finde.«

»Das habe ich damit nicht wissen wollen. Aber haben Sie keine Verwandten in Übersee, die Ihnen helfen könnten? Nein?«

Er schüttelte den Kopf.

Sie schien nachzudenken. Der Boden der Schüssel klackte dürr auf der speckig glänzenden Schieferplatte. Sie griff nach einem Messer.

»Irgendwann wird der Krieg zu Ende sein«, sagte Huck.

Sie warf ihm einen eigenartigen Blick zu, nahm die Schüssel und schüttete eine Hand voll geschnittener Kartoffeln in die dampfende Flüssigkeit.

»Geld werden Sie keines haben, hm?«

»Ein paar Francs.« Huck räusperte sich. »Ich möchte mich hier nützlich machen, wenn Sie damit einverstanden sind.«

»*Plan.*« Ein prüfender Blick streifte ihn.

»… wie bitte?«

»Ich sagte: Dann ist's ja gut. Wir sind nämlich kein Hotel.«

Huck lächelte beflissen. »Das habe ich nicht erwartet.«

Die Bäuerin füllte einen Krug mit Wasser, stellte ihn auf den Tisch und setzte sich ihm gegenüber auf die Bank.

»Aber jetzt erzählen Sie: Wir haben Sie schon gestern erwartet. Warum kommen Sie erst heute?«

Huck berichtete, dass er sich in der Nacht verirrt hatte.

»Wie kann man sich hier verlaufen?« Sie sah ihn ungläubig an. »Und was haben Sie getan? Im Wald übernachtet? Nicht wahr! Bei diesem Wetter?« Sie schob ihm einen Becher hin. »Trinken Sie 'nen Schluck. Werden durstig sein.«

Huck schenkte sich ein. »Nein. Jemand hat mich im Wald gefunden und zu seinem Haus gebracht. Ich habe dort geschlafen.«

»Wie sah dieser Jemand aus, der Sie gefunden hat?«

Huck schilderte es.

»*Jès,* das war Numa!«, rief sie, »Sie sind bis Masaldemar gelaufen? Mon dieu! Wissen Sie, dass sie abstürzen hätten können? Es gibt nur einen handbreiten Pfad über den Grat, rechts und links geht es in die Schluchten. Ein Wunder, wissen Sie das?«

»Ist das wahr?«

»Und ob!«, rief sie. »Ich bin ihn einmal gegangen, und das auch nur, weil ich musste. Das ist ein Weg, vor dem's mir schon am Tag graut!« Sie schob sich hoch. »Aber ich möchte wissen, was Numa um Mitternacht auf dem Grat zu suchen hatte.«

»Sein Hund hätte angeschlagen, hat er gesagt.«

Sie nickte nachdenklich, während sie zum Küchenschrank ging und eine Schublade öffnete. »So wird es gewesen sein, ja.«

»Er redet nicht viel.«

»Numa? Stimmt. Aber wenn er was sagt, hat es Hand und Fuß. Ein paar Leute im Tal machen sich zwar lustig über ihn, aber…«, sie legte vier Löffel auf die Tischplatte, »…das passiert hier schnell, wenn man sich mit einem nicht richtig auskennt. Er hat keinen Sou, werkelt aber trotzdem seit ein paar Jahren in diesem verlorenen Loch da oben herum. Hat nicht mal 'ne Frau, die mit anpacken würde.«

Sie wischte die Teller mit ihrer Schürze aus, legte sie übereinander und stellte den Stapel vor ihn. Sie tippte sich an die Stirn. »Er ist ziemlich verrückt. Außerdem hat er vor einigen Jahren dort oben einen schlimmen Unfall gehabt. Also, ich hätte danach die Nase voll gehabt, das kann ich dir sagen.« Sie lächelte. »Ich hab Sie geduzt. Entschuldigen Sie.«

»Nicht schlimm. Ich hab nichts dagegen.«

»Aber ich.« Sie hob den Deckel und warf einen prüfenden Blick in die dampfende Suppe. Sie schnupperte und nickte zufrieden.

»Sie werden Hunger haben«, sagte sie. »Mein Schwiegervater wird bald kommen. Und Monsieur Ginsberg werden Sie dann auch gleich kennen lernen.«

Huck horchte auf. Sie bemerkte seinen fragenden Blick.

»Ja. Ist auch 'n Landsmann von Ihnen, aus Wien, wenn ich mich recht erinnere.«

»Auch ein Fahnenflüchtiger?«

Sie hatte die Schublade geöffnet und einen dunklen, bereits

angeschnittenen Brotlaib herausgenommen. Wieder löste sich eine Strähne aus ihrem Dutt.

»Nein. Er hat wegen politischer Dinge fliehen müssen, ganz genau weiß ich es nicht. Er redet nicht viel«, erklärte sie. »Aber freuen Sie sich nicht zu früh. Monsieur Ginsberg ist, wie soll ich sagen… Also, es ist nicht leicht mit ihm auszukommen. Würd mich wundern, wenn es Ihnen gelingt. Aber was soll man machen?« Sie rückte Teller und Löffel zurecht und beantwortete sich ihre Frage: »Gar nichts.«

Draußen stampfte sich jemand mit wuchtigen Tritten Schmutz von den Schuhen. Die junge Frau hob den Topf von der Feuerstelle. Schritte näherten sich. Eine Türangel knarzte. Der Hund tapste herein und blieb unschlüssig und reglos abwartend vor Huck stehen. Es wurde dunkel.

Almir Bramas hohe, hagere Gestalt zeichnete sich gegen das Licht ab. Huck erhob sich.

»*Bonjòrn.*« Der Bauer zwinkerte.

Huck erwiderte seinen Gruß. Sie schüttelten sich hölzern die Hände. »Wie heißen Sie?«, fragte der Bauer, nachdem sich Huck vorgestellt hatte. »Da wären wir ja beinahe verwandt.« Ein knappes Lächeln flog über sein messingfarbenes Gesicht. »Ich hab eine Nichte, die einen Huc in Sistres geheiratet hat, wissen Sie das? – Wie heißt sie doch gleich wieder, Jeanne? Heißt sie nicht…?«

»Sylvette. – Hab dem Monsieur aber schon gesagt, dass er bei uns seinen Decknamen nicht braucht«, sagte die junge Frau. »Weil's hier keine Spione gibt.«

»Nein, den braucht er nicht«, stimmte der Bauer zu. Längst hatte sich sein gegerbtes Gesicht wieder verschlossen.

»Aber er sagt, dass es ihm lieber wäre, wenn wir ihn benutzen, damit er sich dran gewöhnt.«

»Mir auch recht«, sagte der Bauer. »Seh ich ein.« Er öffnete den Knoten seiner Arbeitsschürze. Der Hund, der sich in der Ecke neben dem Herd eingerollt hatte, knurrte leise.

Eine runde Gestalt in einem abgetragenen Anzug, mit wüst abstehendem Haar und verfilztem, langen Bart stürmte an ihm vorbei und nahm am Tisch Platz. Der Ankömmling hüstelte und fingerte eine Brille aus der Innentasche seines zerknitterten Jackets. Erst jetzt schien er zu bemerken, dass sich noch jemand im Raum befand.

Er richtete sich eckig auf und stützte sich mit der Linken auf die Tischplatte.

»Ginsberg, Moritz«. Huck ergriff seine Hand und schüttelte sie. »Frau Brama hat mir schon erzählt, dass Sie hier sind«, sagte er auf Deutsch.

Die Furchen auf Almirs Stirn vertieften sich unmerklich.

Ginsberg sank mit verdrossenem Gesichtsausdruck auf die Bank zurück. »Man will hier nicht, dass wir deutsch sprechen.«

»Entschuldigung.«

Almir hatte die Schürze an einen Haken gehängt. Er wies auf die Bank. »Sie müssen das verstehen, Monsieur.«

Huck nahm zögernd Platz. »Ich bin hier Gast.«

»Eben. Und deshalb habe ich ein Recht, das zu fordern.«

Brama ging in leicht vornüber geneigter Haltung, mit steif gewinkelten Ellenbogen, zum Tisch. Er zog seine Hosenbeine hoch, stützte einen Arm auf die Platte und setzte sich. Ginsberg hatte seine Finger vor seinem Mund verschränkt.

Von draußen war das helle Sirren der Zikaden zu hören. Eine Fliege irrte im Zickzack durch den Raum, tickte an die Glasscheibe und verstummte für einen kurzen Moment. Brama saß mit nach vorne geneigtem Gesicht. Er bewegte sich nicht. Sein Mund unter dem grob gestutzten, staubfarbenen Schnauzbart war leicht geöffnet; sein Atem klang heiser und sandig. Er sprach ein kurzes Gebet.

Sämig platschte die Suppe aus dem Kochtopf in die Terrine. Almir wandte den Kopf leicht, als die junge Frau den Topf auf den Tisch stellte und sich neben ihn setzte. Ginsberg hatte die

Hände bereits wieder geöffnet und nach einem Löffel gegriffen. Er warf einen nervösen Blick auf Brama.

»Danke«, sagte Huck.

Sie sah kurz auf. »Schon gut«, sagte sie. Dann wandte sie sich zu Brama. Dieser schien aus seinen Gedanken zu erwachen. Er richtete sich auf, räusperte sich, griff zum Brotlaib und schnitt einige Stücke davon ab.

Jeanne Brama legte sie auf einen Teller. Man aß einige Minuten schweigend. Huck vergaß für einen Augenblick, dass er sich unwohl gefühlt hatte. Die Suppe war nicht übel, und er war hungrig gewesen. Er machte ein zufriedenes Geräusch.

»Hunger gehabt, hm?« Jeannes Stimme klang sachlich.

Huck nickte dankbar. Sie erwiderte sein Lächeln nicht, sondern streifte Ginsberg mit einem ärgerlichem Blick. Dieser schöpfte mit hastigen Bewegungen aus seinem Teller, doch sein Gesicht ließ weder Genuss noch Widerwillen erkennen.

Brama schlürfte. Dann legte er den Löffel auf den Tisch und griff nach dem Brot.

»Was haben Sie für einen Beruf, Monsieur?«

Huck setzte den Löffel ab. »Keinen.«

»Was?« Brama und die junge Frau wechselten einen verdutzten Blick.

»Ich wäre gerne Fotograf geworden«, erklärte Huck schnell.

»Was?«

Huck versuchte, den Beruf mit einer Handbewegung zu erklären.

»Schon verstanden – Fotograf…« Brama schien wenig beeindruckt.

»Aber ich habe die Lehrzeit abbrechen müssen. Ich sollte zu Hause mithelfen, hat man mir befohlen.«

Der Bauer nickte beiläufig. Huck war nicht sicher, ob er ihn verstanden hatte.

»Kommen Sie aus der Stadt?«, wollte Jeanne wissen. »Aus welcher?«

Huck verneinte. »Wir hatten zu Hause einen kleinen Hof«, fügte er hinzu.

»Ah?« Bramas Augen wurden beweglicher. Huck musste ihm die Art und Anzahl der Tiere und Tagwerke beschreiben.

»Das ist sehr klein«, meinte er, »aber wo war dieser Hof? Im Flachland, oder im Gebirge?«

Huck erklärte, dass er in einem Dorf in Süddeutschland aufgewachsen sei.

»Na gut«, gestand Brama zu, »wir wären schon froh, wenn wir acht Hektar halbwegs flaches Land bebauen könnten, nicht wahr, Jeanne?« Sie nickte. Ginsberg aß schweigend, den Blick auf den Teller gerichtet. Der Bauer hatte wieder einen Löffel Suppe zu sich genommen. Er wischte sich mit dem Handrücken über den Schnurrbart.

»Im Süden von Deutschland ist man katholisch, nicht wahr?«

»Meistens, ja«, bestätigte Huck.

»Und Sie?«

»Ich bin katholisch getauft. Aber es hat mich niemand gefragt damals.« Er versuchte ein Lächeln. Brama blieb ernst.

Ginsberg setzte den Löffel ab. »Ist auch nicht so wichtig, wenn ich das bemerken darf.«

»Das findet man hier nicht, Monsieur«, erwiderte Jeanne weihevoll.

»Wenn man ein bisschen nachdächte, käme man dahinter, dass die meisten Katastrophen deshalb zu Stande gekommen sind, weil jeder meint, nur sein Glaube sei der einzig rechte!«, sagte Ginsberg, plötzlich eifernd. »Sie werden mir zugestehen, dass ich mich damit etwas auskenne. Die Schwierigkeiten vieler meiner Landsleute haben nämlich damit angefangen, dass man ihnen nachgewiesen hat, dass unter ihren Vorfahren irgendein jüdischer Mister war. Es ist derart egal, liebe Madame Brama, ob jemand Jude oder Christ oder Mohammedaner ist«, sagte Ginsberg verbissen. »Aber das können Sie sicherlich schwer akzeptieren, nicht wahr?«

Sie warf einen Blick auf Brama und schwieg.

»Ich möchte etwas…«, begann der Bauer.

»Das verstehen auch Sie nicht, nicht wahr, Monsieur Brama?«

Der Bauer hob die Stimme. »Zwei der Bassins sind beschädigt. Helfen Sie mit, Monsieur Huc?«

»Wenn Sie mich brauchen können, gerne.«

»Lass ihn erst ausruhen, Almir.«

»Natürlich nicht heute. Ich habe noch genug mit den Mauern zu tun.«

Jeanne blickte kurz auf. »Und Sie, Monsieur Ginsberg?«

»Ich möchte Sie bitten, etwas Rücksicht auf meine Gesundheit zu nehmen, Madame«, sagte er verkniffen.

»Was heißt das? Sie sehen nicht eben bettlägerig aus. Und am Appetit fehlt's ja wohl auch nicht«, stichelte sie.

»Was das heißt? Das heißt, dass ich mich nicht wohl fühle.« Ginsberg sah über den Rand seiner zerkratzten Brille. »Das heißt aber auch, dass die Unterkunft hier bei Ihnen durchaus nicht so komfortabel ist, dass sie derartig schwere Arbeiten als Gegenleistung rechtfertigen würde. Außerdem bin ich Ihnen schon heute früh mehrere Stunden zur Hand gegangen. Ich bin kein Landwirt, und ich brauche Zeit für mich.«

»Schon gut«, sagte der Bauer. Huck sah, dass Jeanne die Hände in die Hüften gestemmt hatte.

»Sie fühlen sich also ausgenutzt?!«

»Das ist das falsche Wort.«

»Was ist das Richtige?!«

»Lass, Jeanne«, sagte Brama müde, »du weißt doch.«

Sie hörte nicht. »Wir nützen Sie also aus, Monsieur? – Los, sagen Sie das noch einmal!«

»Das habe ich nicht gesagt!« Ginsbergs Hand zitterte greisenhaft. Seine Wangen hatten sich gerötet. Er schnaubte empört. »Aber ich schlafe auf Stroh, das vermutlich seit

Menschengedenken nicht mehr ausgewechselt worden ist. Das Zimmer stinkt, weil es über dem Ziegenstall ist – obwohl es hier im Haus noch ein Zimmer gibt, das leer steht. Es gibt Ungeziefer. Jawohl, ich fühle mich nicht anständig behandelt!«

»Wir leben nicht viel anders«, warf Brama gereizt ein.

»Das ist Ihre Entscheidung! Ich bin anderes gewöhnt, und das bitte ich zu respektieren.«

»Aber Sie essen ordentlich mit, nicht wahr?«, giftete Jeanne.

»Soll ich etwa hungern?«

Er wandte sich an Huck. »Sie bekommen gleich den richtigen Eindruck«, sagte er auf Deutsch. »Ungehobelte, engstirnige Menschen.«

Huck wich seinem Blick aus. »Weiß nicht…«

»Redet so, dass wir…«, begann Almir ärgerlich.

»Was wird da schon zu verstehen sein«, fuhr Jeanne dazwischen, »Ich seh seiner überheblichen Visage eh an, dass er sich für wer weiß wen hält.«

»Zumindest nicht für einen Stallburschen!«, sagte Ginsberg eingebildet.

»Ich bitte Sie nur, wenn Not am Mann ist«, sagte der Bauer unwillig. »Sie wissen, dass wir in diesem Frühjahr wegen des Wetters spät dran sind. Und jetzt beruhigen Sie sich.«

»Ich bin nicht für das Wetter verantwortlich.«

Der Bauer sah ihn verständnislos an. »Natürlich«, sagte er schließlich. Ginsberg löffelte den Teller aus. Er hielt den Blick gesenkt. Auf seinen Wangen hatte sich eine fleckige Röte gebildet. Er atmete stockend.

»Bei dieser Gelegenheit, Monsieur…«, sagte Jeanne spitz, »Sie wissen, dass man sich auch gelegentlich bedankt, wenn man etwas erhält? Ich dachte immer, dass so nobel erzogene Menschen wie Sie das wissen müssten.«

Ginsberg wies auf die Terrine. »Ich bitte Sie um Verzeihung, Madame. Aber das, was wir hier meist zu uns nehmen, kann nicht den Anspruch erheben, ein halbwegs schmackhaftes Mahl genannt zu werden.«

Jeanne starrt ihn ungläubig an. Sie holte Luft.

»Was gibt es?«, fuhr Ginsberg in kindischer Aufsässigkeit fort. »Suppe! Wieder Suppe, und noch mal Suppe. Dazu in geradezu medizinischen Dosierungen Speck, hin und wieder etwas Käse, getrocknetes Obst und Kastanien, Kastanien, Kastan…«

»Sicher«, unterbrach Brama kühl, »Sie wären sicher besser im Hotel du Parc in Harnac aufgehoben.«

Ginsberg fuhr entsetzt hoch. »Sind Sie verrückt? Man würde mich sofort festnehmen.« Er sank langsam zurück. »Quälen Sie mich doch nicht auch noch«, sagte er weinerlich. »Mein Schicksal ist schwer genug.«

»Wieso quäle ich Sie? Ich habe nur keine andere Wahl, als Sie darauf hinzuweisen, dass…«

»Dass was? Dass Sie mich verstecken?«, jammerte Ginsberg. »Das müssen Sie! Das ist Menschenpflicht!«

»Das stimmt allerdings«, nickte Almir.

»Aber bei einem wie Ihnen fällt's schwer«, schnaubte die junge Frau. »Schmeiß ihn raus, Almir. Soll ihn Pastor Dondille bei sich unterbringen.«

»Das kann er doch nicht, Jeanne. Das weißt du doch.«

»Dann soll er sich 'nen anderen Platz suchen«, rief sie. »Ich hab's satt!«

Ginsberg hatte das Gespräch mit großen Augen verfolgt.

»Sie… erpressen mich also«, sagte er heiser.

Der Bauer sah ihn erstaunt an.

»Wieso?«

»Ach, spielen Sie doch nicht den Dummen!«, rief Ginsberg bebend. »Dieser Hinweis auf das Hotel! Das bedeutet, dass ich hier zur Arbeit gezwungen werden soll. Sie erpressen mich, jawohl!« Er atmete keuchend. Vergeblich suchte er Hucks Blick.

Jeannes Gesicht war dunkel geworden. »Er beleidigt uns«, presste sie durch die Zähne.

»Ein Dummkopf kann mich nicht beleidigen«, sagte Brama beherrscht. »Monsieur Ginsberg, Sie sind also der Meinung, dass ich sie ausbeute.«

»Das sind Ihre Worte! Ich sagte, dass ich …«

»Soweit ich mich aber auskenne in der großen Welt, erkennt man einen Ausbeuter unter anderem daran, dass er prächtige Häuser, teure Automobile, vor allem einen Schrank voller Geld hat, der sich täglich mit dem füllt, was er aus anderen herauspresst. Ist es nicht so? Ich gebe zu, ich habe nur ein paar Jahre die Schule in unserem Dorf besucht, aber für diese einfachen Dinge ist das wohl auch nicht nötig.«

Ginsberg starrte auf die Tischplatte. Seine Lider zuckten.

»Gut«, sagte Almir gleichmütig, »ich geb's zu. Ich hab all diese Dinge in meinem Schloss an der Côte versteckt.«

Ginsberg sah mürrisch zur Seite. »Sie sind ein Humorist, Monsieur Brama.«

»Das müsste ich wissen«, gab der Alte gelassen zurück. »Nein: Ich bin Bauer, und da kommt gerade so viel rum, wie wir zum Leben brauchen. Hier heroben zumindest. Manchmal ein bisschen mehr, es gibt aber auch magere Jahre. Ich mach's auch nicht direkt zum Spaß, sondern weil ich keine andere Möglichkeit habe, wenn ich und meine Familie nicht verhungern soll. Und nebenbei: Hier in La Granne ist niemand weder aufs Maul noch aufs Hirn gefallen. Wir wissen also durchaus, auf welches Risiko wir uns einlassen, wenn wir Sie aufnehmen. Und jetzt genug damit. Ich verzichte auf …«

»Das trifft nicht den Kern«, fiel ihm Ginsberg eigensinnig ins Wort. »Ich fühle mich elend. Man nimmt keine Rücksicht darauf.«

»Ich hab's satt!«, keifte Jeanne.

Brama hob die Hand.

»Lass. Er hat ja Recht. Er ist wirklich ein armes Schwein.«

»Ich lasse nicht!«, fauchte sie. Sie war aufgestanden und stemmte jetzt ihre Arme in die Hüfte. »Also, Sie helfen morgen nicht mit?«

Ginsberg sah sie trotzig an. »Junge Frau!«, sagte er. »Ich sagte Ihnen doch, dass ich mich schwach …«

»Ja oder nein?!«

»Wenn ich mich besser fühle«, sagte er störrisch.

Brama berührte ihren Arm. »Ich sagte: Lass ihn.«

Sie schob seine Hand mit einer heftigen Bewegung von sich und packte die Terrine.

Ginsberg duckte sich unwillkürlich.

»Ich rede mit Pastor Dondille!«

»Das wirst du nicht tun«, sagte der Bauer laut.

Sie warf ihm einen wütenden Blick zu, stapfte zur Feuerstelle und leerte die Terrine in den Topf. Dann kehrte sie zurück und sammelte die Teller ein.

Almir rieb sich den Nacken.

Ginsberg grinste triumphierend. Doch von einem Moment auf den anderen füllten sich seine Augen mit Tränen. Er erhob sich mit einer kraftlosen Bewegung, murmelte ein »Verzeihen Sie mir!« und verließ aufschluchzend das Zimmer. Jeanne starrte ihm mit offenem Mund nach. Brama zuckte die Schultern.

»Es war unnötig, Jeanne«, sagte er.

»Aber es wird immer schlimmer mit ihm«, sagte sie kleinlaut. »Wir müssen …«

Ein Geräusch ließ sie herumfahren. Der Topfdeckel polterte blechern zu Boden. Jeanne packte die Katze, die in den Suppentopf gefallen war, und schleuderte das triefende, miauende Bündel in hohem Bogen ins Freie. Sie nahm wieder am Tisch Platz.

»Ich habe wirklich Angst, dass er verrückt wird, Jeanne. Deshalb musst du dich zusammennehmen. Du weißt, was in Vernet drüben geschehen ist.«

Mit einem Blick auf Huck fuhr er erklärend fort: »In Vernet – das ist ein Dorf hinter dem Mont Gabale – haben sie einen jungen Kerl versteckt«, erklärte er. »War ein deutscher Deserteur, wie Sie. Als die Razzien immer mehr zunahmen, haben ihn die Leute letztes Jahr in einer Hütte oben im Wald versteckt, den ganzen Winter über. War ein langer und harter Winter. Verstehen Sie?«

Huck versuchte, sich seine Neugier nicht anmerken zu lassen.

»Verstehe.«

»Eines Tages ging er ins Tal, direkt zu den Deutschen. Keiner konnte ihn mehr abfangen. Er ist dort oben verrückt geworden.«

»Er hat sich gestellt?«

Almir nickte ernst. »Und hat alle Welt denunziert. Den Pastor von Vernet, die Familie, die ihn versteckt hat. Alle sind verhaftet und deportiert worden. Die Tiere haben sie beschlagnahmt. Die Farm ist heute ein Trümmerhaufen. Sie haben sie angezündet.«

Jeanne drehte sich um. »In Amalric unten, da gab's doch 'ne ähnliche Geschichte, du erinnerst dich?«

»Du meinst den jungen Juden, der durchgedreht ist? Den sie in der Auberge versteckt hatten?«

Die junge Frau nickte. »Der sich und alle anderen Flüchtlinge in einem anonymen Brief an die Gendarmerie denunziert hatte«, ergänzte sie, »genau. Von dem rede ich.« Sie streifte Huck mit einem unauffälligen Blick.

»Ob ich mich daran erinnere? Und ob! Aber das ging zum Glück noch mal gut. Die dortigen Gendarmen …«

»… mein Schwager, Maurice …«, warf Jeanne ein.

»Maurice auch, ja. Sie haben alle seine Briefe abgefangen und sofort verbrannt. Auch der Postbote wusste Bescheid. Also …« Der Bauer wandte sich an Jeanne, »… deshalb müssen wir uns einfach ein dickeres Fell zulegen, hörst du? Nimm dich also zusammen. Vielleicht fängt er sich wieder. Schließlich war er nicht immer so.«

Sie nickte zögerlich. Ein gespanntes Schweigen lastete im Raum. Nach einiger Zeit erhob sich der Bauer. An der Tür zu seiner Kammer blieb er stehen und wandte sich zu Jeanne.

»Du zeigst Monsieur Jean, wo er…«

»Mach ich. Leg dich hin, Almir. Siehst müde aus.«

2

Nachdem er seinen Mittagsschlaf gehalten hatte, führte der Bauer Huck über den Hof. La Granne war auf einen Felsaustritt zu Füßen eines etwa hundert Meter aufragenden Bergrückens errichtet. Vor dem Hof floss der Hang in leichter Neigung über mehrere Terrassen bis zum Waldrand.

Die Front des einstöckigen Hauptgebäudes wies nach Südosten. Zwischen seiner Rückseite und dem steil ansteigenden Wald, der nach wenigen Metern in eine von Buschwerk überwucherte Geröllhalde überging, waren die Stallungen angegliedert, wodurch sich ein kleiner, windgeschützter Innenhof ergab. Der Anbau hatte ebenfalls nur ein Stockwerk, das jedoch niedriger als das Wohnhaus war.

Die Gänse stoben zornig auseinander, als die beiden Männer das umzäunte Karree des Geflügelhofs überquerten und in den Stall traten. Von fetten Fliegen umschwärmt, stapften sie über einen dampfenden Teppich aus Stroh und Kot zu den Schweinekoben am Ende des Raumes. Huck behielt für sich, was er sich beim Anblick des Stalles dachte.

»Gesundes Vieh«, lobte er.

Der Bauer taute auf. »Wir haben an die drei Dutzend Schafe, einige Ziegen, Schweine und Geflügel«, erklärte er mit unverhohlenem Stolz. »Und das hier«, er tätschelte die Kuh im Vorbeigehen, »ist unsere gute Polida.«

»Schönes Tier«, sagte Huck.

Brama wischte sich eine Fliege von der Stirn. »Nicht viel, das alles. Aber damit und mit dem, was Gärten und Kastanierie hergeben, sind wir bisher gut über die Runden gekommen. Es gab das eine oder andere magere Jahr, sicher, aber wir haben noch keine große Not gelitten. Auf La Granne haben wir immer noch Leute durchfüttern können. Es gab sogar Zeiten, in denen eine sechsköpfige Familie über dem Stall gewohnt hat.«

Huck sah ihn erstaunt an. »Sechs Leute?«

Brama nickte bekräftigend. »Deutsche, wie Sie. Monsieur Eberhart war Musiker, Madame Eberhart Lehrerin. Sie kamen im Winter 40 hierher, ohne einen Sou in der Tasche, man hatte ihnen alles abgenommen. Die Kinder gingen sogar in St. Etiènne zur Schule. Sie haben fast zwei Jahre bei uns gewohnt.«

»Warum sind sie von Deutschland weg?«

»Es waren Juden. Aber als die Preußen vor zwei Jahren dann auch den Süden besetzten, haben sie Angst bekommen. Sie wollten in die Schweiz. Ich gäbe viel, um zu erfahren, ob sie es geschafft haben. Es waren noble Leute.«

Sie waren am Schweinekoben angekommen. Die Tiere grunzten. Huck sah, dass die hölzerne Einfriedung an mehreren Stellen bereits notdürftig ausgebessert war. Ob er das Gatter erneuern solle? Almir warf ihm einen wohlwollenden Blick zu. Wenn Huck das mache, sei es ihm recht. Und … ausmisten? Der Bauer nickte. Er wirkte plötzlich besorgt. Huck habe Recht, es wäre an der Zeit. Allerdings seien im Augenblick andere Dinge dringender. Die Regengüsse zu Ende des Winters seien sehr schlimm gewesen, hätten viel Zerstörungen angerichtet, er hätte so etwas noch nie erlebt. Einige Stützmauern wären in die Tiefe geschwemmt worden, wodurch jetzt ein Teil der Roggen- und Kartoffelernte gefährdet sei. Die Mauern müssten neu aufgerichtet werden. Auch Wasserrinnen und Rückhaltebassins hätten Schaden genommen; ab Pfingsten würde es nur noch selten regnen, bis dahin müssten sie abgedichtet sein.

»Und dass Monsieur Ginsberg leider keine große Hilfe mehr ist, haben Sie ja miterlebt.«

Huck nickte.

»Wie lange ist er schon hier?«

»Seit – lassen Sie mich überlegen, wann er gekommen ist – seit etwa einem Jahr.«

»Und ist er schon immer so...?«

Brama verneinte. »Zu Beginn fühlte er sich wohl, obwohl es schon damals gelegentliche Anfälle von Trübsinn bei ihm gegeben hat. Wir hatten Verständnis dafür. Er ist schon seit fast acht Jahren auf der Flucht. Das ist eine lange Zeit. Und was am meisten an ihm frisst: Er beißt sich daran fest, dass aus Übersee Hilfe kommen müsste. Man hätte es ihm versprochen, behauptet er.«

»Aber...?«

»Was weiß ich. Vielleicht stimmt es. Das Warten jedenfalls lähmt ihn immer mehr. Er ist wirklich krank.« Brama wies mit dem Daumen auf seine Brust. »Hier drinnen. Wo das Herz ist, Mut und Zuversicht sind – wissen Sie, was ich sagen will?«

Huck nickte mitfühlend.

»Ich mag ihn. Es gibt Tage, an denen er lacht, uns Lieder vorsingt, von einem Theaterstück erzählt, das er schreiben will. Aber dann wieder welche, an denen er vor Niedergeschlagenheit nicht aufstehen kann. Er macht uns wirklich Sorgen.«

»Ich verstehe.«

»Es scheint jedenfalls zu stimmen, was man sagt: Hier in den Bergen wird man entweder sehr klar, wenn man zuvor klar war – oder sehr verrückt, wenn man es zuvor schon ein wenig gewesen ist. Aber vielleicht ist es gut für ihn, wenn er wieder jemanden hat, mit dem er sich in seiner Sprache unterhalten kann.«

»Und Sie, Monsieur Brama?«

»Was meinen Sie?«

»Haben Sie selbst nie Angst?«

»Ich? Wieso? Weil ich ein paar arme Teufel unterschlupfen lasse? Nein. – Gut, man darf nicht sorglos sein, aber hier…« Almir schüttelte den Kopf. »Allerdings – wenn ich in St. Etiènne oder in Harnac wohnen würde, dann hätte ich sie.«

»Warum?«

»Sie fragen! Weil's 'ne Menge Spitzel dort gibt! Nein, hier heroben sind wir sicher.« Brama verzog erheitert den Mund. »Oder sehen Sie hier 'nen Spitzel?«

Huck grinste höflich. Sie waren auf den Terrassen unterhalb des Hauses angekommen. Brama wies mit dem Kopf in die Tiefe. Am Waldrand befände sich die Quelle. Sie gäbe leidlich Wasser, auch wenn es durchaus bereits Sommer gegeben hätte, an denen sie nahezu ausgetrocknet gewesen sei. Für die geringen Mengen, die die Hofbewohner benötigen würden, reiche sie aus, nicht aber für Tiere und Gärten. Er hätte dafür eigens vor einigen Jahren die Zisterne erweitert. Dabei hätte ihm noch sein Sohn Elie geholfen. Brama seufzte.

Huck sah ihn von der Seite an.

»Wo ist Ihr Sohn jetzt? Ist er Soldat? Oder…?«

Brama streckte stumm die Hand aus. Hucks Blick folgte der Richtung, in die der Finger wies. Unterhalb des Vorplatzes entdeckte er ein kleines Geviert, das von einem niedrigen Zaun umfriedet war. Zu Füßen eines Fliederstrauchs wuchsen handhohe Erdwülste aus dem Gras, an deren Kopfseite senkrechte Schieferplatten steckten.

»Dort«, sagte der Bauer leise. Über den Grat strich eine heftige Bö. Das sumpffarbene, von grauen Strähnen durchzogene Haar des Bauern richtete sich flatternd auf. Er wandte sich ab und stapfte weiter. Der Boden war weich. Es sei im Winter vor etwas mehr als sechs Jahren, nur wenige Monate nach der Hochzeit der beiden gewesen, erklärte er. Wie oft habe er seinem Sohn eingeschärft, nicht allein in den Wald zu gehen. Aber Elie habe nicht hören wollen und er, Almir, sei in diesen Tagen bettlägerig gewesen. Jeanne und er hätten sich gewundert, dass irgendwann die Schläge der Axt nicht mehr zu hören waren. Als der junge Bauer am späten Nachmittag noch immer nicht wieder zurückgekehrt war, war Jeanne in den Wald hinabgegangen, dorthin, wo Almir es ihr erklärt hatte. Ein Ast, dick wie ein junger Baum, hatte Elie erschlagen. Er hatte die Sturzrichtung des Baumes, den er fällte, nicht richtig eingeschätzt, und stak fest, eingeklemmt in knietiefem Schnee und Unterholz, als sich der Stamm zur Seite senkte.

Sie hatten die Terrasse vor dem Haupthaus erreicht. »Es geschieht, wenn man bereits erschöpft ist«, sagte Almir. »Man wird unvorsichtig.«

Huck beobachtete den Bauern verstohlen.

»Gefährliche Sache«, sagte er, »die Arbeit im Wald.«

»Allerdings«, stimmte Brama ernst zu. »Man darf sich nicht überschätzen. Elie hat es getan. Aber es war der Tag, an dem er erfahren hat, dass Jeanne schwanger ist. Er war glücklich und dachte, jetzt könnte ihm nichts mehr passieren.« Almirs Stimme wankte. »Dieser Dummkopf…«, sagte er leise. Er griff nach dem Treppengeländer.

»So. Nun kennen Sie alles. Ruhen Sie sich noch etwas aus. Ich habe noch auf den Terrassen zu tun.« Brama betrat die Stufen.

»Vielen Dank«, sagte Huck.

Der Bauer sah über die Schulter. »Wofür?«, fragte er verdutzt.

»Dass Sie mich… dass ich bei Ihnen bleiben kann. Es ist sehr anständig von Ihnen. Sie sind gute Menschen, Sie und Madame Brama.«

»Ach was«, antwortete Brama, drehte Huck den Rücken zu und setzte seinen Weg fort. »Ich will das nicht hören. Bin doch auch froh, dass mir jemand unter die Arme greifen will. Also hören Sie auf damit.«

»Aber…«

Brama wandte sich um. »Ich hab Sie gebeten, damit aufzuhören«, wehrte er unwirsch ab. Er war auf der obersten Stufe angekommen und streckte die Hand nach dem Türgriff aus. »Und außerdem: Wenn man wie wir hier in den Bergen lebt, dann lernt man schnell, dass man es sich gar nicht leisten kann, zu anderen Menschen ekelhaft zu sein.«

Der Bauer verschwand in der Tür. Huck setzte sich auf die unterste Stufe der Steintreppe. Er dachte nach.

Was er bisher gehört hatte, würde niemanden interessieren. Er könnte eine kurze Notiz machen: Auf Fluchthof bereits seit Jahren Flüchtlinge untergebracht. Im Augenblick jedoch kein Deserteur, nur offensichtlich gemütskranker Österreicher anwesend. Situation des Hofes sehr schwierig.

Er wurde plötzlich zornig, wusste aber nicht, weshalb.

3

Beim Abendessen verloren die Bramas kaum mehr als die nötigsten Worte. Der Bauer war erschöpft. Kaum hatte er seinen Teller geleert, verabschiedete er sich und ging mit schwerem Schritt aus dem Essraum. Jeanne schaute ihm besorgt nach. Sie räumte gedankenverloren ab. Ginsbergs Platz war leer geblieben. Vom Herdfeuer stieg nur noch ein dünner Rauchfaden empor. Draußen war die Nacht hereingebrochen.

Huck stand auf.

»Danke«, sagte er.

»Schlafen Sie gut.«

Er überquerte den Innenhof und stieg die Treppe zur Schlafkammer hinauf. Ginsberg saß am Fenster und starrte in den letzten Widerschein des Tages. Er erwiderte Hucks Gutenachtwunsch mit unwilligem Brummen und gab zu erkennen, dass er mit niemandem sprechen wollte.

Huck zog sich aus, schlug die Decke zurück und legte sich auf das Bett. Einige Minuten lauschte er noch dem Fauchen des Windes, der am Nachmittag aufgekommen war und die Wolken nach Süden vertrieben hatte. Dann schlief er ein. Es war dunkel, als er mit einem Ruck erwachte. Er richtete sich auf, setzte sich auf das Bett und starrte mit blinden Augen in die Finsternis. Er war hellwach. Was hatte ihn geweckt? Er lauschte.

Jetzt bemerkte er, dass seine Haut über den Fußknöcheln brannte. Er kratzte sich. Er wusste, dass es vergeblich war: Flöhe! Er legte sich wieder zurück und zog die Decke über seine Brust.

Der Wind schwieg. Nun hörte er das Geräusch deutlich. Ein tiefes, gleichmäßiges Brummen erfüllte den Raum. Er schwang sich aus dem Bett und tappte zum Fenster.

Draußen stand graues Mondlicht. Das massige Haupthaus war dunkel, nur das Dach glänzte silbrig. Er öffnete das Fenster, die Flügel ächzten leise in den Scharnieren, und streckte den Kopf hinaus. Das Geräusch war verschwunden. Ein kaum spürbarer Wind bewegte die Luft; für einen kurzen Augenblick flogen das metallische Zirpen der Grillen und der Ruf eines Käuzchens heran.

»Machen S' doch das Fenster zu!«

Huck fuhr herum. Das Mondlicht zeichnete die Laibung des Fensters und, nur noch schwach, die Umrisse Ginsbergs, der noch immer in seinem Stuhl saß und in die Nacht sah.

»Es ist kalt genug. Bittschön, machen S' zu. Sind schließlich nicht allein hier, ja?«

Huck schloss das Fenster und setzte sich wieder auf das Bett.

»Können S' nicht schlafen?«, fragte er dumm.

»Es wird doch nicht aus einem traurigen Anlass sein, hat der Tischler g'sagt, wie ein Sarg bei ihm bestellt worden ist«, gab Ginsberg zurück. »Was ist das?«

»Was?«

»Eine dumme Frag. Das ist es.«

Huck schwieg verärgert.

»Entschuldigens'«, lenkte Ginsberg nach einer Weile ein. »Natürlich schlaf ich nicht. Hätt ich Ihnen sonst gehört?« Er senkte die Stimme. »Aber Sie sollten's jetzt tun.«

»Es ist…« Huck horchte wieder in die Dunkelheit. »Es ist irgendein Geräusch im Haus. Hören Sie's nicht?«

»Was?«

»Ein… wie eine Maschine, wie ein Automotor… unter uns, in irgendeinem Keller.«

Ginsberg schwieg einige Sekunden lang. Er schien ebenfalls zu horchen.

»Ach, das…« Er lachte mürbe. »Also, wenn Sie hier trotz aller Widrigkeiten einmal poetische Gefühle überkommen sollten…«

»Was für Gefühle?«

»Poetische.«

»Ah.«

»…dann würden S' sagen: die Dächer der Häuser in den Bergen singen.«

»Aber es kommt doch von unten.«

Huck konnte hören, dass Ginsberg den Kopf zu ihm gedreht hatte. »Nein… schau'n Sie: Es ist nur der Wind, der durch die Schieferplatten des Daches zieht… es macht einen verrückt, nicht wahr? Es ist, als liefen im Keller, tief unter dem Fels, geheimnisvolle Maschinen.«

Huck legte sich auf das Bett und deckte sich zu. Das dumpfe Brummen hob wieder an.

»Herrgott! Wie soll einer da schlafen können?«

»Man gewöhnt sich dran.«

»Wenn Sie's sagen? Auch daran, dass es in meinem Bett mehr Flöhe gibt als in der gesamten Garnison?«

»Auch daran. Und an vieles mehr.«

»An was noch?«

»An Läuse. Alle Arten von Käfern. Im Sommer an die Stechmücken, Wespen, Hornissen.«

»Noch was?«

»Es regnet durchs Dach. Dafür werden Sie ein Badezimmer vergeblich suchen. Und weder hier noch im Vorderhaus wird je geheizt. In den kalten Monaten wird lediglich die Eingangstür zugemacht, und auch das nicht vor Einbruch der Dämmerung. Aber ich hör schon auf – was hat der Delinquent gesagt, wie er aufs Schafott gebracht worden ist?«

»Was?«

»Wenigstens spar ich mir jetzt den Friseur, hat er gesagt.«

Huck lachte verhalten.

»Ja«, sagte Ginsberg müde, »wir sind hier in Sicherheit. Aber gleichzeitig sind wir Verbannte, Gefangene. Wo ist der Unterschied? Ich deprimier Ihnen, was?«

»Warum legen S' Ihnen nicht endlich hin, Herr Ginsberg?«

Es blieb still.

»Was fehlt Ihnen denn?«

Ginsbergs Stuhl knarrte.

»Ich schlafe nicht mehr«, antwortete er tonlos. »Seit Wochen schon nicht... Es ist alles verdreht... Am Tag, da könnt ich umfallen vor Müdigkeit, und wissen S', ich mag den Tag nicht mehr, das Licht.«

Huck wandte den Kopf in seine Richtung.

»Die ganze Nacht sind's wach?«

»Eine Stunde vielleicht schlafe ich... kurz vor Sonnenaufgang. Und wenn jemand schnarcht, wie Sie's auch tun, dann wird's damit in Zukunft wahrscheinlich auch nichts mehr.«

Huck schwieg. Er kratzte sich wieder an den Knöcheln. Es half nichts. Das Brennen auf der Haut verstärkte sich.

»...aber es war schon einmal schlimmer. Wir waren schon zu dritt, zu viert hier in diesem Zimmer, was im Übrigen bald wieder sein kann, soweit ich Pastor Dondille beim letzten Mal verstanden habe. – Kratzen Sie sich nicht auch noch. Das hilft nichts.«

»Weiß ich selbst. Aber was kann man sonst machen?«

»Ausbrennen. Rauchen Sie?«

»Wenn's Tabak gibt, ja. Wieso?«

»Ich zeig's Ihnen bei Tageslicht, wie das geht.« Er gähnte. »Schlafen S' jetzt.«

»Nur noch eine Frag, Herr Ginsberg.«

»Ich sagte: Schlafen S' endlich ! – Was?«

»Das dritte Bett, dort drüben – wer schläft da?«

»Da? Da hat der Fiala zuletzt drin geschlafen. Fiala Leonhard. Bevor's ihn erwischt haben. Hat's Ihnen die Madame noch nicht vorgeweint?«

»Nein.«

»Es war ein Drama. Der Fiala nämlich war Madame Bramas Geliebter.« Seine Stimme wurde bitter. »Ist lange nach mir gekommen, aber hat sich sofort breit gemacht. Ein grober und sehr unangenehmer Mensch, wie ich fand. Aber das sollten S' bitt schön nicht dem frommen Monsieur Brama auf die Nase binden, dass seine Schwiegertochter … ja? Ich glaube, er würde es nicht gerne sehen. Auch wenn es ihm nicht verborgen geblieben sein dürfte.«

»War er auch ein Deserteur?«

»Der Fiala? Nein. Der Fiala ist ein Prolet – Pardon, ich bin keiner, der dieses Wort abwertend benutzt. Ist gleich im Frühjahr 33 nach Dachau gekommen, ist, nachdem er freigekommen ist, nach Spanien gegangen.«

Der Stuhl knarzte leise.

»Der Fiala war ein echter Held und Kämpfer«, fügte Ginsberg gallig hinzu. »Kein feiger Winsler wie unsereiner. Nur etwas zu hitzig und unvorsichtig. Er ist vermutlich in eine Kontrolle geraten.«

»Ist er tot?«

»Anzunehmen.«

»Und Sie, Herr Ginsberg?«

»Ich lebe noch, das hören S' ja. Schlafen S' jetzt endlich.«

»Nein – Sie sind doch von Wien. Warum sind S' hierher gekommen?«

»Weil ich gewissermaßen Erholung nötig hatte.«

»Machen S' Ihnen nicht lustig über mich.«

Wieder knarzte der Stuhl. »Hören Sie, ich ertrage Ihre, verzeihen Sie, blöden Fragen nur schwer«, stieß Ginsberg hervor. »Warum wohl bin ich fort? Weil man mich in meiner geliebten Heimat wie einen Hund zu Tode prügeln würde.«

»Aber wieso?«

»Raten Sie mal«, sagte Ginsberg giftig. »Es ist ganz leicht.«

»Weil S' ein Jud sind?«

»Was hätten wir noch im Schachterl? Kommunistischer Homosexueller, erblich pestkrank?«

»Gut Nacht, Herr Ginsberg.«

»...aber damit S' mich nicht länger sekkieren: Ich darf von mir behaupten, einmal einer der berühmtesten Humoristen Wiens gewesen zu sein.«

»Ein was?!« Huck stützte sich auf seine Ellenbogen und starrte in die Richtung Ginsbergs.

»Herrgott! Ja!«, tönte es heftig aus der Finsternis. »Halten S' jetzt endlich den Mund. Merken S' nicht, wie S' anfangen, mir auf die Nerven zu gehen?«

Huck hatte noch etwas fragen wollen, drehte sich jedoch schließlich mit einem verärgerten Laut zur Seite und schloss die Augen.

Ginsberg presste beide Hände wie im Krampf auf sein Gesicht.

»Was ist?«, flüsterte er. »So lachen S' doch...«

4

In Les Molines, einem auf halber Höhe zwischen dem Hochtal von La Granne und St. Etiènne-Vallongue gelegenen Weiler, geriet Huck zum ersten Mal in Gefahr, entdeckt zu werden.

Schwager Jaquot hatte die Nachbarn in der Talschaft darüber informiert, dass er für diesen Tag den Metzger bestellt hatte. Als Almir und Huck oberhalb des Ortes eintrafen, passierten sie die Wachen, die verhindern sollten, dass Gendarmen die verbotene Schlachtung störten. Etwa ein Dutzend Menschen – die Leute von Les Molines, darunter Jaquot, seine Frau Maryse und die alte Camille, die Schäfer Amado und Castro und auch der Maurer Claude, der in diesen Tagen endlich damit begonnen hatte, den eingesackten Kamin von Jaquots Haus wieder aufzurichten, ließen sich nicht zweimal bitten – hatten bereits an einer einfachen, aus Holzböcken und Brettern fabrizierten Tafel Platz genommen. Die Kinder von Les Molines tobten ausgelassen, man war bereits bester Laune.

»Sag, Jaquot«, meinte Almir, »hast du dir's jetzt endlich überlegt, was du mir dafür gibst, wenn ich dir das Wegerecht für die hintere Weide lasse?«

»Ja, alter Dickkopf, das habe ich. Und meine Antwort ist: Nichts! Ich brauch deine Einwilligung nämlich nicht, weil ich den Weg schon im Bauch meiner Mutter gegangen bin, verstehst du? Du solltest mich, deinen Schwager Jaquot, wirklich nicht ausnehmen wie 'ne Melkkuh, das gehört sich nicht. Sind wir eigentlich jetzt miteinander verwandt oder nicht?«

»Das hat nichts damit zu tun, Jaquot. Wer ist hier nicht mit jedem verwandt?«

»Ach, Almir…«

Das Brummen mehrerer Motorräder ertönte. Pfiffe. Die Wachen kamen aufgeregt angelaufen.

»Miliz«, sagte Jaquot erschrocken. Almir erhob sich beunruhigt. Seine Augen flogen umher. Am Ortseingang brüllte jemand. Schon waren die Soldaten auf dem Platz angelangt. Die Hauswände warfen das Geräusch der Motoren zurück, jetzt erstarb es. Die Soldaten stiegen ab und stellten die Stützen ihrer Fahrzeuge aus.

Jaquot winkte Maryse, die Kinder in eines der Häuser zu drängen, wischte sich die Hände an der Schürze ab, setzte ein erfreutes Gesicht auf und ging auf die Ankömmlinge zu.

Die Schlachtung sei ihnen egal, sagte der Anführer, das sei Sache der Gendarmerie. Sie seien auf der Suche nach Banditen. Ihnen sei zu Ohren gekommen, dass sich einige von ihnen in diesem Tal versteckt halten würden. Gäbe es hier jemanden, der nicht zur Bevölkerung gehörte?

»Hier gibt es keine Fremden«, beteuerte Jaquot treuherzig. Maryse, seine Frau, begleitete seine Worte mit einem hinreißenden Lächeln, das jedoch deutlich zeigte, dass sie ihr Geld ungern verschwendete. Vor allem nicht an den Zahnarzt in Harnac.

»Sehen wir aus wie Lügner? Wir sind anständige Leute. Nie im Leben würden wir …«

»Schön. Das werden wir dann ja auch bald festgestellt haben. Ihre Papiere.«

»Hier ist wirklich niemand, Sie vergeuden Ihre wertvolle Zeit«, sagte Jaquot. »Trinken Sie doch mit uns. Sie werden durstig sein. Oder haben die Messieurs Hunger? Ein Stück Wurst, Brot?«

»Sehr freundlich. – Die Papiere, sagte ich.« Der Milizionär hatte den Daumen seiner rechten Hand in den Waffengürtel gehakt.

Nun kam Bewegung in die Menge. Almir zupfte einen der Umstehenden an der Weste, ging mit ihm langsam rückwärts und stellte sich vor Huck. Doch dessen heller Schopf, er war einen Kopf größer als die beiden, ragte aus der Gruppe der Bauern hervor, die sich unauffällig in seine Richtung begeben hatten. Castro baute seinen breiten Rücken vor Huck auf.

Mit ernster Miene begutachteten die Soldaten die ihnen entgegengehaltenen Papiere. Sie kamen näher.

Hucks Puls beschleunigte sich. Besorgte Blicke huschten über ihn. Er fühlte, wie ihm heiß wurde.

Diese Idioten!

Was konnte er tun? Jede heftige Bewegung würde sofort die Aufmerksamkeit der Soldaten auf ihn ziehen. Was aber hatten die Leute vor? Sie schienen entschlossen, ihn zu verteidigen. Er hörte Almirs pfeifenden Atem.

»Das war Jeannot«, flüsterte jemand. »Dieser verfluchte Spitzel.«

»Nein, er kann's nicht gewesen sein«, raunte Almir. »Wir sind doch nicht blöd. Er hat ihn nie gesehen.«

»Was weißt du, ob er nicht bei dir rumgeschnüffelt hat, hm? Weißt du's wirklich?«

»Ist mir jetzt egal, verdammt! Was tun wir bloß?«

Die Milizionäre kamen näher. Der Maurer nestelte umständlich in seinen Taschen. Schließlich hatte er seinen Ausweis gefunden. Er warf einen verstohlenen, besorgten Blick zur Gruppe am Ende des Platzes.

»Was ist los?!« Eine kleine, dicke Alte stürzte wie eine Furie aus der Scheune. Ihre Haare flogen, wütend stemmte sie ihre Hände in die Hüften, stapfte auf Huck zu und gab ihm eine klatschende Ohrfeige.

»Elende Schlafmütze!«, kreischte sie, »ich warte auf das heiße Wasser!« Schon hatte ihn die zeternde Alte gepackt und mit heftigen Knüffen in das Gewölbe gezerrt. Verdattert war er ihr gefolgt. Die Umstehenden lachten.

»So ist sie, unsere Camille!«

Währenddessen schob ihn die Alte wortlos nach hinten, öffnete mit flinken Bewegungen den Laden eines winzigen Fensters und bedeutete ihm, sich durch die Luke davonzumachen.

»Schnell!« Ehe er sich versah, zwängte er sich bereits durch die Laibung – die Alte schob von hinten – und purzelte auf der Rückseite der Scheune zu Boden. Er hörte, wie sie hinter ihm den Laden zuschlug und einen Riegel vorschob. Er stolperte geduckt den Pfad hinab und legte sich flach an den Fuß einer Trockenmauer.

Im Dorf blieb es ruhig. Nach und nach kam er wieder zu Atem. Wenig später hörte er, wie die Motoren wieder angeworfen wurden. Vorsichtig hob er den Kopf. Eine Staubwolke schwebte auf die Piste zurück. Die Gefahr war vorüber.

Natürlich wäre ihm nichts geschehen. Die Milizionäre hätten ihn festgenommen, doch er hätte sie außerhalb des Ortes aufgeklärt. Sein Auftrag wäre damit allerdings beendet, alle Mühe und Aufregung umsonst gewesen.

Aber warum hatte er, als die Bewaffneten näher kamen, sich trotzdem unwillkürlich nach einem Fluchtweg umgesehen? Und warum hatte es ihn seltsam berührt, als sich die Leute mit ihren Körpern an ihn drängten, um ihn vor den Blicken der Milizionäre zu verbergen?

»Sie dürfen in Zukunft La Granne nicht mehr verlassen, Monsieur. Es ist zu riskant«, sagte Almir, als sie wieder auf dem Heimweg waren. »Die Milizen und Boches weiten die Razzien aus. Und auch wir hätten beinahe Kopf und Kragen riskiert.«

Huck nickte schweigend.

»War eine Dummheit von mir, Sie mitzunehmen. Noch dazu, wenn schwarz geschlachtet wird. Ich Idiot – aber sagen Sie: Unsere Camille war wieder einmal großartig, was?«

»Was hätten Sie eigentlich getan, wenn sie mich nicht in die Scheune gezogen hätte?«

»Das Übliche. Einen Krawall lostreten, Geschrei und Durcheinander und so, sie ablenken. Aber wer weiß, ob's diesmal hingehauen hätte.«

Almir sah ihn von der Seite an.

»… Geht's?«

»Ja. Geht.«

»Sie haben auch ordentlich Angst gehabt, nicht?«

Huck nickte vage.

»Ich auch, mein Junge«, sagte Almir. »Ich hatte die Hosen voll. Auf meine alten Tage. Was 'ne Schande. Allzu oft kann ich so etwas nicht brauchen.«

VI
Die Wolfsfalle

1

Die Operation Ronc de la Sega begann bei Morgengrauen. Nachdem er die Meldungen von der Aufstellung der einzelnen Gruppen angenommen hatte, gab Hauptmann Lange den Be fehl zum Vorrücken.

Die einzelnen Trupps verschwanden im Wald. Der Hauptmann wandte sich um und betrat die alte Kirche von Prades, die er zur Kommandostelle gewählt hatte. Er setzte sich, lehnte sich zurück und atmete durch. Inspektor Benedetti war ihm gefolgt. Er öffnete die Knöpfe seines Mantels, griff nach einer Stuhllehne und setzte sich ebenfalls.

»Glück gehabt mit dem Wetter«, sagte er.

»Wie man's nimmt«, meinte der Hauptmann, »würde es noch regnen, dann wären die Banditen sicher noch in ihren Löchern. So aber könnte es sein, dass wir wieder nur einen Teil erwischen.«

»Ich glaube nicht«, entgegnete der Inspektor. »Die Information, die wir erhalten haben, besagt, dass die gesamte Gruppe Belton auf der Farm ist. Ein wichtiges Treffen ist geplant«, sagte Benedetti, »aber das wissen Sie ja bereits.«

Der Hauptmann nickte. »Gewiss«, sagte er gedankenverloren. Er sah nach oben. »Ein herrliches Gebäude. Sehr bemerkenswert. Romanik, dreizehntes, vielleicht sogar zwölftes Jahrhundert?«

»Vermutlich.«

»Eine Schande, es so verfallen zu lassen. Barbaren. Es scheint als Stall benützt zu werden.«

Benedetti lächelte. »Es ist eine katholische Kirche.«

»Ja, und?«

»Es gibt hier längst keine Katholiken mehr.«

»Es ist trotzdem eine Schande«, wiederholte Lange. »Achten Sie doch nur einmal auf die grandiose Akustik.« Er wandte sich an den Soldaten, der auf der gegenüberliegenden Seite des Raumes an einem Feldtelefon saß. »Was ist? Ist das Ding kaputt?«

»Nein, Herr Hauptmann.«

Der Hauptmann drehte sich wieder zurück. »Aber sie müssten den Hof doch bereits erreicht haben, nicht wahr?«

Der Inspektor hob die Schultern. »Es führt nur ein Eselspfad dorthin. So schnell wird man nicht vorankommen. Das Gelände ist weiträumig, unterschätzen Sie das nicht. Man wird außerdem gut daran tun, vorsichtig vorzugehen.«

»Danke für den Rat«, sagte der Hauptmann bissig.

»Die Banditen werden Wachen aufgestellt haben.«

»Ach ja? Wäre mir nie eingefallen.«

»Lassen Sie die Posten nur mit je einem Maschinengewehr ausgerüstet sein, dann …«

»Dann, was? Dann könnte die Unternehmung schief gehen? Blödsinn.«

»Unterschätzen Sie Belton nicht. Er war Offizier, also keiner, der ein Gefecht mit der Wildschweinjagd verwechselt.«

Lange lächelte selbstgewiss. »Und wenn schon! Diese dreißig, vierzig verlausten Bauernbanditen sind hoffnungslos in der Unterzahl. Und so viel wir wissen, werden sie nicht gerade von Heinrich dem Fünften befehligt.«

Benedetti lächelte höflich.

Der Hauptmann erhob sich, ging zum Altarraum und spähte durch eine Lichtscharte.

»Hm«, brummte er nachdenklich, »aber gerade wenn die

Banditen Posten aufgestellt haben, dann müsste doch erst recht bereits etwas zu hören sein, nicht wahr?«

Benedetti nickte stumm. Er rieb sich den Nacken, ging zum Tor und setzte sich auf die Außenstufen. Er griff nach einem Zigarettenpäckchen in der Innentasche seines Mantels.

Das Telefon schnarrte. Der Inspektor wandte sich nicht um. Gemächlich entzündete er ein Streichholz.

Wenig später war Langes Stimme zu vernehmen.

»Monsieur l'Inspecteur!«, bellte der Deutsche. Benedetti warf die Zigarette auf den Boden und betrat den Kirchenraum.

»Ihre zuverlässigen Informationen!«, schrie der Hauptmann.

»Was ist geschehen?«

Lange war außer sich. »Was? Was? Ronc de la Sega ist leer! Kein einziger von diesen Banditen ist zu finden! Erklären Sie mir das!«

»Leer?«

»Sind Sie taub?«

»Das ist unmöglich«, ereiferte sich der Inspektor, »auf Ronc de la Sega war heute ein Treffen zwischen der Gruppe Belton und mehreren Offizieren der Geheimarmee geplant, unter anderem mit Kommandant Ruben!«

»Man hat Ihnen eben Märchen erzählt, lieber Inspektor!«, keifte Lange. »Es ist bemerkenswert, wie Sie sich von diesen Banditen an der Nase herumführen lassen!«

»Unsere Behörde lässt sich nicht an der Nase herumführen, Monsieur le Capitaine«, erwiderte Benedetti scharf. »Vergessen Sie nicht, dass Sie das Lager der Terroristen ohne unsere Informationen niemals gefunden hätten!«

»Das streite ich nicht ab! Aber wie erklären Sie sich diesen Reinfall?«

»Belton wurde gewarnt, was sonst? Sind Ihre eigenen Kanäle eigentlich so dicht, wie sie sein sollten? Bei wem hat diese Deutsche gearbeitet, die sich bei Ihnen als Sekretärin einschleusen ließ? Bei uns? Oder bei Ihnen?«

Lange schnappte nach Luft.

»Beruhigen Sie sich, Monsieur le Capitaine. Bitte verstehen Sie, dass ich das nicht auf mir sitzen lassen kann. Wir sollten wirklich auf unnötigen Streit verzichten und nicht vergessen, dass wir denselben Feind haben. Also, was hat man Ihnen mitgeteilt? War Ronc de la Sega Beltons Lager?«

Lange nahm krachend in seinem Sessel Platz. »Sieht so aus«, gab er schließlich zu, »die Männer haben einige Flugblätter und Munition gefunden…«

»Welche?«

»Gewehre, Maschinenpistolen.«

»Kleine Artillerie?«

»Nein – In einer Scheune fand man einen Schießstand; es muss also auch so etwas wie ein Ausbildungslager gewesen sein. Das Herdfeuer hätte noch geglimmt.«

»Dann müssen die also kurz zuvor geflohen sein.«

»Genial kombiniert«, lästerte Lange.

»Danke.«

»Dreck und Verrat, wo man hinsieht«, ächzte Lange. »Wie soll ich dem Stab diesen Reinfall erklären?«

Benedetti nickte besorgt. »Wenn ich offen sein darf, Monsieur le Capitaine, dann mache ich mir manchmal Gedanken, ob die undichte Stelle nicht sogar direkt beim Regimentsstab zu suchen ist.«

»Ach!«, winkte Lange ab. »Dem Regimentsstab kann so etwas nicht passieren. Schon aus Prinzip nicht. Verstehen Sie?«

Der Inspektor schmunzelte verstehend.

»Sehr gut sogar. Aber vielleicht ist alles nur eine Frage der Wortwahl, in der Sie den Bericht über die heutige Aktion verfassen. Immerhin haben Sie Beltons Stützpunkt entdeckt. Das ist doch immerhin ein Erfolg…«

Lange nickte mürrisch. Er dachte nach.

»Und wenn Sie jetzt noch ein kleines Feuerwerk veranstalten, dann wird der Erfolg zumindest nicht geringer.«

»Feuerwerk?«

»Wer weiß, ob Beltons Gruppe sich hier wieder festsetzt, wenn Sie abgezogen sind? Ronc de la Sega ist abgelegen, mit schwerem Kriegsgerät ist da nichts zu machen. Und der Platz ist hervorragend zu verteidigen. Es wäre dumm von ihm, ihn aufzugeben.«

»Dann räuchern wir ihn am besten aus. Das hatte ich eh vor. Meinten Sie das?«

Benedetti nickte. »Es würde nicht schaden. Und auch die Leute hier werden es sehen und hören. Sie werden einmal mehr zu spüren bekommen, dass man Ihrerseits nicht spaßt. Ronc de la Sega war zwar nicht mehr bewohnt, ist aber immerhin noch ein staatliches Anwesen.«

»Nicht mehr lange. – Haben Sie eigentlich schon mal daran gedacht, sich auch den Besitzer vorzuknöpfen, Monsieur l'Inspecteur? Es ist doch keine Frage, dass er davon gewusst haben muss.«

»Den Besitzer?« Benedetti lachte auf. »Es sind mindestens zehn, wenn nicht mehr. Ich müsste ein halbes Dorf verhaften lassen.«

Der Hauptmann blieb ernst. »Was ist daran so lächerlich?«

»Ich möchte Sie wirklich bitten, uns diese Dinge entscheiden zu lassen, Monsieur le Capitaine«, versetzte der Inspektor kühl. »Das Sicherheitsbüro mischt sich schließlich auch nicht in Ihre Belange ein.«

Lange zischte etwas durch die Zähne.

»Pardon?«

»Nichts!« Der Hauptmann winkte ärgerlich ab. Er wandte sich an den Soldaten. »Stellen Sie mir eine Verbindung zu Leutnant Vecht her!«

»Leutnant?«, schrie der Hauptmann. »Haben Sie das Haus durchsucht und alles Verwertbare, Waffen et cetera sichergestellt? Ja? Dann legen Sie Lunte. Jawohl! Das Nest wird gesprengt. Ich möchte, wenn ich nachher zu Ihnen komme, keinen Stein mehr auf dem anderen sehen.«

Benedetti war wieder nach draußen gegangen. Die Luft hatte sich erwärmt. Vereinzelte Nebelschwaden hingen auf halber Höhe zwischen Flusstal und den Gipfeln. Die Kuppel des Mont Gabale war in eine weiße Haube gehüllt. Der Inspektor ließ sich ein Fernglas geben. Er fixierte den dichtbewaldeten Hang oberhalb der kleinen Senke, in dem Ronc de la Sega liegen musste. Er war sich nicht sicher, ob sich auf dem Grat etwas bewegt hatte.

Er war zufrieden. Ruben würde seine Vorwarnung als ersten Beweis für seine, Benedettis, Zuverlässigkeit werten. Und auch die Deutschen schöpften offensichtlich noch keinerlei Verdacht.

Dennoch – er musste vorsichtig sein. Noch war das ganze Land besetzt, und noch war kein Ende des Krieges abzusehen. Den Deutschen war alles zuzutrauen, sogar, dass sie sich doch noch mit den Westalliierten arrangierten, um den weiteren Vormarsch der Roten Armee aufzuhalten. Ein Wechsel in der Führung des deutschen Reiches, der Rücktritt oder Tod Hitlers – und schon könnte die Situation völlig anders aussehen.

Wenn er nur hätte verhindern können, dass die Deutschen diesen verrückten Jungen in die Widerstandsorganisation einschleusten!

Und wo versteckte man ihn? Von den Briefträgern des Cantons kamen in den letzten Wochen keine verwertbaren Informationen, und der Trupp Milizionäre, den er in das Hochtal von Les Molines geschickt hatte, war ergebnislos zurückgekehrt.

Was war geschehen? Hatte Belton den Spion enttarnen können?

Der Inspektor knöpfte seinen Mantel nachdenklich zu. Er würde, wenn er wieder mit Ruben Kontakt aufnahm, Gerüchte ausstreuen.

Die ersten Detonationen prallten gegen die Hänge des Tals und rollten im Süden aus.

Wieder richtete er sein Fernglas auf den Grat. Er war unsicher. Blinkte etwas zwischen den Bäumen?

Lange trat hinter ihm aus der Kirche. Er knöpfte sich seinen Mantel zu und winkte der Ordonanz.

»Kommen Sie mit?«

Benedetti verneinte. »Ich bin sicher, dass Ihre Männer ordentliche Arbeit leisten.«

»Davon dürfen Sie ausgehen«, pflichtete ihm Lange bei. »Übrigens – was ist eigentlich mit den Ihren? Haben Ihre Verbindungsleute schon in Erfahrung bringen können, was mit dem Gefreiten Huck geschehen ist?«

»Dem Überläufer?« Benedetti sah nach oben. »Irgendwo in diesen Wäldern muss er stecken.«

»Irgendwo!«, höhnte der Hauptmann. »Welch bemerkenswerte Erkenntnis!«

Benedetti überhörte den Unterton. »Unser Mann hat noch nichts herausfinden können. Es ist aber durchaus möglich, dass er an die falschen Leute geraten ist, die ihm seine Geschichte nicht abgenommen haben. Dann liegt er längst unter einem Steinhügel.«

»Sie meinen, man könnte ihn liquidiert haben?«

»Durchaus möglich – warum lächeln Sie?«

»Weil ich mir gerade die Freude gönne festzustellen, dass unsere Abwehr Ihren Leuten gelegentlich voraus ist. Ich weiß nämlich zumindest so viel, dass er nicht erschossen worden ist. Nun?«

Der Inspektor ließ sich seine Überraschung nicht anmerken.

»Er ist nämlich am helllichten Tag in St. Etiènne-Vallongue gesehen worden.«

Benedetti atmete unmerklich aus. Er war erleichtert. Das übliche Denunziantentum … vermutlich der Krämer … die Deutschen hatten also noch keinen Spitzel in Beltons direkter Umgebung. Kein Wunder – war es ihm bisher nicht gelungen, dann musste es für Boches doppelt so schwierig sein.

»Sie… Sie haben ein auffallendes Interesse an diesem Gefreiten, Monsieur le Capitaine.«

Lange lächelte maliziös.

»Als guter Vorgesetzter habe ich stets ein Interesse am Wohl aller meiner Soldaten.«

Der Hauptmann wandte sich ab und stapfte zum Waldrand.

Benedetti sah im beunruhigt nach.

Was der Hauptmann soeben angedeutet hatte, konnte nur eines bedeuten: Die deutsche Abwehr hat damit begonnen, die Sache in die eigenen Hände zu nehmen. Vermutlich ging es dabei zunächst nur darum, die Fluchtorte ihrer Deserteure auszuheben.

So viel war aber längst bekannt: Die Organisation Pastor Dondilles arbeitete eng mit dem Maquis zusammen – dieser Huck würde also zwangsläufig mit Beltons Leuten in Berührung kommen. Käme es zu einem Zusammenschluss von Beltons und Rubens Gruppe, würde er bald erfahren, dass es bereits Verhandlungen zwischen französischen Behörden und den Widerstandskämpfern gab. Herauszufinden, dass er Verbindungsmann auf Seiten der Regierung war, würde ein Kinderspiel sein – und für ihn, Inspektor Joseph Benedetti, das Todesurteil bedeuten.

Er fluchte leise. Er würde rasch handeln müssen.

2

»Heilige Scheiße!« Belton setzte das Fernglas ab. »Georges wird ’nen Luftsprung machen. Die Farm war noch gut in Schuss.«

Abel kroch neben ihn und sah ins Tal. Ronc de la Sega stand in Flammen. Eine fette Rauchsäule stieg kreisend in den Himmel.

»*Al diable*«, sagte er leise. Er kratzte sich an der Wange.

»Georges wird's verkraften«, sagte Belton ungerührt.

»Aber die Leute werden es sich überlegen, ob sie uns in ihre Häuser lassen, wenn es jedes Mal so ausgeht. Georges jedenfalls wollte, dass einer seiner Enkel die Farm wieder bewirtschaftet.«

»Welcher denn?«

»Gedeon.«

»Der? Das glaubt er doch selber nicht. Den flotten Gedeon werden wir überall sehen, aber nicht hier heroben. Wetten?«

Abel pflichtete ihm bei. Sie verließen den Felsvorsprung und traten in den Wald. Die Männer lagerten auf dem Boden einer Lichtung. Einige von ihnen hatten ihre Hemden ausgezogen. Belton befahl den Aufbruch.

»Machen wir hier Ferien? Zieht euch an. Wir marschieren zur Scheune von Galbertes.«

»Wissen die Bescheid?«

Lopez hatte die Frage gestellt. Er war ein kräftig gebauter Südfranzose mit dunkler Bauchstimme, zuvor Bergarbeiter in den Minen von Alais, noch keine dreißig Jahre alt, manchmal schlimm hustend, aber zäh.

»Bei denen von Galbertes gibt's kein Theater. Los!«

Der kleine Trupp betrat einen kaum erkennbaren Pfad, der sich auf dem bewaldeten Grat nach Norden schlängelte.

»Sag«, fragte Lopez nach einer Weile, »es war doch Ruben, von dem die Warnung gekommen ist?« Belton nickte.

»Und woher weiß der, dass die Deutschen einen Angriff planen?«

»Kann uns egal sein. Wird jemanden bei den Boches eingeschleust haben, nehm ich an.«

»Fixer Kerl, Ruben, nicht?«, sagte Lopez anerkennend.

»Keine Kunst«, widersprach Belton, »er ist ja auch besser ausgerüstet. Mit Funk und allem; die in London stecken es ihm rein, wo es nur geht. Aber das interessiert mich eigentlich nicht. Ich möchte vielmehr wissen, wer den Boches *zuvor* gesteckt hat, dass wir uns heute Morgen mit ihm treffen wollten.«

Lopez sah ihn von der Seite an. Beltons Blick war auf den Pfad gerichtet. Ein drahtiger Schlaks mit störrisch zerzaustem Blondkopf über der hohen Stirn, der das Gespräch mitverfolgt hatte, ließ sich zu den dreien zurückfallen.

»Einer vom Dorf vielleicht?«

»Blödsinn.« Belton schüttelte den Kopf. Niemand in Prades war davon informiert worden. »Und, Stritzel, bevor das wieder losgeht – bleib mir jetzt vom Hals damit, dass es jemand von uns ist. Lasst mich mit eurem Dreck in Frieden.«

»Wie? Was meinst du?«

»Frag nicht so blöd. Das Gewäsch über Anarchisten, Trotzkisten und wer weiß noch was, mir reicht es. Die Gruppe Belton ist keine Einheit der KP, weder der französischen noch viel weniger der deutschen – klar?«

»Wenn, dann der österreichischen, wie oft soll ich das noch …«

»Klar, frage ich?«

»Spar dir deine Puste, Camerade«, sagte Lopez. »Wär noch schöner, wenn wir jetzt gegenseitig aufeinander losgingen.« Er wandte sich an Belton. »Ob bei Ruben eine undichte Stelle ist?«

»Gut möglich.« Der Pfad war steiler geworden. Belton keuchte. »Und das ist übrigens auch einer der Gründe, warum ich nicht sofort zugestimmt habe, als er vorgeschlagen hat, zusammenzugehen.«

»Wie?«

»Hör zu: Wir sind ein kleiner Trupp. Aber da lege ich für jeden die Hand ins Feuer. Doch je größer das Ganze wird, desto schwieriger wird es, Dinge geheim zu halten.«

»Klar. Aber es hätte den Vorteil, dass wir endlich zu anständiger Ausrüstung kämen«, meinte Lopez. »Wir brauchen sie. Ist doch ein Witz, was wir da haben! Die paar Gewehre, ein

Schuss, und du musst nachladen. Die Granaten basteln wir uns selber, sogar den Proviant müssen wir uns zusammenklauen. Ist doch lächerlich. Wir sind wirklich Selbstmörder.«

Belton maß ihn mit einem ärgerlichen Blick. »Du meinst also, wir sollten uns mit ihnen zusammenschließen?«

Lopez nickte zögernd. »Du würdest ja immer noch Chef unserer Einheit bleiben.«

Belton sah ihn wütend an.

»Bist ein Trottel, Lopez«, sagte er. »Warst du dabei, als wir mit ihm verhandelt haben? Wenn du's gewesen wärst, würdest du anders reden.«

»Natürlich finde ich's 'ne Sauerei, wenn einer ankommt und uns, die wir schon seit über zwei Jahren im Unterholz herumkriechen, Vorschriften machen will.«

»Das finde ich allerdings auch«, stimmte Belton grimmig zu. »Es war völlig klar: Ob wir ordentliche Waffen bekommen, macht er davon abhängig, dass wir uns ihm unterordnen. Aber das ist noch nicht alles. Ihm passt nicht, dass Leute wie du dabei sind – ja, glotz nicht so. Er sagt, er will keine Internationale Brigade. Er hat was gegen die Roten.«

Stritzel sah über die Schulter. »Hast du doch auch!«

»Blödsinn. Ich bin weder für noch gegen euch. Es ist mir egal. Jeder wird gebraucht. Und ihr habt die Köpfe schon mit uns ins Feuer gehalten, als Leute wie Ruben noch abgewartet haben, wie sich der Wind drehen wird. Was er übrigens noch immer tut. Da können sie ganze Dörfer deportieren, da wartet er immer noch auf den Tag ›J‹, bevor er etwas unternimmt. Aber wenn du unbedingt zu ihm willst – ich halte niemanden auf.«

»Schlechte Laune?«

»Wär's ein Wunder?«, blaffte Belton.

»Halt endlich den Mund, Stritzel«, sagte Lopez. »Aber lässt Ruben überhaupt nicht mit sich reden? Er profitiert von uns, wir sind schließlich das andere Glied der Zange, die die Boches im Canton in den Arsch kneift.«

»Sicher. Hab ich ihm auch gesagt.« Belton musste Atem holen. Er stützte sich an einem Baumstamm ab. »Aber als wir zum ersten Mal miteinander geredet haben, musste ich nach einer Viertelstunde gehen, sonst hätte ich ihm sonst was an den Schädel geworfen. Er hatte auch ’nen englischen Offizier bei sich, der von nichts ’ne Ahnung hatte, aber das Maul aufgerissen hat. Aber beim zweiten Mal war Ruben allein und bereits etwas zahmer. Hat eingesehen, dass er uns braucht. Immerhin erhalten wir jetzt schon mal wichtige Informationen von ihm – und er von uns natürlich auch. Er meinte beim letzten Mal sogar, dass er dafür sorgen könnte, dass die Abwürfe endlich mal auch in unserem Gebiet stattfinden. Er wollte das als Vorleistung verstanden haben.«

»Na schön. Da sagen wir doch erst mal nicht nein, was?«

Sie gingen weiter. »Abwarten, Lopez«, sagte Belton, »versprechen kann man viel.«

»Vielleicht … wenn das Treffen mit ihm heute Morgen nicht aufgeflogen wäre? Immerhin war es das erste Mal, dass er uns nicht zu sich zitiert hat, sondern zu uns hochklettern wollte …?«

Belton fiel ihm ins Wort. »Ich trau ihm einfach nicht. Und deshalb blasen wir auch den Angriff auf das Waffenlager der Gendarmerie in La Rouviere nicht ab.«

»Es bleibt also bei übermorgen?«

»Sage ich doch. Wir besprechen alles heute Abend. Sag, lassen die Leute hier alles verlottern?«

Eine bergseitige Stützmauer war geplatzt und hatte den Weg verschüttet. Belton griff nach einer freiliegenden Baumwurzel und hielt sich daran fest. Lopez verlangsamte seinen Schritt.

»Trotzdem würden wir jetzt verflucht dumm aus der Wäsche schauen, wenn Ruben uns nicht informiert hätte.«

Belton stimmte zu. »Vielleicht kapiert er wirklich langsam, worum es geht. Aber vergiss trotzdem nicht, Lopez: Hätte nicht irgendjemand zuvor den Deutschen verraten, dass und wann wir uns in Ronc de la Sega treffen, wäre es gar nicht soweit gekommen. So sehr es in Ordnung ist, dass Ruben uns informiert hat, so ungern bin ich auf ihn angewiesen. Wir müssen in der Lage sein, unseren Laden selbst in Ordnung zu halten, kapiert?«

Lopez bog einen störrischen Zweig beiseite.

»He! Idiot!«, schimpfte Belton. »Willst du mich köpfen?«

Lopez murmelte eine Entschuldigung.

»Tja«, sagte er nach einer Weile gedämpft, »aber dann wäre, was uns betrifft, die Frage …«

»… wer davon wusste. Genauso ist es«, ergänzte Belton düster. Schweigend gingen sie weiter. Sie überholten Abel, der sich mit einer Hand an einem Baumstamm abstützte und sich mit dem Rücken der anderen über die Stirn wischte.

»Was ist, Alter?«

»Es lebe die Camargue«, seufzte Abel. »Wie wär's mal wieder mit 'ner Rast, Belton?« Er sah zum Himmel. »Wir sind schon fast 'nen halben Tag unterwegs.«

»Stell dich nicht an. Schau rauf: Es zieht wieder zu. Ich will da sein, bevor es wieder zu regnen anfängt. Vorwärts.«

»Außerdem, ich hab Hunger.«

Lopez sah über die Schulter. »Hat der Kerl eigentlich noch was anderes im Kopf?«

3

Der Tramontane hatte nach Mitternacht eingesetzt. Mit heiserem Geheul schliff dieser eisige Nordwind die Gebirgskämme, schob die Wolken gegen Süden, schleuderte abgestorbenes Geäst zu Boden, durchdrang mit seinem beißend kalten Hauch die Buchenschonungen, deren Triebe bereits knospten. Im Morgengrauen hatte er den Himmel längst blank geschabt. Der Mond verblasste. Über dem Mont Gabale stand nur noch eine winzige pflaumenfarbene Wolke. Doch auch sie begann sich aufzulösen, je höher die Sonne in den glasig blauen Tag stieg. Noch schwebten Fetzen schmutzigen Dunstes über den dämmernden Talböden.

Die Farm von La Granne lag bereits im Licht. Ein Fensterladen knallte gegen die Mauer. Huck erwachte. Seine Glieder fühlten sich bleischwer an; gestern hatten sie schon am frühen Morgen damit begonnen, die Mauer der Terrasse wieder in Stand zu setzen. Die Steine waren zentnerschwer gewesen, und den ganzen Tag brannte die Sonne ohne Erbarmen auf den Bauern und ihn herab.

Er setzte sich mit einem leisen Ächzen auf.

Glitzernder Staub tanzte im gelben Licht, das durch die trüben, von Fliegenkot besprenkelten Fenstergläser in den Raum drang. Ginsberg schlief. Den Mund leicht geöffnet, lag er steif wie eine Statue. Frühe Fliegen wanderten über sein aschfarbenes Gesicht.

Der Hahn krähte. Huck durchkämmte sein filziges Haar mit den Fingern. Auf der Kopfhaut hatte sich Schorf gebildet. Die Haut seiner Fußgelenke glühte; plackige, rote Pusteln hatten sich über Knöchel und Rist ausgebreitet. Trotz seiner Erschöpfung hatte er schlecht geschlafen, Wirres geträumt. Er musste heftig geschwitzt haben; auf seiner Haut fühlte er einen klebrigen Film.

Die Fäuste auf die Wangen gedrückt, grübelte er.

Alles war anders, als er geplant hatte. Es war unmöglich, zum vereinbarten Treffpunkt in St. Etiènne-Vallongue, wo er seine Nachrichten deponieren sollte, zu gelangen. Um dorthin und wieder zurückzugehen, würde er mehr als sechs Stunden unterwegs sein. Natürlich würden Almir und Jeanne es bemerken, war er doch nahezu ununterbrochen, von den Nächten abgesehen, mit ihnen zusammen. Sein Tag begann früh, beim ersten Licht der Morgensonne. Während Jeanne nach dem Frühstück die Schafe auf die Weide trieb, hatte er die Schweine zu füttern. Danach wartete schon der Bauer auf ihn, um die Wasserbecken, Bewässerungskanäle und Terrassen zu reparieren, die sich noch immer in einem schlechten Zustand befanden. Schließlich musste er Jeanne auf der Weide ablösen, damit sie das Mittagessen zubereiten konnte. Gewiss, dann war er für Stunden unbeobachtet, doch die Tiere konnten unmöglich allein gelassen werden, und jedes verloren gegangene Tier schmerzte den Bauern.

Nach dem Essen rief Almir meist wieder nach ihm. War die Tagesarbeit beendet, die Tiere wieder in Stall und Pferch verschlossen, stand die Sonne bereits tief über dem westlichen Horizont. Nein, keinen ungesehenen Schritt würde er tagsüber tun können, ohne dafür einen einleuchtenden Grund zu nennen. Zu verschwinden, nachdem Almir und Jeanne zu Bett gegangen wären, wäre ebenfalls Unsinn. Noch kannte er sich im Gelände zu wenig aus. Auch bei mondheller Nacht würde er sich verirren. Und natürlich würde Ginsberg, der immer erst in den frühen Morgenstunden einschlief, sein Verschwinden bemerken. Und es gab Nächte, in denen die Lampe in Almirs Kammer bis Mitternacht brannte.

Ginge es tagsüber – gewiss, Vorwand und Gelegenheit würden sich schließlich irgendwann finden –, so würde er niemandem erklären können, warum er ausgerechnet jetzt, da Gendarmerie und Miliz offenbar immer häufiger Kontrollen durchführten, sein sicheres Versteck verlassen wollte. Man würde misstrauisch werden – besonders, nachdem er bei der Schlachtung in Les Molines nur mit Mühe entkommen war. Und welchen Vorwand könnte er angeben? Gerade jetzt, wo sich von Tag zu Tag deutlicher zeigte, dass die Winterschäden gravierender waren, als Almir angenommen hatte? Und da Almir seit einigen Tagen kränkelte, ihn Fieberschübe plagten, weil er sich erkältet hatte?

Auch Ginsbergs depressive Lähmung hatte sich von Tag zu Tag verstärkt. Immer häufiger blieb er in seinem Bett liegen. Beim Versuch, es zu verlassen, geriet er ins Taumeln und sank wie ein Ohnmächtiger auf sein Lager zurück. Die Arbeiten aber mussten getan werden. Sie konnten nicht warten, sollte die Ernte nicht gefährdet sein, das Vieh nicht irgendwann eingehen. Erst gestern hatten sie auf der zweiten Terrasse Steine gesammelt, um die Aussaat vorzubereiten. Und jetzt stand an – auch damit waren sie bereits zu spät dran –, die Kastanien zu säubern, Büsche und Fallholz auszubrennen. Wie würde er da begründen können, die beiden gerade jetzt im Stich zu lassen?

Huck hatte außerdem bemerkt, dass man ihn auf La Granne ins Herz geschlossen hatte. Auch Jeanne war zugänglicher geworden, und als Almir ihr von der Razzia auf Les Molines berichtete, hatte sie den Bauern mit Vorwürfen überhäuft. Er war überrascht gewesen.

Huck vergrub sein Gesicht tiefer in den Fäusten.

Nein – an ein unauffälliges Verschwinden für ein paar Stunden war nicht zu denken. Ginge er also ins Dorf, so konnte er nicht mehr zurückkommen. Er würde sich außerdem beeilen müssen. Beltons Leute wären in kürzester Zeit alarmiert, und sie kannten – im Gegensatz zu ihm, der nicht einmal genau wusste, wo er sich befand – jeden verborgenen Winkel, jeden Pfad und jede Höhle. Huck hätte kaum eine Chance, ihnen zu entkommen.

Wenn es ihm dennoch gelänge, sich zur Garnison durchzuschlagen – was aber würde er überhaupt berichten können?

Bisher hatte er nur einen winzigen Bereich dessen erkunden können, was sich als weit geknüpftes Netzwerk durch den ganzen Süden ziehen musste. Und das sollte das Ergebnis seiner Mission sein?

Wenig. Almir und Jeanne wussten nicht, wo andere Deserteure untergebracht waren. Und dass ein Pastor namens Dondille einer der maßgeblichen Köpfe der Organisation war – hatte der Abwehroffizier nicht angedeutet, dass dieser bereits seit längerer Zeit verdächtigt wurde? Was würde er sonst noch berichten können? Dass sich auf einem armseligen Gehöft ebenso ärmliche wie harmlose Leute durchs Leben schlugen, die einen schwermütigen Wiener Komiker versteckt hielten? Huck schüttelte den Kopf. Dafür sollte er sich in Lebensgefahr begeben haben, täglich Kraft aufwenden, seine Maskerade aufrechtzuerhalten?

Man würde es ihm zwar nicht offen zeigen, schließlich hatte er sich immerhin bemüht – aber dass diese Ausbeute an Informationen lächerlich war, würde man ihm bestimmt zu verstehen geben.

Viel bedeutender war dagegen, was er – ohne darauf vorbereitet gewesen zu sein – entdeckt hatte: Die Organisation war offensichtlich eng mit jener der Terroristen verstrickt. Was hatte ihm Ginsberg vor einigen Tagen erzählt? Auf La Granne hatte sich ein Deutscher, der zuerst gegen Franco und danach auf Seiten der Banditen kämpfte, längere Zeit versteckt gehalten – es schien also durchaus üblich und möglich, dass Belton hin und wieder einige seiner Leute auf La Granne unterbrachte. Noch nie war es gelungen, einen Informanten in Beltons Gruppe zu schleusen.

Er musste noch einige Tage, zwei, drei Wochen vielleicht, aushalten. Erst dann würde sich seine Mission gelohnt haben.

Doch, er hatte sich alles anders vorgestellt. An einen Spion, der auf Holzgaloschen durch den Stallmist stiefelte, hatte er jedenfalls nicht gedacht, als er sich für diesen Einsatz gemeldet hatte. Nichts in diesem vergessenen Bergnest glänzte, von erschütternder, geradezu beleidigender Harmlosigkeit war dieser Feind – ein stur gegen die Zeit anwerkender, frömmelnder Bauer, seine maulflinke, gelegentlich etwas gereizt wirkende Schwiegertochter, ein paar klobige Bauernbanditen mit lachhafter Bewaffnung …

Huck fröstelte. Die Kälte schien sogar den Geruch des Stalles unter ihm zu binden.

»Jean?«, rief Almir von unten.

Huck zog sich hastig an. Seine Hose fühlte sich klamm und wächsern an. Er ging nach unten.

Almir stand auf dem taufeuchten Hof. Aus seinem Mund dampften kleine Wölkchen. Er sah elend aus.

»Ich hab's befürchtet«, sagte er. »Ausgerechnet heute, wo ich die Saat ausbringen wollte.«

»Welche ist es?«

»Die zweite Terrasse. Über die halbe Länge ist sie eingebrochen. Sag, fängt die ganze Welt zu rutschen an?«

4

Der Postbote nahm seine Mütze ab, zog ein Tuch aus seiner Tasche, wischte sich zuerst über die Stirn, dann die Innenseite des Chapeaus ab. Ein Geräusch ließ ihn aufhorchen.

Er sah den Jungen, der, das Gesicht auf den Boden gerichtet und eifrig mit den Armen rudernd, den Weg heranstapfte.

»Oho«, rief Jeannot, »ist das der böse Wolf vom Mont Gabale. Das Untier, das Postboten frisst?«

Der Junge hob seinen Kopf. Unter der Kapuze lachte ein Augenpaar.

»U-huuu!«, machte er.

Jeannot lachte gutmütig.

»Ach, das ist ja nur der kleine Jode von La Granne«, sagte er mit gespielter Erleichterung. »Begleitest du mich, damit mich der Wolf nicht auffrisst, hm?«

»Klar«, sagte Jode großzügig. Er kam näher.

»Müsstest du eigentlich nicht in der Schule sein?«

Der Junge schüttelte den Kopf. Er machte nicht den Eindruck, als wäre er darüber unglücklich.

»Wegen dem Hochwasser vorgestern, hm?«

»Hab nicht mehr über die Brücke gehen dürfen, haben sie

mir gesagt, weil sie einstürzen könnte. Glaubst du das, Jeannot? Kann das passieren?«

»Dass die Brücke einstürzt? Oh, da kann man nie sicher sein. Als ich so jung war wie du, ist sie einmal weggerissen worden. Ratsch-Patsch! Mitsamt der halben Uferstraße! Das Wasser ist damals bis zu den ersten Stockwerken gestanden.«

»War das Wasser auch in der Schule?«

Jeannot strich sich mit den Fingern durch seinen Schopf und setzte sich die Kappe auf.

»Nein, Jode. Die steht zu weit oben. Da kann euch nichts passieren.«

»Schade.«

Der Briefträger lachte gutmütig.

»Hast du einen Brief für Großvater, Jeannot?«

Jeannot legte ihm die Hand auf die Schulter.

»Weißt du, ein Briefträger darf das eigentlich nicht sagen.«

»Was?« Jode war stehen geblieben und sah Jeannot neugierig an.

Der Beamte tat, als müsse er überlegen. Er winkte dem Jungen, weiterzugehen.

»Na, zum Beispiel darf ich dir nicht sagen, dass ich einen Brief für deine Mutter habe.«

Jode grinste verschwörerisch. »Das darfst du nicht sagen?«, fragte er mit gespieltem Ernst. »Das ist schade.«

Der Briefträger verlangsamte seinen Schritt, holte wieder das Tuch aus seiner Manteltasche und wischte sich damit über die Stirn.

»Tja«, sagte er, »das ist das so genannte Postgeheimnis – aber davon weißt du ja noch nichts.«

»Das stimmt nicht«, widersprach der Junge empört. »Davon versteh ich schon was, nicht dass du meinst, ich wäre noch ein kleiner Dummkopf.«

»Das meine ich wirklich nicht, Jode«, entgegnete Jeannot, »du bist einer der hellsten Kerle, die ich kenne, wirklich.«

Jode sah ihn glücklich an. Jeannot schmunzelte.

»Aber weißt du wirklich schon, was ein Geheimnis ist, mein Junge? Ich glaube, du…«

»Ich bin kein Angeber! Das weiß ich schon lange! Außerdem haben wir das auch in der Schule gelernt!«

»Was? In der Schule?«

»Ja! Unsere Lehrerin hat uns vorgemacht, wie man ein Geheimnis für sich behält. Sie hat uns gezeigt, wie man schweigt.«

»Eure Lehrerin hat euch gezeigt, wie man schweigt? Und wie geht das?«

Der Junge blieb stehen und hielt den Briefträger am Ärmel. »Schau!« Er machte ein ernstes Gesicht und führte langsam den Finger zum Mund. Dann lachte er. »So schweigt man!« Er ließ den Ärmel wieder los.

Sie gingen weiter.

»Aber ihr Kinder habt doch noch gar keine Geheimnisse«, sagte Jeannot nach einer Weile, »ich meine, so richtig wichtige!« Er musste husten. Der Weg war steiler geworden.

Jode wandte den Kopf zu ihm und machte eine überlegene Miene. Langsam führte er den Finger zum Mund. Jeannot lachte gutmütig.

»Verstehe«, sagte er. »Du bist wirklich ein guter Schüler. Aber es gibt doch sicher auch Dinge, über die man nicht zu schweigen braucht. Worüber also soll man schweigen, und worüber ist es erlaubt zu reden? Ich meine, wenn man über alles schweigen müsste, dann hätten wir ja nichts mehr zu reden, nicht wahr? Hat euch das die Frau Lehrerin auch gesagt?«

Der Junge sah auf den Boden.

»Außerdem – wetten, dass ich eine Menge Geheimnisse bereits weiß?«

»Wirklich? Du lügst mich an. Du bist gemein.«

In der Ferne tauchten die Terrassen von La Granne aus dem bewaldeten Hang.

»Um was wollen wir wetten? Alle wissen zum Beispiel, dass in eurer Klasse ein paar Kinder sind, die eigentlich… Junge, du rennst ja wie ein angeschossener Hase! Nicht so schnell!«

5

»Sie Idiot! Gehen S' vom Fenster weg!«

Ginsberg saß auf dem Boden, den Rücken an die Wand gelehnt. Sein Gesicht war grau. Huck duckte sich unter das Fensterbrett.

»Ich halte es nicht mehr aus«, flüsterte Ginsberg.

Huck ging gebückt zum Bett zurück und setzte sich auf den Rand.

»Wieso müssen wir uns verstecken?«

»Ach!«

»Traut man dem Postboten nicht?«

»Was sind Sie bloß für ein naiver Geselle, Huck.« Ginsberg schüttelte den Kopf. »Wissen S' etwa noch nicht, dass alle Postbeamten per Dekret dazu verpflichtet worden sind, die Leute auszuhorchen?«

»Nein. Woher…«

»Ach, Sie meinen, ich bild mir das nur ein?«, raunte Ginsberg, »Sie halten mich für übergeschnappt?«

Huck antwortete nicht.

»Aber es ist wahrscheinlich nicht mehr lange hin, bis Sie damit Recht haben werden.« Ginsberg sah starr vor sich hin. »Bestimmt hat der Kleine geplappert. Ich… ich muss fort. Ich bin hier nicht mehr sicher.«

Huck lehnte sich zurück und stützte sich mit seinem Ellbogen ab.

»Aber wo wollen S' denn dann hin?«

Ginsberg ging nicht auf Hucks Frage ein. »Wenn doch endlich Nachricht käme!«, sagte er gepeinigt. Er schlug seine Hände vor sein Gesicht.

»Was für eine Nachricht denn?«

Ginsberg hob sein Gesicht. »Ich erwarte die Bestätigung, dass man endlich einen Bürgen für mich aufgetrieben hat, verstehen Sie?«

»Einen Bürgen, wofür?«

»Wie dumm sind Sie eigentlich? Für ein Visum natürlich!« Er senkte die Stimme. »... wir waren im Lager Les Milles. Berühmte Persönlichkeiten waren darunter. Schriftsteller, Schauspieler, Leute vom Theater, vom Kino, jawohl. Und wir alle haben ein Telegramm an Präsident Roosevelt geschickt!«

»An Roosevelt selber?«

»Seien S' doch nicht so laut!«, zischte Ginsberg. »Jawohl! Unterschrieben von weltbekannten Künstlern – und von mir.«

»Aber er hat noch nicht geantwortet, oder?«

Ginsberg sah ihn böse an. »Ja und nein. Noch im Lager selbst sind diese ... diese Berühmtheiten vom amerikanischen Botschafter aufgesucht worden und haben ihre Papiere von ihm gekriegt. Er sagte, bei denen der anderen Insassen würde es noch etwas dauern. Sagte er, jawohl. Er – er bat um Geduld.«

»Und ...« Huck räusperte sich, »... wie lange warten S' jetzt schon?«

»Weiß nicht mehr.« Die Stimme des alten Kabarettisten klang kläglich. Huck stemmte sich wieder hoch und schlich zum Fenster.

»Weg da!«, fauchte Ginsberg. »Herrgott! Sind S' lebensmüde?«

Der Platz vor der Eingangstreppe war leer. Der Postbote musste noch im Haus sein. Huck kehrte zu seinem Bett zurück.

»Kann's sein, dass der Roosevelt einfach Ihre momentane Adresse nicht ...«

Ginsberg fuhr zornig auf. »Sie sind überhaupt nicht witzig!«

»Wieso? Ich wollt nur ...«

»Halten S' Ihr dummes Maul, Sie Lümmel«, zischte Ginsberg zornig. »Sie Unmensch!« Seine Stimme kippte. »Man hat mich vergessen. Ich bin verloren.«

Huck schwieg betreten.

»Wer weiß?«, flüsterte er schließlich, »vielleicht ist heut ein Brief für Sie dabei?«

Ginsberg antwortete nicht. Er wischte sich über Augen und Wangen und schniefte.

»Sie werden S' noch sehen. Wir sind verloren. Sie. Ich. Alle.«

»Pscht!«, machte Huck. »Ich glaube, er geht.«

»Bleiben S' in Deckung«, flüsterte Ginsberg.

»Er ist weg!«

»Aber er wird in etwa zehn Minuten noch einmal eine Stelle passieren, an der er den Hof übersehen kann!«

Unterdessen betrat der Bauer den Wohnraum. Er umarmte Jode und küsste ihn.

»Fertig geworden, Almir?«, fragte Jeanne. Sie stand an der Kochstelle und rührte im Topf.

»Noch nicht ganz. Aber wenn Jean heute Nachmittag noch einmal mit anpackt, dann könnten wir morgen zu setzen anfangen. Ist schließlich auch höchste Zeit.« Er fingerte an der Schlaufe seines Schurzes.

»Auf einen Tag wird es doch nicht ankommen. Leg dich lieber heute Nachmittag noch ins Bett. Hustest und schnaufst immer noch wie 'n heiserer Esel.«

»Geht vorbei«, sagte der Bauer. Er hatte seine Schürze aufgehängt und war an den Tisch zurückgekehrt.

»Jeannot hat etwas gebracht? Von wem?«

Er nahm den Umschlag in die Hand, hielt ihn an das Fenster und kniff seine Augen zusammen. Er runzelte die Stirn.

»Von Jules? Wer ist Jules?«

Er öffnete den Umschlag und las.

»Was soll das? Das ist eine Einladung zum Votivfest. Welcher Schwager lädt uns zur *Voto* ein? Was haben wir auf 'ner *Voto* zu suchen? Bei uns gibt's in der ganzen Verwandtschaft keinen Katholiken. Ich kenne keinen Jules, Jeanne, du?«

Sie hatte gerade die Glut gewedelt. Ihr Gesicht war gerötet, ihre Augen schimmerten feucht. Sie rang nach Atem. Der Kamin zog schlecht. Rauch stand im Raum.

»Jode«, rief sie. »Sag den Messieurs, dass sie wieder herunterkommen können.«

»Gleich«, gab der Kleine zurück. Er drückte die Katze an sich.

»Sag, Jeanne – wer ist Jules?«, wiederholte Almir.

Sie drehte sich um, wies mit einer Kopfbewegung auf Jode und führte den Zeigefinger verstohlen an die Lippen. Sie scheuchte den Jungen hinaus.

»Was habe ich gesagt, Jode? Hörst du nicht?«

Almir trat neben sie und sah seine Schwiegertochter fragend an.

»Ist 'n Code, Almir«, sagte sie leise. Brama ließ die Arme sinken.

»Von – Leo?«

Sie wischte sich über die Augen. »Er lebt, Almir. Er ist ihnen entkommen.«

VII

Rückkehr des Kriegers

1

Die Rechnung des Verteidigers war aufgegangen. Oberleutnant Wegner hatte Leonhard Fialas Bedeutung dramatisch übertrieben. Er konnte die Richter davon überzeugen, dass man in Berlin äußerst erfreut sein würde, ein Mitglied des verhassten »Nationalkomitees« öffentlich vorführen zu können. Nach kurzer Beratung wurde die Verhandlung abgebrochen. Leonhard wurde in das Gefängnis von St. Pons transportiert. Das Gefängnis, inmitten der Stadt untergebracht, gab es offiziell nicht. Die Regierung hatte es für politische Häftlinge eingerichtet, die nach Deutschland, wo ihnen Aburteilung und in den meisten Fällen die Hinrichtung bevorstand, abgeschoben werden sollten.

Hinter den Mauern des massiven Baues herrschte eine taube Stille. Kein Geräusch, keine Nachricht drang nach innen. Leonhard hatte sich nach wenigen Tagen mit einem jugoslawischen Gefangenen angefreundet. Drago, der die Toiletten der Wärter zu reinigen hatte, brachte ihm und seinen Zellengenossen gelegentlich Zeitungsfetzen mit, aus denen sie erfahren konnten, was draußen vor sich ging. Manchmal tauschte einer der Wärter auch ein Paket Zigaretten gegen einige in eine Streichholzschachtel gefaltete Zeitungsseiten.

Neue Häftlinge kamen fast täglich, andere wurden beim morgendlichen Appell angewiesen, sich für den Abtransport bereit zu halten. Wohin sie gebracht werden würden, war bald kein Geheimnis mehr. Man nahm nüchtern voneinander Abschied, als wären Gefühle für Todgeweihte Verschwendung.

Die Gefangenen hatten binnen kurzer Zeit ein geheimes Komitee gebildet, das schon Wochen vor Leonhards Ankunft den Entschluss zum Ausbruch gefasst hatte. Vorsichtig war geprüft worden, wer sich daran beteiligen würde, wen man einweihen könnte. Einige der Gefangenen hatten sich geweigert, hatten bezweifelt, dass eine Flucht gelingen könnte. Schließlich war das Gefängnis gut gesichert; eine nur von außen zu öffnende Eisentür verschloss die Zellenhalle, eine weitere Tür, ebenfalls nur von außen aufzuschließen, trennte den Verwaltungsbereich vom Eingangshof, an dem sich die Wachstube befand. Die Wächter, die innerhalb der Zellenhalle die Häftlinge beaufsichtigten, saßen neben einer Klingel, die nicht nur mit der Wachstube, sondern auch mit der nahen Gendarmerie verbunden war.

Drago war es gelungen, einen Brief an eine Tante – so versicherte er jedenfalls dem Wärter, den allerdings nicht sonderlich interessierte, wie ein serbischer Gefangener zu Verwandten in einer französischen Provinzstadt gekommen war – zu schicken. Einige Tage später brachte ihm ein Bote eine neue Hose. In ihr eingenäht befand sich eine Karte der Stadt. Jeder der Häftlinge machte eine Skizze davon, und kurze Zeit später kam ein weiterer Kassiber an: Der Schuster der Stadt, ein Italiener, würde ein erster Anlaufpunkt sein.

Mittlerweile war es einem Häftling gelungen, sich einen Abdruck des Schlüssels zu besorgen und einen Dietrich zu feilen. Allerdings konnten die Zellenschlösser nur von außen geöffnet werden. Einer der Gefangenen musste versuchen, sich vor dem abendlichen Einschluss in Werkstatt oder Abort zu verstecken, um später, zwischen den Wachgängen, in die Halle zurückzukehren und im geeigneten Moment die Zellen zu öffnen.

Der Plan sah vor, danach ein Seil aus in Streifen gerissenen Decken zu knoten, in das in Meterabstand ein Stück Holz geknüpft war. Als die Leiter nach wenigen Tagen fertig war, wurde der Zeitpunkt des Ausbruchs festgelegt.

Der Häftling, der sich am Abend des Ausbruchs in der Schreinerei verstecken sollte, wurde jedoch entdeckt und unter Flüchen des Wachhabenden in die Zelle zurückgebracht, in der seine Mitinsassen es gerade noch schafften, die Attrappe, die den Kontrollgehenden zuvor getäuscht hatte, beiseite zu schaffen. Niedergeschlagenheit breitete sich aus. Bis erneute Gerüchte über einen bevorstehenden Abtransport die Runde machten. Fieberhaft arbeiteten die Mitglieder des Komitees an einem neuen Plan.

Doch auch der zweite Versuch misslang: Durch ein kleines Loch sollte der Riegel des Türspions zurückgezogen und das Gitter abgeschraubt werden, um von außen an das Schloss zu gelangen. Leonhard bot sich an, das Manöver auszuführen. Er band sich den Schlüssel an das Handgelenk und schob den Arm nach draußen. Doch der Schlüssel verkantete sich, und durch die verzweifelten Versuche, ihn zu drehen, verklemmte sich sein Arm. Er konnte ihn nun auch nicht mehr zurückziehen, da sein Handgelenk an den Schüssel gebunden war. Leonhard stöhnte vor Schmerzen. Es verging zu viel Zeit, der nächste Wachgang stand bevor. Endlich lockerte sich der Schlüssel; hastig zog man Leonhard in die Zelle zurück. Notdürftig wurde das Bohrloch verklebt, das Gitter wieder angebracht und die Klappe zugezogen. Leonhard war schluchzend zusammengebrochen. Während Drago auf ihn einredete, besprachen die anderen den neuen Plan.

2

Die Wärter sagten später aus, dass sie nichts bemerkt hätten. Die Häftlinge seien, wie jeden Abend kurz vor dem Appell, in der Halle umhergeschlendert. Einige von ihnen hätten dabei wie üblich ihre Schlafdecken über die Brüstung gelegt, um sie auszuschütteln. Dann sei alles ungeheuer schnell gegangen.

Die Schreie der Wärter erstickten in den Decken, die über sie geworfen wurden. Kurz danach fanden sie sich, gefesselt und geknebelt, in einer der Zellen wieder. Dann trommelte Drago an die Türe der Halle und rief nach dem Sanitäter: Einer der Gefangenen habe sich schwer verletzt. Die Tür öffnete sich einige Minuten später. Kaum hatte der Sanitäter die Tür hinter sich geschlossen, stürzten sich die Männer auf ihn, schlugen ihn nieder, fesselten und knebelten ihn. Nun hatten sie die Schlüssel zur Hallentür. Doch noch mussten der Flur, das Tor zum Eingangshof und das Haupttor überwunden werden.

Die Spannung stieg. Leonhard alarmierte den Direktor. In einer Zelle sei ein Wasserrohr gebrochen. Arglos betrat der Direktor die Halle. Leonhard winkte ihn zu einer Zelle im ersten Stock. Der Direktor folgte ihm einige Schritte, bis ihm auffiel, dass sich keine Wächter mehr in der Halle befanden. Verbissen versuchte er, den Alarmknopf, der nicht nur die vorderen Wachstuben, sondern auch die benachbarte Gendarmerie rufen würde, zu erreichen. Sie schlugen ihn hart nieder, fesselten ihn und stopften ihm einen geknüllten Tuchfetzen in den Mund.

Dann stürmte alles in Richtung Ausgang. Die Nervosität wuchs; jeden Augenblick konnte die Wachablösung eintreffen! Hastig wurde die Kleiderkammer aufgeschlossen, die Zivilkleidung verteilt. Die ersten hatten sich bereits umgezogen, als es am Tor klingelte: die Ablösung!

Wieder mussten die Männer in die Halle zurück, wieder wurde abendliche Normalität inszeniert, bis der letzte Ankömmling den Wachraum betreten hatte. Ein Wärter nach dem anderen wurde nun in die Halle gelockt, abgefangen, gefesselt und in eine Zelle gesperrt. Keiner leistete Widerstand.

Der letzte Beamte – er ergab sich bereitwillig und bat darum, ihm auch noch die Füße zu fesseln – fragte verblüfft, woher die Gefangenen wüssten, dass für den morgigen Tag ein weiterer Transport nach Deutschland vorgesehen war.

Die Ersten hatten schon die Außentüre passiert und befanden sich bereits in Freiheit. Innen drängten die Männer des Komitees die Kopflosen zurück: Wir müssen in größeren Abständen hinausgehen! Nur zwei von uns können jeweils hinaus, alles andere würde Aufsehen erregen!

Die Nacht war längst hereingebrochen. Nur wenige Passanten schlenderten die Gasse entlang. Sie beachteten die Männer nicht, die jetzt, in ungezwungenem Ton miteinander plaudernd, aus dem Tor des Gefängnisses traten und mit zügigen Schritten, als würde das Abendessen oder die Bar auf sie warten, in die winkeligen Gassen der Stadt eintauchten. Leonhard und Drago waren die Letzten. Von den anderen Flüchtigen war bereits nichts mehr zu sehen.

3

Der vereinbarte Treffpunkt, das Haus des italienischen Schusters in einer unbeleuchteten Gasse unweit des Gefängnisses, war verschlossen gewesen. Hing es damit zusammen, dass sie die Nacht ihres Ausbruchs immer wieder verschoben hatten? Was tun?

Dragos geheimnisvolle »Tante« hatte auch geschrieben, dass die Flüchtenden weit außerhalb der Stadt einen Stein auf einem Kilometerstein legen und sich in der Nähe verbergen sollten; derjenige, der ihn abnähme, würde für weitere Hilfe ansprechbar sein. Doch nach einem halben Tag, den Leonhard und Drago in einem Gebüsch kauernd verbracht hatten, gaben sie auf. Sie berieten, welche Richtung sie einschlagen sollten.

Noch im Gefängnis hatte man allen davon abgeraten, nach Alais zu gehen. Kontrollen seien dort zu befürchten, vor allem auf dem Bahnhof. Da erst vor einigen Tagen wieder eine

Bombe in einem Lokal, in dem sich hauptsächlich deutsche Soldaten aufgehalten hatten, explodiert sei, würde mittlerweile auch verstärkt in den Straßen kontrolliert.

Die beiden Flüchtigen gerieten in Streit darüber, wohin sie gehen sollten. Drago wollte zur Küste, wo er zu einer Gruppe spanischer Hafenarbeiter Kontakt hatte, Leonhard hielt die Berge im Norden für sicherer. Sie konnten sich nicht einigen.

Leonhard schlug einen Feldweg nach Osten ein. Bald hatte er die Ausläufer der baumlosen Garrigue erreicht. Die Luft bewegte sich nicht. Er stieg höher, einem kaum sichtbaren Pfad zwischen niedrigen Arbousier-Büschen und Heidegras folgend. Die Sonne brannte mitleidslos. Er schwitzte längst; sein Hemd unter der abgeschabten Lederjacke klebte an der Haut, die graue Stoffhose wedelte um seine Waden.

Gegen Abend, er hatte die Hochfläche längst wieder verlassen, kühlte die Luft ab. Auf einem einsamen Gehöft bat er um Essen und darum, in der Scheune schlafen zu dürfen. Die Bäuerin sah an ihm vorbei, drückte ihm aber ein Stück Brot und einen Käse in die Hand. Die Hunde knurrten.

4

Er hätte noch fliehen können. Stattdessen beobachtete er nur müde, wie der kleinere der beiden Gendarmen seinen Hintern über dem Radsattel lüftete und auf ihn zuging.

Der Beamte war nicht unhöflich, als er nach Leonhards Ausweis fragte.

Leonhard zuckte die Schultern. Der Polizist hob eine Augenbraue und warf einen kurzen Blick zu seinem Kollegen.

Wenn Monsieur diesen – zufällig, wie er sage – nicht bei sich habe, habe er dann wenigstens Lebensmittelkarten? Es wäre immerhin ein Beweis, dass sein Aufenthalt hier geduldet sei.

Leonhard hatte auch diese nicht. Und was die Lebensmittelkarten betraf: Fast hätte er ihm geantwortet, dass die Wärter sie sich regelmäßig untereinander aufgeteilt hatten.

Woher er käme? Was er hier zu tun hätte?

Er gab sich als Pole aus. Er sei zu einem Kloster in der Nähe unterwegs. Die beiden Beamten sahen sich an.

»Das Kloster, von dem Sie sprechen, liegt in anderer Richtung, Monsieur.«

»Aber man hat mir…«

»Wir müssen überprüfen, ob Ihre Angaben zutreffen.« Die Gendarmen stellten ihre Räder um und bedeuteten ihm mit einer Kopfbewegung, ihnen auf den Posten zu folgen.

»Allez«, sagte der Kleine, »bewegen Sie sich! Los.«

Leonhards Schultern sackten kraftlos herab.

»Ich sagte: Bewegen Sie sich.«

Leonhards Mund brannte. Als käme seine Stimme von weit her, hörte er sich sagen: »Tun Sie es nicht. Ich bitte Sie. Ich bin vorgestern aus dem Gefängnis von St. Pons ausgebrochen. Man würde mich sofort erschießen.«

Der Kleine wechselte einen verdutzten Blick mit seinem Kollegen. Er maß Leonhard mit einem misstrauischen Blick und trat wieder einen Schritt auf ihn zu.

»Wie heißen Sie?«, fragte er streng.

Leonhard, jetzt war er nur noch Instinkt, gab seinen richtigen Namen an.

Prompt zog der zweite Polizist eine Liste aus seinem Revers, ließ ihn seinen Namen wiederholen und nickte schließlich.

…Fiala – Ja, dieser Name stände in der Liste der Gesuchten!

Der Polizist musterte ihn herablassend.

»Wenigstens dieses Mal keine Lüge. Man wird ja bescheiden. Sie sind also Deutscher. Weshalb waren Sie eingesperrt?«

»Ich sollte nach Deutschland deportiert werden, weil ich in Spanien gekämpft habe. Hören Sie: Man wird mich dort sofort erschießen.«

Der Gendarm legte die Arme auf den Rücken. »Und wer garantiert mir, dass Sie kein Bandit sind?«

»In St. Pons sind nur politische Häftlinge eingesperrt. Es sind Jugoslawen, Belgier, Polen, Deutsche…« Leonhard holte Luft. »Auch viele französische Offiziere.«

Der Polizist sah auf den Boden.

»Wie viele sind abgehauen?«

»Alle.«

Der Polizist prustete überrascht los, hatte sich aber sofort wieder unter Kontrolle. Er wandte sich mit Rat suchendem Blick an seinen Kollegen.

»Man würde mich sofort erschießen«, wiederholte Leonhard.

»Kann gut sein«, brummte der kleine Beamte. »Zum Teufel, warum müssen Sie gerade jetzt vorbeikommen? Warten Sie.«

Er besprach sich mit leiser Stimme mit seinem Kollegen. Leonhard stand mit hängenden Armen da.

»*Je m'en fou*«, hörte er, »mir egal.«

Der Gendarm kam zurück. Leonhard hielt den Kopf gesenkt.

»Ich will Ihnen mal glauben. Nachdem in den Zeitungen noch nichts gestanden hat, können Sie's tatsächlich nur wissen, wenn Sie wirklich dort waren.«

Leonhard nickte benommen. Er verstand nichts.

»Also. Hauen Sie ab. Wir haben Sie nicht gesehen.«

Die beiden Gendarmen bestiegen ihre Räder. Bald waren sie in einer Senke verschwunden.

Leonhards Knie gaben nach. Er sank auf einen Wegstein, schloss die Augen und senkte den Kopf. Er atmete tief ein, um die Übelkeit zu vertreiben, die sich in ihm ausgebreitet hatte. Seine Kehle brannte.

Nach einiger Zeit hatte sich sein Magen wieder beruhigt. Er hob das Gesicht. Die Luft war glasig. In der Ferne sah er die weichen Linien des Gebirges. Noch waren die Kuppen schneebedeckt. Irgendwo, unter einer von ihnen, lag La Granne. Er fühlte nichts. Hastig erhob er sich.

VIII

Tage, Nächte, Tage

1

»Was ist passiert?«, rief Almir. »Hast du dich verletzt?«

»Es ist nichts«, gab Huck zurück. Der Balken war nicht schwer, doch immerhin waren vier kräftige Arme nötig gewesen, um ihn in die Maueranker stemmen zu können. Almir hatte keinen guten Stand gehabt, war nicht nachgekommen, und der ölige Stamm rutschte ihm aus den Händen. Ein zackiger Astansatz war über Hucks Handballen gerutscht.

Ein winziger Riss war zu sehen, nur wenig Blut trat aus.

»Nichts!« Huck wischte sich die Handfläche ab und umgriff erneut den entrindeten Balken, um ihn in die Ankerung zu setzen.

»Wär bestimmt eingekracht«, sagte Almir danach. »Wenn der Wein einmal ausgetrieben hat, dann ist kein Durchkommen mehr, darunter was auszutauschen. So ein Strunk ist störrisch wie ein Bock.«

Huck hielt seine Faust geschlossen. Die Handfläche brannte. Rindenöl war in die Wunde eingedrungen. Er ging zur Quelle und hielt sie unter den kühlen Strahl. Der haardünne Spalt pochte heiß, hatte aber aufgehört zu bluten.

Huck hatte sich angewöhnt, nach dem Mittagessen eine Stunde zu schlafen. Ginsberg, der sich in den vergangenen Tagen kaum mehr aus seinem Zimmer bewegt hatte, zwischen lächerlich herrschaftlicher Allüre und lähmendem Trübsinn schwankend, nahm keine Notiz von ihm.

Jeannes aufgeregte Stimme weckte ihn. Schlaftrunken wankte er nach unten. Sie stand vor dem Stall.

»Hast du Polida gesehen?«, rief sie besorgt.

»Wen?«

»Polida! Wo ist sie?«

Huck schüttelte den Kopf. Almir kam, von ihrem Geschrei aufgeschreckt. Er streifte sich den Hosenträger über die Schultern.

»Polida ist ausgebrochen!«, schrie Jeanne.

»Al diable!«

Sie liefen in großen Sprüngen zur kleinen Wiese. Der umzäumte Platz war leer, der Zaun an der Seite zerbrochen. Schon hörten sie die Kuh röhren.

»Mon dieu!«, kreischte Jeanne, »Polida! Weg da! Weg!«

Sie rannten zum Kleefeld am Ende der Terrasse. Das Tier wand sich bereits unruhig, wollte aber dennoch nicht ablassen, gierig im fetten, jungen Gras zu grasen.

Jeanne drosch auf das Tier ein. Gemeinsam schoben und zogen sie die Kuh nach oben. Widerwillig ließ sich das Tier in seinen Verschlag drängen. Jeanne lehnte sich erschöpft an die Tür.

»Vielleicht hat sie noch nicht zu viel erwischt«, sagte Almir hilflos.

»Du bist schuld«, schimpfte sie, »Zaun nennst du das?«

In diesem Augenblick knickten die Beine des Tieres ein. Ächzend sank es zu Boden.

»Sie stirbt!«, flüsterte Jeanne verstört. Almir starrte wie gelähmt auf den geblähten Bauch der Kuh.

»Jaquot…«, flüsterte er. »Ich muss nach Les Molines!« Er rannte aus dem Stall.

Huck trat neben Jeanne. Er kratzte sich an der Wange.

»Nicht gut«, sagte er. Sie sah ihn wütend an.

»Seh ich selbst.«

»Almir müsste aber schnell wieder da sein.«

»Ach, halt den Mund!«

Die Kuh stöhnte gepeinigt. Ihre Augen schimmerten glasig, die Glieder zuckten. Jeanne griff sich ein Büschel Heu, ging in die Knie und versuchte, den schwellenden Bauch abzureiben.

»Das nutzt nichts«, sagte Huck. »Sie stirbt!«

»Halt den Mund, habe ich gesagt!«, schluchzte sie. Ihre Bewegungen wurden wütend. Das Tier schnaubte röhrend.

»Das nutzt nichts«, wiederholte Huck, nun lauter, »du musst einen Trocar ansetzen!«

Sie hörte nicht.

»Den Trocar!«, schrie Huck. »Wo habt ihr ihn?«

Sie glotzte ihn an.

»Habt ihr etwa keinen?«

»Jaquot… er hat ihn sich ausgeliehen… Almir ist…«

Huck lief aus dem Stall in die Küche, riss Schubladen auf, bis er einen schmalen Spieß gefunden hatte. Er zerrte Jeanne zur Seite und betastete den Bauch des Tieres. Schauer zuckten über das zum Platzen gespannte, schweißnasse Fell. Dann hatte er die Stelle gefunden. Er holte aus und stieß den Stab mit Wucht in den geblähten Wanst. Das Tier schlug aus.

Bestialischer Geruch erfüllte den Raum. Vorsichtig zog Huck den Spieß aus dem Bauch der Kuh. Glasige Flüssigkeit trat aus der Einstichstelle. Der Bauch fiel langsam zusammen.

Jeanne sank in die Knie. Ihr Kinn bebte. Erst jetzt bemerkte Huck einen rasenden Schmerz in der Brust, an jener Stelle, an der ihn der Huf getroffen hatte. Er rang nach Atem.

»… muss mich hinlegen…«, stammelte er, bevor er die Besinnung verlor.

2

»Das nächste Mal pass gefälligst besser auf, Almir«, schimpfte Camille. »Weiß doch jedes Kind, dass ’ne Kuh im frischen Klee nichts verloren hat. Und dann noch keinen Trocar im Haus.«

»Weiß ich doch, aber…« Der Alte sah beschämt beiseite. »Aber es ist Jaquots Schuld. Er hat ihn mir längst zurückbringen wollen.«

Sie gab einen gehässigen Ton von sich. »Wir wissen ja, wie er ist, mein Schwiegersohn, nicht wahr? Aber Jean hat das gut gemacht. Hat genau den Punkt getroffen. Wenn du keinen Trocar bei der Hand hast, kommt's nämlich auf den Millimeter an. Sie wird wieder, eure gute Polida.«

»Und was ist mit ihm?« Der Bauer deutete mit dem Daumen zur Kammer über ihnen, in die sie Huck gelegt hatten. »Was Schlimmes?«

»Er hat sich 'ne Rippe angeknackst«, beruhigte die Alte. »Hat 'nen ordentlichen Bluterguss. Wird ihm ein paar Tage ziemlich wehtun.«

Almir hatte Rauchwurst und Käse in Camillas Sack gefüllt.

»Geld nimmst du ja nie«, sagte er.

»Wer sagt das? Und wenn, dann nur, weil keiner von euch was hat – meinetwegen kannst du gern in den Keller gehn, wo du deine Goldstücke liegen hast. Nur zu.«

Almir schmunzelte.

»Zuvor bräuchte ich nur jemanden, der mir meine Kartoffeln in Münzen verwandelt. Würd mich aber nicht wundern, wenn du das nicht auch noch zu Stande brächtest.«

»Das ist das Leichteste«, sagte sie grinsend, während sie sich ein dickes Tuch um die Schultern warf. »Aber dann hätte ich gar keine Ruhe mehr. Und irgendwann würde man sich bei mir beschweren, da wett ich drauf.«

»Wieso?«

»Weil die Leute irgendwann merken würden, dass man aus Goldstücken keine gute Suppe machen kann. Nein, Almir, ist schon in Ordnung. Ich hab alles, was ich brauch. Und du machst gute Würste.«

Almir tat das Kompliment mit einer bescheidenen Handbewegung ab. Er reichte ihr den Sack.

»Willst du nicht doch noch was trinken? Setz dich. Draußen ist immer noch ein Nebel, dass du ein Messer dafür bräuchtest.«

Sie rieb mit der Faust an der bedampften Scheibe und sah in die Dämmerung.

»Hast nicht Unrecht, Almir. Ich werd noch ein paar Minuten warten, wenn's recht ist.« Vor ihrem Mund hatten sich winzige Atemwölkchen gebildet.

»Wie sieht's aus?«, fragte er. »Wie wird's morgen, was denkst du?«

»Der Wind hat sich gedreht, kommt jetzt von Südosten«, sagte sie ernst. Sie ging zum Tisch und setzte sich. Sie rieb sich die Hände. »So schnell wird's nicht wärmer. Vor allem heut Nacht noch nicht. Kann sogar noch mal schneien.«

»Noch mal Schnee? Hör mir auf! Wo schon alles austreibt?« Almir ließ sich seufzend auf die Bank fallen. »Was ist das für ein Jahr!«

»Jammre nicht rum wie Christus am Kreuz.« Sie drehte sich zu ihm. »Außerdem: Was musstest du dir auch noch 'ne Kuh zulegen?« Sie setzte sich.

»Wieso nicht?«, verteidigte sich der Bauer, »Jeanne wollte auch. Dort, wo sie herkommt, haben sie viele. Also, dann tue ich ihr den Gefallen, sag ich mir. Und Polida ging leicht her. Sind kluge Viecher…«

»Außer, wenn sie Klee riechen«, fiel sie ihm ins Wort.

»Na gut… Aber sie geben gut. Mit dem Futter muss ich keine Sorgen haben. Hab genug Heu, ist ja nur eine. Aber ich hab meine Butter und muss mir nicht von Eugène die Tausender aus der Tasche ziehen lassen. Zehntausend will er fürs Kilo, stell dir das vor.«

»Jeanne wollte, hm?« Sie legte die Hände in ihrem Schoß übereinander und sah ihn nachdenklich an. »Es wär dir nicht Recht, wenn sie dir eines Tages wegheiratet, was?«

»Wie soll mir so was recht sein? Sie würde den Jungen mitnehmen.«

»Klar. ‘ne Mutter tut so was. Wär ja auch schlimm, wenn’s anders wäre, oder?«

»Sicher.«

»Musst nicht so ’n giftigen Ton haben deswegen, Almir.«

»Bin nicht giftig. Nicht giftiger jedenfalls, als wenn ich mir vorstelle, dass … dass …«

»… dass du dann allein bist und gar nicht mehr weißt, wofür du dich abschuftest.«

Almir sah zur Seite.

»Er … er sieht aus«, seine Stimme wankte, »der Kleine sieht aus wie meinem Elie aus dem Gesicht geschnitten.«

»Stimmt. Jode is’n Brama.«

»Jode is’n verdammt echter Brama. Hat jetzt schon diesen kleinen, eisernen Willen – mon dieu, hätt meine Françoise ihre Freude dran!« Almirs stoppeliges Kinn bebte. Sie wollte nach seiner Hand greifen, um sie zu tätscheln. Er zog sie zurück und schnäuzte sich verlegen.

»Ich würd ’n paar Tiere wegtun, Almir«, sagte die Alte. »Hast weniger Arbeit, und verhungern tust deshalb noch lange nicht, hm?«

»Hab ich doch schon, Camille.« Almir hatte sich wieder gefangen. »Aber unfreiwillig. Etliche sind mir diesen Winter eingegangen. Ist wirklich ein schlechtes Jahr, dieses Jahr.«

»Dann häng dich auf.«

Er lachte. »Den Gefallen tu ich keinem.«

»Deshalb schlag ich’s ja vor.« Sie sah prüfend aus dem Fenster. »Nein … wird nicht viel Frost geben«, beruhigte sie ihn.

»Hoffentlich.« Er nickte zweifelnd.

»Komm, *Jovent*, Junge«, sagte Camille aufgeräumt, »zum Beten ist’s schon zu spät. Es kommt, wie’s kommt – entweder erfriert dir alles oder es erfriert dir nicht. Mach also deinen Medizinschrank auf. Wenigstens wir sollten es uns warm machen.« Sie lächelte aufmunternd.

Almir musste schmunzeln. Er stand auf, holte die Flasche

mit dem Marc und zwei Gläser aus dem Wandschrank und goss ihr und sich ein. Er setzte sich zu ihr und nahm einen Schluck.

»Wenn Jean wieder angreifen kann, ist's bloß noch halb so schlimm. Hab wirklich Glück gehabt mit dem Jungen. Wie lange wird er noch brauchen?«

»Zwei, drei Tage. Ich muss nicht noch mal kommen. Aber pass mir auf ihn auf.«

»Wieso?«

»Weiß nicht«, sagte sie nachdenklich. »Irgendwas frisst ihn auf. Es muss noch was anderes sein, um das ich mich aber jetzt nicht kümmern kann. Sag aber: Du hast doch noch den anderen?«

»Monsieur Ginsberg?« Almir winkte ab. »Ist ein Städter, wie er im Buch steht. Nichts aushalten und zwei linke Hände. Bis du dem etwas erklärt hast, und bis er es kapiert hat, hast du's schon längst selber gemacht.«

»Tja«, sagte sie.

»Tja.«

»Hast es nicht leicht, Almir. So viel ist klar.« Sie machte eine Kopfbewegung zur Decke. »Was ist eigentlich mit Jeanne los?«

»Nichts Besonderes. Wieso fragst du so?«

»Nichts Besonderes, sagst du.« Sie leerte das Glas. »Willst nicht sehen, oder was?«

Er sah an ihr vorbei.

»Versteh nicht, was du willst, Camille.«

»Wird nicht ewig so weitergehen, Almir. Sie ist 'n Weib, keine Nonne. Sie hat nicht das Zeug zur ewigen Witwe. Sieh sie dir an.«

Sein Gesicht wurde abweisend.

»Was soll man machen. Es ist so gekommen. Sie wird's tragen müssen, so wie ich es trage.«

»Sieht sie's auch so?«

Er dachte einen Augenblick nach. »Was bleibt ihr übrig?«

Sie lehnte sich zurück. »Das ist der alte Almir, wie ich ihn kenne. Was er nicht sehen will, das gibt es für ihn nicht, was?«

Er brummte unwillig.

»Aber, hör zu: Sie wird eines Tages wieder ’nem Kerl gefallen!«

»La Granne geht an den Kleinen, an niemand anderen«, sagte der Bauer ungehalten. »Wie käm ich dazu? Jeanne und Elie waren noch kein halbes Jahr verheiratet.«

Sie nickte sarkastisch. »Klar. – Bist ein Klotz, Almir. Wie denkst du dir das eigentlich? Kannst sie doch nicht hier festbinden?«

Er wich ihrem Blick aus. Sie beugte sich beschwörend vor:

»Hör zu, Almir – das ist doch keine Sache, ein junges Ding, und hört in der Kammer nebenan nichts als das Gefurz von ’nem alten Kerl.«

Er sah sie böse an. »Ich mach’s schon noch das eine oder andere Jahr, da hab keine Sorge.«

»Weiß ich. Nun sei nicht gleich eingeschnappt. Aber dass du keine zwanzig mehr bist, das siehst du ja wohl ein.«

»Zählen kann ich selber – willst du noch ’nen Schluck?«

»Almir – ewig wird das nicht gehen!«

»Misch dich nicht ein, Camille«, sagte er heftig. »Ich schätze dich, aber misch dich nicht ein, *as compres*?«

»Hör mir zu, du Sturschädel.« Sie sah ihn scharf an. »Ich bin die Schwester der Mutter deiner Frau! Ich darf was sagen, ja? Wenn dir das nicht passt, muss ich schließlich auch nicht mehr kommen.«

»Camille …«

»*Bon, bon.* Ich lass es ja schon, Almir. Ich hab dich immer leiden können und meine es nur gut mit dir, wenn ich sage, dass du dir was überlegen musst. Ich hoffe aber sehr, dass du nicht auf die verkehrte Idee kommst.«

Sein Gesicht wurde dunkel. »Willst du …?«

»Schenk mir noch mal ein, Almir«, sagte sie eilig und schob

ihm das Glas hin. Bevor er weitersprechen konnte, hob sie die Stimme.

»Almir! Du weißt, dass ich dir nicht böse will, verdammt noch mal. Also zieh nicht ein Gesicht, als hättest du ’nen sauren Wein im Mund.«

»Du sollst dich bloß nicht einmischen in was, was dich nichts angeht!«

»Ich lass es ja schon!«, gab sie erbost zurück.

»Schrei nicht!«, zischte er. Er deutete nach oben.

»Schon gut, schon gut!« Sie senkte die Stimme. »Ich sehe nur, dass du vor lauter Arbeit nicht dazukommst, nach vorne zu denken. Aber das wirst du müssen. Sonst ist es aus mit La Granne. Wär nicht die erste Farm, oder?«

»Nein.« Er brütete vor sich hin.

»… aber das ist noch lange kein Grund, seine Gäste verdursten zu lassen, Almir von La Granne. Schäm dich.«

Er schrak aus seinen Gedanken und griff nach der Flasche. »Entschuldige.«

Sie leerte das Glas mit einem Zug.

»Eben«, seufzte sie. »Sag: Was ist eigentlich mit dem Eigenbrötler von Masaldemar auf der anderen Seite? Wenn’s mal knapp wird mit der Arbeit, könntest du ja auch ihn fragen, hm?«

»Du redest von Numa?«

»Bebérts Neffen, ja.«

»Der hat wahrscheinlich selbst genug zu tun. Ist ja allein.«

»Masaldemar muss jedenfalls schon wieder ganz passabel aussehen. Mal dort gewesen, Almir?«

»Schon lange nicht mehr. Keiner kennt sich mit ihm aus. Er ist ’n Spinner. Sagt jeder.«

»Ach, lass ihn doch. Wer nicht ein bisschen spinnt, ist nicht ganz gesund da oben.« Sie hatte auf ihre Stirn gedeutet. »Er ist wahrscheinlich glücklich damit. Und wer glücklich ist, der kann so ’n Spinner nicht sein.«

Almir lehnte sich zurück. Auf der Stiege ertönten Schritte. Jeanne schloss behutsam die Türe hinter sich und trat an den Tisch.

»Er schläft«, verkündete sie erleichtert. »Sag, Camille, wie machst du's eigentlich, dass du die Leute immer wieder gesund kriegst?«

Die Alte lächelte geschmeichelt.

»Das möcht ich auch gern wissen«, pflichtete Almir bei.

»Kann's euch nicht sagen, glaubt mir. Ich schau sie mir an, und dann weiß ich es eben.« Sie führte ihren Zeigefinger an ihr linkes Auge. »Man muss hinschauen. Das ist alles.«

»Was sieht man denn?«

»Frag nicht. Irgendwas. Einen Fingernagel, die Farbe der Haut, wie einer die Hand hält, wie seine Stimme klingt. Da ist es dann, als ob was zu mir reden und mir sagen würde: Das ist es, und das musst du tun.«

Almir sah sie bewundernd an. Jeanne fächelte mit einem Reisigwedel. Asche wirbelte empor.

»Tja, so ist das, Almir«, sagte Camille aufgeräumt. »Keine Zauberei. Nur Schauen. Und ich seh alles.« Sie drehte sich zu Jeanne, die sich gebückt, einige Späne auf das Herdfeuer gelegt hatte und nun versuchte, es wieder anzufachen.

»Ich seh auch, dass du den Kerl gut leiden magst, Jeanne.«

Jeanne fächerte heftiger. Rauch quoll in den Raum.

»Das müsst ich schließlich wissen, nicht?«, gab sie ärgerlich zurück. »Wie kommst du überhaupt auf so was?«

Camille lachte meckernd. »Hast eben getan wie 'ne ruppige Stute. Dran merkt man's.«

Almir sah verdutzt zwischen den beiden Frauen hin und her.

»Hast auch Recht, Kind«, fuhr sie fort, »'s ist wirklich kein Unterschied. Egal…«

»Tante Camille!«

»…egal, ob's 'n Hiesiger ist, ob's 'n Deutscher ist oder ein

Neger oder einer aus China. Gott, oder was da oben faul rumhockt …«

»Camille, versündige dich nicht«, sagte Almir heiser.

Sie schlug mit der flachen Hand auf die Tischplatte.

»… hat sie alle gleich geschaffen, oder? Alle purzeln auf die Welt, krähen zum Gotterbarmen, und alle haben sie nichts als Hunger. Und den werden sie haben und der wird sie nicht mehr verlassen, bis sie in die Grube fallen.« Sie wandte sich wieder Almir zu. »Nimm mir's nicht krumm, Almir. Aber ein altes Weib, das erlebt hat, was ich erleben hab müssen, das darf solche Reden tun. So. Und jetzt werde ich gehen. Viel besser wird das Wetter heute Nacht nicht mehr.«

Jeanne hatte sich umgedreht. »Er hat mich eben erbarmt«, sagte sie mit trotziger Stimme, »das ist alles. Wer will schon, dass was stirbt.«

Almir starrte sie an. Sie wich seinem Blick aus.

»Da muss es wohl doch ein paar geben, die das wollen«, meinte Camille nüchtern. »Sonst wär jetzt nicht schon wieder Krieg, oder?« Sie stemmte sich gegen die Tischplatte und stand auf.

»Und dir, Almir, sage ich, dass ich dir noch höchstens einen Herbst gebe.« Sie zog ihr Schultertuch fester und knotete es unter ihrem Kinn zusammen. »Ich meine, wenn du so weiterschuftest wie in den letzten paar Jahren. Und glotz mich nicht an. Du weißt so gut wie ich, dass ich Recht habe.«

»Ach, das hast du mir vor zwei Jahren auch schon gesagt.«

»Das stimmt.« In ihren Augen lag freundlicher Spott. »Jetzt krieg ich von dir aber hoffentlich keine bösen Reden, weil ich mich hin und wieder mal täusche, hm?« Sie ging zum Herd, hielt einen Span in die Flamme und entzündete ihre Lampe.

»Bist auch noch 'ne *Profèta*«, versuchte Almir zu witzeln.

Sie drehte am Docht.

»Ich und hellsehen! Jetzt fängt der auch noch an mit dem

Blödsinn«, sagte sie, »Hört zu: Wenn ich euch frage, ob's morgen früh hell wird, was sagt ihr mir drauf?«

Almir zögerte einen Augenblick. »Ich sag natürlich, es wird hell. Was sonst? Worauf willst du hinaus?«

»Und du, *drolleta*, mein Mädchen?«

Widerstrebend pflichtete Jeanne ihr bei.

»Auch, nicht wahr? Bon, also seid ihr ebenfalls Hellseher? Schließlich seht ihr was vor euch, das noch gar nicht ist.« Die Alte richtete sich auf, nahm den Sack mit Almirs Geschenken und griff zum Knauf des Türriegels. »Gut, ich geb zu, es kann sein, dass ich noch ein bisschen heller sehe als manch andere. Das kann schon sein. Aber hört mir auf, eine Druidin oder weiß Gott was aus mir zu machen, ja? Am End werd ich verbrannt? Obwohl ich mein Lebtag nichts anderes gelesen hab als die *Sainte Bible*. Nein – Camille schaut einfach, wo andere die Augen lieber zumachen.« Sie öffnete die Türe. »Ich mag euch. Macht mir keine Dummheiten, wenn ihr's euch mit mir nicht verscherzen wollt, ja? *Bona nuech*.«

Das Schloss klappte zu. Auf der Herdstelle züngelten Flammen um. Das Holz krachte leise.

»Es stimmt nicht«, sagte Jeanne in das Schweigen.

»Ja-a«, sagte er gedehnt.

»Camille spinnt.«

»Lass mich zufrieden«, sagte er ärgerlich und verließ den Raum.

3

In der Nacht hatte es geschneit. Bei Sonnenaufgang flirrten noch glitzernde Flocken durch die neblige Luft, doch wenig später war aus Schnee fein stäubender Regen geworden. Es wurde wärmer.

Gegen Mittag war die Schneedecke auf den Terrassen schon

zu schmutzigen Placken geschrumpft, unter denen sich Schmelzwasser seinen Weg in die Tiefe suchte.

Jeanne hatte sich, nachdem sie die Tiere versorgt hatte, den Garten besehen und erleichtert festgestellt, dass alles nicht so schlimm gekommen war. Einige der Reihen hatte sie zuvor vorsorglich abgedeckt, nur ein oder zwei würde sie neu setzen müssen. Auch die bereits blühenden Zweige der Obstbäume, am Morgen noch mit Schnee und Reif überkrustet, schienen die Nacht überstanden zu haben.

Huck lag im Halbschlaf, als sie die Kammer betrat und in der Mitte des Raumes verharrte. Er öffnete die Augen.

»Nur ich«, sagte sie leise. »Ist schon bald Mittag. Ist es besser?«

Er nickte. »Scheiße«, murmelte er schlaftrunken.

»Was?«

Er versuchte zu grinsen. »Pardon: Merde.«

Jeanne kicherte. »Salatkopf«, sagte sie liebevoll. Sie zog die Nase kraus. »Mon dieu! Erst jetzt fällt mir auf, was für ein Moder in dieser Kammer ist.« Sie ging zum Fenster und schob den Barren zurück. Kühle Luft flutete in den Raum. »Sie haben gestern übrigens ganze Romane erzählt.«

Er erschrak. Sie wandte sich, den Ellbogen auf die Fensterbank gestützt, lächelnd zu ihm. »Sie haben im Fieber gesprochen. Tante Camille meinte aber, wir müssten uns keine Sorgen machen.«

»Und … was habe ich erzählt?«

»Na, hören Sie: Kann ich vielleicht Deutsch?«

Huck war erleichtert.

»Ich hab allerdings das Gefühl gehabt, als käm der Name einer Frau dabei vor. Kann's sein?«

Er dachte stirnrunzelnd nach.

»Ein Name? Welcher?«

»Kann mich nicht mehr erinnern, hatte anderes zu tun. Sind Sie denn schon verheiratet?«

Er drehte sein Gesicht zu ihr und schüttelte stumm den Kopf.

»Sie haben Recht. So jung wie Sie sind«, sagte sie. »Aber die Mädchen mögen Sie bestimmt, hm?«

Er wich ihrem Blick aus.

»Ich bin zu neugierig, geben Sie's ruhig zu. Aber nehmen Sie mir's nicht übel. Ich hör auch schon wieder auf. Wollt Ihnen bloß sagen, dass wir froh sind, dass Sie da waren. Almir hat die Kuh erst vor kurzem angeschafft, wissen Sie? Umsonst war sie nicht gerade.«

»Frischer Klee ist Gift«, sagte Huck.

Sie nickte. »Dass wir aufpassen müssten, wussten wir. Aber wie schnell das gehen kann… wissen Sie, bei uns sind Kühe ziemlich selten.«

Sie schlug fröstelnd ihre Arme um ihre Brust und stand auf.

»Es ist doch noch gut kalt«, stellte sie fest und machte Anstalten, die beiden Fensterflügel wieder zu schließen. Ihr Körper versteifte sich.

Er versuchte den Kopf zu heben.

»War Monsieur Ginsberg da, als…?«

Noch immer starrte sie unverwandt ins Freie.

»Was? – Ja, gestern Abend noch, er… *Jès!*« Ihre Stimme erstarb.

Mit einem Ruck schloss sie das Fenster.

Er verfolgte ihre Bewegungen.

»Was ist?«

Sie stand bereits in der Tür.

»Nichts«, sagte sie atemlos, »schlafen Sie noch etwas. Ich bring Ihnen später was zu essen.« Eilig verließ sie die Kammer.

Huck wurde unruhig. Er versuchte, sich aufzustützen. Ein stechender Schmerz ließ ihn wieder in das Bett zurücksinken. Seine Gedanken rasten.

Warum benahm sich Jeanne plötzlich so seltsam? Hatte es damit zu tun, dass sie den Namen einer Frau gehört haben wollte? Lächerlich. Wer sollte das sein? Es gab kein Mädchen, das in den letzten Jahren einen derart tiefen Eindruck bei ihm hinterlassen hätte, dass er im Fieber von ihm sprechen würde. Was hatte er noch alles gesagt? Und – Himmel – Ginsberg war dabei. Ginsberg hatte alles verstehen können!

Seine Unruhe nahm zu. Er versuchte sich zu erinnern, was sie gesagt hatte. Und wie sie es gesagt hatte. Sie hatte begonnen, sich eigenartig zu verhalten, als sie aus dem Fenster gesehen hatte. Nun fiel ihm ein, dass er aus diesem Winkel schon öfters in das Tal geschaut hatte. Von hier aus konnte man die kurze Wegstrecke beobachten, in der der Pfad aus dem Tal einen kahlen, windzerschlissenen Bergrücken überquerte.

Hatte sie dort jemanden gesehen? Er lauschte angestrengt.

Auf der Terrassentreppe waren schwere, verhaltene Schritte zu hören. Die Angel der Haustür knarzte.

Hitze jagte durch seinen Körper.

Ich habe im Schlaf gesprochen, mich verraten! … Dieses verlogene Luder, mit ihrem seltsamen, unnötigen Besuch, ihrer plötzlichen Freundlichkeit, ihren albernen Fragen … natürlich, sie wollte sich vergewissern, dass ich nicht fliehe, bevor die Banditen hier sind …

Die Wände kippten auf Huck zu. Durch das geschlossene Fenster drang das empörte Kläffen des Hofhunds. Plötzlich erstarb es und ging in ein fast unhörbares Winseln über.

4

Leonhard hielt die Augen geschlossen.

»Sie haben mich nicht mehr in den Zug gelassen. Den um neunzehn Uhr.«

»Neunzehn …«

»Neunzehn, ja. Sonst wäre ich schon gestern gekommen«, flüsterte Leonhard bewegt. »Er war überfüllt. Komplett. Ich musste den nächsten nehmen, den um einundzwanziguhrneunundfünfzig. Aber der ist auf dem Pass stehen geblieben. Zu viel Schnee, hat es geheißen. Und man hat was von einer Mure vor Castagnes erzählt.«

»…Mure? Sag…«

Ihr Blick wanderte noch immer über sein Gesicht.

»Sag: Haben sie dich geschunden, Leo?«

»Mein Kätzchen«, raunte er, »wie gut du riechst.«

»Haben sie?«

»Wie gut du riechst.«

Er hielt sie fest. Ein Beben durchlief ihren Körper. Er spürte, wie Schulter und Hemdkragen heiß und feucht wurden.

»Keinen Schritt gehst du mehr vor die Tür!«, flüsterte sie. »Ich werd dich anketten, hörst du?«

Vor dem Haus waren die Schritte des Bauern zu vernehmen. Sie löste sich hastig aus seinen Armen.

Ein Schatten fiel in den Raum.

»Leo…« Almirs Stimme wankte. Wortlos drückte er Leonhards Hand. Jeanne wischte sich verstohlen über die Wangen und ging zum Herd.

»Essen ist gleich fertig.« Ihre Stimme war rau.

Die beiden Männer setzten sich.

»Wie geht es dir, Almir?«

»Gut geht's – wo kommst du her, Leo?«

»Vom Pass. Hab im Hotel auf dem Pass übernachten müssen.«

»Viel Schnee da oben, hm?«

»Nicht der Rede wert. Aber alles natürlich rutschig, und 'ne Suppe, dass du keine fünf Meter weit sehen kannst.«

»Und du bist ihnen wirklich entkommen? Erzähl!«

»Lasst mich erst ein wenig ausruhen«, bat Leo. »Sagt – wo ist eigentlich Moritz? Wie geht's ihm! Er ist doch noch bei euch?«

Almir und Jeanne warfen sich einen Blick zu. »Monsieur Ginsberg ist fort«, sagte Almir bedrückt, »seit heute Morgen. Wir wissen nicht, wohin er gegangen ist.«

»Er ist einfach fort, ohne sich zu verabschieden«, ergänzte Jeanne. »Er hat sich nicht aufhalten lassen. Es ginge nicht mehr, hat er mir gesagt. Hoffentlich macht er keine Dummheiten. Ich muss überall Bescheid geben, damit man nach ihm Ausschau hält.« Almir seufzte. »Aber fast hab ich's erwartet.«

Leonhard nickte nachdenklich. »Gerade jetzt, hm? Wer geht jetzt auf die Weide?«

Der Bauer schob ihm ein Wasserglas hin. »Der Pasteur hat vor einiger Zeit wieder jemanden bei uns einquartiert. Ist 'n anständiger Kerl, kennt sich aus. Ein wenig verschlossen, aber gut zu gebrauchen.«

»Auch ein Deutscher?«

Jeanne rührte im Topf. »Soweit ich es kapiert habe, kommt ihr sogar aus der gleichen Gegend.« Sie kostete und nickte zufrieden.

»Ah, ja? Aber wo ist er?«

»Er ist krank. Polida hat ihn getreten. Camille meint, er hätte sich eine Rippe angeknackst. Wir haben ihm zum Auskurieren ins ›schöne Zimmer‹ gelegt. Im Moment schläft er.«

»Camille hat ihn in ihren Fingern gehabt? Dann kann's ja nur gut ausgehen«, lachte Leonhard. »Und Jode? Wo ist eigentlich unser Jode?«

»Er bleibt noch immer bei Tante Maryse in Les Molines unten, wenn das Wetter so schlecht ist. Sie hat 'nen Narren an ihm gefressen.«

»Ich auch«, sagte Leonhard. »Hätt ihn gern gesehen, den kleinen Piraten.«

Jeanne hob die Hand.

»Seid still!« Sie richtete die Augen zur Decke. Leonhard und Almir folgten ihrem Blick. Ein Stöhnen, dann ein dumpfes, würgendes Geräusch waren zu hören. Sie warf das Tuch, mit dem sie das heiße Gefäß gehalten hatte, auf die Anrichte und lief polternd die Treppe hinauf. Almir folgte ihr beunruhigt. Auch Leonhard erhob sich.

Sie fanden Huck am Ende des Flurs, nackt. Er war vor dem Hinterausgang zusammengebrochen und starrte ihnen wild entgegen. Sein Blick war der eines Tieres, das den Fangschuss erwartet.

5

Leonhard hatte mitgeholfen, Huck in das Bett zurückzutragen. Der Kranke atmete heftig. Seine Augen tränten. Verwirrt sah er um sich. Almir tätschelte unbeholfen seine Schulter.

»Du wirst gefälligst wieder gesund, *filho*«, sagte er, »du bist nämlich durchaus zu gebrauchen. Nicht wahr, Jeanne? Er ist zu gebrauchen.«

Sie legte den Putzlappen, mit denen sie die Lache neben Hucks Bett aufgewischt hatte, in einen Eimer und stand auf. »Ja«, sagte sie launig, »er mag sogar, was ich koche.«

»Red nicht vom Essen vor einem, der gerade gekotzt hat.«

»Die Mauer unten … am Bassin …«, sagte Huck leise.

»Sei still. Darüber reden wir, wenn du wieder aufstehen kannst, Jean«, antwortete Brama und ging zur Tür. »Die Arbeit läuft uns nicht davon, mach dir da keine Sorgen.«

»Ja, Monsieur …« Huck versuchte ein Grinsen.

Brama drehte sich um. »Und nenn mich endlich, wie mich alle Welt nennt: Almir.«

Huck nickte schwach. Jeanne hatte ihre Hände an der Schürze abgewischt, griff unter das Bett und holte den halb gefüllten Nachttopf hervor.

Leonhard trat an das Bett.

»Aber nur kurz, ja?«, sagte Jeanne, »er ist noch ziemlich schwach. Er muss schlafen.«

Leonhard kam an Hucks Bett und sagte aufmunternd: »Wie geht's, Kamerad?«

»Tut's schon«, murmelte Huck. Er atmete flach.

»Also, ich muss sagen«, Leonhard lachte breit, »ein frisch gekotztes Mus schaut gesünder aus.« Er beugte sich zu Huck und nannte seinen Namen. Seinen, Hucks, Namen wisse er bereits.

Jeanne kam zurück. Sie schob den Topf unter das Bett und betrachtete Huck besorgt.

»Er hat noch Schmerzen«, sagte sie, »das siehst du doch. Lass ihn zufrieden.«

IX
Steinblut

1

Die Nacht war nass und schwarz. Ein kleines Bodenfeuer beleuchtete das Innere der geräumigen Scheune von Galbertes, in die sich die Partisanen zurückgezogen hatten. Einige der Männer hatten sich auf dem Heu, das in einer von einer Mauer abgetrennten Ecke des Raumes lag, ausgestreckt. Der Regen rauschte.

Kommandant Belton war aufgestanden, als sich die Türe geöffnet hatte. Alle Blicke richteten sich auf die Eintretenden.

»Otto…«, sagte Lopez mit hängenden Schultern.

Hinter Lopez duckte der lange Albert seinen Kopf unter dem niedrigen Türsturz. Lopez drehte die Flamme seiner Schäferlampe aus und begann sich die Jacke aufzuknöpfen. Belton sank auf den Hocker zurück.

»Wer noch?«, fragte Stritzel.

Lopez schälte sich aus seinem triefendem Umhang und strich sich das Haar aus der Stirn. »Und Puig. Otto hat's gleich erwischt, Puig haben sie niedergemacht, obwohl er sich ergeben hat. Gezielt in den Bauch. Hab's gesehen. Sie haben ihn verrecken lassen.«

Belton sah zu ihm hoch. »Wo sind die anderen? Abel? Gurumeta?«

»Sie bleiben in Martinet«, sagte der lange Albert. »Sie kommen morgen früh. Mussten auf die andere Flussseite ausweichen. Liefen fast der Miliz in die Arme, hatten aber Glück. Einen konnten sie gefangen nehmen.«

»Gefangen nehmen? Einen von der Miliz? Was soll der Schwachsinn?«

»Warum sie ihn nicht gleich erledigt haben, meinst du?«, antwortete Lopez mit viel sagendem Blick. »Weil es Ter aus Prades ist, Marguerites blöder Sohn, kapierst du?«

»Verdammt.«

»Sie bearbeiten ihn jetzt, sich ihnen anzuschließen.«

»Marguerite wird ziemlich fertig sein, nicht?«

»Das kannst du dir denken.«

»Ihr Mann deportiert, ihr Junge bei der Miliz, 'ne Schande«, sagte Albert. »Sie sagt natürlich, er hätte es nur gemacht, um nicht eingezogen zu werden. Aber ich glaube, er ist einfach zu blöde, um zu kapieren, was er damit angestellt hat. Vor allem, was er seiner guten Mutter antut.«

Belton nickte stumm. Seine Kiefer mahlten. Lopez ging mit steifen Bewegungen zur Feuerstelle, kniete sich nieder und wärmte sich die Hände.

»Es waren dreimal so viel wie wir. Und sie haben es gewusst«, sagte er düster, »Sie haben uns aufgelauert. Sie wussten auf die Minute, dass wir nach La Rouviere kommen werden.«

»Ich habe Hunger«, sagte Albert.

Der Hocker, auf dem Belton gesessen hatte, fiel um. »Erklär mir das«, brüllte der Kommandant jäh. »Wir geben die Nachricht durch, dass die Preußen ihr Waffenlager nach Castans verlegt haben. Das Lager wird auch prompt bombardiert – nur, dass es keinen Effekt hat, denn die Deutschen haben es kurz zuvor wieder geräumt. Weiter: Wir lockern die Schienen zwischen Alais und Harnac, weil uns ein Munitionstransport gemeldet wird – und zufälligerweise wird dieser Transport auf eine andere Strecke umgeleitet.«

Lopez stierte verbissen in das dampfende Feuer.

»Und heute machen wir einen Überfall auf das Waffendepot

der Gendarmerie von Rouviere zu einem Zeitpunkt, an dem normalerweise nie mehr als drei Polizisten anwesend sind. Exakt an diesem Abend und zu der Stunde, die wir vorgesehen haben, sind dort aber nicht nur zehn Beamte mehr als sonst, sondern auch noch ein Dutzend Milizionäre! Die Zufälle häufen sich!«

»Brüll nicht, Belton. Die Männer nebenan brauchen ihren Schlaf.«

»Ja, beruhige dich«, sagte Albert.

Belton schien nicht zu hören.

»Ich habe etwas gefragt, Lopez!«

»Ich kann es dir nicht erklären, verdammt!«

»Lass ihn, Belton«, sagte Stritzel. »Siehst du nicht, dass er fertig ist?«

»Halt deinen Mund! Es sind alles Aktionen, die Lopez' Gruppe durchzuführen hatte«, sagte Belton heftig.

Lopez fuhr herum. »Das weiß ich!«, schrie er bebend.

»Hört auf!«, sagte Stritzel schneidend. »Anstatt auf Kameraden loszugehen, sollten wir überlegen, wie es zu diesen Vorfällen kommen konnte. Und dafür gibt es eine schlichte Antwort.«

»Und die wäre, du Klugscheißer?«

»Ihr habt selbst ein Hirn!«

»Allerdings!«, schrie Belton.

»Könntet ihr euch später gegenseitig umbringen?«, sagte Albert. »Ich habe Hunger.«

Stritzel deutete mit dem Daumen zum Topf.

Der Kommandant ließ sich nicht besänftigen. »Habe ich dich was gefragt, Albert?«

»Nein, Belton. Aber ich gebe einen Dreck auf derartige Andeutungen. Sag gefälligst, was du wirklich meinst.« Albert hob den Deckel und tauchte ein Stück Brot in den Topf.

»Los«, sagte Stritzel boshaft, »es ist an der Zeit, dass du uns in deine strategischen Geheimnisse einweihst, Belton. Keiner sagt was, wenn's gut läuft. Aber das tut es nicht mehr.«

Beltons Kiefer mahlten.

»Dir fällt nichts ein?«

»Aber dir, was, Stritzel? Eine Verschwörung der Anarchisten wieder mal?«

»Noch ein Wort, Belton!«

»Bist du verrückt geworden, Stritzel?«, fragte Lopez fassungslos. Er stand auf. »Soll das etwa das sein, was ihr Deutschen mit Disziplin bezeichnet?«

Stritzel fuhr herum. »Ich bin kein Deutscher, du Idiot!«

»Du weißt genau, was er meint«, sagte Belton scharf. »Du hältst jetzt augenblicklich den Mund.«

Stritzels Lippen zuckten.

»Jetzt hört mir mal zu.« Albert wischte sich über den Mund. »Soll man sich gut überlegen, bevor man von Verrat spricht. Wollt ihr wissen, was ich mir denke?« Er wartete die Antwort nicht ab. »Man gibt sich wahrscheinlich zu wenig Mühe, die Pläne geheim zu halten.«

»Gehst du von dir aus?«, giftete Stritzel.

Alberts Gesicht verfärbte sich. »In die Vorbereitung ist nicht die gesamte Gruppe eingeweiht«, dröhnte er. »So ist es doch, Belton?«

»Natürlich!«

»Dann hilft vielleicht weiter, wenn wir uns jeden von uns, der in die Vorbereitung eingeweiht war, genauer ansehen!«

»Auf diese außergewöhnliche Idee bin ich bereits gekommen, Albert«, höhnte Belton, »aber wenn wir diejenigen verdächtigen, dann kann ich mich gleich selbst verdächtigen!«

»Hört endlich auf«, sagte Lopez müde. »Otto ist tot, und Puig.« Er begann zu schluchzen.

»Ja.« Albert lehnte sich an die Steinmauer und sah in die niedrige Flamme. »Weil sie jemand verraten hat. Also – wer wusste von der Sache?« Er hatte leise gesprochen. Das Feuer sang.

Belton griff sich den Hocker und setzte sich. Er atmete durch. »Wisst ihr doch. Neben dir, Lopez, Otto und Puig waren es Abel, André, Jerzcy und Gurumeta. Gegen jeden von ihnen ist jeder Verdacht ja wohl mehr als lächerlich.«

Lopez schob ein Aststück in die Flammen. Das feuchte Holz zischte.

»Wo aber ist dann die undichte Stelle?«

»Vielleicht sollten wir gar nicht an einen Verräter denken, sondern eher an eine Nachlässigkeit«, sagte Albert nachdenklich. »Reden im Schlaf nach süßem Geplänkel, versteht ihr? Ein bisschen Sich-Aufspielen im Kreis vermeintlich Gleichgesinnter?«

»Hm«, machte Belton verdrossen.

Lopez rieb sich das Gesicht. »Sicher ist jedenfalls nur eines: Wir haben zwei Mann verloren, und noch immer keine Waffen.« Er wandte sich an Belton. »Gibt's eigentlich Neuigkeiten von Ruben?«

Belton sah verdutzt auf. Dann fiel ihm ein: »Stimmt, ihr wart ja nicht hier. Also, auch für euch: Die Engländer bereiten einen Abwurf auf der Causse Sorelh vor, Nähe Tabernes.«

»Tabernes? Doch nicht …«

»Doch. Auf dem Plateau. Wann, geben sie im Rundfunk durch. Ruben will uns sofort Bescheid sagen. Er meint, es könnte noch ein paar Tage dauern, sei aber eine sichere Sache. Wir könnten uns jetzt schon aufmachen. Ich sage aber: Wir bleiben erst mal hier, bis wir wissen, wann die Geschichte laufen soll.«

Lopez nickte gleichgültig. »Übrigens – Leonhard soll wieder zurück sein.«

»Ich weiß«, sagte Stritzel. »Hab ihn gestern drüben auf dem Pass getroffen.«

»Wann kommt er?«

»Er will erst ein paar Tage bei Almir ausrasten. Hat schließlich ordentlich was durchgemacht.«

»Kann ich mir vorstellen. Wie geht's ihm?«

»Er hat mir nicht gefallen«, sagte Stritzel.

Er erwiderte Lopez' fragenden Blick nicht. Gedankenverloren beobachtete er den weißen Schaum, der aus den Enden des Feuerholzes quoll.

Lopez starrte ihn noch immer an. »Was … was willst du damit sagen?« Stritzel schwieg.

»Was wohl?«, antwortete Albert an seiner Stelle. »Dass, wer lebt, verdächtig ist.« Er lachte trocken.

2

Nach Mitternacht hatten sich Jeanne und Leonhard aus ihren Betten in das Heulager hinter den Stallkammern geschlichen. Sie waren hungrig übereinander hergefallen, Leonhard hatte seine Arme hart um sie geschlungen, fast rangen sie miteinander, und Jeanne hatte sich, von seiner verzweifelten Kraft überrumpelt, seinen heftigen Bewegungen ergeben. Es hatte leidend geklungen, als er zu stöhnen begann. Sie hielt ihm den Mund zu, sein Atem brühte ihre Handfläche. Er war ihr plötzlich fremd, sie hatte Angst, dass er zu weinen beginnen würde, und erschrocken war sie nach oben gerudert. Er hatte leise gelacht, seine klammernden Bewegungen aber, mit denen er sie nicht von sich lassen wollte, waren die eines verzweifelten Kindes.

Als sie voneinander sanken, schwiegen sie. Jeannes Gedanken glitten ins Dunkle. Das Gebälk ächzte. Irgendwann hatte die Hitze in ihren Körpern nachgelassen, war der pilzige und bittere Geruch des Stalles wieder herangekrochen. Sie setzte sich auf, griff nach einem Bündel Heu und wischte sich über den Bauch. Dann zog sie den Rock über ihre Schenkel, verschränkte die Arme über den Knien und stützte ihr Kinn darauf. Überrascht fühlte sie, dass ihre Wangen feucht waren.

Leo atmete geräuschvoll aus. Seine Hand wanderte suchend zu ihr. Sie bemerkte plötzlich, dass sie ihm ausweichen wollte.

»Du wirst gehen?«, fragte sie leise.

»Was?« Er atmete geräuschvoll aus. »Ja. Aber nur für ein, zwei Tage. Es ist wichtig.«

»Hab ich schon einmal gehört.«

Er drehte sich auf den Rücken. »Es wird mir nichts mehr passieren. Ich hab mich reinlegen lassen. Oh, was war ich blöde.«

»Ach«, sagte sie müde, »kann aber auch einfach nur Pech gewesen sein.«

»Möglich. Ich hab jedenfalls Jeannot, den Briefträger, in Verdacht.«

»Ach was. Der ist doch viel zu dumm dazu.«

»Das sind die Gefährlichsten, glaub mir. Weil sie nicht kapieren, was sie anstellen.«

»Wer's auch immer gewesen ist.« Sie kippte den Kopf in den Nacken. »Leo – ich mag nicht mehr auf dich warten müssen. Es hat so wehgetan. Es bringt mich um.«

Er seufzte. »Ich bin übermorgen zurück.«

»Hab ich auch schon mal gehört.«

»Jeanne…«

Er berührte ihre Schulter. Sie wich ihm aus.

»Lästig, nicht?«

»Was?«

»Ich. Was ich von dir verlange.«

»Red keinen Unsinn. Es muss sein. Ich kann nicht hier sitzen und…« Das Heu unter der Decke knisterte. Er schlüpfte in seine Hose und richtete sich auf. »Hör zu: Es tut mir Leid. Aber Belton hat mir ausrichten lassen, dass er mich braucht.«

»*Ai compres,* Leo.«

»Zwei Tage, Jeanne!« Sie sah, wie er matt die Arme hob. »Sag, was sind das? Sei nicht albern.«

»Das sind zwei Tage und zwei Nächte«, antwortete sie.

»Eben. Hat schon länger gedauert.«

»Allerdings«, sagte sie leise.

Er schüttelte ratlos den Kopf.

»Ich kann nicht dasitzen und zusehen, verdammt!«

»Du wiederholst dich.«

»Du auch.« Er brütete vor sich hin.

»Tja.«

»Ich hab einen Zorn!«, platzte er heraus.

»Schrei nicht!«

»... der würd mich fressen«, fuhr er gepresst fort. »Verstehst du das nicht?«

»Er hat dich bereits gefressen«, sagte sie. »Und was mir bleibt, sind die Knochen.«

»Mach's mir nicht so schwer«, sagte er hilflos, »es geht um etwas, gerade jetzt, das weißt du.«

»Ich weiß so viel, dass es gerade jetzt nicht um mich geht, ja«, sagte sie. »Ich nehm's dir ja nicht mal übel.«

»Es ist so.« Leonhard zuckte mit den Schultern, »ich kann's nicht mehr umdrehen.«

Sie sah zum Fenster. Dann löste sie sich mit einem Ruck und stand auf.

»Gib's zu, dass es dir lästig ist, wenn ich so rede.«

»Ja!«, fauchte er.

»Siehst du.«

Sie ging zum Fenster und steckte ihr Haar zurück.

»Hör auf, Jeanne. Ich bitte dich.«

Er schwang sich hoch, schlang die Arme um sie und küsste sie. Sie versteifte sich.

»Dein Kuss riecht nach ...«

»Wonach?«, ächzte er und drückte sie an sich. Sie bog ihren Oberkörper von ihm fort.

»Weiß nicht«, schniefte sie. »Nach Essen.«

3

Das Bettgestell knarzte. Huck richtete sich schlaftrunken auf.

»Schlaf weiter«, sagte Leonhard halblaut. Er griff unter seine Bettstatt und zog ein Paar hochschäftiger Schuhe hervor.

»Du gehst wieder? Jetzt?«

Leo nickte. »Nur für ein paar Tage. Übermorgen bin ich wieder zurück. Und – wie geht's dir? Besser?«

»Morgen werd ich aufstehen. Wird mir langweilig.«

Huck befühlte seine Handfläche, auf der sich der Riss zwar verschorft, darunter jedoch zu einer kammartigen, harten Erhebung ausgewachsen hatte. Sie pochte wie ein haardünner, glühender Draht auf der Haut.

Leonhard hatte sich auf die Bettkante gesetzt und damit begonnen, die Schuhbänder zu weiten. »Kann ich mir gut vorstellen. Hast übrigens vorhin im Schlaf geredet.«

»Ich?«

»Deine Freundin, hm?«

»Von wem redest du?«

»Von was wohl. Hast von 'nem Agerl im Schlaf geredet. Hab's deutlich gehört.«

»Ist das wahr?« Huck glotzte ungläubig.

»Wenn ich's dir sag. Musst dich deswegen nicht anstellen.«

»Das versteh ich nicht. Agerl … ich hab 'ne Schwester, die so heißt, Agathe. Aber …«

»Schwester.« Leonhard lachte verhalten. »Musst doch nicht tun wie 'n Ministrant. So 'n Bub bist doch auch nicht mehr.«

»Versteh ich nicht«, wiederholte Huck. »Wirst dich verhört haben, bestimmt.«

»Wie du meinst«, gab Leonhard gleichgültig zurück. »Gewiss ist nur eines: Bloß mit einem wie dem Ginsberg im Zimmer zu sein, das wär mir auf die Dauer auch zu fad.«

Huck kippte seinen Kopf zu ihm. »Wo ist der Ginsberg eigentlich hin?«

»Weiß keiner.«

»Ist denn sein Visum endlich gekommen?«

»Ach woher.« Leonhard schlüpfte in einen der Schuhe. »Wenn er nur endlich eingesehen hätte, dass auch nie eins kommen wird. Die Warterei hat ihn ja ganz närrisch gemacht. Das amerikanische Komitee in Marseille, auf das er seine Hoffnung setzt, gibt es seit zweieinhalb Jahren nicht mehr. Dem Leiter ist drüben vorgeworfen worden, er brächte zu viele linke Künstler ins Land. Ist wohl auch nicht soweit her da drüben, mit der Freiheit und so.«

Hucks Kopf sank wieder auf das Kissen zurück.

»Sag, war er wirklich Komiker? Dieser launische, schwermütige Mensch, der allen zuwider sein muss?«

»Kabarettist«, berichtete Leonhard. »Doch, es stimmt. Er muss sogar ziemlich bekannt gewesen sein. Kein Wunder, dass er drauf und dran war, hier oben vor die Hunde zu gehen. Mit Beifall und Bewunderung war hier ja nichts, hat ja keiner über seine Späße lachen können, weil sie keiner kapiert. Außerdem war's ein Stadtmensch. Herrgott, was war der noch für ein nobler Mister, wie er angekommen ist. Und heute? Wäscht sich kaum noch, ist verstunken, die Haare verzottelt…«

»Warum ist er eigentlich weg? Von Wien, mein ich.«

Leonhard band seine Schuhe. »War wahrscheinlich ein ziemlich bissiger Hund. Er hat es mir einmal erzählt, früher, dass sie nicht nur einmal seinen Laden auseinander genommen haben. Schließlich sei keiner mehr zu ihm ins Kabarett gekommen, und sein Kollege hätte sich umgebracht. Er ist nach Paris. Da hat er eine Zeit lang als Schauspieler gearbeitet, in einem deutschen Theater, ich glaub, sogar beim Film.«

»Echt?«

»Danach war er beim Radio, soweit ich weiß. Einige Parteileute, die ihn kannten, haben ihn wohl hierher gebracht.«

»Partei?« Huck stemmte sich auf seine Ellenbogen. »War, ich meine, ist der Ginsberg ein Kommunist?«

»Ach woher. Der Ginsberg ist der Ginsberg. So was wie der hätt der Partei grad noch gefehlt«, sagte Leonhard trocken. »Aber Nazi ist er jedenfalls keiner. War kein übler Kerl, wenn man nichts drauf gegeben hat, dass er manchmal ein arg hochnäsiger Aff sein hat können. Aber hoffentlich macht er jetzt keinen Mist. Ihr müsst aufpassen, ihr von La Granne? Wenn sie ihn abfangen und ausquetschen, dann gute Nacht …«

Er löschte die Lampe und ging zur Türe.

»Servus.«

Huck hörte seine Tritte auf der Treppe. Die Eingangstür fiel in ihr Schloss zurück.

Es wurde still.

Agerl …? Leonhard musste sich verhört haben.

Er sank auf die Matratze zurück. Auf seiner Handfläche pochte es. Plötzlich fühlte er sich ungeheuer müde.

4

Ein samten blauer Himmel spannte sich zwischen den schneebestäubten Kuppen von L'homme-mort und dem Mont Gabale. Die Erde war nass und satt, die Quelle schäumte. Auf den knotigen Schotterhängen, zwischen den rostroten, von marmornen Einschlüssen durchzogenen Felsen, leuchtete der Ginster. Wein und Kastanienbäume trieben aus, Fliegen, Bienen und frühe Hornissen lärmten um die Obstblüten, das Tal tönte. Die Luft, seidig und warm, ruhte reglos, und der faulige Geruch frühlingshaft aufbrechender Erde rauchte aus dem Boden. Längst stand das Gras; die frischen Halme hatten sich durch das vergilbte Gespinst der abgestorbenen Gräser geschoben.

Die beiden Männer hatten das Bassin unterhalb des Hauses

gereinigt. Jetzt verschloss Almir den Ausfluss und entfernte die Steinplatte, die den Bewässerungsgraben abgeleitet hatte. Das Wasser, noch war es erdbraun und trübe, plätscherte mit armdickem Strahl in das Becken.

Almir stützte sich an den Beckenrand und rieb sich den Nacken.

»Ich hab das immer gern gemacht«, gestand er versonnen. »Das ist immer mein Liebstes im Frühjahr, weiß auch nicht, warum. Wasser … Warst du schon mal am Meer?«

»Ja. Zwei, drei Mal«, gab Huck erstaunt zurück. »Sie?«

»Du!«, berichtigte der Bauer.

»Du.«

»Ob ich schon mal am Meer war? Hör mal, so ein Hinterwäldler bin ich auch nicht. Und so weit weg ist es schließlich auch nicht. Ein Tag, und du bist da. Hat mir gut gefallen, klar. Aber was soll ich am Meer? Draus trinken?« Er öffnete die Hände. »Wenn ich alt bin, dann fahr ich noch mal hin, ja. Jode ist dann schon groß. Er wird ein Automobil haben, und nach La Granne wird's eine Straße geben. Er wird mich hinfahren.«

»Ja«, nickte Huck abwesend. »Ist schön da unten.«

»Aber länger hab ich da nichts verloren, das weiß ich. Nicht, dass es mir Angst machen würde, aber …« Er suchte nach Worten. »Hier, unser Land, es kommt mir vor wie eine gutmütige Kuh. Du fütterst sie, und sie ist bereit zu geben. Das Meer dagegen – so mächtig und stumm, es braucht dich nicht, es … was rede ich für einen Blödsinn.«

Das Becken war schon bis zur Hälfte gefüllt. Das Wasser klärte sich langsam, schon spiegelte sich das tiefe Blau darin.

Almir drückte seinen Rücken durch und schulterte die Schaufel.

»Es gibt Essen.« Sie gingen den Kanal entlang.

»Und heut Nachmittag noch die Mauer, da drüben. Dann haben wir es geschafft.«

»Die Kartoffelterrasse?«

»Du sagst es. Das mit den Mauern, das ist 'ne Arbeit, die hört nie auf. Hast du eine repariert, dann bricht die nächste runter. Die hier « er wies mit der Hand zur Seite, »– ist auch schon schwanger.« Er sah Huck mit einem kurzen, prüfenden Blick an. »Bist du eigentlich wieder in Ordnung? Leg dich lieber noch 'nen Tag hin, hm?«

»Geht schon.«

»Gib Acht auf dich, Jean.« Der Bauer blieb stehen. »Was hast du übrigens, da? Mit deiner Hand? Wieso hast du dir den Fetzen drübergebunden?«

»Hab mich aufgeschürft. Ist wirklich nichts.«

»Ja?« Almir musterte ihn zweifelnd. Er ging weiter. »Wann ist Leonhard übrigens weg?«

»Noch in der Nacht.«

Almir seufzte. »Hoffentlich passt er dieses Mal besser auf.« Sein Blick war auf den Weg gerichtet. »Wir könnten ihn jetzt gut gebrauchen.«

»Wie willst du das auf die Dauer eigentlich allein schaffen, Almir?«

»Bin ja noch kein Greis, oder? Irgendwie wird es gehen. Es muss schließlich.«

Er blieb stehen, wischte sich mit dem Handrücken über die Stirn und sah nachdenklich über die Terrassen.

»Aber du hast Recht. Das Problem ist nur, dass es immer weniger Leute gibt, die hier in den Bergen arbeiten wollen. Und ich nehm's auch keinem wirklich übel. Sie so zu bezahlen, wie es unten üblich ist, kann ich mir nicht leisten. Woanders, wo sie 'nen Stall Kinder haben, da sieht's schon wieder anders aus, da helfen alle mit.«

»Jode wird ein kräftiger Kerl.«

»Wird, ja. Aber bis es soweit ist? Außerdem, der Junge hat was in seinem kleinen Kopf. Es ist nicht gesagt, dass er es nicht irgendwann satt kriegt und auch in die Stadt geht. Aber da will ich gar nicht drüber nachdenken.«

Sie hatten die oberste Terrasse erreicht und gingen über die mit frischen Maulwurfshügeln übersäte Grasfläche. Almir atmete rasselnd.

»Deshalb bin ich froh, Jean, jemanden wie dich hier zu haben. Jeanne sieht's ebenso. Fragst nicht lange, siehst, was nötig ist, langst hin. Mein Junge, Elie, war genauso. Erinnerst mich manchmal an ihn.«

»Danke«, sagte Huck.

»Was ist, muss gesagt werden. Übrigens habe ich gute Nachrichten bekommen. Jeannot …«

»Der Postbote?«

Almir nickte. »Er kommt nicht mehr. Ich bin froh, ein paar Scherereien weniger zu haben. Und du bist sicherer.«

»Was ist passiert?«

»Frag mich nicht. Jedenfalls wird bald ein anderer seine Tour machen. Ich hab mich zwar vor ein paar Tagen im Postamt beschwert, dass Jeannot jetzt sogar schon die Kinder aushorchen will – ist doch eine Schweinerei, habe ich gesagt. Aber warum er nicht mehr kommt – ich hab keine Ahnung, wirklich.«

5

»Sie wollten mich sehen, Monsieur Borel?«

André tippte mit den Fingerspitzen an seine Mütze. Der Postvorsteher hob eine Augenbraue.

»Stimmt nicht ganz, André. Im Moment wäre mir lieber, deine Visage nicht sehen zu müssen.«

»Wie?«

»Tür zu.«

André tat es dienstbeflissen und trat an den Schreibtisch. Er lächelte unschuldig.

Borel, der auf seinem Sessel saß, als sei dieser längst ein Teil seines massigen Körpers geworden, drückte die Zigarette mit verdächtiger Sorgfalt aus.

»Jeannot ist über die Treppe gefallen, hm?«

André nickte geschmerzt.

»Ja. Der arme Jeannot.«

»Spar dir dein Mitgefühl, scheinheiliger Hund. Ich weiß, dass du ihn nicht leiden kannst«, schnarrte Borel. »Und? Hat er sich verletzt?«

»Nicht schlimm«, winkte André ab. »Der Arm ist gebrochen, und an der Stirn hat er 'ne saftige Beule. Er hat Kopfweh.«

»War er – besoffen?«

»Nein. Aber er ist in letzter Zeit ziemlich schusslig.«

»Schusslig. So, so – und was sagt der Doktor?«

»Dass er bestimmt für einige Zeit zu Hause bleiben muss.«

»Und?«

André verstand nicht. »Was, und?«

Borel blaffte los: »Wer es gewesen ist, will ich wissen! Die Treppe, über die er gefallen ist, bin ich mein Leben lang gegangen, ohne dass etwas geschehen wäre! Haltet mich nicht zum Narren!« Die welken Wangen des Postvorstehers zitterten.

André war unwillkürlich zurückgewichen. »Das tut niemand, Monsieur Borel, wirklich! Aber Jeannot ist einfach hingefallen. Er ist wirklich etwas schusslig in letzter Zeit…«

»Das wird nicht überzeugender, wenn du es noch zehnmal sagst, mein Lieber!« Borel beugte sich vor. »Ich weiß sehr gut, was man sich über Jeannot erzählt hat! Lauter Sauereien! Von denen allerdings die Größte ist, dass möglicherweise die eine oder andere davon wahr ist!« Seine Stimme senkte sich: »Hör zu, André: In einem Jahr gehe ich in Rente. Ich habe zwar hin und wieder die eine oder andere Schererei mit euch und euren Vorgängern gehabt, die ich jedem, wie du weißt, bisher immer heimzahlen konnte. Und ich hätte auch dieses Mal Lust, dir deine Hinterhältigkeit ein für alle Mal auszutreiben. Aber ich verzichte drauf, mich in meinem letzten Jahr noch bei irgendjemanden in die Nesseln zu setzen, kapiert?«

André nickte. »Kapiert, Monsieur Borel.«

»Schön. Also: Die Tour von Jeannot übernimmst du.«

»Ich?! Meine ist eh bereits die längste. Das ist nicht gerecht, Monsieur Borel!«

»Doch, mein Lieber«, sagte der Postvorsteher bestimmt, »das ist sogar äußerst gerecht. Und jetzt verschwinde, auf der Stelle. Haben wir uns verstanden?«

6

Den ganzen Tag über hatte die Sonne mit sommerlicher Kraft geschienen, und ein freundlicher Himmel, weich und leuchtend blau, hatte sich über das Hochland gewölbt. Jetzt schoben sich die Schlieren einer Wolkenbank über den westlichen Horizont. Minutenlang ergoss sich ein wunderliches, milchiges Rot über die Grate. Als fülle sich ein See mit Schwärze, wanderte der Schatten höher und begann, die letzten Kuppen zu fluten.

Jeanne machte gerade Licht, als Leonhard zurückkehrte. Er plumpste mit steifen Bewegungen auf die Bank. Er war müde – zu müde, um noch verbergen zu können, wie erschöpft er war.

Almir wich seinem Blick zunächst aus, fragte ihn schließlich aber doch, was geschehen sei. Leonhard stierte auf die Tischplatte. Er machte eine müde Handbewegung. Nichts sei geschehen, sagte er, nichts von Bedeutung – nur, dass wieder einmal ein geplanter Waffenabwurf nicht stattgefunden hätte. Er sei jetzt müde, er werde offenbar alt. Ein schiefes Grinsen zuckte um seine Lippen. Er patschte auf eine Mücke, die sich auf seinen Arm gesetzt hatte.

Huck fühlte sich unbehaglich.

»Es wird Regen geben«, sagte er.
Almir nickte abwesend. »Schadet nie.«
Jeanne stellte die Teller auf den Tisch, öffnete die Schublade, in der sich das Besteck befand und verteilte es auf dem Tisch. Ihre Lippen waren schmal.
»Lüg doch nicht, Leonhard«, sagte sie gereizt. Leonhard zuckte mit den Schultern. Almirs und seine Blicke trafen sich kurz. Jeanne stellte die Terrine auf den Tisch und schöpfte aus.
»Wenn er nicht darüber reden will«, sagte Almir.
»Ist auch gut.« Sie setzte sich. »Dann soll er es eben lassen.«
Leonhard griff zum Löffel.
»Was gibt's Neues unten?«, fragte Huck auf Deutsch.
»Ich habe Hunger«, antwortete Leonhard unwillig, »das gibt's.«
»Redet französisch«, sagte Jeanne.
Einige Minuten lang sprach niemand. Almir schmatzte. Die Löffel klackten leise in den Tellern. Draußen war es Nacht geworden. Die Lampe fauchte leise.
»Und? Was habt ihr mit dem Jungen von Marguerite gemacht?«, fragte Jeanne.
»Mit welchem Jungen?« Leonhard sah sie nicht an.
Jeanne holte unhörbar Luft. »Ter. Den ihr in La Riviere gefangen genommen habt.«
»Geschwätz«, sagte Leonhard ärgerlich.
»Das die Spatzen schon von den Dächern pfeifen. Antworte.«
Leonhard griff stumm zu einem Brot und biss ein Stück ab.
»Ich will das nicht«, sagte Almir schwach. »Es ist mein Haus.«
Huck schielte zu Jeanne. Sie hielt den Kopf über den Teller gebeugt. »Und? Gut hingekriegt?«
Leonhard fuhr hoch.
Er stieß sich an der Tischkante, spürte den Schmerz aber erst, als er sah, wie sich Jeanne fassungslos an ihre linke Wange

griff und aus dem Essraum lief. Er kaute mechanisch, dann schluckte er, setzte sich und sah verwirrt um sich.

»Damit das klar ist«, sagte Almir mit steinerner Miene, »damit das *ganz klar* ist: Du schlägst nie mehr jemanden aus meiner Familie.«

Leonhard wollte aufbegehren: »Sie hat, sie hat…«

»…oder du gehst.«

»Aber…«

»*As compres?!!*«

Leonhard glotzte ihn an. Dann nickte er, murmelte eine Entschuldigung, schob die Bank zurück und stand auf. Als er die Tür öffnete, war zu hören, dass es zu regnen begonnen hatte. Das Schloss fiel klappernd in die Halterung.

»Hast du keinen Hunger mehr, Jean?«, fragte Almir nach einer Weile.

Huck schüttelte den Kopf.

»Ich bitte dich um Verständnis.«

»Das ist nicht nötig, Monsieur. Aber ich hab nicht verstanden, was…«

»Ich auch nicht, Jean.« Der Bauer winkte müde ab. »Nichts.«

Huck legte den Löffel neben den Teller und stand auf.

»Gute Nacht, Monsieur.«

»Jean«. Der Bauer ergriff seinen Arm und zwinkerte unbeholfen. »Ich hab dir gesagt: Nenn mich, wie mich alle anständigen Leute nennen.«

Huck nickte. »Gute Nacht, Almir.«

7

Die Kerzenflamme flackerte. Huck schob die Türe hinter sich zu. Leonhard war gerade dabei, seinen Sack zu verschnüren.

»Es regnet«, sagte Huck.

»Soll's.«

Huck setzte sich auf sein Bett und streifte die Schuhe von den Füßen. Leonhard zerrte ungeduldig an einer Schublade. In diesem Moment flammte ein Blitz auf, und einen Atemzug später rollte ein Donner heran.

Leonhard sagte etwas.

Ein lautes, helles Rauschen setzte ein. Ein Blitz barst krachend, graues Licht flammte in die Kammer. Als hätte es darauf gewartet, nahm das Rauschen zu. Leonhard setzte sich auf das Bett. Wieder zuckte Licht auf, gefolgt von einem ohrenbetäubenden Gepolter.

»Was!?«, rief Huck.

»Dass mir das gerade noch gefehlt hat, habe ich gesagt!«, schrie Leonhard, »verfluchter Dreck!«

Der Regen platzte auf das Dach. Schon war das leise »Klackklack« eines Tropfens über dem Plafond zu hören.

Leonhard fluchte.

Huck hob die Beine und legte sich auf das Bett. Draußen orgelten Sturm und Gewitter.

»Bleibst du eben«, sagte er, »Almir wird eh nicht froh drüber sein, wenn du gehst.«

Leonhard hob den Kopf nicht. Er zuckte mit den Schultern.

»Vielleicht«, sagte er mürrisch. Er sah auf. »Was geht dich das eigentlich an?«

»Nichts. Aber wo willst du denn überhaupt hin?«

Leonhard antwortete nicht. Das Tropfgeräusch über ihnen war lauter geworden, nervöser. Ein zweites, drittes kam hinzu. Er stand auf und stellte sich vor das Fenster. Wieder war es für Sekunden taghell geworden.

Er sah über die Schulter.

»Wieso kommst du eigentlich nicht mit? Im Maquis brauchen sie jeden.«

»In welchem Maquis?«

»Jetzt frag nicht wie ein dummer Bub. Als ob du das nicht wüsstest.«

»Nein…«

»Hier in der Gegend ist es die Gruppe Belton. Sind auch ’ne Menge Deutsche dabei, auch Spanier, Serben, Tschechen.« Er lachte dünn. »Wir sind die letzte internationale Brigade. Sag?«

»Was?«

»Wie hältst du das eigentlich aus, da rumzuliegen und zu warten, bis sie dich irgendwann doch einmal schnappen? Ich würde verrückt werden. Und mich genieren, dass andere ihren Hals für mich riskieren.«

Huck sah zur Decke. »Hab noch gar nicht drüber nachgedacht«, antwortete er, »war ja erst mal froh, dass ich den Dreck hinter mir hab. Du bist der Erste, mit dem ich drüber rede.«

»Dann überleg dir’s. Wir brauchen jeden.«

Huck räusperte sich. »Ich hab Almir versprochen, ihn noch bei den Terrassen zu helfen.«

Leonhard schien es nicht gehört zu haben. »Ich hab nie lang überlegt, nie.«

»Almir kann sich keine Helfer leisten. Er ist mit allem zu spät dran.«

»Ich weiß…« Leonhard nickte abwesend. Er ging zu seinem Bett, als erneut ein Blitz krachend einschlug und seine Bewegungen für Sekundenbruchteile einfror. Ein ohrenbetäubender Donner ließ die Mauern erbeben. Die Scheiben klirrten.

»Aber wenn ich…«, Huck räusperte sich wieder, »wenn ich es tun würde, wo könnte ich dich dann finden?«

Leonhard dachte kurz nach. »Pass auf: Die Kommandostelle ist derzeit im Hotel ›Geneste‹ in Malhaute.«

»Wirst du dort sein?«

»Wenn du bis übermorgen früh kommst, dann ja. Wo wir danach hingehen, weiß ich noch nicht. Ich hab was läuten hören von ’nem Dorf namens Tabernes auf dem Plateau, der Causse Sorelh. Aber das Beste wird sein, du gehst in die Bar von St. Etiènne und fragst den Wirt.«

»Baptiste?«

Leonhard nickte. »Dass du vorsichtig sein musst, muss ich dir ja wohl nicht sagen.« Er seufzte und ließ sich auf das Bett fallen. Der Regen prasselte laut; es klang, als würde eine ungeheure Fuhre Kies über die Landschaft entleert.

Die Blitze waren seltener geworden, das Gewitter entfernte sich. Die Lampenflamme kämpfte gegen den Luftzug.

»Weshalb hast du eigentlich mit Jeanne gestritten? Hab's nicht kapiert.«

»Brauchst du auch nicht. Kapier ja nicht mal ich.«

»Was war mit diesem Jungen, von dem sie erzählt hat?«

Leonhard antwortete nicht. Er hatte die Augen geschlossen. Seine Kiefer arbeiteten. Dann legte er sich auf die Seite und zog die Beine an.

»Ich weiß nicht…«

»Was?« Leonhards Stimme klang schläfrig.

»Ob's 'nen Sinn hat, was ihr macht.«

Leonhard sagte nichts.

»Fragst dich das nie?«

»Doch.«

»Und?«

»Ach, Bub«, sagte Leonhard gedankenverloren. Das Geräusch des Regens hatte sich weiter abgeschwächt. Der Rhythmus der Tropfen verlangsamte sich. Nun war das Heulen des Sturmes zu hören. Ein wuchtiger Luftstoß presste sich gegen die Scheiben. Draußen schlug ein Fensterladen an die Mauer. Die Flamme tänzelte, schrumpfte zum winzigen rotgelben Punkt, von einem kleinen blauen Hof umgeben, und verlosch. Huck wollte aufstehen, als er ein leises Schniefen hörte. Angespannt verharrte er.

»Es muss einen Sinn machen«, flüsterte Leonhard, »sonst würden sie uns nicht mit diesem… diesem Hass verfolgen.«

Weinte Leonhard? Huck starrte in die Dunkelheit.

»Mir geht nur, verflucht noch mal, die Kraft aus«, sagte Leonhard stockend. »…es wird sich nie was ändern an all diesem Dreck … Wir werden immer am Arsch sein, und die Säue werden immer oben schwimmen, egal, was wir anstellen. Sie dreschen einen fort von da, wo man daheim war, sie hauen einen aus Spanien, sie jagen einen hier … einmal gelingt's uns, ihnen ein paar Schläge zu verpassen, dann sind sie aber ein paar Tage später wieder am selben Platz, stärker als zuvor …«

Huck stützte sich mit dem Ellenbogen auf. »Es heißt aber doch, dass die Russen schon über die Grenze gekommen sind.«

»… wir verlieren, immer. Unsere Mütter haben uns auf der verkehrten Seite der Welt abgeworfen.«

»Almir hat gesagt, dass die Amerikaner kommen werden.«

»… das heißt es seit langem.«

»Du meinst, sie kommen nicht?«

»Das Paradies wird auch irgendwann mal kommen.«

Leonhards Stimme klang gedämpft, als hätte er die Hände vors Gesicht geschlagen.

»Es rennt mir alles davon, das ganze Leben rennt fort von mir. Manchmal mein ich gar, mein Herz rennt mir davon. Ich … ich weiß nicht, was das ist bei mir.«

Das Leck tropfte müde. Der Wind rauschte, verlor sich, hob erneut an und warf sich mit wuchtigen Stößen gegen die Mauern.

Huck schloss die Augen.

Ich muss fort von hier, dachte er.

Morgen würde er gehen, noch vor Sonnenaufgang. Er hatte genug erfahren. Mehr sogar, als man von ihm erwartet hatte.

Als er die Decke von der Hüfte auf die Brust ziehen wollte, bemerkte er, dass er sich nicht mehr bewegen konnte. Es ist die Müdigkeit, dachte er.

»Es hat aufgehört.« Er spürte Leonhards Hand auf seiner Schulter. »Ich haue ab. Vielleicht sehen wir uns bald wieder, hm?«

8

»Ich dummes Weib«, schimpfte Jeanne. Die Schüssel war ihr aus den Fingern geglitten und auf dem Boden zerschellt. Sie kniete sich auf den Boden, um die Scherben aufzusammeln.

»Hör zu«, sagte Almir. »Ein jeder von euch beiden hat mit seiner Münze bezahlt. Ihr seid quitt.«

Jeanne sah an ihm vorbei und warf die Scherben in einen Korb. Sie lauschte. »Gibt ein Gewitter.«

»Sag Leonhard, dass es dir Leid tut«, sagte Almir.

»Ich habe mich geschnitten.« Sie betrachtete ihren Finger und ging zum Spülstein.

»Einer muss der Vernünftigere sein, Jeanne. Meist sind's die Frauen.«

Sie spülte Wasser über die Wunde.

»Es tut mir aber nicht Leid, Almir.«

»Was?«

Sie leerte die Spülschüssel, stellte sie auf die Steinplatte neben dem Becken, griff nach dem Hocker, der neben der Feuerstelle stand, und setzte sich.

»Nein«, sagte sie gleichmütig, »es tut mir nicht Leid. Ich wollte es ja.«

Sie sah stirnrunzelnd auf ihre Hand. Almir musterte sie ungläubig.

»Nicht, dass ich es beabsichtigt hätte«, fuhr sie fort, »aber als ich es sagte, da wollte ich, dass es ihm wehtut.«

»Du wolltest …?«

»Alles, was man tut, das will man. Das Gute und das Schlechte. Hast du das nicht immer gesagt?«

»Du machst es dir zu einfach. Marguerites Sohn hat nicht mit sich reden lassen. Sie haben es versucht, aber er war nichts als dumm und frech, hat mir Baptiste gesagt. Kann's mir vorstellen. Ter hatte schon als Kind nur Stroh im Hirn.«

Sie beobachtete die knackende Glut. Dichter, weißer Rauch stieg empor. Vor den Fenstern flackerte ein Blitz. Der Donner wummerte, rollte über das Haus hinweg. Die Mauern bebten.

»Wäre nicht Krieg, dann hätte eine Tracht Prügel gereicht, um ihm die Flausen auszutreiben.«

Sie winkte ab. »Das weiß ich alles schon, Almir.«

»Also? Was sollen sie anderes machen, als ihn zu erschießen. Er hätte sie sofort verraten.«

»Nichts. Du musst nicht glauben, dass ich mir meinen Kopf über einen von der Miliz zerbreche, obwohl es mir für Marguerite Leid tut, dass es ausgerechnet ihren Sohn erwischt hat.«

»Wenn's also nicht darum geht, dann erklär mir …«

»Ich liebe ihn nicht mehr.« Sie verschränkte ihre Arme vor der Brust.

Er öffnete den Mund. »Wen …?«

»Jetzt sag nicht, du hättest es nicht gewusst«, rief sie ärgerlich.

Die Bank fiel polternd auf den Steinboden. »Nein!«

»Doch!« Ihre Stimme klang schrill. »Und er ist nicht mal protestantisch!«

Almir zuckte wie unter einer Ohrfeige zusammen. Seine Augen schienen sein Gesicht zu verzehren.

»Du hast … in meinem Haus … Du bist …«

Sie trat einen Schritt vor. »Was, Almir?«

Er schüttelte fassungslos den Kopf.

»Was?«, wiederholte sie leise.

»Geh mir aus den Augen«, sagte er rau.

Sie bewegte sich nicht.

»Hörst du nicht, du … du …«

Langsam neigte sie den Kopf, ohne ihn aus den Augen zu lassen.

»Sag es.«

Er stöhnte auf. »Geh«, sagte er tonlos. »Geh aus meinem Haus.«

Sie erwachte mit einem Ruck aus ihrer Erstarrung. »Wie du willst.« Die Lippen zusammengepresst, löste sie den Knoten ihrer Schürze.

»Wo gehst du hin?«

»Geht dich nichts mehr an.«

»Und … Jode?«

Sie hängte die Schürze an den Wandhaken.

»Du glaubst, ich lasse ihn bei dir auf La Granne? Bist du noch bei Trost?«

Sie hatte die Tür zum Treppenhaus bereits geöffnet, als sie sich noch einmal zu ihm wandte.

»Leb wohl, Almir«, sagte sie nüchtern.

Er stand wie eine Statue. Sie drehte sich wieder in die Dunkelheit und setzte den Fuß auf die erste Stufe. Dann hielt sie plötzlich erstaunt inne und senkte den Nacken. Sie schüttelte den Kopf.

»Was tun wir da?«, sagte sie leise zu sich, »das geht nicht. Er … er ist ein Dummkopf.« Sie hob die Stimme. »Ach, Almir – das geht doch nicht.«

»Jeanne …«, hörte sie. Sie wirbelte herum.

»Mon dieu!!«

Sie konnte Almir gerade noch auffangen, bevor er zusammenbrach. Er klammerte sich wie ein Ertrinkender an sie. Dann verlor er die Besinnung.

9

Almirs knochiges Gesicht schien im Kissen zu versinken. Er schlug die Augen auf und schloss sie sofort wieder.

»Ich hab ’nen Traum. ’nen fürchterlichen Traum.«

»Sei still, Almir.«

»Er soll aufhören«, sagte er gepeinigt. »Bitte.«

Sie beugte sich bewegt zu ihm herab und flüsterte:

»Ich weiß so ’nen Hexenspruch, um ihn zu beenden.«

»Mach keine Scherze mit mir, nicht jetzt.«

»Manchmal helfen nur die, sagt Camille.« Sie näherte sich seinem Ohr. »Er lautet: *Que t’aimi.*«

Seine Lider öffneten sich. Sein Blick schwamm. Er nickte verstehend.

»*Que t’aimi plàn, ma dròlla*«, sagte er leise. »Ich liebe dich sehr, meine Tochter.«

Sie umarmten sich. Almir zwinkerte. Dicke Tropfen perlten von seinen Wangen. Sie betrachtete es gerührt. Seit Elies Beerdigung hatte sie ihn nicht mehr weinen sehen.

»Ach, Almir…« Sie schluckte.

»Verdammt«, brummte er ärgerlich.

»Musst dich doch nicht genieren, Almir«, sie tastete nach seiner Hand.

Er hob den Kopf und sah erbost zur Decke. »Ich hab doch neulich die Schindel zurechtgeschoben, oder nicht? Warum regnet es jetzt immer noch rein, und ausgerechnet auf meine Nase?«

Sie lachte herzlich. Sie half ihm, das Bett zu verschieben. Er ließ sich geschwächt zurückfallen und zog die Decke wieder über seine Brust. Einen Moment schwiegen sie.

Er suchte ihre Augen: »Wir haben jetzt keine Zeit mehr, drum herumzureden, nicht wahr?«

Sie schüttelte den Kopf. »Die hat man nie.«

»Stimmt.« Er schniefte. »Ich glaube, jeder von uns hatte das Gefühl, in einer Falle zu hocken.«

»Und wir haben nicht verstanden, dass es ein und dieselbe ist.«

»Na ja. Nicht ganz.«

»Was ist der Unterschied?«

»Kann ich dir schon sagen: Wolltest du weg, Jeanne? Von hier? Von uns?«

»Wohin? Nach Deutschland vielleicht?«

»Gib mir eine Antwort.«

»Das ist eine, Almir.«
»Nein. Das ist nur ein Teil davon.«
Sie nickte ernst. »Stimmt.«
»Und?«
Sie richtete sich auf. »Leo wollte nie mehr zurück, auch, wenn es irgendwann möglich gewesen wäre. Und ich wäre nur gegangen, Almir, wenn du dich gegen mich und ihn gestellt hättest. Aber jetzt …« Sie sah zum Fenster. Die Scheiben klirrten dünn. Das Geräusch eines Wolkenbruchs drang herein.
Almir stützte sich auf.
»Jeanne … du machst es dir zu einfach.«
Sie sah ihn erstaunt an.
»Ich? Ich glaube, dass du es bist, der es sich zu einfach gemacht hat«, antwortete sie. »Was wäre mir anderes übrig geblieben? Du bist der Besitzer von La Granne, auf mich wäre es nie übergegangen, weil es noch nicht einmal auf deinen Sohn übergegangen war.«
Almir ließ sich wieder auf das Kissen fallen. »Es war keine Zeit mehr dazu«, sagte er leise, »das weißt du. Elie und du, ihr hättet alles bekommen.«
»Hätten, ja«, sagte Jeanne nüchtern. »Aber nachdem Elie gestorben war und ich allein, hast du kein Wort mehr darüber verloren. Gewiss, Jode wird La Granne einmal übernehmen können …«
»So ist es Gesetz«, entgegnete er mager.
»Gesetz!«, wiederholte sie heftig. »Was lässt mir dieses Gesetz? Ich sage es dir: Ich habe kein Recht. Lass Jode an die Falsche kommen, dann kann ich in den Stall umziehen.«
»Das wird er nicht tun«, beschwichtigte der Bauer.
»Weiß man, was aus den Kindern wird? Der Kleine hat jetzt schon einen Schädel wie aus Granit.«
»Aber was willst du?«
»Hör zu, Almir. Dieses Gesetz war immer schon ungerecht zu uns Frauen. Warum wollen so viele nichts mehr wissen von

einer Heirat mit den Bauern? Die meisten Höfe gehen nicht ein, weil der Boden nicht mehr trägt, sondern weil die Frauen die Nase voll haben von eurem Gesetz.«

»Nichts ist mehr wie früher«, klagte Almir.

Jeanne nickte befriedigt. »Allerdings. Und was das betrifft, ist es auch gut so.«

»Aber was willst du denn? Dass ich dich zur Erbin einsetze?«, begehrte er auf. »Du hast es doch nicht schlecht auf La Granne! Und es ist doch selbstverständlich, dass du hier Wohnrecht bis zum Ende deines Lebens hast.«

»Herzlichen Dank.« Sie lachte bitter. »Man ist zu gütig zu mir.«

Er schielte zu ihr.

Sie wich seinem Blick aus. Noch immer rauschte der Regen. Das Licht der Lampe flackerte unruhig.

»Sie ist doch 'ne Fremde, hast du gedacht. Erst ein halbes Jahr auf der Farm. Kommt mir möglicherweise mit einem Kerl daher, der mir nicht gefällt und mich zur Seite drückt.«

Er gab es zu. »Davor hatte ich Angst, ja.«

»Eben. Das war sie, die Falle, in der wir gesessen sind: Je eifersüchtiger du warst, dass ich mit einem anderen ankomme, desto mehr hast du dir ausrechnen können, dass mich deine Vorsicht verletzt und ich deswegen eines Tages gehen könnte. Mit Jode. Und das wäre das Ende von La Granne gewesen.«

Er schwieg betreten.

»Du dachtest wirklich, dass ich mir von einem sagen lass, wie ich mit'm Vater von Elie und 'm Großvater von Jode umzugehen hab? Hast mich für 'nen verschrockenen Hasen gehalten, was?«

Er lächelte matt. »Jetzt nicht mehr.«

»Hat wehgetan, dein Misstrauen, Almir. Kannst du dir das vorstellen?«

Er suchte nach Worten. »Ja. Verzeih mir«, sagte er leise.

»Dann ist's ja gut«, sagte sie zufrieden. »Und was …?«

Er unterbrach sie. »Aber, Jeanne: Das habe ich nicht gemeint, als ich sagte, dass du es dir zu einfach machst.«

»Was dann?«

»Sag mir: Du und Leo – ihr habt euch wirklich geliebt? Nein, lass, musst nicht antworten. Wenn ich mich daran erinnere, wie ihr miteinander gesprochen habt. Wie ihr euch angesehen habt. Wie Leo mit Jode gespielt hat, wie… dann kenne ich die Antwort. Ich muss ein schöner Trottel gewesen sein.«

»Du hast wirklich nichts geahnt? Lüg nicht.«

»Ich glaube, ich wollte mir keine Gedanken darüber machen, und ich hatte auch keine Zeit dazu – so, wie es um La Granne steht, seit Elie tot ist, und so, wie es um die Welt unten steht.«

»Aber was meinst du, wenn du sagst, ich würde es mir zu einfach machen?«

»Dann hör mir zu: Leonhard wäre der Letzte, gegen den ich was gehabt hätte. Er hat zwei Arme, die zupacken können, und es ist Verlass auf ihn. Das genügt. Was in der Gemeinde gemault worden wäre, weil er keiner von uns Hugenotten ist, auch das hätte sich irgendwann eingeschliffen, wie sich alles irgendwann einschleift, wenn man nur die Hoffnung nicht aufgibt. Ich bin lange genug auf der Welt, um zu wissen, was wichtig ist. Ich habe meine Frau verloren, als sie Elie geboren hat. Ich habe meinen Sohn verloren. Glaubst du, ich würde jetzt auch noch dich und Jode verlieren wollen? Das Jetzt, das bin ich. Das Morgen, das seid ihr, du und Jode.«

Jeanne hörte aufmerksam zu. Ihr Blick wurde weich.

»Gut.« Sie berührte seine Hand und stand auf. »Aber du solltest jetzt…«

»Ich bin noch nicht fertig. Was ich meine, ist: Ich bin noch nicht so alt, dass ich mich nicht mehr daran erinnere, dass man manchmal kämpfen muss in der Liebe. Sie ist ’n lustiger Vogel, den man hüten muss, und das ist ’ne ernste Sache. Redet miteinander, Jeanne.«

Sie sank zurück. »Nein, Almir, ich mache es mir nicht einfach. Es *ist* einfach, das mit der Liebe. Sie ist da, wenn sie da ist. Und sie ist fort, wenn sie fort ist.«

»Richtig«, stimmte er ihr zu. »Aber sie kommt auch manchmal wieder. So oder so, es ist kein Verlass drauf.«

Sie schüttelte den Kopf.

»Sie ist fort, Almir. Fort. Ich wache auf, und er fehlt mir nicht mehr.«

Er suchte nach Worten.

»Ihr wart doch glücklich, Jeanne«, sagte er.

Sie begann zu weinen. »Ich bin ja nicht dumm, Almir«, schluchzte sie.

Er ergriff ihre Hände. Sie ließ es geschehen.

»Willst du wissen, wann ich wusste, dass du für meinen Elie die Richtige bist? Deine Mutter hat mir einmal erzählt, sie erinnere sich daran, dass du, als du klein warst, ein Zicklein durchgebracht hast. Eines, das eingehen wollte. Erinnerst du dich?«

Sie schüttelte gerührt den Kopf. »Das hat Maman dir erzählt?«

»Ich will nicht, hättest du gesagt, dass es eingeht. Du hättest gekämpft, und es sei durchgekommen.«

Sie lächelte. »Ja«, schniefte sie, »aber da wusste ich, dass ich gewinnen werde.«

Almir öffnete fragend die Hände. »*È ben?*«

Sie schnäuzte sich. »Aber bei Leo weiß ich, dass ich verloren habe.«

Almir sah sie nachdenklich an.

»Vielleicht… vielleicht richtet es die Zeit«, sagte er ratlos. »Leonhard ist ein ordentlicher Kerl. Er trinkt nicht, und betrügen würde er dich auch nicht.« Er schmunzelte. »Würde ihm wohl auch schlecht bekommen.«

Sie lachte nicht. Draußen ebbte das Gewitter ab.

»Ich will nicht mit ihm untergehen, Vater!«, sagte sie leise. »Er lacht nicht mehr. Ich habe ihn so geliebt, wenn er lachte und weil er lachte. Was brauchst du mehr, dachte ich, als einen Mann, der mit dir lacht? Wenn er das tut, dann wird er auch mit dir weinen! Aber er lacht nicht mehr. Er kann es nicht mehr, er stößt irgendwelche Töne heraus, es ist eher ein Husten, und er kneift nur noch die Lider zusammen, die Wangen falten sich wie eine steife Schwarte, ich sehe seine Augen nicht mehr. Wo sie sein sollten, meint man, ein Stein versinke in einer trüben Brühe. Es ist wie weinen, wenn er lacht. Natürlich macht er noch manchmal seine Scherze mit mir, aber es ist eher ein Steine werfen, was da aus ihm herauskommt. Er ist ein Anderer geworden.«

»*Que saloparia, la guerra*«, sagte Almir bitter, »was 'ne elende Sauerei.« Er rieb sein borstiges Kinn.

»Er geht unter«, wiederholte Jeanne, »und er will es.«

»Es ist Krieg, Jeanne. Es hat immer Krieg gegeben.«

»Nenn mich dumm, Almir. Aber ich sage: Es *ist kein* Krieg.«

»Ich nenn dich nicht dumm. Aber …?«

»Ich sag: Es hat immer Frieden gegeben. Aber immer wieder gibt's ein paar Verrückte, die ihn stören.«

»Worauf willst du raus?«

»Weiß nicht. Ist mir nur so durch den Kopf gegangen.«

Almir betrachtete sie ratlos.

»Aber, Leo … was er tut, tut er doch auch für uns«, warf er ein.

Sie starrte auf ihre Hände. »Er tut es, weil er nicht mehr anders kann. Er schießt, weil sonst auf ihn geschossen wird. Er denkt längst nichts mehr. Es ist schon alles schwarz in ihm und tot.«

»Ich verstehe dich nicht, Jeanne. Ich wäre doch auch dabei, wenn ich noch 'ne Hand voll Jahre jünger wäre und nicht die Farm am Hals hätte. Wahrscheinlich wäre ich dabei, ja. Sind dir etwa die lieber, die in Harnac unten mit den Boches rumscharwenzeln?«

Sie schüttelte den Kopf. »Das weiß ich doch alles, Vater«,

sagte sie matt. »Aber darum geht es mir nicht. Ich weiß bloß: Etwas ist ungeheuer verkehrt an diesem Töten und Wieder-Töten und Wieder-Töten und ...«

»Leo ist müde«, sagte Almir. »Man wäre blind, würde man es ihm nicht ansehen.«

Sie sprach mit leiser Stimme. »Nein. Er will nur noch, dass alles ein Ende hat. Er sucht den Tod. Aber ich will nicht untergehen mit einem, der untergehen wird. Wie kann man einen Sterbenden lieben?«

»Man kann«, sagte Almir bewegt, »aber das ist eine andere Liebe. Eine, die kein Morgen kennt und vor der man sich manchmal hüten muss. Aber was Leo betrifft, Jeanne, so glaube ich, dass es nicht stimmt, was du sagst. Er sucht nicht den Tod. Kein Mensch tut das, kein Tier. Er ist müde, er sucht vielleicht nur Schlaf. Er will nichts als schlafen – nicht sterben. Schlaf und Tod sind sich nah.«

»Nein.«

»Nein?«

»Hör mal: Beim einen wacht man auf, beim anderen nicht. Wenn das kein Unterschied ist?«

»Dann gibt es wohl Zeiten, in denen man sie miteinander verwechseln kann.«

»Möglich. Aber es ist nicht allein, dass er müde ist«, sagte sie trübe. »Er kann nicht mehr, ich fühle es. Er will zu einem Ende kommen.«

Almir nickte langsam. Sie sah zur Decke. Ihre Wangen schimmerten feucht. »Und zu Ende ist es ... wann?«

Er zuckte mit den Schultern. »Man sagt, die Amerikaner ...«

Sie hörte ihm nicht zu. »... wenn es keine Soldaten mehr gibt. Das weiß er.« Sie schluchzte auf. »Er wird sterben«, weinte sie.

Almir sah sie hilflos an.

»Ich will nur manchmal lachen«, flüsterte Jeanne erstickt, »verstehst du mich denn nicht? Und ich will nicht allein sein.«

»Ich versteh's, *ma dròlla*, oh, ich versteh's.«

Ihre Augen schimmerten. »Ach, Almir.« Sie sah zur Seite. »Das geht doch nicht, dass du mich verstehst.«

»Ich …«

»Ich versteh doch auch nicht, was Männer umtreibt. Lassen wir es doch dabei. Die Welt wird deswegen nicht aussterben. Es genügt, wenn wir freundlich miteinander umgehen, sagt unsere Camille, und sie hat Recht damit.« Sie ergriff seine Hand. »Ich liebe dich, Almir, ich mag die Arbeit auf der Farm. Aber ich lebe hier in dieser gottverlassenen Gegend, neben dem Loch, in dem der Körper meines Mannes vermodert, kratze mich durch die Erde, habe in jedem Jahr Angst, ob das Wasser über den Sommer reicht, ob wir genügend Futter haben, ob die Saat aufgeht …« Sie hob den Kopf. »Ich klage nicht, Almir. Ich klage nie! Denn wenn ich ein Leben in Pelz und Parfüm hätte haben wollen, wäre ich nach Nîmes oder Marseille oder Paris gegangen. Ich kann das, ich bin nicht schlecht, ich kann die Männer glücklich machen, o nein, ich bin keine vertrocknete Geiß, ich …«

Almir sah sie verstört an.

»Entschuldige«, murmelte sie, »entschuldige.«

Er antwortete nicht.

Draußen schlug ein Laden an die Mauer. Almir horchte auf. Das Gewitter war zurückgekommen. Am Plafond, dort, wo zuvor sein Bett stand, hatte sich ein nasser Fleck ausgebreitet.

Jeanne sah auf ihre Hand.

»Es hört nicht auf zu bluten«, sagte sie.

Almir runzelte besorgt die Stirn. »Zeig her.«

Sie legte die Hand auf seine Brust und öffnete sie. Winzige, hellrote Perlen standen auf den Kuppen von Daumen und Zeigefinger.

»Hm«, machte Almir, »ziemlich tief. Ich …«

Sie zog ihre Hand zurück.

»Wann gehen wir zum Notar, Almir?«

X
Der Sturz

1

Heute Morgen wieder unmöglich, den Hof unauffällig zu verlassen. Almir und Jeanne waren bereits wach und sehr aufgeregt, da in der Nacht ein anderer Abschnitt der Roggenterrasse abgesackt war. Haben sie mit einer notdürftigen Aufschüttung fixiert. Beim nächsten Regen, sagt Almir, wird die Mauer ganz abgeschwemmt werden, wann sollen wir bloß säen?

Ich bin müde.

Es regnet, es ist sehr kalt. Die Entzündung geht nicht zurück. Mein rechter Arm, zwischen Hand und Ellenbogen, schwillt jeden Tag mehr an. Jeanne hat Senfmehl besorgt und es mir auf den Arm gestrichen. Es nützt nichts. Der Splitter sitzt zu tief. Muss ihn abgebrochen haben, als ich versucht habe, ihn herauszuziehen. Ich war zu unvorsichtig, habe an dem Tag, als das mit der Hand passiert ist, mit dem Ausmisten des Ziegenstalles begonnen. Kann sein, dass dabei Dreck in die Wunde gekommen ist. Auch Almir ist jetzt besorgt. Wenn es nicht besser wird, sagt er, will er den Arzt holen.

Ich muss gehen. Ich werde mich nach dem Essen unter einem Vorwand zurückziehen. Ich fühle mich schwach. Ich zittere. Jeanne bemerkt es. Ich muss fort. Es beginnt wieder zu schneien. Jeanne hat mir Decken gebracht. Ich friere. Ich muss fort. Jeanne spricht leise mit Almir.

Diese Finsternis. Ich will schlafen.

…am Horizont Schiffe?

2

Kein Himmel. Dunkle, grüne Luft. Träges, schwer belaubtes Geäst. Stille.
Er tritt aus dem Wald. Er ist allein. Vor ihm eine hohe Mauer. Schwere, unbehauene Quader, die Krone hoch über ihm, unsichtbar. Über ihm der Himmel, sehr hell, und ungeheuer blau. Er greift in eine der Ritzen und beginnt, sie emporzuklettern, höher und höher. Glitzernd, längst im Zenit, die Sonne. Er klettert weiter. Er sieht nicht zurück, ahnt, dass unter ihm bereits alles zu zwergenhafter Winzigkeit geworden ist. Er fühlt nichts als einen feinen, erfrischenden Luftzug.

Endlich sieht er, nur mehr wenige Meter über sich, die Mauerkrone. Weiße, gebauschte Wolken schwimmen über sie hinweg. Doch nun wird der Stein, der zuvor in harter Unbewegtheit seine Griffe und Tritte trug, weicher. Kanten, die er ergreift, zerfallen bröckelnd, Steine prasseln in die Tiefe, Risse klappen auf.

Er presst sich an das Gemäuer, doch der starre Verbund beginnt zu schwanken, drohte über ihn zu kippen. Die Mauerkrone ist nur noch eine Armlänge von ihm entfernt. Er krallt sich bereits an einem der letzten Quader fest, will sich nach oben stemmen, da fühlt er, dass auch der Vorsprung, auf dem er sich gestellt hatte, ins Gleiten gerät. Er findet keinen Halt mehr, der Fels zerrinnt zu teigiger Masse, wankt, baucht sich. Immer mehr Blöcke stürzen an ihm vorbei, tonlos, kein Aufprall, nichts. Der Quader, an den er sich verzweifelt gekrallt hatte, schwimmt an ihm vorbei in die Tiefe. Zwei, drei Griffe, und er wäre oben! Die Mauer wankt mürbe, wie Schilf in mäßig bewegter Luft. Müde platzt sie, zerteilt sich schwebend. Schreiend stürzt er durch den Himmel, fällt und fällt flatternd, mit rasender Geschwindigkeit.

3

Eine Hand tätschelt seine Wangen. Huck schlug die Augen auf. Ein Paar kleiner Augen in einem gelben, verknitterten Gesicht musterten ihn zufrieden.

»*Ben, ben!*«, krähte Camille. »Es schlägt an.«

»Schrei nicht so!«, flüsterte Jeanne. »Siehst du, jetzt hast du ihn aufgeweckt!«

»Ich schreie doch nicht!«

»Doch!«

Huck sah verwirrt um sich. Das Zimmer, in dem er sich befand, war von einer Petroleumlampe erleuchtet. Die alte Heilerin befühlte seine Stirn. Er öffnete den Mund.

»Nichts sagen, *filho*«, sagte Camille. Sie wischte sich mit der geschlossenen Hand über den Mund. »Hast uns schon genug erzählt.«

Jeanne löste sich aus dem Dunkel des Raumes. Sie trug ein Bündel Tücher auf ihrem Arm.

»Hörst du uns?«, fragte sie verhalten. »Wir sind es. Camille. Und ich. Der Doktor konnte nicht kommen. Draußen liegt Schnee bis zu den Waden. Es kommt keiner mehr hoch.«

»Was ist… passiert?«

»Du bist auf einmal umgefallen und hast dich nicht mehr geregt. Wir haben Angst bekommen. Almir ist nach St. Etiènne gelaufen, aber umsonst. Nur Camille wollte mit mir kommen.« Sie wandte sich an die Alte. »Nicht wahr, Camille?«, sagte sie laut, »keiner wollte hochkommen.«

Die Alte grinste verächtlich. »Das bisschen Schnee.«

»Schnee?«, flüsterte Huck. »Es… es ist doch Frühling.«

»Was sagt er?!«

»Er wundert sich über das Wetter!«

»Hat er ja auch Recht«, sagte Camille. Sie stand auf. »Hör, Jeanne. Der *Jovent* hat's überstanden. Pfleg ihn ein bisschen, du weißt schon. Und heiz mal ein bisschen ein, ist keine Sünde, wenn's einen nicht friert. Ich werde mich jetzt aufmachen. Wenn was ist, holst du mich eben noch mal.«

Sie griff nach ihrem Umhang und einem Leinensack und öffnete die Tür.

»*Bona nuèch* ihr beiden.«

»Was … passiert?«, hauchte Huck.

Jeanne setzte sich an sein Bett.

»Hab ich dir doch schon gesagt: Du bist einfach umgefallen.« Sie schob sich eine Strähne hinter das Ohr. »Wir waren beim Essen. Du warst da schon ganz grün im Gesicht, hast aber noch ordentlich eingetaucht. Mir ist nur aufgefallen, dass du stiller und stiller geworden bist. Und plötzlich …! Und die gute Suppe auf dich drauf. Geflucht hab ich! Sie hätt noch für die ganze Woche reichen sollen.«

»Kann mich nicht mehr dran erinnern.«

»Glaub ich. Hast ja auch schon ausgesehen wie ein Geist. Almir ist jedenfalls schleunigst nach St. Etìenne aufgebrochen. Aber es sind Stunden um Stunden vergangen, ohne dass er zurückgekommen ist. So bin ich zu Camille gelaufen. Die hat sich nicht so angestellt.«

Huck versuchte, seinen Kopf zu heben. »Was …«

»Ach, sie hat etwas zusammengerührt – irgendwas mit Olivenöl, einem Kraut, das ich nicht kenne, und Moosflechten – und es auf deinen Arm geschmiert. Keiner weiß wirklich, was sie tut, wenn sie jemanden heilt. Aber sie kann es. Egal, ob Mensch oder Vieh. Ist 'ne Hexe, unsere Tante Camille.«

»Hexe?«

Jeanne lachte leise. »Sie hat nichts dagegen, wenn man sie so nennt. Aber wenn schon, dann müsste man sie ›weiße‹ Hexe nennen. Weil sie schließlich nicht verbrannt werden möchte, sagt sie.«

Huck sank auf sein Kissen zurück.

»Es ist 'ne Art Wundbrand«, erklärte Jeanne. »Übrigens hast

du wieder ordentlich was fantasiert, das kann ich dir sagen. Aber jetzt musst du schlafen.«

Sie stand auf. Ihr Gesicht war dunkel. Das Weiß in ihren Augen schimmerte.

»Schlaf gut.« Sie löschte das Licht und ging.

Vor dem Fenster, flimmernd im Mondlicht, rieselte feiner Schnee herab.

Irgendwo im Haus schlug noch eine Tür mir leisem Klacken ins Schloss, ein leises Poltern auf den Bohlen, dann war es still.

Erst jetzt bemerkte Huck, dass sein Unterarm nicht mehr schmerzte. Er war dick mit einer Bandage umwickelt, und zwischen Haut und Stoff fühlte er eine kühle, klebrige Substanz.

Seine Lider wurden schwer.

XI
Das Plateau unter der Sonne

1

Die Botschaft Benedettis war chiffriert. Sie lautete: »Größere Terroristengruppe in Gebiet nördlich von St. Etiènne Vallongue. Kommandostelle Schloss Fontanille, Gemeinde Tabernes, Hochfläche Causse Sorelh. Vieh und Herden beschlagnahmt – Straßen gesperrt durch Posten mit Maschinengewehren.«

Hauptmann Lange hatte sie auf dem Tisch liegen, als er die Lagebesprechung eröffnete.

»Meine Herren«, begann er, »ich habe diese Informationen bereits an den Regimentsstab weitergeleitet. Man verlangt sofortige Maßnahmen.«

Die Offiziere nickten.

»Es gibt keinen Anlass, am Wahrheitsgehalt dieser Information zu zweifeln. Sie runzeln die Stirn, Herr Oberleutnant?«

»Ist dort noch Schnee?«

»Leutnant Faber, Sie haben sich erkundigt?«

»In Tabernes selbst? Nein, Herr Hauptmann. Das Dorf liegt auf etwa eintausend Metern, die Schneegrenze beginnt derzeit bei etwa vierzehnhundert Metern.«

»Keine Angaben über die Stärke des Gegners?«

Der Hauptmann verneinte. »Aber gehen Sie davon aus, dass wir es mit einer Formation zu tun haben, die Bandenstärke nicht überschreiten dürfte. Jede darüber hinausgehende größere Truppenbewegung wäre nicht unentdeckt geblieben. Zufrieden, Herr Oberleutnant?«

»Ja. Aber ich kenne die Gegend auf dem Hochplateau zufällig. Die Causse Sorelh, besonders das Gebiet um Tabernes, ist weitgehend baumlos und schlecht zu verteidigen. Ich wundere mich daher etwas. Der Gegner ist entweder sehr sorglos oder sehr stark.«

»Herr Oberleutnant – gehen Sie von Ersterem sowie einer gehörigen Portion Frechheit aus. Dass es sich um eine Falle handeln könnte, glaube ich ebenfalls nicht. Inspektor Benedettis Informanten sind als weitgehend zuverlässig einzustufen. Die Angaben decken sich mit unseren Beobachtungen, nach denen sich die Terroristen in der Region verstärkt einzunisten beginnen. Sie erinnern sich an den Überfall vor zehn Tagen auf Montvert, bei dem unter anderem ein Touristenbus und ein LKW ausgeraubt worden sind, sowie an den Überfall auf ein Postauto in unmittelbarer Nähe des Ortes, der auch in dieser Botschaft genannt ist. Hinzu kommen Beobachtungen von Bewegungen größerer Banditentrupps, die bereits – und die Schätzungen schwanken hier nur unwesentlich – zwischen fünfzig bis achtzig Bewaffnete zählen dürften.«

»Das ist durchaus nicht wenig«, bemerkte Leutnant Faber.

»Durchaus nicht«, bestätigte Lange trocken. »Aber es ist noch keine Invasion.«

Der Leutnant lachte pflichtschuldig.

»Sofortige Maßnahmen«, warf Oberleutnant Vecht ein, »das bedeutet, dass in den nächsten Tagen etwas unternommen werden muss.«

»Tagen?«

»... Stunden?«

»Richtig. Wenn wir es nicht tun, laufen wir Gefahr, dass wir zu spät kommen. Die Banditen haben ihre Stellungen bisher immer sehr schnell wieder verlassen.«

»Gut. Aber da gibt es ein paar Probleme«, gab Vecht zu bedenken, »wir haben im Augenblick zu wenig Fahrzeuge, um eine größere Operation durchführen zu können. Das Gebiet liegt, soweit ich es grob einschätzen kann, ungefähr dreißig Kilometer entfernt.«

»Mehr als dreißig«, korrigierte Lange. »Aber Sie haben Recht, Herr Oberleutnant. Es gilt, zwei Kompanien mit je drei Zügen, einer Gruppe Pioniere und einer Gruppe, die mit Maschinengewehren, Mörsern und Panzerabwehrkanonen ausgerüstet ist, also etwa zweihundert Mann sowie ausreichend schweres Gerät zu transportieren.«

»Sie haben das dem Stab gewiss mitgeteilt.«

Der Hauptmann nickte. Sein Gesicht ließ erkennen, dass er mit dem Ergebnis dieses Gesprächs nicht zufrieden war.

»Gewiss. Man hat darauf, wie das so üblich ist, die Lösung dieses Problems in unser Ermessen gestellt.«

»Man setzt eben großes Vertrauen in uns«, bemerkte Faber, »das sollte uns doch freuen.«

»Sie sehen mich auch hocherfreut«, giftete Lange. »Es bleibt uns nichts anderes übrig, als zivile Fahrzeuge einzusetzen.«

»Mit zivilen Fahrern, versteht sich.«

»Versteht sich«, nickte der Hauptmann. »Herr Oberleutnant, Sie veranlassen nach Abschluss dieser Besprechung, dass die Kampftruppen zwischen 19 und 20 Uhr abmarschbereit sind. Und Ihnen, Leutnant Faber, sehe ich an, dass Sie danach brennen, die Fahrzeuge zu requirieren.«

Der Angesprochene verzog säuerlich den Mund.

»Ihrer famosen Sprachkenntnisse wegen vor allem«, ergänzte Lange. »Was Sie jedoch nicht als Spitze gegen Ihre gelegentliche, mir etwas zu weit gehende Generosität besonders gegenüber der hiesigen weiblichen Bevölkerung verstehen sollten, ja?«

Fabers glatte Wangen hatten sich gerötet. Er saß steif. »Ich habe mir keine…«, sagte er rau, »… keine Verfehlungen…«

»Hatte ich Sie nicht gebeten, dass Sie es nicht als Spitze auffassen?«, unterbrach Lange. »Ich bin lediglich ein Mann der Prophylaxe. Soweit dürften Sie mich bereits kennen.«

Die Kiefer des Leutnants mahlten. »Ich verstehe«, sagte er.

»Ausgezeichnet«, sagte der Hauptmann befriedigt. Vecht grinste betreten. Er wich dem Blick seines Kameraden aus.

»Wieder zur Sache, die Zeit drängt. Die LKWs, wir benötigen vierzehn an der Zahl, halten sich ab 20 Uhr bereit. Natürlich samt Fahrer und Treibstoff für mindestens einhundertfünfzig Kilometer.

»Zu Befehl, Herr Hauptmann. Aber ...«

»Wir haben insofern Glück, wenn ich Ihrer Frage zuvorkommen darf, dass seit heute Mittag der Verkehr für französische Fahrzeuge verboten ist. Die entsprechenden LKWs müssten sich also bereits in den Garagen befinden. Wollten Sie das sagen, Herr Leutnant?«

»Das wäre es gewesen, jawohl, Herr Hauptmann.«

»Sehen Sie. Nehmen Sie zuerst Kontakt zu Inspektor Benedetti auf. Von ihm erhalten Sie die Namen der Fuhrunternehmen im Canton Harnac. Herr Oberleutnant? Noch Fragen?«

»Entspricht es der Wahrheit, dass in dieser Bande auch Deutsche kämpfen? Und was ...«

»Nein!«, sagte der Hauptmann entschieden.

»Aber ...«

»Ich sagte: Nein! Grundsätzlich gälte in diesem Fall jedoch der Ihnen bereits bekannte Befehl, wonach der Verräter an Ort und Stelle hinzurichten ist. So – und nun bitte ich Sie um Aufmerksamkeit für die Details.«

2

Die Vorhut der Gruppe Belton erreichte Tabernes am späten Nachmittag. Kurze Zeit danach trafen die ersten Untergruppen ein. Der Bürgermeister nahm mit unbewegter Miene zur Kenntnis, dass man im Schloss einquartiert zu werden wünsche sowie das Recht habe, Requirierungen vorzunehmen. Er sagte zu, den Schlüssel für das Schloss Fontanille, bei dem es sich um ein seit Jahren nicht mehr bewohntes Herrengut handelte, zu besorgen. Bei den Beschlagnahmungen bitte er zu berücksichtigen, dass die Leute von Tabernes selbst nur wenig mehr als das Nötigste zum Leben hätten. Wenn es dem Kommandanten recht sei, würde er diese Maßnahmen mit ihm gemeinsam vornehmen. Milch und Käse zumindest seien kein Problem, vorausgesetzt, die Männer blieben nicht länger als ein, höchstens zwei Tage. Es bliebe doch dabei?

Belton bestätigte, dass man vorhabe, im Morgengrauen wieder aufzubrechen. Dann rief er seine Gruppenleiter zu sich, um den Ort zu befestigen. Er gab die Anweisung, an den beiden Zufahrtsstraßen Wachen zu postieren.

Als er zum Schloss gehen wollte, trat ihm Lopez in den Weg. »Einigen von uns ...« Er wies mit dem Kopf auf einige der Männer, die sich auf der Treppe vor dem Schloss niedergelassen hatten und dem Gespräch schweigend zuhörten, »... einigen von uns gefällt dieser Platz nicht«, sagte er. »Ich gehöre dazu.«

»Der Abwurfplatz ist höchstens drei Kilometer von hier entfernt. Es gibt keine bessere Möglichkeit«, antwortete Belton gereizt.

»Der Ort ist niemals zu halten«, beharrte Lopez. »Das Gelände ist völlig frei, der Waldrand ist mehr als einen halben Kilometer vom Dorfrand entfernt. Bei einer Einkesselung ist Ausbruch unmöglich. Tabernes ist ein Präsentierteller, wie ihn sich die Boches nicht besser wünschen können.«

»Ich schätze, dass in meiner Gruppe mitgedacht wird«, sagte Belton ungehalten, »aber vergesst nicht, dass wir hier nicht im Parlament sind. Der Kommandant bin ich.«

»Das wird nicht bestritten.«

»Schön«, sagte Belton gallig. »Mein Befehl wird trotzdem nicht geändert. Es gibt in weitem Umkreis keine bessere Möglichkeit, sowohl die Abwurfstelle zu präparieren als auch wieder etwas zu Kräften zu kommen. Seht euch um: Wir sind erschöpft.

Wir sind zehn Stunden ohne Unterbrechung marschiert, und am Tag zuvor ebenfalls. Zwei Männer sind krank. Wir brauchen einige Stunden, um uns zu erholen. Hier in Tabernes haben wir erst mal alles. Das Plateau ist gesichert; die Wachen können direkt in das Tal sehen. Sollten sie etwas sehen, so haben wir noch genügend Zeit, um den Platz zu räumen.«

»Das Plateau ist über dreißig Quadratkilometer groß. Wir können nicht jeden Pfad bewachen, und die Boches haben ortskundige Milizionäre.«

Beltons Gesicht hatte sich gerötet. »Verdammt, Lopez, jetzt überleg mal: Woher sollten sie wissen, dass wir uns ausgerechnet hier aufhalten? Auch wenn sie den Funkspruch abgefangen haben, so sind sie nicht in der Lage, ihn zu dechiffrieren, zumindest nicht so schnell.«

»Und wenn hier jemand den Verräter spielen will?«

»Hier in Tabernes?«, rief Belton.

Lopez nickte. »Die Leute auf den Causses sind schwer zu durchschauen. Und katholisch.«

»Idiotisch, was du da sagst! Rechne doch mal: Derjenige käme nicht vor Einbruch der Dämmerung in Harnac an. Bis die Gendarmen die Nachricht an die Deutschen weitergeben, vergeht ebenfalls wieder Zeit – dann wäre es jedoch schon Nacht. Und in der Dunkelheit werden die Boches nicht angreifen. Zumindest nicht in einer derartigen Situation. Sie kennen die Gegend nicht, die Wege sind miserabel, das Gelände unübersichtlich.«

»Aber …«

Belton brüllte los. »Habe ich mich so undeutlich ausgedrückt, als ich sagte, dass das ein Befehl ist?!«

»Nein, Kommandant.«

»Gut. Stehen die Wachposten?«

»Ja, Kommandant.«

»Dann lass das Lager beziehen. Anschließend bestimmst du zwei Männer, die sich mit dem Bürgermeister um die Lebensmittel kümmern. Was brauchen wir?«

»Milch vor allem, und Brot.«

»Also. Wie geht's übrigens den beiden Neuen? Emile und Sergej?«

»So la-la«, sagte Lopez. »Fast ein Scherz, was? Sind zwei Tage dabei, und schon fangen sie sich 'nen Streifschuss.«

»Sie werden noch einiges zu lernen haben. Besonders, was eine Deckung ist«, gab Belton zurück. »Aber soweit ich weiß, lebt hier auch ein Arzt. Er soll sich um die beiden kümmern, verstanden?«

Belton wandte sich brüsk ab und stapfte zum Schloss, vor dessen Tor der Bürgermeister auf ihn wartete. Lopez, die Hand noch an der Schläfe, sah ihm verdattert nach. Er sah zu den Männern, die das Gespräch verfolgt hatten, und zuckte ratlos mit den Schultern.

Als Belton sich anschickte, mit dem Bürgermeister das Schloss zu betreten, hörte er, dass es am Dorfplatz unruhig geworden war. Er drehte sich um.

»*Tire-te d'aqui!*« In der Mitte des Dorfplatzes stand ein ausgemergeltes Männchen. Das struppige Haar auf seinem fleckigen Schädel stellte sich auf, und der Wind zerrte an seinen Hosenbeinen. Einige der Männer umstanden ihn und versuchten, ihn zu beruhigen.

»*Tira-te d'aqui, que nos ammascas!*«, schrie der Alte mit durchdringender Stimme. Sein vor Empörung und Not aufgerissener Mund war eine schwarze, spuckende Höhle. »Verschwindet! Ihr bringt uns Unglück!«

3

Die Nacht war sternenklar. Kurz nach drei Uhr kamen Leonhard, Antonin und Firmin, die von ihrem Wachposten abgelöst worden waren, in das Dorf zurück. Vor dem Wirtschaftsgebäude des Schlosses, in das sich die meisten der Männer zum

Schlafen gelegt hatten, glühte das gelbe Licht einer Schäferlampe.

Lopez saß auf einer niedrigen Steinumfassung, neben ihm, den Rücken an die Wand des Hauses gelehnt, saß Gurumeta.

»Wie sieht's aus?«, fragte Lopez.

»Alles ruhig«, antwortete Antonin. Er war ein stämmiger Achtzehnjähriger mit bäuerlichem Gesicht. Erst vor einigen Tagen war er aus einem Jugendheim ausgerissen. »Selten so 'ne prächtige Nacht gesehen wie heute, nicht, Firmin?«

»Hm. Wird aber nicht bleiben. Im Süden gab's ein Wetterleuchten, als würde die Küste brennen. Übrigens, damit ihr's alle wisst: Hab mir jetzt 'nen Kampfnamen überlegt.«

Lopez schmunzelte.

»Ah? Und wie nennst du dich jetzt?«

»Raimu.«

»Da geht einer gern ins Kino, hm?«

»Wir haben kein Flugzeug gehört«, ergriff Leonhard das Wort. »Ist was schief gegangen?«

»Allerdings«, sagte Lopez nüchtern. »Scheiße, wieder mal. Wir haben bis zwei Uhr nachts gewartet, obwohl der Abwurf bereits für Mitternacht angekündigt war. Alles war vorbereitet, die Signalfeuer, der Abwurfplatz, alles.«

»Verdammt.« Antonin schlug die Arme fröstelnd um seine Knie.

»Jetzt ist die Frage, ob uns jemand zum Narren halten will.«

»Oder ob sie den Flieger heruntergeholt haben«, sagte der junge Firmin.

»Ach ja«, brummte Lopez verdrossen. »Hör zu, mein Junge, du weißt das nicht. Es ist schon das zweite Mal, dass wir uns auf irgendeinem Berg den Hintern abfrieren, weil wir auf irgendeinen Flieger aus London warten. Natürlich kann mal was schief gehen. Wie man aber hört, klappt bei den anderen die Sache mit den Abwürfen nicht schlecht. Rubens Gruppe ist bereits ausgerüstet, dass man meinen könnte, er sei Churchills

Lieblingsneffe. Neueste Waffen, Funkausrüstung, jede Menge Munition und Sprengstoff, und – worauf Ruben besonderen Wert legt – sogar Uniformen.«

»Lopez hat Recht«, stimmte Gurumeta zu. »Natürlich kann weiß der Teufel was passiert sein, aber nicht zweimal hintereinander. Ich habe auch das Gefühl, dass die Sache faul ist.«

Leonhard setzte sich auf die Türschwelle.

»Hast du 'nen Tabak für mich, Lopez?«, fragte Antonin.

Lopez griff in seine Hemdtasche.

»Merde«, sagte Antonin und bückte sich. Er hatte das Päckchen fallen gelassen.

»Nervös, hm?«, stichelte Lopez gutmütig.

Antonin antwortete nicht. Er begann, sich eine Zigarette zu drehen.

»Und? Was sagte Belton dazu?«, fragte Leonhard.

»Ist ziemlich fertig, kannst du dir wohl denken«, antwortete Lopez. »Es hat 'n ziemlichen Krach gegeben. Stritzel hat gesagt, dass er bei der nächstbesten Gelegenheit aussteigen wird. Daraufhin ist Belton schier durchgedreht. Hat ihn angeschrien und gedroht, ihn erschießen zu lassen. Du kannst dir vorstellen, wie es dann erst losging.«

»Was? Ist er verrückt geworden?«

»Wer? Stritzel?«

»Der nicht. Belton natürlich.«

»Belton ist verdammt angeschlagen. Was sagst du, Gurumeta?«

Der hagere Katalane nickte ernst. »Mir gefällt er seit einigen Tagen nicht mehr. Die Sache heute Nacht hat ihm zusätzlich zugesetzt. Schließlich hat er ja auch groß getönt, dass er feste Zusagen mit London ausgehandelt hätte und diese elende Murkserei bald ein Ende haben wird.«

»Ach, die Granaten, die Felix aus Konservendosen macht, gehen mindestens genauso schön in die Luft wie die anderen«, sagte Antonin. Er gab Lopez das Päckchen zurück.

»Warum will Stritzel aussteigen?«, fragte Leonhard. »Wenn ausgerechnet er so etwas sagt, dann muss es ja hoch hergegangen sein!«

»Allerdings«, sagte Lopez. »Das ist es.«

»Erzähl.«

»Die Nerven sind wohl mit ihm durchgegangen. Hat zum Schluss geheult. Louis war aber ein Vollidiot, was denkst du, Gurumeta?«

»Louis ist nicht der Hellste, nein.«

»Also begonnen hat es damit, dass…« Hinter ihnen hatte sich das Tor geöffnet.

»Ich kann nicht schlafen«, sagte Stritzel. »Hat jemand Tabak für mich?«

»Wie es der Zufall will«, raunzte Lopez.

Stritzel nahm das Paket in Empfang und setzte sich auf die Stufen.

»Außerdem liege ich direkt hinter der Fensterluke und höre jedes Wort.«

»Wieder beruhigt?«, fragte Gurumeta.

»Ja und nein«, antwortete Stritzel ausweichend. »War vielleicht heut nicht der beste Zeitpunkt, Belton ein paar Dinge zu sagen. Aber ich konnte einfach nicht mehr anders.«

»Worum ging's?«, fragte Leonhard.

»Um was? Um alles. Um das, was wir tun, warum wir es tun, und wann wir es tun.«

»Um seine Strategie«, erklärte Gurumeta.

»Genau.« Stritzel nahm einen tiefen Zug. »Ich habe gesagt: Belton, seit Wochen tut unsere glorreiche Truppe nichts anderes, als sich von einem Versteck zum anderen zu schleichen. Aber kaum haben wir eines gefunden, werden wir aufgespürt. Die Nazis, die Milizen und die Gedarmen jagen uns wie die Hasen von einem Fleck zum anderen. Wir sind in der Defensive, habe ich gesagt, und das passt mir nicht. Wenn wir entschlossener agieren würden, hätten wir die Bagage schon längst über die Rhone gedrückt.«

»Und was sagt er dazu?«, wollte Antonin wissen.

»Er stottert rum, faselt was von Absprache mit anderen Gruppen und brüllt, wenn ihm nichts mehr einfällt, dass schließlich er und kein anderer der Kommandant sei.«

»Er hat 'ne verdammt dünne Haut bekommen, unser Belton«, warf Gurumeta ein, »verdammt dünn.«

»Louis hat sich dann auf seine Seite geschlagen, und plötzlich war da eine Front zwischen uns Franzosen und euch«, sagte Lopez, »da hab ich auch meinen Anfall gekriegt. So lange sind wir jetzt zusammen, sage ich, und dann kommt so 'n Idiot und macht auf einmal 'nen Unterschied zwischen den ›echten Franzosen‹ und den anderen. ›Fängt dieser Dreck jetzt auch zwischen uns an?‹, habe ich ihn angepfiffen, ›kannst du mir sagen, was es für einen Unterschied macht, ob ich 'n Franzose bin, 'n anderer ein Russe, ein Spanier und ein Dritter sonst noch was ist?‹«

Stritzel lachte leise. »Bist groß aufgelaufen, Lopez, das muss man sagen.«

Leonhard wandte sich an ihn. »Was hat er gesagt?«

»Ach, nichts«, sagte Lopez.

»Ob nicht alle Menschen gleich wären, ob nicht jeder Mensch einer Mutter vom Arsch gefallen wäre«, sagte Stritzel.

»Wetten, dass er im Geheimen Poesie schreibt?«, lästerte Gurumeta. »Lopez, genannt der Bauern-Shakespeare?«

»Ihr neidet mir nur, dass ich lesen kann«, lachte Lopez. »Aber sagt: War doch nicht verkehrt, was ich gesagt habe? Na also.«

»Natürlich nicht! Aber es war auf einmal wie im Theater.«

»War ja auch eines«, brummte Lopez. »Wie dann auch noch Richard …«

»… der Neue?«

»Ja, der Deserteur. Wie auch der dann noch angefangen hat,

seinen Senf dazuzugeben – also, wenn Stritzel und Gurumeta nicht dazwischen gegangen wären, hätte es mehr als nur ein paar blaue Flecke gegeben.«

»Kaum ist man weg, macht ihr Dummheiten«, scherzte Leonhard. »Was hat Richard denn gesagt?«

»Er kam mit dem alten Märchen an, dass auch die Franzosen dran schuld seinen, dass euer Adolf hochgekommen ist«, sagte Gurumeta erbost.

»Versailler Vertrag und so, verstehst du? Da hab ich natürlich sagen müssen, dass das Blödsinn ist. Wär er doch auch noch auf mich losgegangen, der Idiot. Ich mein, ich hab nichts gegen ihn, aber ein Idiot ist er trotzdem.«

»Wieso?«, fragte Leonhard zögernd.

»Wieso?«, versetzte Gurumeta ungeduldig. »Wenn es stimmen würde, dass der Versailler Vertrag an allem schuld wäre, dann dürfte es keinen Franco und keinen Mussolini geben – die haben nämlich keineswegs darunter leiden müssen. Mussolini hat von diesem Vertrag sogar ordentlich profitiert.«

»Aber …«

»Nichts aber! Was willst du uns erzählen? Dass der Faschismus gekommen ist, weil es den Leuten schlecht gegangen ist?«

»Was denkst denn du?«

»Dass das Blödsinn ist!«, fuhr Gurumeta auf. »Ist denn das so schwer zu kapieren? Er ist gekommen, sag ich dir, weil die Bourgeoisie Angst vor der Linken gehabt hat! Und wenn sie Angst hat, vergisst sie schnell ihre guten Manieren. Schau mal genau hin, dann siehst du es: Wo gibt es heute Faschisten? Genau in den Ländern, in denen zuvor die Republikanischen, die Kommunisten, Anarchisten und Sozialisten stark gewesen sind.«

»Leuchtet ein«, gab Leonhard zögernd zu. Gurumeta grunzte befriedigt.

»Nichts gegen Richard«, sagte Stritzel leise, »er ist in Ordnung, wenn ihr mich fragt. Aber er ist nicht der Hellste. Ein deutscher Sozialdemokrat eben.«

»Was hat das damit zu tun?«

»Neulich schwätzte er mir etwas vor von wegen: Das deutsche Volk werde sich seiner Unterdrücker bald entledigt haben. Da sei er sich sicher. Er hätte von Vorbereitungen zu einem Umsturz gehört. Ha!«

»Muss ja nicht ein jeder so schwarz sehen wie du, Stritzel.«

»Ich sehe nicht schwarz, sondern klar, was 'n Unterschied ist. Ich hab zu Richard gesagt: Ich erzähl dir mal was über den Widerstandsgeist des Volks der Dichter und Denker, habe ich gesagt. Die Beamten des Zuchthauses von Plötzensee sollen da neulich einen atemberaubend mutigen Aufstand hingelegt haben. Sie haben mit Streik gedroht. Wollt ihr wissen, weshalb? Sie wollten ihre Schuhe ersetzt haben. Das Blut in den Hinrichtungskammern würde nämlich die Sohlen aufweichen. So viel dazu, habe ich gesagt. Da war er still.«

»Hast ja Recht«, sagte Leonhard. »Aber so klammert sich halt ein jeder an was, nicht?«

»An was hältst du dich?«

»Weiß nicht«, antwortete Leonhard leise.

»Tja, es ging wirklich rund«, sagte Lopez nach einer Weile, »aber zum Schluss hat sich dann jeder wieder einigermaßen beruhigt. Ist ja schließlich auch kein Wunder, dass es mal kracht.«

»Louis hat das bestimmt nicht so gemeint«, warf Antonin ein. »Ich kenne ihn. Er hat nichts damit am Hut. Er schätzt euch wirklich.«

Stritzel warf ihm einen skeptischen Blick zu. »So? Warum fängt er dann mit so 'nem Blödsinn an?«

»Er hat's mir mal so erklärt: Er sei hier zu Hause. Wenn wir, so hat er gesagt, hier zu früh anfangen, den wilden Mann zu spielen, dann rasieren sie uns das Land kahl, und da geht alles dabei drauf, nicht nur unsere Häuser und Farmen, sondern auch unsere Familien, unsere Frauen und unsere Kinder.«

»Tja«, sagte Stritzel, »das würde mir ja einleuchten. Aber trotzdem: Erstens kann's euch durchaus passieren, dass auch so alles draufgeht, wenn die Nazis sich noch länger hier ungestört herumtreiben können. Und zweitens – was mich am meisten gekränkt hat: Er hat uns vorgeworfen, wir wollten hier die Helden spielen. Könnt ihr euch vorstellen, dass ich ihm da am liebsten eine reingehauen hätte?«

»Helden…«, sagte Lopez kopfschüttelnd, »was für 'n Blödsinn.«

»Aber für die Leute unten seid ihr's!«, rief Antonin hitzig.

»Schrei nicht«, sagte Lopez.

»Schau, mein Junge, du bist erst seit ein paar Tagen bei uns«, Gurumeta seufzte herablassend. »Aber ich erklär dir jetzt einmal, wie das ist mit dem Heldsein. Hör zu, das geht so: Du platzt in 'ne blöde Situation, die dir mehr als lästig ist, tust, was dir im Moment gerade einfällt, hast auch noch Glück und überlebst. Und, *voilà*, der Held ist geboren.«

Lopez lachte leise.

»Ich hätte Louis wirklich eine reinhauen können«, wiederholte Stritzel verbittert, »dieser elende Idiot.«

»Wer haut wem eine rein?«, ließ sich eine Stimme von der Tür hören. »Ich bin dabei.«

»Emile!«, sagte Gurumeta vorwurfsvoll. »Dachte, du bist am Krepieren? Du sollst doch liegen bleiben!«

»Ich mag ja nicht mehr der Jüngste sein, aber so schnell geb ich den Löffel nicht ab. Ich kann nicht schlafen. Irgendwas liegt in der Luft, glaubt mir's. Ich hab dafür 'ne Nase.« Er setzte sich.

»Worüber quasselt ihr – Lopez, hast du 'nen Gris?«

»Klar«, brummte der Angesprochene, »bin ja 'ne Bar-Tabac, wie jeder weiß.«

»Über den Streit vorhin, hm? Wo's langgehen soll? Nimm mir's nicht übel, Stritzel, aber was Louis gesagt hat – er hat's zwar wie üblich völlig daneben herausgebracht – das war nicht ganz falsch.«

»Es gibt so 'n Spruch bei uns: Wer nicht wagt, der nicht gewinnt«, sagte Leonhard.

»Ach!«, sagte Emile gedehnt. »Louis und wir, wir wagen nichts, oder was? Ihr Deutschen blast euch manchmal ganz schön auf.«

»Hat er nicht gemeint«, versuchte Leonhard zu erklären. Doch Emile hörte nicht zu.

»Blöder Spruch, was Leonhard da gesagt hat!«, ereiferte er sich, »den kann er sich auf den Grabstein meißeln lassen, wenn's ihm Spaß macht! Das Wagnis ist nicht dasselbe, meine Freunde. Ihr habt nichts mehr, was ihr verlieren könnt, von eurem Leben abgesehen. Wir dagegen haben noch etwas, was wir nicht verlieren wollen. Kapiert ihr das nicht?«

»Doch«, sagte Gurumeta ernst.

Emile zündete sich die Zigarette an und gab den Beutel zurück.

»Diese Sprüche, die kommen daher wie so 'n Bibelvers. Ich sag euch: Ich mach hier im Maquis mit, weil ich gewinnen will, versteht ihr? Und ich weiß, dass wir gewinnen werden.« Er paffte eine Rauchwolke nach oben. »Aber das will ich gerne noch erleben, wenn's recht ist.«

»Meinst du, wir nicht?«, bemerkte Lopez.

»Natürlich. Ihr seid ja keine Salatköpfe. Aber das heißt dann eben, dass man gefälligst vorsichtig sein muss, verdammt noch mal! Ich träum nicht von rauschenden Siegen und dem ganzen Firlefanz, das könnt ihr mir glauben. Ich träum davon, dass ich keinen Schiss mehr zu haben brauche, dass ich vor meiner Tür sitze, ein Glas Wein gegen die Sonne heben kann und die Leute wieder Witze miteinander machen. Versteht ihr? Und nicht, dass ihr meint, ich hätte Angst davor, mal 'ne Kugel abzubekommen. Gut, wenn's sein müsste, dann soll's schnell gehen, das wäre mir schon recht. Wenn ich mal hin bin, hab ich schließlich kein Problem mehr. Ich leg's nur nicht gern drauf an, weil das Sterben nie das Problem derjenigen ist, die sich flachlegen und die Augen zumachen. Die übrig bleiben, die haben das Problem. Denen reißt es das Herz heraus! – Wa …?«

Gurumeta hatte die Hand gehoben.

»Leo, was hast du?«

Leonhard war zusammengesunken. Er atmete gepresst. Lopez nahm die Zigarette aus dem Mund. Er stand auf und packte Leonhard an den Schultern.

»So 'n... Druck...«, sagte Leonhard mit schwerer Zunge, »...kommt plötzlich... wie wenn das Herz davonrennen möchte...«

Gurumeta befühlte seine Schlagader. Er sah besorgt aus.

»Leg dich sofort hin, Leo«, befahl er. »Sofort.« Lopez und Emile beugten sich über den Liegenden.

»... lasst mich, geht schon.« Er stemmte sich auf und ging mit unsicheren Schritten in die Scheune. Auch Lopez und Emile verabschiedeten sich. Gurumeta verließ seine Hocke.

»Kommt, Jungs«, sagte er.

»Comrade Gurumeta?« Der junge Firmin hatte leise gesprochen. Der Katalane drehte sich fragend um.

»Was... was hat der Deutsche eigentlich, Comrade?«

»Leonhard? Was weiß ich, mein Sohn. Die Nerven werden es sein.«

»Er hat nämlich vorhin, bei der Wache, wieder so 'ne Art Anfall gehabt«, sagte Firmin. »Antonin und ich, wir haben wirklich Schiss bekommen.«

Gurumeta setzte sich. »Wie sah der Anfall aus?«

»Wir haben miteinander geredet, da ist er plötzlich hingefallen und hat um sich geschlagen. Ich wollte ihn festhalten, weil doch ringsherum Steine lagen, aber ich hab's kaum geschafft.«

»Wie lange hat das gedauert?«

»Weiß nicht – ein, zwei Minuten vielleicht. Dann war er plötzlich wieder da, ist aufgestanden. Wie ich ihn fragte, was passiert ist, wusste er von nichts mehr.«

»Worüber habt ihr zuvor gesprochen?«

»Worüber haben wir geredet, Antonin? Weißt du's noch?«

»Über nichts Besonderes. Leonhard war irgendwie…«

»Niedergeschlagen«, half sein Freund.

»Ja, genau. Er sagte, er glaube nicht, dass es jemals gelingen würde, die Boches zu schlagen, und so… Ich hab dagegengehalten, aber er hat es mir nicht abnehmen wollen. Kam mir vor wie ein Schuljunge.«

Gurumeta senkte nachdenklich den Kopf. »Ihr solltet euch jetzt auch hinlegen, Jungs.« Er wandte sich wieder zum Tor.

»Comrade?«

Der Katalane sah über die Schulter. »Was willst du noch?«

Firmin räusperte sich. »Sie sind doch eigentlich Arzt, nicht wahr?«

»Lass doch, Firmin«, sagte Antonin verlegen.

»… Raimu!«

»Von mir aus.«

Gurumeta hatte genickt. »Nicht nur eigentlich, mein Junge. Wieso?«

»Ich… möchte Sie noch was fragen.«

»Raus damit. Wenn's nicht zu lange dauert. Ich bin nämlich auch schon müde. Und morgen geht's früh raus.«

»Wie ist das mit dem… Tod?«

»Darüber kann ich dir nichts sagen, mein Junge«, sagte Gurumeta. »Ich bin noch nie gestorben.«

Antonin lachte leise.

»Ich mein's ernst«, sagte Firmin.

»Weiß ich. Es sollte heißen: Über den Tod weiß ich nicht viel mehr, als du selber wissen wirst.«

»Ich meine das Sterben. Tut es – weh?«

Gurumeta setzte sich auf die Stufen.

»Hast Angst, nicht? Wie alt bist du eigentlich?«

»Achtzehn – Ich will's nur wissen, verstehen Sie?«

»Also«, begann Gurumeta zögernd, »normalerweise hat es die Natur wohl so eingerichtet, dass der Mensch das Sterben nicht spürt.«

»Normalerweise, hm? Und wenn er ’ne Kugel kriegt, zum Beispiel?«

»Eine Art schützende Besinnungslosigkeit tritt dann ein, eine Betäubung der Sinne.«

»Immer?«, fragte Antonin.

»Wie kann ich euch das erklären?« Gurumeta zögerte. »Also… bei einer tödlichen Verletzung weiß der Körper sozusagen, dass es bald mit ihm zu Ende geht. Die Natur will ihm das nicht auch noch schwer machen. Ich habe Leute in einem Zustand gesehen, den ich fast als eine Art Rausch bezeichnen möchte.«

Firmin war erleichtert. »Es tut also nicht weh?«

Gurumeta drehte den Docht der Lampe herunter. Nun war es dunkel. Die Sterne über dem Dorf funkelten.

»Wenn es ein gut gezielter Schuss ist, zum Beispiel in’s Herz oder in den Kopf, dann spürst du vermutlich nicht viel mehr, als wenn dir jemand einen Knüppel über den Kopf ziehen würde, und dann bist du schnell hinüber«, sagte der Katalane. »Aber vergesst nicht, was Emile vorhin gesagt hat.«

»Dass der Tod nie das Problem der Toten ist?«

»Du sagst es. Ich glaube, das ist das Wichtigste, was man wissen muss.«

Er erhob sich.

»Und ihr solltet jetzt auch schlafen gehen.«

Er ging in die Scheune, tappte durch die Reihen der Schlafenden, schob den ärgerlich grunzenden Louis, der im Schlaf über seinen Schlafplatz gerollt war, beiseite und ließ sich auf sein Lager fallen. Kurz darauf kamen auch die beiden Jugendlichen. Sie flüsterten noch etwas miteinander, dann waren nur noch die Atemzüge der Schlafenden zu hören.

Du bist ein elender Lügner, Louis Gurumeta.

– Wieso?

Du hast ihnen nicht alles gesagt.

– Es hätte sie beunruhigt. Sie werden es früh genug mitbekommen.

Wie edel.

– Habe ich gelogen?

Nein. Aber die Wahrheit ist, dass in einem Gefecht niemals gut gezielt wird, dass auch der Gegner meist blind und wild vor Angst und Zorn ist. Dass es Wunden gibt, die man kaum sieht, nur wenig größer als ein Schnitt mit einem Küchenmesser, die einen tödlichen Schock auslösen. Dass Schrapnelle und Granaten ganze Fetzen aus dem Körper reißen, und da noch lange kein Tod ist. Und wie es schließlich ist, wenn der Schuss, eine Verletzung eben nicht tödlich ist. Dass die meisten Männer nicht sofort sterben, sondern sich noch Stunden und Tage quälen, schließlich an Wundbrand und Infektionen verrecken. Dass der Krieg nichts anderes ist als ein Ozean ungeheurer, nicht vorstellbarer Schmerzen.

– Sie sind noch jung. Achtzehn! Gestern noch Kinder, den Kopf in den Wolken, von Meer und Piraten träumend! Hätte ich überhaupt Worte gefunden, sie hätten sich die Hosen voll gemacht. Besser, sie wissen es nicht. Wer wirklich was weiß vom Krieg, ist nicht mehr für ihn zu gebrauchen.

»Gurumeta? Wie wär's, wenn du dich endlich ruhig hältst? Es wird bald hell.«

»Ich kann nicht schlafen, Lopez.«

»… ist alles in Ordnung, *compañero*?«

»*Si … todo.*«

4

Dokument 1
»Aktion gegen Terroristen«
(Gemeinde Tabernes, Causse Sorelh/28.5.1944/Regimentstagebuch des Freiwilligen-Stamm-Regiments 2/geheim)

I

Die Kampftruppen waren am Samstag, den 27.5. zwischen 18 und 19 Uhr marschbereit. Zum Zeitpunkt des Abmarsches war jedoch erst ein einziger französischer LKW zur Stelle, dessen Fahrer zudem sofort wieder kehrtmachen wollte, weil er allein war.

Dem ständigen Bemühen des Verbindungs-Stabschefs war es zu verdanken, dass um 21 Uhr weitere LKWs zur Stelle waren, darunter aber einige sehr kleine Fahrzeuge, an denen teilweise die Wagenleitern fehlten. Gegen 22 Uhr war ein weiterer LKW ausfindig gemacht worden. Dann, gegen 23.30 Uhr, noch ein kleinerer Bus, und zwischen 24 und 1 Uhr trafen endlich noch 2 LKWs ein.

Der Eindruck, dass es sich auf der französischen Seite um verdeckte Sabotage handelte, wurde bestärkt durch folgende Fakten: Mehrere Fahrer waren gegen 22 Uhr völlig betrunken, Ersatzfahrer angeblich nicht aufzutreiben. (So wurden Legionäre dazu abgestellt, nötigenfalls die LKWs zu fahren). Einige Fahrzeuge hatten angeblich kein Öl. Der zuständige Regimentsstab musste diesen Mangel beheben. Ein weiterer LKW hatte nur Holzkohle für eine kurze Strecke geladen, obwohl die Fahrer den Befehl hatten, sich für eine Fahrt von 200 km auszurüsten. Für die letzten bestellten LKWs standen angeblich keine Fahrer mehr zur Verfügung. Erst durch nachdrücklichste Maßnahmen, welche in mindestens einem Fall ein sondergerichtliches Nachspiel haben werden, konnten die Transportprobleme doch noch gelöst werden. Aus den genannten Gründen konnte die Abfahrt jedoch erst um 1.30 Uhr erfolgen.

II

Der Einsatzplan von Hauptmann Lange sah folgendermaßen aus: Eine verstärkte Kompanie nähert sich von Harnac her bis in die Nähe von Saint-Privat und La Borie. Dieser Zug macht einen Bogen nach links und nähert sich von Le Vernede her. Die südliche Kompanie nähert sich über Fraisse, Mialet (Stützpunkt 966, 1 km östlich von Farebique). Die Hälfte der Truppe schlägt einen linken Bogen über Pierrefort, Andric, Fontebasse.

La Borie sollte noch vor Einbruch der Dunkelheit eingenommen sein, der Angriff dann konzentriert nach allen Seiten erfolgen.

Angesichts des verspäteten Eintreffens der Fahrzeuge musste dieser Plan verändert und der Beginn der Attacke um 8 Stunden verschoben werden.

Die Unterabteilung Süd konnte planmäßig in Mialet eintreffen. Die Unterabteilung Nord kam mit drei Stunden Verspätung an ihrem Ziel an (wegen der Generatoren-Fahrzeuge auf der besonders unebenen Strecke). Der Untergruppe Nord gelang es unter der persönlichen Führung von Hauptmann Lange, die Banditen in Tabernes um 8.40 Uhr zu überrumpeln, die sich wegen des Pfingstfestes offenbar in Sicherheit wähnten.

Die Terroristen fassten sich jedoch überraschend schnell, nahmen ihre Verteidigungsstellungen ein und eröffneten ein heftiges und gut geleitetes Feuer mit Gewehren, Maschinenpistolen und Maschinengewehren.

Wegen des Überraschungseffekts und des von Hauptmann Lange über zwei Flügel vorgebrachten Angriffs blieb den Banditen keine Möglichkeit des Rückzugs, und sie waren gezwungen, sich in Tabernes zu verschanzen. Das allerdings machten sie sehr geschickt und mit so viel Kampfesmut, dass es sich nur um eine perfekt trainierte Truppe handeln konnte.

Wir konnten uns von allen Seiten Tabernes nähern. Ein Sturmangriff auf den winzigen Ort (ein baufälliges Schloss und fünf kleine Häuser) hätte unverhältnismäßig viele Opfer gekostet. Deshalb wurden die Terroristen umzingelt und Panzerabwehrkanonen und Granatwerfer eingesetzt. Dabei zeigte sich, dass der Beschuss der solide gebauten Häuser durch Granatwerfer und 4,5 cm PAKs nur geringen Effekt zeigte. Aus diesem Grund schickte Hauptmann Lange am Nachmittag einen Wagen und einen LKW mit Verletzten und Sicherungstruppen nach hinten und bat um Verstärkung, vor allem um Verpflegung und Munition für die schweren Geschütze.

Doch noch bevor die von der Legion in Marsch gesetzten Kräfte uns erreichten, war die Schlacht zu unseren Gunsten entschieden. Durch schwere Verluste wurde der Kampfeswille der Terroristen gebrochen. Nachdem wir einen Gefangenen als Mittelsmann zu ihnen geschickt hatten, hissten sie die weiße Fahne (…). Die Aufstellung zu Verlusten und Beute folgt, da die Berichte der beteiligten Einheiten noch nicht vollständig vorliegen. (Anlagen wegen Brandschaden unleserlich.)

III

(Anhang: Auszug Behandlungsnotizen des OStA Dr. Wilhelm B.)

Gefr. B. Karl, 26 Jahre – Verwundet 28.5.44 bei Tabernes/Causse Sorelh – Einschuss: Pfenniggroß – Austritt: Zwanzigpfennigstückgroß, hintere Achsellinie. – 3 Tage Bluthusten, starke Atemnot, Schmerzen, Bewegungen im Schultergelenk nicht möglich (Lähmung vorgetäuscht?) – rasch zunehmende Körperödeme – Urin: Spuren von Albumen – Ist bis 3.6. dauernd leicht benommen, zeitweise somnolent, wälzt sich fortgesetzt im Bette umher – Auswurf stark eitrig, reichlich – Bis 8. 6. tägl. Morphium (3 x 0,02, subkut.) – danach morgens Erbrechen, Fieberanstieg – Ex.: 10.6.

Gefr. H. August, 21 Jahre – Verwundet 28.5.44 bei Tabernes/Causse Sorelh (durch Maschinengewehr) – Einschuss: Erbsengroß, verklebt – Austritt: Markstückgroß – Gleichzeitig Oberarm Weichteildurchschuss – anfangs starker Blutauswurf – Zunächst glatter Verlauf, ab 1.6. ohne ersichtlichen Grund periodisches Fieber, ansteigend – ein Liter dunkelflüssiges Blut entleert – Urin: Schaum, weiß – Brustbein stark schmerzhaft (Morphium 3 x 0,03) – bis 10.6. starke Gelbsucht, danach Abklingen – erneuter Fieberanstieg, Nephritis, Atemnot – Ex.: 16. 6. (Rest wegen Brandschaden unleserlich.)

6

Dokument 2
Bericht von Jean-Pierre Garcia (Kampfname »Lopez«) an illegale Parteileitung in Lyon (undatiert, vermutlich Anfang Juni 44 eingegangen).

»Am 27. Mai gegen 6 Uhr brachen wir zu Fuß vom Hotel ›Geneste‹ auf. Wir mussten mehrere Umwege nehmen, da uns zuvor von Kontrollposten berichtet worden war. Unterwegs verloren wir den Kameraden Abel (Capel, A.), der sich den Fuß verstaucht und große Schmerzen hatte. Er übergab uns sein Gewehr und erklärte, einen Arzt aufsuchen zu wollen und sobald wie möglich wieder zu uns zu stoßen. Gegen 16 Uhr traf die Gruppe in Tabernes ein.

Der Ort auf dem Hochplateau Sorelh war ausgewählt worden, weil er sich nur etwa zweieinhalb Kilometer von jenem Platz befand, für den der Abwurf von Waffen und Munition angekündigt worden war. Obwohl uns die Bevölkerung reserviert gegenüberstand, erhielten wir um ca. 17 Uhr durch einen Boten die Nachricht, dass die Deutschen für ca. 20 Uhr einen Angriff planten. Kommandant Belton (d.i. Ltnt. Brugiere, Marcel) schenkte ihr zunächst keinen Glauben. Er sagte mir danach im

Vertrauen, dass er, sollte ein Angriff bevorstehen, in jedem Fall von Kommandant Ruben (Klarname vermutl. Morlan, François?) informiert worden wäre. Dennoch veranlasste er umgehend, dass die Gruppe sich in einer Scheune im Wald außerhalb des Ortes niederließ und die Zugänge zum Plateau mit zusätzlichen Posten mit Maschinengewehren gesichert wurden.

Wir blieben bis etwa 22 Uhr in äußerster Alarmbereitschaft, bis ein weiterer Bote Entwarnung gab. Der Angriff sei nicht zu Stande gekommen, weil die Deutschen nicht mehr über ausreichende Transportmöglichkeiten verfügten und die französischen LKW-Fahrer den Abmarsch erfolgreich sabotiert hätten. Wir waren natürlich erleichtert. Kommandant Belton ließ danach wieder die Lager im Dorf beziehen, was angesichts der Erschöpfung der Männer durchaus angebracht war.

Aus unbekannten Gründen kam der Abwurf, der für Mitternacht geplant war, nicht zu Stande. Kommandant Belton reagierte mit großer Erbitterung und deutete mir gegenüber an, dass er beabsichtige, Commandant Ruben zur Rede zu stellen. Unter den Männer kam es anschließend zu erregten Diskussionen, in der sich auch unterschiedliche Vorstellungen bezüglich des weiteren Vorgehens zeigten. Sie konnten jedoch beigelegt werden.

Der Abmarsch war für den frühen Morgen des folgenden Tages vorgesehen. Die Wachen wurden ab 7 Uhr eingezogen. Es kam zu gewissen Verzögerungen, da eines der Transportfahrzeuge einen Defekt hatte. Als wir frühstückten, entdeckten wir plötzlich, wie sich ein deutscher Soldat in gebückter Haltung auf das Dorf zubewegte. Offensichtlich war es den Deutschen gelungen, in der Zeit nach dem Einziehen der Wachen das Dorf zu umstellen.

Wir begaben uns sofort in Verteidigungsstellung. Ich befand mich mit Kommandant Belton und fünfzehn weiteren Kameraden in der Scheune, die anderen hatten sich im Schloss verschanzt. Zwei Kameraden gelang es in der Verwirrung der ersten Minuten zu fliehen. Es handelte sich um Stritzel (Neyman, David) und Sergej (Muratov, Iwan).

Wir mussten nun erkennen, dass das Dorf von einer Übermacht von etwa dreihundert Bewaffneten, darunter je einer Gruppe Miliz und SS, vollständig eingekesselt war. Es gab Feuer von allen Seiten. Diejenigen Kameraden, die sich auf der Straße vor dem Schloss aufgehalten und versucht hatten, sich zu uns durchzuschlagen, fielen als Erste.

Nach etwa einer Stunde setzten die Deutschen leichte Artillerie ein, die den solide gebauten Häusern jedoch nichts anhaben konnte. Auch ein Versuch, Scheune und Schloss in Brand zu stecken, konnte verhindert werden.

Leider war der LKW, in dem sich der größte Teil der Munition befand, bereits in die Hände der Angreifer gefallen. Dennoch stockte der Angriff. Schließlich schickten die Deutschen den Pfarrer des Ortes in Begleitung des bereits gefangen genommenen und durch einen Streifschuss verwundeten Kameraden Rousseau, Antonin (welcher erst von einigen Tagen zu uns gestoßen war) zu Verhandlungen, in denen uns der Kommandierende zusicherte, dass wir im Falle einer Kapitulation als Kriegsgefangene behandelt würden.

Obwohl unsere Munitionsvorräte zu diesem Zeitpunkt bereits knapp waren, wurde dieser Vorschlag abgelehnt, worauf sich der Beschuss fortsetzte. Der ununterbrochene Lärm der Einschläge zermürbte uns. Etwa um zwei Uhr ordnete Kommandant Belton, der befürchtete, dass die Deutschen Verstärkung angefordert haben könnten, einen nach meiner Ansicht überstürzten Ausbruch an. Er ließ das Tor öffnen und verließ, gefolgt von den Kameraden Gurumeta (G., Lluis) Ljubo (Kustic, Dragoliub) und Richard (Müller, Wilhelm, auch ›dicker Willy‹), die Scheune. Sie wurden sofort von einer Maschinengewehrgarbe zu Boden geworfen. Da sie sich nicht mehr bewegten und es unmöglich gewesen wäre, sie zu bergen, schlossen wir schnell das Tor. Der Kamerad Firmin, ein Gymnasiast, der ebenfalls erst vor einigen Tagen in unsere Einheit eingetreten war, erlitt eine Nervenkrise.

Es war ebenso unmöglich, mit den im Schloss liegenden Kameraden Kontakt aufzunehmen. Wir befürchteten aber, dass deren Vorräte noch geringer waren, da die im Schloss lagernde Munition bereits auf den LKW verladen worden war. Nach einiger Zeit konnten wir beobachten, dass aus einem der Fenster des Schlosses ein weißes Laken gehängt wurde. Kurze Zeit später kamen die Kameraden mit erhobenen Händen heraus und gingen auf die gegnerischen Stellungen zu (etwa gegen 15.30).

In der darauf folgenden kurzen Gefechtspause setzten jetzt auch zwischen uns Diskussionen darüber ein, ob wir uns ergeben sollten. Einige der deutschen Kameraden sprachen sich leidenschaftlich dagegen aus. Sie bezweifelten, dass das Versprechen, als Kriegsgefangener behandelt zu werden, eingelöst werden würde. Besonders der Kamerad Leonhard (Fiala, L.), den ich als einen eher besonnenen Mann kennen gelernt hatte, lehnte sich geradezu verzweifelt dagegen auf. Er reichte mir seinen Revolver und bat mich, ihn zu erschießen. Ich lehnte ab. Bevor er die Waffe auf sich richten konnte, wurde sie ihm aus der Hand gewunden, worauf er in Tränen ausbrach. Wir nahmen an, dass er fürchtete, von den Deutschen als ›Verräter‹ besonders hart behandelt zu werden, und versprachen ihm, ihn als Franzosen auszugeben. Er ließ sich jedoch nicht umstimmen und zeigte sich überzeugt, dass das Versprechen der Gegenseite nicht eingehalten würde. Dies machte auch mich schließlich nachdenklich.

Die Mehrheit entschied jedoch schließlich, sich zu ergeben. Etwa gegen 16 Uhr hissten wir weiß. Wir öffneten das Tor, bildeten einen Zug und bewegten uns über den Vorplatz auf den Feind zu. Leonhard ging als Letzter.

Ich konnte erkennen, dass er sich plötzlich duckte und unter einen Holzstapel kroch. Die Deutschen schienen sich, vermutlich in Erwartung einer Verstärkung, an den Ortsrand zurückgezogen zu haben. Noch war kein Deutscher zu sehen. Ich ließ mich ebenfalls fallen, sprang über eine niedrige Randmauer und rannte durch eine schmale Gasse zwischen zwei Katen auf das Feld zu. Ich hechtete über eine niedrige Mauer und fand mich plötzlich neben einem Soldaten liegend. Doch dieser starrte mich nur überrascht an und drehte sich um. Nach einigen Sprüngen erreichte ich unversehrt den Waldrand. Bevor ich im Unterholz untertauchen konnte, hörte ich noch die Salven, mit denen die Kameraden, die sich ergeben hatten, reihenweise abgeschlachtet wurden. Die Deutschen hatten keinen Augenblick daran gedacht, ihr Versprechen einzuhalten. Ich werde die Schreie des jungen Antonin nie vergessen. Ich konnte noch erkennen, dass einige vergeblich versuchten, über das Feld zu entkommen. (Wie ich später hörte, blieben etwa zehn Gefangene zunächst verschont. Sie wurden nach Harnac gebracht und dem Sicherheitsdienst der SS überstellt.) Da ich wusste, dass sich Leonhard noch innerhalb des Dorfes versteckt hielt, zog ich mich auf eine Felsanhöhe zurück, von der aus ich – aus mehreren Kilometern Entfernung – Tabernes beobachten konnte. Kurz vor Einbruch der Nacht sah ich, wie die Verstärkung eintraf, weitere ca. hundert Mann. Ich befürchtete, dass sich die Deutschen mehrere Tage in Tabernes festsetzen würden, war mir aber sicher, dass sie nicht in die Wälder ausschwärmen würden. Ich zog mich zurück. Auf der Rückseite der Anhöhe traf ich auf eine Farm. Die Leute hatten Angst und baten mich, schnell wieder zu verschwinden, gaben mir aber zu essen und zu trinken. Ich entschloss mich dennoch, meinen Beobachtungspunkt wieder aufzusuchen. Am frühen Abend des folgenden Tages sah ich, dass sich Gruppen der Deutschen auf den Abmarsch machten, ein Teil – etwa die Hälfte – noch in Tabernes blieb. Gegen Mitternacht sah ich einen dunklen Punkt, der sich durch die vom Mond beschienenen Felder in Richtung Wald bewegte. Ich schlich mich vorsichtig nach unten. Es war der Kamerad Leonhard, sie hatten ihn nicht entdeckt. Wir sanken uns in die Arme. Er zitterte und konnte kaum gehen, da er sich die ganze Zeit völlig regungslos halten musste und ihm die Beine nahezu abgestorben waren.

Wir schlugen uns zu den Höhlen von Les Molines durch, die wir am frühen Morgen erreichten. Auf einer Farm, deren Bewohner wir bereits kannten und um Verpflegung bitten konnten, trafen wir auf Stritzel und Sergej, der schwer verwundet war, sowie den ebenfalls am Kopf verwundeten Firmin, dem als einzigen die Flucht über das freie Feld gelungen war. Ein Arzt war bereits bei ihnen. Wir ließen beide zurück und bezogen unser Lager in einer Hütte vor der Höhle. Einen Tag später kamen auch Abel, der ›kleine Antoine‹ und zwei jüngere Männer aus Vignes an, kurze Zeit danach auch Milo und Jorge, die sich zum Zeitpunkt des Angriffs auf der Latrine außerhalb Tabernes befunden hatten und fliehen konnten. Sie berichteten, dass Commandant Ruben sich vom Schicksal unserer Einheit erschüttert gezeigt habe und uns anbot, sich ihm anzuschließen. Wir stimmten zu. Wir erhielten wenig später Befehl, unseren Posten bis auf weiteres nicht zu verlassen und die Truppenbewegung der Deutschen im Val'Longue zu observieren. (…)«

XII
Wege enden

1

»Sergej ist über den Berg«, berichtete Jaquot. »Mit dem kleinen Firmin sieht's düsterer aus. Hat ihn am Kopf erwischt. Aber er kommt vermutlich auch durch.«

Er stellte einen Stoffsack auf den Boden, entnahm ihm einen schweren, runden Brotlaib, ein paar Würste und einen Weinbeutel. »Greift zu. – Aber sonst sind die Nachrichten nicht die besten. Man hat die anderen von euch, die auf Tabernes gefangen genommen und nach Harnac gebracht worden waren, gefunden. Erschossen. Und sie haben sie zuvor geschunden. Erspart mir zu sagen, wie.«

»Wie?«, sagte Lopez.

»Ich habe gesagt: Erspart es mir.«

»Und ich frage dich: Wie?«, beharrte Lopez. Die anderen schwiegen.

»Wie du willst. Die Haut der meisten war verschmort, als hätten sie sie in der Pfanne gebraten. Einige hatten keine Fußnägel mehr. Bis auf das des kleinen Antonin, heißt es, waren die Gesichter nicht mehr zu erkennen. Genug?«

»Ich hab sie gewarnt«, sagte Leonhard in das Schweigen.

»Weiter?«, sagte Lopez nach einer Weile, in der nichts als das metallische Zirpen der Grillen zu hören war.

»Hier seid ihr erst einmal sicher«, sagte der Bauer, »aber drunten sieht es düster aus. Die Boches sind zum Gegenangriff übergegangen. Eine Kompanie Milizen, Schande über sie, hilft ihnen. Der ganze Canton wird seit Tagen durchkämmt. Sie haben sich im Schloss von St. Etiènne festgesetzt. Im Dorf ist schon kein Durchkommen mehr. Jeder wird angehalten und kontrolliert. Die Leute mussten sich mit ihren Papieren auf dem Marktplatz versammeln. Die Hausschlüssel mussten sie stecken lassen, damit alles durchsucht werden konnte. Und das haben sie verflucht gründlich getan. Sah aus, als wüssten sie genau, wonach sie suchten. Ich stand daneben, wie sie die Junge aus Berlin – ihr wisst, die Sängerin.«

»Weiß ich nicht.«

»Hört, ihr wart doch dabei. Die auf dem Osterball gesungen hat.«

»Ah, ja. War gut. Und?«

»Sie haben ihre Papiere überprüft. Sagt der von der Miliz zu ihr: ›Sie kommen aus der Lorraine, Madame Landaux?‹

›Ist so‹, antwortet sie.

›Hm‹, tut er.

Sie wird unruhig. ›Meine Eltern stammen aus Elsass.‹

Sagt er: ›Verkaufen Sie mich bitte nicht für dumm, Madame. Sie sind Jüdin?‹ Wie er darauf käme, will sie wissen.

Sagt er: ›Wenn er das ›x‹ am Ende ihres Nachnamens mit dem Daumen abdecken würde – so –, dann ergäbe es doch einen jüdischen Namen, nicht?‹

›Kann sein‹, sagt sie. ›Aber wenn Sie ihn wieder wegtun, nicht. Ich heiße, wie es hier steht.‹

›Soso.‹ Er grinst blöd und sieht an ihr vorbei. ›Und das Kind hier?‹, sagt er. ›Gehört es zu Ihnen?‹

›Welches?‹, stellt sie sich dumm.

Er sagt ihr, sie solle ihn nicht zum Narren halten.

Das wolle sie nicht, gibt sie zurück. ›Wenn Sie diesen Jungen meinen – das Kind ist von Verwandten, Monsieur.«

Er überlegt 'nen Augenblick, dann sagt er:

›Stellen Sie sich vorläufig zu dieser Gruppe dort drüben. Los. – Nächster?‹

Die Frau zögert. Er packt sie am Arm und schiebt sie weg.

›*Mame!*‹, plärrt der Junge, fängt zu weinen an und streckt die Arme nach ihr aus.

›*Mame, wuhin gejstu?*‹ – Nun, das klang nicht eben sehr französisch, auch nicht elsässerisch, und damit …«

»Was ist mit den anderen?«

»Sie haben alle Juden ausgehoben. Dondille haben sie aus dem Pfarrhaus geholt. Plantier vor seiner Klasse verhaftet und Monsieur Chaptal, dem Bürgermeister, hat seine Beredsamkeit auch nichts mehr genutzt. Die Juden sind nach Harnac verfrachtet worden, der Pasteur, Plantier und der Bürgermeister sind ins Schloss gebracht worden.«

»Weiter?«

»Claude hat's erwischt. Sie haben seinen Lieferwagen in Martinet gefunden. Er wollte wohl noch mit den Soldaten verhandeln. Es sei sein Arbeitswagen, nie hätte er etwas mit Anschlägen gegen die Deutschen zu tun gehabt. Aber in der Mühle nebenan haben sie ein paar Patronen gefunden und …«

»Tot?«

Jaquot nickte. »Schade um ihn. War ein verdammt guter Maurer. Und die Dächer, die er gedeckt hat – da ging kein Tropfen durch, kein noch so winziger.«

»Noch andere?«

»Sie waren noch dabei, als ich gegangen bin. Heute Abend kann ich euch mehr sagen. Hier, wie gesagt, seid ihr vorerst sicher. Macht euch keine Sorgen.«

Der Bauer erhob sich und griff nach seinem Sack. Lopez brütete vor sich hin.

»Was ist das?«, fragte Leonhard. Er stemmte sich aus der Hocke und lauschte. Auch die anderen Männer waren aufmerksam geworden. Sie sahen sich an. Gesang näherte sich.

»Kinder?«, fragte Leonhard ungläubig. Lopez nickte.

Wenige Minuten später sahen sie sie. Ein Dutzend Jungen

und Mädchen stapften den Steig heran. Judith, die Hilfslehrerin, führte sie an.

»Was soll das, Judith?«, fragte Jaquot verärgert. Das Mädchen lief ihm entgegen. Sein Gesicht war gerötet.

»Haltet bloß den Mund«, erwiderte das Mädchen mit leiser Stimme. »Wir haben sie gerade noch rechtzeitig aus der Schule bringen können. Ihre Eltern sind bereits verhaftet – aber kein Wort! Ich habe ihnen gesagt, dass wir 'nen kleinen Ausflug machen! Wir verstecken sie beim alten Bergwerk.«

»Klar, Judith.« Jaquot wandte sich an Lopez. »Die Judenkinder.«

Lopez verstand.

»Was hast du? Judith?« Jaquot trat einen Schritt auf sie zu. Sie brach in Tränen aus.

»Baptiste…«, flüsterte sie erstickt. »Sie haben Baptiste umgebracht.«

2

Der Himmel war schwarz und hoch, Sterne blitzten. Der Mond war noch nicht aufgegangen. Eine laue Bö fegte von Südwesten heran. Das junge Blattwerk der Linde auf dem Marktplatz schauerte. Baptistes schwerer Körper schwang in sanfter Bewegung. Das Dorf war tot.

Etwa eine Stunde vor Mitternacht öffnete sich scharrend die Tür der Bar. Eine erschrocken flehende Stimme erstarb. Vor den gelben Schein der Innenbeleuchtung schob sich eine schlanke, hohe Silhouette. Die Tür fiel hinter ihr zu.

Zwei Wachsoldaten eilten herbei und richteten die Waffe auf Lucie. Sie schien sie nicht wahrzunehmen. Ohne Hast, als würde sie schlafwandeln, ging sie über den Platz. Die Soldaten wussten, wer sie war. Unschlüssig folgten sie ihr. Sie bog in die zum Schloss führende Gasse ein.

Man ließ sie ein. Der Wachhabende erhob sich und nahm unwillkürlich Haltung an. Minuten später kam Leutnant Faber. Auch er erkannte sie sofort. Bestürzung flackerte sekundenlang über sein Gesicht. Er wich ihrem Blick aus, fing sich wieder und reckte sich.

»Ich… ich bedaure sehr, Madame. Ich bedauere außerordentlich. Aber es gab keine andere Wahl.«

Ihre Lider schlossen sich sekundenlang.

»Ich nehme an, dass Sie um Erlaubnis ersuchen, Ihren Gatten zu bergen. Ich erteile sie.« Er lächelte schal. »Benötigen Sie Hilfe?«

Sie schüttelte den Kopf. »Danke, Monsieur.«

»Ich…«, Faber verbeugte sich mit ungeschickter Höflichkeit, »ich bewundere Ihre Gefasstheit, Madame.«

Sie schob eine Haarsträhne hinter ihr Ohr.

»Ich bitte Sie… wäre es möglich, dass Pastor Dondille die Beerdigung vornimmt?«

Der Offizier zögerte einen Augenblick.

»Ich werde es versuchen«, versprach er. »Allerdings ist verfügt worden, dass sie bereits im Morgengrauen stattfindet.«

»Schon morgen? Aber…«

Er ließ sie nicht ausreden. »Ich bedaure, Madame«, sagte er steif, »Sie werden mit mir einer Meinung sein, dass mögliche Manifestationen die Probleme nur noch vergrößern würden. Das sollten wir mit allen Mitteln vermeiden. Ich muss Sie deshalb auch davon in Kenntnis setzen, dass an der Beerdigung nur engste Familienangehörige teilnehmen dürfen und jegliche öffentliche Bekanntgabe des Zeitpunkts strengstens untersagt ist…« Er sah auf die Uhr. »Aber dieser Hinweis erübrigt sich in diesem Fall vermutlich. Haben Sie das verstanden?«

3

Michèle und Pierre, Lucies Geschwister, waren schon am Nachmittag aus Prades gekommen. Ihre Eltern, begleitet von Michèles Mann, hatten gerade noch rechtzeitig vor Beginn der nächtlichen Ausgangssperre das Dorf erreicht. Sie hatten ihr geholfen, die Leiche abzunehmen, sie zu waschen und, da der Sarg noch nicht fertig war, im Wohnraum aufzubahren.

Michèle sah auf die Standuhr. »Drei Uhr, Lucie. Du musst jetzt schlafen.«

Sie antwortete nicht. Sie zogen sich leise zurück.

Lucie schob einen Stuhl an die Bahre und löschte das Licht. Der Mond schien; langsam tauchten die Umrisse des Raumes aus dem Dunkeln. Sie hörte ihren Atem.

Es ist nicht gut, flüsterte sie, nicht gut, nicht gut …

– Hör zu, Baptiste. Es ist nicht gut, dass du gehst. Du hast einmal versprochen, mich nicht sitzen zu lassen. Jawohl, das hast du. War ein Witz, was? War ein Witz, dass du gesagt hast: Wenn ich dich doch mal verlasse, dann nehm ich dich mit. War ein Witz, ja.

Glotz nicht so. Du siehst hässlich aus. Aber wenigstens stinkst du jetzt nicht mehr so gottserbärmlich. Und warst so ein Mannsbild, Baptiste. So ein Mannsbild, ich hab raufschauen müssen zu dir und mich strecken, wenn ich dich anschmusen wollte. Und dich zu umarmen war manchmal, das war, als fasse man um einen sommerwarmen Baumstamm im alten Wald. Jetzt fühlst du dich an wie kalter Teig und bist klein und lächerlich mit deinem schiefen Maul und deinem halb offenen Auge.

Du warst nur erschrocken. Du hast dich nicht gewehrt, als sie es getan haben. Keine Sekunde, Baptiste, hast du aufbegehrt. Ich glaube, du hast dich nicht recht ausgekannt. Du hast alles nicht glauben wollen, hast gemeint zu träumen, was? Dummkopf! Du warst nicht in Ketten, raus hättest du können, hinten durch den Garten, durch die Büsche, keiner hätte genau zielen können, über die Mauer runter zum Fluss.

Aber du hast geredet, deine Hände flogen, du hast sogar gelacht! Du hättest das Gewehr nie zuvor gesehen, du könntest es beweisen, du wüsstest nicht, wie es unter den Hasenstall gekommen ist! Ach! Hättest du doch nur mich gefragt, ich hätte dir Verstecke gezeigt. Aber was soll ich tun, wenn ich nicht einmal weiß, dass du so 'n Ding hast? Dumm, Baptiste, halbgedacht und dumm war das.

Doch. Halt den Mund.

Jetzt hast du diesen komischen halben Blick und diesen blöden Mund, als wolltest du immer noch reden und tun, weil alles doch so närrisch ist und nicht wahr. Klein bist du jetzt, Baptiste, hast 'ne Visage wie irgend so 'n Bengel, der eine Ohrfeige abgekriegt hat für 'ne Dummheit, und dem das Gesicht danach eingefroren ist.

Nein, es ist nicht gut, Lieber, es ist nicht gut.

Ich schaff's, was soll ich auch anderes, und morgen kommt die Lieferung, und die Dichtung vom Kaffeeapparat hat etwas, und das mit der Steuer, wo ich dir gesagt habe, dass es höchste Zeit ist und… ich dachte, du kümmerst dich darum.

Bist ja da, Baptiste.

Liegst da wie ein Klotz und gehst. Es ist nicht gut. Ich hasse dich…

Ist gut, Baptiste, ist wieder gut. Ich geb's zu, es gab hin und wieder 'ne Zeit, in der ich nicht glücklich gewesen bin mit dir. Aber ich war mit dir. Es mag auch Klügere geben als dich. Aber du hast dir was sagen lassen, einer hat mir zugehört, man denkt nicht ins Nichts, das ist gut gewesen, ja.

Und deine Eifersucht – aber, mein Gott, man darf nicht klagen. Aber da warst du ein Idiot, Baptiste, und, sei ehrlich, da hast du nie mich gemeint, sondern das war so 'ne dumme Sache mit dir. Aber man darf nicht klagen, nein, das ist wohl so, dass die Männer manchmal den Rappel kriegen und 'ne

Woche so rumlaufen, zum Fürchten, und kein Wort und alles, fremd von einer Stunde auf die andere. Hast ein Idiot sein können, Baptiste, ein richtiger Salatkopf.

Ja! Glotz doch nicht so! Ich friere. Du solltest mich wärmen. Ich bin so ohne Ruhe.

Weißt du, was ich nie an dir gemocht hab? Hochnäsig bist du manchmal gewesen. Und wie! Schließlich kann ich nicht alles wissen, aber bevor ich die Gescheite mime, da frag ich eben, nicht? Sicher, da war 'n ein paar Sachen, wo du dich gut ausgekannt hast, stimmt. Aber da muss man nicht hochnäsig sein, weil es auch wieder etwas gibt, wo man 'n ziemlicher Salatkopf ist. So ist das. Sieh's endlich ein. Es tut weh, wenn einer so ist.

Und damit du es endlich weißt: Ich hätte dich ohrfeigen können.

Wie, was, weshalb?

Tu nicht so verlogen, Baptiste.

Wieso verlogen, fragst du? Ach!

Da war vielleicht nichts mit Germaine?

Wie? Das war vor mir? – Du bist zum Kotzen, Baptiste. Ich könnte dich ohrfeigen. Nichts soll gewesen sein? Aber ich hab's in ihren Augen und in den deinen gesehen. Ach, halt's Maul. Schäm dich wenigstens. Es hat so wehgetan. Du gemeiner Hund.

Jetzt haben sie dir's Maul abgekauft, nicht? Jetzt wird nicht mehr geschrien, nein? Steh auf, Baptiste. Ich hab einen sehr schlimmen Traum. Er ist wirklich sehr schlimm. Du musst mich wecken.

Du tust es nicht? Du machst mich so wütend, Baptiste. Wie du glotzt und schweigst.

'ne schöne *Festo* konnten wir machen in Prades, stimmt's? Gib's zu: Die Jungs kamen von überall her, nicht bloß die, die sich daheim zu blöd anstellen. Unser Ostermarkt, das hattet ihr nicht, das kannst du zugeben. Bei euch, da war eher nur Beten und Ernstsein und die Augen der Alten wie Raben, überall. Das kannst du nicht abstreiten, dass sie schön war, unsere *Festo* an

Ostern. Ich hab dich gleich gesehen, Baptiste. Bist rein, hast geschnüffelt, ja, geschnüffelt wie 'n junger Hund, hihi, ich hab's schließlich gesehen! Und hast dich neben mich gesetzt und den – mein Gott, war das blöde von dir! – dummen Witz über die Leute von Prades angefangen.

Er war nicht dumm? Und ob der dumm war. Vor allem war er so elend neu, dass ich am liebsten gegähnt hätte. Jeder, der nach Prades kommt und meint, auf Teufel komm raus spaßig sein zu müssen, lässt ihn los und wundert sich, dass keiner was drauf gibt oder ihm über's Maul fährt. Gut, konntest du nicht wissen, warst ja auch noch jung und dumm und 'n St. Etiènner, wo's einen schließlich nicht wundert, nicht? Aber das sag ich dir: Nicht bloß 'nen lustigeren Ostermarkt haben wir, nicht bloß die schöneren Mädchen, sondern auch schönere Geschichten. Und da muss sich einer nicht dick machen und erzählen, dass die Leute von Prades bei Vollmond mit dem Eimer zum Fluss gingen, um das Gold abzuschöpfen.

Hast dann ja auch prompt eine gefangen. Nicht deswegen, aber ich war ja damals noch mit Elie aus Ronquette, aber das ist schließlich nicht schön, mit 'nem Jungen, der, wenn er zufällig ein Gewehr in der Hand hätte, Gott bewahre, gleich zum Mörder werden kann, nein, und obwohl reich zuhause, aber so klobig wie 'n Ochse und sonst nichts, außer Stinken nach Erde und Mist und Finger so steif wie die Zinken von 'ner Mistgabel. Und ich war doch so was Frisches und Feines und überhaupt, aber jung, mein Gott, und grün wie 'n Apfel im Frühling.

War dann ja auch gleich 'ne Rauferei und wir zum Brunnen und Wasserkübel drüber über die Jungs, damit ein Abkühlen kommt, aber zu viel Wein und Zorn und alles, was willst du da machen? Ich steh jedenfalls ganz nah und Elie, beim Ausziehen, bricht mir mit seinem Ellenbogen fast die Nase, und danach war nicht mehr viel, weil alle erschrocken sind wegen dem vielen Blut, und mein Kleid, na ja, ich hab's irgendwann zum Wischen genommen. Elie hat ja nichts rausgebracht, wie wenn ich es gewesen wäre, der ihm was getan hätte, aber du warst der Einzige, der gesagt hat, dass er 'n Idiot ist. Während die anderen noch hin und her getan haben, wer schuld ist und wer angefangen hat.

Aber ich hab dich wirklich gleich gesehen, wie du hereingekommen bist und mir gedacht, hoffentlich ist er kein Salatkopf und: neben mir ist noch Platz, weil Elie grad weg ist, und gegenüber ist auch noch Platz, aber den nimm nicht, bitte, weil ich hoffe, dass du kein Salatkopf bist.

Ich hab gemocht, dass du nicht hitzig aufgegangen bist, wie Elie gekommen ist, und dich nur verteidigt hast, wie er dich geschlagen hat. Weil, ich mag nicht diese Hitzköpfe von euch St. Etiènnern unten, denen es nur gut geht, wenn sie was zum Streiten haben. Ich mag das Streiten nicht, das kommt oft genug von selbst, da muss man nicht auch noch anfangen damit, nicht? Ist es nicht so, dass es lustiger ist, wenn man nicht so giftig ist? Und ich hab's lieber, wenn es lustig ist. Ich streite überhaupt nur, wenn mich was aufregt, wenn's nicht mehr anders geht, wenn da einer meint, er müsste mich rumschubsen, weil der denkt, er könnte das so tun. Der das tun will, der täuscht sich dann, oh. Ich kann sogar eine Mörderin sein, und es macht mir nichts und ich würde selig schlafen danach.

Es ist gut, dass es jetzt sehr still ist. Ich war immer froh, wenn es still war, Baptiste. Ich habe früher immer ein wenig Angst bekommen, wenn es still geworden ist bei uns, aber es ist nie schlimm geworden, und ich war froh. Ich weiß nicht, ob ich alles schaffe. Ich weiß nicht mal, ob ich's will. Ich glaube, ich will es nicht.

Was meinst du? Ob mich André jetzt nehmen würde? Er hat zwar immer seine Witze gemacht, aber da war was. Glaube ich. Er ist ja noch immer allein.

Hör mal, ich bin fast dreiunddreißig, ich werde mich beeilen müssen. Oder Elie, der ein Mann geworden ist und nicht mehr stinkt? Und, wie ich ihn das letzte Mal gesehen habe, ein zufriedenes und schönes Lachen im Gesicht gehabt hat? Aber bei ihm müsste ich mich auch beeilen, weil er ein Mädchen aus Harnac hat, lang hat's gedauert. Einmal, und da war ich schon mit dir, bin ich noch in etwas Früheres zurückgefallen mit ihm, aber danach war eine Klarheit und zwei Ohrfeigen, eine von mir, eine von ihm, und gut. Oder Didier, der Tropf, der mir mal ein Stück Brot in Herzform in die Tüte gelegt hat – Hör zu, da musst du dich nicht aufregen. Da soll man nicht ein bisschen weich werden, bin ich aus Holz? Ich mag's doch, wenn die Liebe was zu essen ist. Aber es war nichts mit dem Bäcker außer ein paar Sekunden mit solchen Gedanken, ich war ja mit dir.

Aber ich will nicht. Ich will ein Leben, aber nicht das, und es scheint kein anderes zu geben. Dass es den Tod gibt, wusste ich gut. Meine Schwester war sechzehn. Sie ist gestorben, kaum dass ich mich umsah, und manchmal saßen wir am Abend zu Tisch, und Vater hat geweint und Mutter ist in die Küche gegangen. Aber sie hat etwas in uns zurückgelassen, was weder ihn noch Mutter noch uns je vernichtet hat. Ein Bild, ja. Am Tag ihres Todes lag sie in ihrem Bett, die Decke über die Brust gezogen, und wir spürten, dass sie gehen wollte. Ihr kreidiges Gesicht, sie lächelte mager, während unsere Gesichter zersprangen und wir umarmten sie. Aber irgendwann waren da Kerzen, gemurmelte Gebete, dunkel gekleidete Menschen und eine leere, triste Kammer und ein Jahr später habe ich Elie zum ersten Mal geküsst.

Mein Gott, Baptiste, ich weine ja?

Hör mal – jetzt, wo es so still ist –, ich muss dir sagen, dass ich manchmal gar nicht gewusst habe, ob ich dich liebe. Entschuldige. Wir waren uns oft so fremd. Und du? Was würdest du sagen? Hast du es getan? Ich habe gehört, dass es da – du warst noch keine zwanzig – eine Geschichte mit einem Mädchen gegeben haben muss, die dich fast um den Verstand gebracht hat. Woher ich es weiß? Mutter hat es mir gesagt.

Ach, Baptiste, ich bitte dich. Ich bin doch nicht dumm. Ich

mag ja nicht immer mitgekommen sein, wenn du, nachdem du gerade wieder beim Lehrer Radio London gehört hast, den Besserwisser markiert hast. Aber es gab Dinge, die du nie verstanden hast, die dich schweigsam gemacht haben, weil du ratlos und überrascht warst. Ich aber wusste, dass man Liebe und Sehnsucht nicht miteinander verwechseln darf. Sie sind so nahe beieinander, aber sie sind nicht dasselbe. Hör zu, Dummkopf, es ist so einfach: Nach etwas, was man hat, muss man sich nicht mehr sehnen, nicht? Und im Winter hast du geheizt, das ist was. Du warst da, Baptiste, und ich habe mir keine Minute vorstellen können, ohne dich zu sein. Und es war gut, mein Gott, es war gut, ich hab ein Glück gehabt mit dir. Hat mich jemand gefragt, wie lange wir schon beisammen sind, dann hab ich immer gesagt: Seit kurzem, und ich hab's auch geglaubt.

Bist 'n seltsamer Tropf, Baptiste. Aber ich weiß nicht, ob ich durch die Tage komme, wenn du nicht da bist. Es wird noch gehen, wenn es hell ist. Aber schon jetzt habe ich Angst vor den Nächten.

Wenn du nicht mehr bei mir bist, Baptiste. Wenn du nicht mehr bei mir bist. Und jetzt lass das Theater. Du hast mich erschreckt.

War das der Hahn von Achille?

Die Nacht sinkt weg.

Es ist gut. Die Träume werden blasser. Bald werde ich erwachen.

Oh, Baptiste! Ich liebe dich, ich habe keine Kraft mehr. Es ist einfach nicht gut, dass du mich alleine lässt.

Jetzt höre ich, wie es in meiner Brust pocht.

Es wird schön heute? Oder nicht? Es ist noch Nebel. Man wird sehen … Man wird sehen.

»Lucie, nimm mir's nicht krumm. Du musst jetzt aufhören. Er hört dich nicht mehr. Außerdem stehen Jerome, der Schreiner, und Content vor der Tür.«

Lucies Schwester hielt sich mit einer Hand am Türrahmen fest. »Keiner von uns hat schlafen können, weil du dauernd gequasselt hast.«

»Entschuldige, Michèle. Hab ihm noch viel zu sagen gehabt, war nie Zeit dazu, wir waren ja erst seit ein paar Jahren zusammen, und immer Trubel mit dem Kerl.«

Michèle wischte sich eine Träne aus den Augenwinkeln. »Du hast ausgenutzt, dass er dir nicht mehr widersprechen kann, gib's zu?«

Die beiden Frauen kicherten. »Bist 'ne dumme Pute«, schniefte Lucie. »Aber wenn er erst einmal unter der Erde ist, seh ich ihn ja nicht mehr.«

Sie zitterte, als würde sie frieren. Michèle umarmte sie.

»Schon gut. Aber jetzt – Jerome und die anderen warten.«

»Haben sie's noch geschafft?«

Michèle nickte. »Haben die ganze Nacht gewerkelt, sagen sie. Der Sarg ist nichts Berühmtes, aber sie haben sich Mühe gegeben. Danach haben sie ja noch das Loch ausheben müssen.«

Beim Hinausgehen sagte Michèle: »Aus Prades sind auch schon viele da, und ...«

Lucie begann zu weinen.

»... die von Harnac stehen schon an der Brücke, die Leute von St. Germain sind auch gerade gekommen, und die Nachbarn warten schon seit einer halben Stunde ... Gott, Lucie, hab noch nie so viele Leute gesehen.«

4

Lucie war, nachdem der Schreiner und sein Gehilfe den Leichnam in den Sarg gelegt hatten, in ihre Kammer gegangen, hatte im Schrank gekramt und ausgesucht, was sie anziehen wollte. Danach ließ sie sich von ihrer Schwester bestätigen, dass sie richtig gewählt hatte.

Sie öffnete die Tür. Der Osten schimmerte grau. Noch verbarg sich die Sonne hinter dem Horizont. Der Platz vor der Bar war bereits schwarz vor Menschen. Die Gespräche erstarben mit einem Schlag. Nur noch das Klappern der Hufe, das Schnauben der Pferde und das Knirschen der eisenbeschlagenen Reifen der Wagen, die noch immer aus den Gassen auf den Platz einbogen, war zu hören. Raschelndes Geflüster wogte kurz auf, als jetzt auch die Leute aus Harnac, Amalric und von den entlegenen Höfen des Vallongue eintrafen.

Jerome und sein Gehilfe warteten am Ausgang des Platzes. Lucie trat hinter den Karren. Der Trauerzug setzte sich in Bewegung. Die Türen entlang der Hauptstraße öffneten sich, Schwarzgekleidete traten hervor und reihten sich schweigend ein. Noch immer schwoll der Zug an. Schon ratschte schwarzer Stoff am Verputz der Häuserwände.

Man hatte Pastor Dondille bereits über eine Seitengasse zum Friedhof gebracht. Zwei Bewaffnete, jung noch, mit übernächtigt ausdruckslosen Gesichtern, hatten sich neben ihn aufgebaut. »Das genügt völlig«, hatte ihnen der Leutnant gesagt, »es werden nur vier, fünf Leute da sein.«

Der Pastor sah elend aus. Er stand leicht vornübergebeugt. Sein zerknitterter Anzug schien keinen Halt an den herabgesunkenen Schultern zu finden. Seine Augen waren dunkel umrändert. Auf seiner Stirn, unter Strähnen seines staubgrauen, wüst abstehenden Schopfes, blühte ein violetter Fleck. Er atmete stoßweise. Die Spitze des Trauerzuges tauchte auf. Die Bewacher hoben ihre Waffen. Ihre Augen weiteten sich. Der Zug, eine unübersehbare, schweigende, schwarze Flut, bewegte sich langsam auf sie zu.

Die beiden Soldaten warfen sich entsetzte Blicke zu. Mit wächsernen Knöcheln umklammerten sie ihre Gewehre.

Der Sargkarren polterte über den Schotterweg. Jerome rangierte das Gefährt neben die Grube. Sein Gehilfe knetete die Krempe seines Huts.

Pastor Dondille trat schwankend vor. Er reichte Lucie bewegt die Hand, beugte sich zu ihr und umarmte sie.

Germaine schluchzte auf und presste ein Tuch vor ihre Lippen. Papets Mund bewegte sich tonlos. Andrès Schultern zuckten haltlos. Er biss sich die Lippen rindig. Almir stand steinern, den Kopf gesenkt, hinter ihm ein absonderlich wirkender Mann mit verfilztem Schopf, einen verbeulten Hut in den Händen, das Gesicht ernst und sehr wach.

»Ist das …? Numa, ja, das ist er«, flüsterte jemand.

Pastor Dondille richtete sich auf und sah fragend um sich. Michèle, die ihren Kopf an die Schultern ihres Mannes gelegt hatte, verstand. Sie griff in die Tasche ihres Mantels und reichte ihm eine Bibel. Er schlug sie auf.

Während er noch darin blätterte, ertönte vom Dorf etwas, was wie heiseres Gebell klang. Ein Trupp Bewaffneter kam im Laufschritt aus der Gasse. Der Friedhof wurde umstellt. Metall klirrte dünn, scharrend suchten die Stiefel Stand.

Die ersten Sonnenstrahlen stocherten durch die blaue Luft. Die Grillen zirpten, vom Fluss quarrten Frösche. Irgendwo hämmerte ein Specht.

Leutnant Faber, der ratlos den Blick des Hauptmanns gesucht hatte, fing ein zorniges Funkeln ein. Er zuckte zusammen, als hätte er eine Ohrfeige erhalten. Der Inspektor stand hinter Lange. Mechanisch weitete er seinen Kragen. Sein Gesicht ließ keine Regung erkennen, als er Germaine Brugiere in der Mitte der Trauernden erkannte.

Schließlich gab der Hauptmann ein Zeichen. Die Mündungen senkten sich.

Dondille straffte seinen Körper und stellte seine Beine breit aus, als fürchtete er umzufallen.

»Warum weinen wir?«, begann er.

Entsetzt hielten die Zuhörer den Atem an.

5

»Es gibt hier im Ort nur drei Telefone. Eins am Marktplatz in der Post, das andere im Schloss und das dritte im Rathaus. Keines konnte vergangene Nacht benutzt werden. Dennoch erfahren an die dreihundert Leute von der Beerdigung«, sagte der Hauptmann. »Wie ist das möglich?«

»Tja«, meinte Benedetti, »man täuscht sich, wenn man denkt, hier handele es sich um eine einsame Gegend.«

»Es muss ein uns völlig unzugängliches Kommunikationsnetz existieren, das bei Bedarf binnen kürzester Zeit aktiviert werden kann – wie wir gesehen haben.«

»Nicht völlig unzugänglich«, bemerkte Benedetti, »es hat auch Risse.«

Der Inspektor hatte nachdenklich aus dem Fenster gesehen. Er verschränkte die Arme hinter seinem Rücken und wandte sich um.

»Aber zu Ihrer ursprünglichen Überlegung: Ich habe meinen Zweifel, Monsieur le Capitaine, ob da etwas daraus zu machen ist. Der Pasteur ist schließlich nicht blöde. Er konnte sich ausrechnen, dass es ihm erst recht an den Kragen geht, wenn er die Leute aufhetzt. Und es hätte ein Blutbad gegeben.«

»Natürlich, Monsieur l'Inspecteur. Sie werden es jedoch mir überlassen, ob ich dieses oder jenes belangvoll finde. Und mich interessiert, ob oder wie er sich herausgewunden hat.« Er winkte. »Leutnant Faber!«

»Zu Befehl, Herr Hauptmann.«

»Sie standen näher und haben seine Ansprache gehört. Was sagte der Pastor? Kommen Sie schon näher.«

»Nun … den Anfang konnte ich nicht genau hören.«

Benedetti betrachtete seine Fingerspitzen. »Mein Informant sagt, Dondille hätte mit der Frage begonnen, warum die Gemeinde eigentlich um den Toten weine.«

»Was?«

»... dieser hätte jetzt seinen Frieden, bräuchte keinen Schmerz mehr zu erdulden. Er sei geliebt worden, Gott hätte ihn zu sich aufgenommen, und so weiter.«

»Interessanter Gedanke«, sagte Lange. »Gab er auch Antwort auf diese Frage?«

Benedetti verneinte. »In Wirklichkeit, soll er gesagt haben, weine die Gemeinde nicht um ihn, sondern um sich.«

»Wenn Sie erlauben, Herr Hauptmann: Etwa an dieser Stelle bin ich auf Hörnähe hinzugekommen. Er hat den vierundzwanzigsten Psalm ...«

»Ich weiß Ihre Bildung zu schätzen, Leutnant Faber. Aber mich interessiert nur, was in diesem Spruch steht.«

»Es handelt sich dabei um die ›Klage in Kriegsnot‹.«

»Und die lautet?«

Faber überlegte kurz. »›Herr, warum schläfst du? Warum verbirgst du dein Antlitz?‹«

Er stockte.

»›... unsere Seele ist zur Erde gebeugt, und unser Leib liegt im Staub.‹«

»Oh, Monsieur l'Inspecteur! Ich bin erstaunt.«

Benedettis Miene ließ nicht erkennen, ob ihm das Kompliment des Hauptmanns angenehm war.

Lange wandte sich wieder an Faber. »War's das bereits?«

»Noch nicht. Man weine, sagte er darauf, weil man einen Bruder verloren hätte, weil sein Tod eine Lücke hinterlassen habe ... eine Wunde, die nie vernarben könne und so weiter. An dieser Stelle machte er den gedanklichen Bogen: Es gäbe nur ein Mittel, diese Wunden zu heilen ...«

»Nämlich?«

»Die Liebe.«

»Ach? Schön.«

»Er bat dann die Gemeinde, seiner Witwe und seinen Hinterbliebenen mit Liebe zur Seite zu stehen. Nur wenn die Menschen mit Liebe miteinander umgingen, würde die Gemeinde von Gott gerettet werden.«

Benedetti zog ein Päckchen aus seiner Manteltasche, entnahm ihr eine Zigarette und stubbte sie mit beiden Enden auf das Fensterbrett.

»Sagen Sie«, sagte der Hauptmann, »dieser Schmus kann doch nicht alles gewesen sein. Das ist nicht Dondille, wie wir ihn kennen. Kommt noch etwas?«

Das Streichholz flammte auf.

»Durchaus. Er räume ein, sagte er sinngemäß, dass dies in Zeiten wie diesen seltsam klingen müsse. Auch angesichts dessen, dass man dem Toten seiner Meinung nach Unrecht getan habe. Er fragte, ob es angehen könne, dass für dieses – wie er sagte – Unrecht keine Sühne zu fordern wäre.«

»Aha?« Lange stellte den Kopf schräg.

»Das formulierte er jedoch als Frage, wie gesagt.«

»Natürlich. Und die Antwort unseres Fuchses lautete wie?«

»Er zitierte wieder aus der Bibel. Den siebenunddreißigsten Psalm, soweit ich es erinnere.« Faber schloss kurz die Augen. »Dieser besagt, man solle nicht ›über die Bösen zürnen‹, denn diese würden – ich glaube, so ist der Wortlaut – ›wie Gras welken und wie Kraut verdorren‹.«

»Gras, Kraut! Nochmals, Ihre Kenntnisse in Ehren, aber diese Details interessieren nicht!«

»Verzeihung, Herr Hauptmann. Aber Sie wollten schließlich alles …«

Lange lenkte ein. »Gut, gut. Weiter.«

»Dann noch eine andere Stelle aus dem gleichen Psalm, die besagt, man solle sich nicht vom Zorn leiten lassen, um nicht selbst ein Übeltäter zu werden.«

»Nun, das hört sich doch sehr vernünftig an«, bemerkte der Hauptmann zufrieden. »Aber das war wirklich alles?«

Faber zögerte einen Augenblick. »Er fügte eine etwas eigenwillige Interpretation dieser Stellen hinzu: dass die so genannten Bösen am Ende bestraft werden würden, wäre zunächst nur so zu verstehen, dass diese sich mit ihrem Handeln selbst schaden, nicht aber, dass man seine Hände in die Taschen stecken und drauf warten könne, bis das einträte.«

Lange beugte sich interessiert vor. »Na also. Jetzt kommt's wohl doch noch?«

»Das zweite Zitat besage nach seiner Meinung, dass man sich nicht anstecken lassen solle vom Hass. Wörtlich, nach meiner Erinnerung: ›Erst, wenn wir zulassen, dass man uns in den Hass jagt, und erst, wenn das Böse uns vergessen macht, dass die Menschen Gottes Geschöpfe sind, dann sind wir besiegt.‹ Und weiter: Man könne seine Augen jedoch nicht davor verschließen, dass Krieg sei. Was aber nicht hieße, dass man ihn hinnehmen, ihm in seiner Sprache antworten müsse. Wieder wörtlich: ›Mögen sie toben und lärmen, mögen sie den Krieg erklären – wir erklären den Frieden.‹ Und weiter: Man müsse jedoch klug und bedachtsam sein und dürfe niemals vergessen, was die Menschen geboren hätte und sie leben ließe, nämlich die Liebe.«

»L'amour…« Lange spitzte süffisant die Lippen. »Wäre allerdings schön, wenn auch wir davon mehr spüren würden. Ich fürchte, er ist wirklich zahm geworden, unser guter Pastor«, bemerkte er. »Was meinen Sie, Monsieur l'Inspecteur?«

Benedetti antwortete nicht.

»War's das dann, Herr Leutnant?«

»Im Prinzip, ja. Er endete damit, dass er den Leuten noch einmal empfahl, mit Klugheit vorzugehen…«

»Der Kerl meint damit wohl, dass uns die Leute an der Nase herumführen sollen!?«

»Wenn Sie gestatten, Herr Hauptmann. Es wäre etwas gewagt, aus dieser noch sehr allgemeinen Bemerkung eine Anleitung zur Subversion und Sabotage zu konstruieren…«

»Es interessiert mich nicht, was Sie für gewagt halten oder nicht, Herr Leutnant. Sie können gehen.«

Faber salutierte und verließ das Zimmer.

»Ein kluger junger Mann«, sagte Benedetti. »Und sehr gebildet.«

Lange streckte sich.

»Er liebt Ihr Land, Monsieur l'Inspecteur.«

Lange hatte den Unterton überhört. »Seine Vorfahren kamen von hier.«

»Ach?«

»Wussten Sie, dass im Berlin des Großen Friedrich fast ein Drittel aller Bewohner französisch sprach? Die meisten von ihnen waren hugenottische Flüchtlinge, viele vermutlich auch aus dieser Region.«

»Das wusste ich allerdings nicht«, gab Benedetti zu. »Interessant.«

»So wenden sich die Dinge, nicht wahr? Doch zurück zu unserem Pastor. Ich meine ebenfalls, dass wir uns lächerlich machen würden, wenn die Anklage darauf beruhen würde, jemand habe aus der Heiligen Schrift zitiert. Ich bezweifle außerdem, dass die Anwesenden wirklich verstanden haben, was er damit sagen wollte.«

Benedettis Blicke folgten dem aufsteigenden Rauch. Er drückte die Zigarette aus.

»An diesem Punkt bin ich nicht ganz Ihrer Ansicht, Monsieur le Capitaine«, sagte er, »vielleicht haben Sie Recht, vielleicht geben seine Worte nichts her. Aber wir dürfen nie vergessen, dass Worte – egal, ob sie aus der Bibel oder sonst wo stammen – erst ihre Bedeutung gewinnen, wenn sie sich mit der jeweiligen Erfahrung der Zuhörenden decken.«

Lange sah ihn interessiert an. »Was meinen Sie damit?«

»Nun, mon chèr capitaine, nehmen Sie das Wort ›Liebe‹. Klingt es dem leidenschaftlich Entflammten nicht völlig anders als dem Arzt, der eine Geschlechtskrankheit zu heilen hat?«

Lange lachte auf. »Sicher, aber …«

»Wir können davon ausgehen, dass er die Zitate mit größtem Bedacht ausgewählt hat, nicht wahr? Wenn wir dieses

Prinzip also an die Worte des Pastors legen, fiele plötzlich auf: Zunächst ächtet er – mit Hilfe dieser Zitate – den Gegner. Er gibt Siegesgewissheit. Der Feind, so sagt er, trägt sein Ende, ein ziemlich erbärmliches, bereits in sich. Zum zweiten sagt er: Es nützt uns – ob aus philosophischen oder aus ganz pragmatischen Gründen, wird sich jeder selbst aussuchen – wenig, dem Feind auf gleicher Ebene zu antworten. Das ist klug. Er gibt sich keiner Illusion hin: Der Feind ist stärker, im Augenblick zumindest noch – doch er spricht ja im Augenblick, und für eben diesen. Und zuletzt: Passt eure Strategie den Gegebenheiten an, seid einfallsreich.«

»Sie mögen Recht haben damit«, räumte Lange nachdenklich ein. »Aber dennoch sind es nur Worte, wenn nicht gar Gewäsch – für mich jedenfalls ohne Belang. Was sind Worte gegen Waffen?«

»Es könnte ein Fehler sein, es so abzutun, mit Verlaub. Was ist schließlich die wichtigste Waffe im Krieg?«

Der Hauptmann runzelte die Stirn. »Je nachdem.«

»Die Menschen sind es. Wir können die besten Waffen haben – wenn wir nicht die Menschen haben, die sie abfeuern, sind sie wertlos.«

»Würden Sie mich mit Plattheiten verschonen?«

»Einen Augenblick. Sagen Sie: Wie ist zu erreichen, dass die Waffen auch betätigt werden?«

Lange unterdrückte ein Gähnen. »Indem man es befiehlt, natürlich.«

»Das genügt nicht.«

»Ich weiß, worauf Sie hinaus wollen.« Lange machte eine herablassende Geste. »Sie übersehen, dass der Deutsche für derartige Wolkigkeiten keinen Sinn hat. Der Deutsche ist ein Krieger. Er liebt den Kampf um seiner selbst willen.«

»Ein geborener Raufbold, meinen Sie?«

Lange grinste. »Ihren Landsleuten dürfte eigentlich die Lust vergangen sein, darüber Scherze zu machen. Oder etwa nicht?«

»Je ernster die Zeiten, desto treffender die Scherze.« Benedetti lehnte sich zurück. »Aber was in Bierzelten ihrer Heimat ablaufen mag, hat damit nichts zu tun. Ich rede vom Krieg. Und den will kein Mensch.«

»So, so. – Mein Gott, Inspektor, Sie fangen an, mich dösig zu reden! Wollen Sie mir jetzt erzählen, der Mensch wäre zu gut dazu?«

»Natürlich nicht. Er ist nicht gut.«

»Na dann?«

»Er ist nicht gut und nicht schlecht. Was den Krieg betrifft, so mag er ihn vor allem deshalb nicht, weil er unbequem ist. Er unterbricht Lebensplanungen. Er zwingt dazu, Vorgesetzten zu gehorchen, von denen man sich im zivilen Leben nichts sagen lassen würde. Und, nicht zu vergessen, er kann das Leben kosten. Deshalb liebt keiner den Krieg, und deshalb braucht es einiges, um die Menschen dazu zu bewegen, ihn mitzumachen. Das Erste ist natürlich, sie davon zu überzeugen, dass sie ihn gewinnen werden. Sieger ist jeder gerne. Besonders derjenige, der im anderen Leben eher der Verlierer ist. Und das Zweite ist: Sie können nicht Millionen befehlen, etwas zu tun, von dessen Rechtmäßigkeit sie nicht in irgendeiner Weise überzeugt sind. Es muss dem Einzelnen sinnvoll und moralisch legitim erscheinen, eine Waffe zu benutzen. Glauben Sie mir: Es werden Zeiten kommen, in denen man erkannt haben wird, dass dies wichtiger ist als alles andere.«

»Haben Sie wirklich den Eindruck, als hätten Sie es diesbezüglich mit Waisenknaben zu tun?«

Benedetti ging nicht auf den Einwurf des Hauptmanns ein. »...denn Idee und Moral, egal, ob richtige oder falsche, ist die Voraussetzung für Krieg, ist damit selbst Waffe – und diese Waffe ist es, die Dondille geschärft hat. Sie lautet: Unser Widerstand ist legitim, unsere Handlungen sind von höchster Moral. Ja, Sie und ich, wir mögen die bessere Bewaffnung haben – solange aber unser Gegner das Bewusstsein hat, dass seine Idee, seine Moral überlegen ist, solange sind wir in Gefahr.«

Der Hauptmann brütete vor sich hin. »Ein Fuchs. Aber ob es ihm etwas nützen wird?«, murmelte er. »Wissen Sie, ich werde das Gefühl nicht los, als wusste er, dass seine Ansprache eine Art Testament werden könnte.«

Benedetti antwortete nicht. Er zog einen Stuhl zu sich und setzte sich.

»Hat er eigentlich schon ausgesagt?«, fragte er nach einer Weile. »Hat er etwas zum Verschwinden des Gefreiten Huck gesagt?«

Der Hauptmann schüttelte den Kopf. »Wir hatten bisher anderes zu tun.«

»Ich fürchte mittlerweile, dass die Sache schief gegangen ist«, sagte Benedetti.

»Werden wir ja sehen.« Lange sah ihn aus den Augenwinkeln an. »Was meinen Sie eigentlich damit – ›schief gegangen‹?«

Der Inspektor lächelte nachsichtig.

»Monsieur Capitaine…«

»Na gut. War ja vermutlich auch nicht schwierig herauszufinden, dass…«

»Nein. Aber ich hatte Sie gewarnt. Wir haben es nicht mit Dummköpfen zu tun.«

»Wir mussten etwas unternehmen! Wir haben seit geraumer Zeit Abgänge in einem Umfang, der nicht mehr hinzunehmen ist«, versetzte der Hauptmann ärgerlich. »Aber, sagen Sie – Sie sind doch so stolz auf Ihr Netz von Informanten. Warum gibt es immer noch keine Ergebnisse?«

»Alles, was ich in Erfahrung bringen konnte, ist, dass der Gefreite Huck nicht im ursprünglich vorgesehenen Versteck ist. Man muss umdisponiert haben.«

»Das wissen wir.«

»Ich vermute, das hat System.«

»Wie auch immer. Aber um ehrlich zu sein: Ich bin mittlerweile auch davon überzeugt, dass der Junge Mist gebaut hat. Wir haben uns vermutlich getäuscht, als wir ihm dieses Format zutrauten. Nun gut, er wusste, dass die Geschichte riskant ist. Aber er wollte ja unbedingt zeigen, was für ein Mordskerl er ist. Erhoffte sich vermutlich, dass man ihm wer weiß was an die Brust heftet dafür.«

»Sind Sie eigentlich ganz sicher, dass man Sie nicht an der Nase herumführt? Dass er nicht längst die Fronten gewechselt hat?« Benedetti genoss den verdutzten Blick des Hauptmanns.

»Traue ich ihm nicht zu«, sagte Lange zögernd, »dazu ist er zu ehrgeizig. Und … zu dumm. Nein, er ist vermutlich enttarnt worden.« Er faltete seine Hände. »Wir werden es wissen, wenn der Pastor ausgesagt hat.«

Benedetti stand auf und schob den Stuhl an die Tischkante. »Sagen Sie, die *verschärften* Verhöre – für wann sind sie vorgesehen?«

»Für morgen, soweit man mich darüber informiert hat«, sagte der Hauptmann unwirsch, »sobald die so genannten Spezialisten eingetroffen sind. Das ist deren Angelegenheit. Ich hoffe für den guten Dondille, dass er vernünftig ist.«

Der Inspektor beugte sich vor und senkte die Stimme. »Aber wir beide sind uns doch einig, dass es eigentlich völlig unnötig ist, ihn einem verschärften Verhör zu unterziehen.«

»Meinen Sie?«

»Fast alles, was er sagen könnte, wissen ich und Sie doch längst. Nicht zuletzt, wenn ich bemerken darf, durch die Arbeit unseres Büros.«

»Ach ja?«, gab Lange boshaft zurück. »Nun, Sie werden wissen, warum Sie das immer so hervorheben müssen.«

»Tue ich das?«

»Allerdings. Angesichts der Tatsache, dass Sie bei allem, was die Bande dieses Ruben betrifft, einer Fehlinformation nach der anderen aufsitzen, sollten Sie hier den Mund aber nicht zu voll nehmen.«

Benedetti schien gekränkt. Lange genoss es. Er lenkte ein.

»Sicher«, gestand Lange ein, »was den Pastor betrifft, haben Sie nicht Unrecht. Aber ich habe weder gegen die Abwehr noch gegen den Sicherheitsdienst der SS irgendeine Handhabe. Schon einmal habe ich mir die Hände beinahe verbrannt.«

Der Inspektor schürzte nachdenklich die Lippen. Er richtete sich auf. »Sie erlauben doch, dass ich ihn aufsuche?«

Der Hauptmann nickte abwesend. »Wenn Sie wollen. Gehen Sie.«

Der Inspektor verabschiedete sich.

Hauptmann Lange dachte an den Brief, den er vor wenigen Tagen dem Regimentskommandeur hatte überbringen lassen.

»... sehe ich mich veranlasst«, hatte er geschrieben, »folgende ergänzende Erklärung abzugeben: Die mir zur Last gelegte Äußerung, nach der ich die im Anschluss an die unbestritten erfolgreich verlaufene Operation in Tabernes vorgenommenen verschärften Verhöre als ›degoutant‹ bezeichnet haben soll, entspricht nicht der Wahrheit. Ich stelle die Notwendigkeit diesbezüglicher Entscheidungen der Sicherheitspolizei keineswegs in Frage, gab im Gespräch mit OL Vecht lediglich zu bedenken, dass derartige Maßnahmen zur Verbitterung unter der Bevölkerung führen könnten und den Terroristen zusätzliche Kräfte aus uns bisher durchaus gewogenen Kreisen der Bevölkerung zuführen könnten. Unbestreitbar ist, dass, nachdem bereits die erste Befragung offensichtlich alle wesentlichen Details zu Tage gebracht haben dürfte, der Sinn der nachfolgenden verschärften Verhöre gewiss gegeben, aber nicht in jedem der Fälle ersichtlich war. Ich glaube, nicht nur für mich zu sprechen, wenn ich diesbezüglich den Wunsch äußere, künftig von den für Aufklärung zuständigen Organen in angemessenem Umfang in den Informationsfluss miteinbezogen zu werden, damit in Zukunft bedauerliche Missverständnisse vermieden werden können ...«

Der Regimentskommandeur hatte ihn keines Blickes gewürdigt, als er sich aus der Garnison verabschiedete. Er musste den Brief jedoch bereits erhalten haben.

Noch keine Antwort.

Was hatte das zu bedeuten?

6

»Ich habe Genehmigung, den Gefangenen allein zu sprechen.«

Der Soldat salutierte und verließ das Gewölbe. Die Luft roch nach kaltem, feuchtem Staub. Pastor Dondille erhob sich zögernd.

»Es ist bedauerlich, Sie in dieser Situation zu wissen«, sagte der Inspektor. »Monsieur le Pasteur, ich möchte Ihnen helfen.«

Dondille wandte sich ab. Benedetti nahm auf einem Hocker Platz.

»Hören Sie mir zu? Ich sagte, dass ich Ihnen helfen möchte.«

»Dann sorgen Sie dafür, dass Monsieur Plantier nicht weiter gequält wird. Ich flehe Sie an.«

»Verzeihen Sie meine Direktheit: Wenn Sie sich kooperativ zeigen, sofort. Es liegt in Ihrer Hand.«

»Monsieur Plantier braucht einen Arzt«, sagte Dondille tonlos. »Er ist herzkrank.«

Der Inspektor neigte leicht den Kopf, als verbeuge er sich. »Es ist äußerst ehrenwert, dass Sie sich in diesem Moment um andere kümmern. Weniger barmherzig jedoch wäre, wenn Sie uns nicht die von uns gewünschten Informationen geben. Ich wiederhole: Es liegt allein in Ihrer Hand. Sobald wir wissen, was wir wissen müssen, wird das Verhör von Monsieur Plantier ausgesetzt. Und Ihnen bleibt es erspart. Es genügt im Übrigen, dass Sie mit einem einfachen Kopfnicken bestätigen, was einige Ihrer Mitgefangenen längst ausgesagt haben. – So setzen Sie sich doch.«

»Was Sie mir versprechen – Sie können hier nur für Ihr Büro sprechen, Monsieur l'Inspecteur, nicht wahr?«

»Das stimmt«, gab Benedetti zu, »allerdings wird es Eindruck auf den deutschen Sicherheitsdienst machen, wenn ich ihnen die entscheidenden Informationen bereits vorab servieren kann. Ich hoffe, Sie haben mich richtig verstanden: Wenn Sie sie mir nicht geben, dann wird mir diese Untersuchung entzogen. Wer mir folgt, wird der Sicherheitsdienst der SS sein. Wie ich gehört habe, sind deren Spezialisten bereits auf dem Weg hierher. Wir haben also nicht unendlich Zeit. Und ich sage Ihnen noch einmal: Vielleicht wird man Sie auf Grund Ihres Amtes schonender behandeln. Ich würde es Ihnen wünschen. Für die anderen wird es keine Rücksicht geben. Dies alles wäre zu vermeiden, wenn Sie sich jetzt kooperativ zeigen werden – warum setzen Sie sich nicht?«

»Sie sagten, einige der Gefangenen …«

»… haben bereits ausgesagt, so ist es. Allerdings sind Sie es, der über die meisten Informationen verfügt, nicht nur in Teilbereichen. Außerdem gilt es, die bisherigen Angaben von Monsieur Plantier und Monsieur Chaptal, dem Bürgermeister, zu verifizieren. Die beiden könnten uns schließlich belogen haben.«

»Was haben Sie mit ihnen gemacht?«

»Gemessen daran, wie der deutsche Sicherheitsdienst vorgeht, sehr wenig. Aber ich glaube nicht, dass die Situation für beide sehr angenehm war. Ich wiederhole noch einmal: Es liegt in Ihrer Hand, ob die Verhöre beendet werden.«

Dondille sank auf die Pritsche. »Ich glaube Ihnen nicht.« Er sprach leise.

»Ich wiederum glaube, dass Sie keine andere Alternative haben als die, mir zu vertrauen. Hören Sie: Was ich wissen will, ist nicht viel. Vielleicht lindert es Ihre Gewissensqual, wenn ich einfach damit beginne. Sagen Sie mir bitte, ob es richtig ist, dass im Bürgermeisteramt falsche Ausweise für die hier versteckten Juden ausgestellt worden sind.«

»Das ist alles?«

»Nein. Ich will außerdem wissen, ob die hier versteckten jüdischen Familien mit gefälschten Unterlagen zum Bezug von Lebensmittelkarten berechtigt sowie deren Kinder mit Wissen des Lehrerkollegiums zum Schulbesuch zugelassen worden sind. Ist dies zutreffend? Es genügt, wenn Sie nicken.«

»Weiter?«

»Bitte.« Benedetti schürzte die Lippen. »Nur noch diese Frage: Vor einigen Wochen ist ein deutscher Soldat in diesem Gebiet untergetaucht. Da Sie dafür bekannt sind, dass Sie seit Jahren nicht nur Juden, sondern auch Deserteuren zu einem Unterschlupf verhelfen, werden Sie mir sicher sagen können, wo er sich befindet – oder was mit ihm geschehen ist. Sein Name ist Huck, Johann Huck. Ist er erschossen worden?«

»Ich erschieße niemanden.«

»Natürlich, das erledigen Ihre Freunde. Dann stelle ich die Frage anders: Wissen Sie, ob er noch am Leben ist?«

»Ich kenne keinen Mann dieses Namens.«

»Lügen Sie nicht. Sie müssen ihn kennen. Sie haben ihn mit Belton in Prades verhört.«

»Nein. Ich habe niemanden in Prades verhört.«

»Schade. Monsieur Plantier scheint ihn immerhin einmal kennen gelernt zu haben. Allerdings konnte er uns nicht sagen, wo er sich jetzt befindet.«

»Ich weiß es ebenfalls nicht.«

»Bereitet es Ihnen eigentlich Schwierigkeiten, gegen die Gebote Gottes zu verstoßen? Sie lügen.«

»Ich bitte Sie inständig, hier nicht von Gott zu sprechen!«

»Beruhigen Sie sich. Verzeihen Sie – aber ich erwarte eine Antwort.«

Dondille senkte den Kopf.

Benedetti beugte sich vor und sagte beschwörend:

»Begreifen Sie doch endlich, dass Ihre einzige Chance darin besteht, mit uns zusammenzuarbeiten! Man hat eine Pistole bei

Ihnen gefunden, Sie hatten sie sogar in der Hand! Man hat Sie bisher geschont, weil Sie Priester sind. Wenn Sie jedoch störrisch bleiben, wird man Sie rücksichtslos vernichten. Wenn ich nicht mitteilen kann, Sie hätten uns erschöpfend Auskunft gegeben, werde ich nicht mehr verhindern können, dass …«

»Ich weiß es nicht«, schrie Dondille.

Benedetti stand auf. »Ich bedauere, dass Sie keine Einsicht zeigen. Ich habe Sie gewarnt, Monsieur le Pasteur. Ab nun kann ich nichts mehr für Sie tun.«

Dondille fuhr zitternd auf. »Lassen … Sie mir etwas Zeit.«

– Hoffentlich hat es Judith geschafft! Sie und die Kinder müssten bereits bei den Grotten angekommen sein.

»Seien Sie nicht albern.« Benedetti nahm seinen Hut ab und wischte sich mit dem Ärmel über die Stirn. »Ich nehme an, dass Ihr geheimes Informationsnetz noch halbwegs in Kraft ist. Sie wollen offensichtlich nur Zeit gewinnen, damit alle Nester, in denen Sie Ihre Schützlinge untergebracht haben, evakuiert werden können. Verflucht – Sie Narr!« Er trat einen schnellen Schritt auf den Pastor zu und senkte die Stimme. »Vertrauen Sie mir!«, sagte er eindringlich. »Commandant Belton hat bitter bereuen müssen, dass er es nicht getan hat. Ich hatte vor dem Angriff der Boches auf Tabernes gewarnt.«

»Sie haben Belton … gewarnt?« Dondille wich zurück. »Was ist das? Finte Nummero was?«

»Natürlich habe ich das«, zischte Benedetti. Er war einen raschen Schritt auf den Pastor zugetreten. »Ich habe der Funkstelle den genauen Zeitpunkt des Angriffs mitgeteilt. Aber man hat mir offenbar nicht vertraut!«

Dondille starrte ihn fassungslos an.

– Er lügt! Belton hatte kein Funkgerät!

Der Pastor fuhr zornig hoch. »Tun Sie mir wenigstens den Gefallen, sich nicht lustig über mich zu machen. Ich kenne Ihre Winkelzüge nur zu gut. Sie sind ein … Schwein.«

»Ich muss einsehen, mich in Ihnen getäuscht zu haben.« Der

Inspektor setzte sich den Hut auf, rückte ihn mit einer gelassenen Bewegung zurecht und ging zur Tür.

»Belton hatte niemals ein Funkgerät!«, rief Dondille. »Commandant Ruben ist der Einzige im Canton, der eines hat!«

Der Inspektor drehte sich um und trat vor ihn. Er sprach leise:

»Habe ich behauptet, Belton angefunkt zu haben? Ich sagte nur: Ich habe vor dem Angriff gewarnt! – Hören Sie, Monsieur le Pasteur. Es ist leider so, wie ich vermutet habe: Sie verstehen nichts! Vielleicht werden Sie es tun, wenn Sie morgen verhört werden. Dann aber wird es zu spät sein. Und glauben Sie mir: Sie werden aussagen. Alles.«

Er griff in seine Manteltasche, holte eine flache Zigarettenbüchse hervor und entnahm ihr eine winzige Ampulle.

»Das ist das Einzige, was ich noch für Sie tun kann.« Er schob sie in eine Mauerritze. »Und für alle, die Ihnen vertrauen. Leben Sie wohl, Monsieur le Pasteur.«

Er schlug an die Tür. Der Soldat öffnete und ließ ihn hinaus.

Mit müden Schritten stieg Joseph Benedetti die Treppe zum Erdgeschoss empor. Kurze Zeit später gaben die Wachen am Dorfrand die Straße frei. In Harnac ließ er anhalten, betrat die Telefonkabine einer Bar und wählte eine Nummer.

Man habe eine Entdeckung gemacht, sagte der Mann am anderen Ende der Leitung.

»Habt ihr ihn?«

»Nein – aber eine interessante Spur. Die Deutschen hatten bereits einen Spion bei Belton.«

»Was?!«

»Wir haben einen Lebensmittelhändler observiert, der das Casino in Nîmes beliefert. Geht bei den Deutschen ein und aus. Von ihm gibt's eine direkte Verbindung nach St. Etiènne-Vallongue. Und zur ehemaligen Gruppe Belton.«

Die sich vermutlich jetzt Ruben angeschlossen hat, dachte Benedetti. Die Gefahr, dass die Agenten der Deutschen dadurch

Wind von seinen Absprachen mit Ruben bekämen, wuchs. Er durfte jetzt keine Zeit mehr verlieren.

»Haben wir den Namen?«

»Sie werden staunen.«

»Und – hat *putain* bestätigt?«

»*Putain* fällt erst mal aus. Selbstmordversuch, knapp überlebt.«

»Hat sie geredet?«

»Nein. Henri…«

»Keine Namen!«

»…ihr Mann hat zumindest nichts durchblicken lassen.«

»Kommt sie durch?«

»Wahrscheinlich nicht. Ist aber bestimmt nicht mehr nötig, sie zu fragen. Was soll weiter geschehen? Verhaften? Oder *behandeln*?«

»Seid ihr verrückt?« Benedetti legte auf.

XIII
Weiße Welt

1

Es war noch dunkle Nacht gewesen, als Almir nach St. Etiènne-Vallongue aufgebrochen war, um an der Beerdigung Baptistes teilzunehmen. Nachdem er das Haus verlassen hatte, klopfte Jeanne an die Tür von Hucks Kammer. Als er schlaftrunken in den Wohnraum kam, stand sie schon da, die Windlaterne in der einen, einen Sack mit Decken und Lebensmitteln in der anderen Hand. Er glotzte sie an. Er müsse augenblicklich fort, erklärte sie. Jaquot sei kurz vor Mitternacht gekommen, hätte von Baptistes Tod und der dringenden Anweisung des Pastors, alle Flüchtlinge in sichere Verstecke zu bringen, berichtet.

»Warum?«

»Frag jetzt nicht. Hier – eine Decke. Etwas zu essen für die nächsten Tage.« Sie hängte ihm den Sack über die Schultern. »Die Boches fangen an, alle Farmen zu durchsuchen. Jaquot meint, jemand hätte ihnen alle Verstecke verraten.«

»Verraten? Wer …«

Sie schob ihn resolut zur Tür. »Das ist jetzt unwichtig. Hast du alles dabei? Es darf nichts von dir zu finden sein.« Sie warf ihm einen prüfenden Blick zu. »Wie geht es dir? Meinst du, dass du ein paar Schritte gehen kannst?«

»Ja. Aber wohin …?«

Sie machte eine ungeduldige Handbewegung.

»Wo dich niemand mehr finden wird. Komm endlich.« Sie

hob die Lampe und stapfte voraus. »Ich bringe dich nach Babylone.«

Sie waren bereits mehrere Stunden gegangen, als sie den Fuß eines steilen Felsens erreichten. Im Osten begann es zu dämmern. Ein fußbreiter Steig, dessen Anfang nur finden würde, wer ihn kannte, führte nach oben, wo er sich im Chaos vom Felsen, hoch wucherndem Ginster und Geröll verlor. Sie ging mit schnellen, sicheren Schritten voran. Keuchend, den verbundenen Arm krampfhaft abgewinkelt, versuchte er mit ihr Schritt zu halten.

Der nachtfeuchte, von Geröll übersäte Pfad stieg steil an. Drahtiger Ginster peitschte ihnen entgegen, an mehreren Stellen war der Steig in die Tiefe gebrochen. Sie mussten sich an überhängendem Wurzelwerk festhalten. Erhitzt kamen sie auf einem schmalen, mit steifen Gräsern bestandenen Felsbalkon an. Die Sonne war gestiegen, linste gleißend unter einer orangenen, zerfaserten Wolkendecke hervor. Die Strahlen tasteten sich an das Fundament der alten Einsiedelei, die sich unter einen überhängenden Felsen duckte.

»Hier ist es. Babylone.«

Jeanne hatte Recht gehabt. Niemand würde hier ein Gebäude vermuten. Sie schob die verwitterte Tür auf. Spinnennetze rissen. Die Kammer wurde nur durch eine kleine Luke erleuchtet. Außer einer grob gezimmerten Sitzbank gab es keine Einrichtung. Neben einer Herdstelle lagen einige Büschel Heu verstreut.

Aus der Rückwand aus purem Fels war ein kleiner, altarähnlicher Wandtisch gemeißelt, daneben bauchte sich ein kleines, schon zur Hälfte mit feinem Sand gefülltes Becken, in welches Wasser aus einem fingerbreiten Felsschlitz sickerte. Eine mit schwarzem Moos verschlierte Rinne leitete es durch die Mauer nach außen.

Die Hälfte des Raums war von Fels überwölbt, die andere von einem Balkenwerk, über welchem breite Planken das Schieferdach trugen. Eine Fledermaus erwachte, kreiste fächelnd durch das dämmerige Dunkel und segelte ins Freie. Jeanne kniete sich auf den Boden, schichtete das Heu zu einer Liegestatt und breitete eine Decke darüber. Sie wischte den Staub von der Bank, legte den Proviantsack darauf und holte die Wasserflasche, einen Laib Brot, Käse und mehrere Würste hervor.

Wenn er es gut aufteile, sagte sie, würde das Essen für eine Woche reichen, er solle den Sack jedoch an die Wand hängen, damit die Mäuse nicht drankämen.

»Ich schaue nächste Woche wieder vorbei. Sobald alles wieder etwas ruhiger geworden ist, kommst du wieder nach La Granne. Ich werde dir Bescheid geben.«

Sie nahm einen Schluck und gab ihm die Flasche. Er trank ebenfalls.

Sie schwiegen.

Ein feines Rauschen dehnte sich in den Raum. Ein freundlicher, warmer Regen hatte eingesetzt.

Sie streckte sich. »Ich bin müde«, sagte sie, »werd mich noch 'nen Augenblick ausruhen. Dann muss ich Jode holen. Ich will ihn jetzt bei mir haben, die Schule ist eh geschlossen.«

Sie lag faul und zufrieden im Heu. Ihre Brust hob und senkte sich gleichmäßig. Huck wiegte die Flasche in seinen Händen.

»Gutes Versteck«, lobte er.

»Nicht wahr?« Sie lachte verhalten. »Almir hat mir mal gesagt, dass der Weg hierher früher der *chemin d'amour* für die jungen Leute aus dem Tal gewesen sei.«

Er verstand. »Ist aber ziemlich steil und steinig.«

Ein wissender Blick traf ihn. Ihre Stimme lächelte: »Anders als in der Liebe, wo alles erst glatt und leicht geht und hinterher steinig und mühsam wird, nicht?«

Er hatte das nicht gemeint, widersprach aber nicht. Plötzlich hatte er Sehnsucht danach, sie zu umarmen. Die Wunde pochte.

Sie richtete sich auf und steckte ihr Haar zurecht. Er folgte ihr, als sie vor die Einsiedelei trat.

Der Wind strich kühl über den Platz. Sie drehte sich zu ihm. Sie wankte, als hätte sie für einen Moment den Stand auf dem unebenen Boden verloren, und küsste ihn.

»Und bleib hier«, sagte sie warm, »sonst bist du ganz verloren.«

Er starrte sie verdattert an. Sie bemerkte es.

»Musste sein. War's so schlimm?« Sie gab ihm einen leichten Knuff und ging.

Er beobachtete sie, wie sie nach unten stieg. Vorsichtig, mit behänden, geübten Bewegungen, jeden Tritt abschätzend. Sie drehte sich nicht zu ihm um, sah nur einmal prüfend zum Himmel, ob der Regen zunehmen würde. Dann war sie in der Felswand verschwunden.

Er trat von der Rampe zurück. Unschlüssig betrat er den kleinen Raum, der nun wieder kühl geworden zu sein schien, sah sich um, korrigierte das Heu an seiner Schlafstatt etwas, trieb einen herumliegenden Stock in eine Mauerritze und hing den Leinensack daran. Schließlich setzte er sich auf die steinerne Türschwelle, lehnte sich an die Mauer und sah in die Weite.

Jetzt könnte er gehen. Warum tat er es nicht?

Eine Entschlusslosigkeit, die er noch nie an sich erlebt hatte, lähmte ihn. Er ging in die Hütte, ließ sich auf der Schlafstatt nieder und kippte erschöpft zurück. Er dachte an Jeanne, dann an nichts mehr.

2

Gegen Abend erwachte er. Er setzte sich auf. Erst jetzt bemerkte er, dass er keinen Schmerz mehr fühlte. Er löste die Binden. Die Haut war kalkig, die Adern des Handgelenks schimmerten blau. Die Schwellung war verschwunden. Über der Wunde hatte sich teigiger Schorf gebildet. Er schloss und öffnete seine Faust. Sein Arm hatte wieder Kraft.

Er stand auf und ließ sich auf einem Stein am Rand der Plattform nieder. Noch hatten die Wolken nicht die Sicht auf die Kuppen des Gebirges verdeckt. Im Westen, hinter einem Vorhang stäubenden Regens, flammte ein besonnter Flecken aus dem Grau des Hanges. Ein schwacher, kaum spürbarer Wind kräuselte die Gräser. Obwohl es kühler geworden war, fror er nicht.

– Ich bin frei. Ich kann gehen.

Er stand auf, streckte sich, ging in die Kapelle, besah sich die geschwärzte Wölbung, strich mit einer Hand über den glatt geschlagenen Fels des Opfersteins, drehte sich, ging einige Schritte zum Eingang, dann wieder zu seiner Liegestatt, schlug die Decke zurück, glättete das Heu, zog den Stoff wieder darüber, legte sich darauf, richtete sich auf, verdichtete das Heu unter seinem Kopf so, dass es wie ein Kissen erhöht war, legte sich wieder hin, verschränkte seine Arme vor seiner Brust, ließ sie wieder fallen, wälzte sich auf die Seite, betastete den rauen Fels, drehte sich wieder, starrte eine Weile nach oben, schloss die Augen, riss sie jedoch sofort wieder auf. Eine Fledermaus segelte über ihn hinweg. Er stemmte sich hoch, aß etwas und ging vor die Tür.

Alle Farben waren nun versunken, doch noch immer waren die Züge des gegenüberliegenden Gebirges zu erkennen. Der Himmel lastete stählern über den Gratlinien der Berge, matter und matter.

Fern girrten Zikaden. Sanft und gleichmäßig, langsamer als sein Puls, plitschten Tropfen vom Dach auf die bemoosten Steinplatten. Das Licht schwand in bleierner Langsamkeit.

Er ging tastend zurück und streckte sich wieder auf dem Heu aus.

Eine dünne Trauer züngelte heran. Er warf den Kopf herum, als ob er ihr so würde entfliehen können. Er schloss die Augen. Nach einer Weile öffnete er sie wieder.

Um ihn war jetzt völlige Dunkelheit. Er riss ein Streichholz an. Die Welt war zurückgewichen, geschrumpft auf den winzigen Hof der Flamme. Sie erlosch. Er hörte seinen Atem, und schließlich sein Herzklopfen.

Es wurde kalt. Er wickelte sich in die Decke. Als er nach dem Heu tastete, um es über seinen Körper zu legen, stockte er.

Vor der Türe, ein Geräusch! Schritte knackten auf abgestorbenem Gehölz. Ein leises Schnauben, Grunzen. Er schnellte hoch, horchte mit rasend hämmerndem Puls in die Dunkelheit.

Wieder Stille. Er schlich auf allen vieren in die Richtung, in der er die Türe vermutete, und lauschte mit weiten Augen in die Finsternis. Der Regen rauschte gleichmäßig. Fern polterte Gestein in die Tiefe.

Nach einer Weile, in der er kaum zu atmen wagte, kroch er wieder zurück. Er schob die Türe zu, ertastete einen schweren Stein und rollte ihn dagegen.

Langsam beruhigte sich sein Herzschlag. Er drehte sich zur Seite. Das Heu unter ihm war warm. Er schloss die Augen.

Noch immer regnete es. Er schlief ein.

Er hatte diesen Traum immer wieder geträumt. Er begann immer gleich, immer mit diesem Bild:

– Vor dir dein Glas, die Gaststube ist noch leer, der Wirt sieht aus dem Fenster, draußen regnet es. Du siehst, wie sich die Türe öffnet. Feuchte, kalte Luft dringt herein, krallt sich in deine Waden, du ziehst die Beine an, den Kopf zwischen die Schultern. Die Männer steuern auf deinen Tisch zu. Sie zögern, räuspern sich, stämmige Hälse in gestärkten Krägen. Sie sehen in deine Richtung, werfen sich Blicke zu, einer hebt die Braue: Was hat der hier zu suchen? Sie ziehen bedächtig ihre wattierten Mäntel aus, Hüte an die Haken. Einer pfeift einige Takte einer Melodie, gelassen.

Der Wirt hat sie begrüßt. Jetzt kommt er an deinen Tisch, fasst mit gleichmütiger Bewegung dein Glas, es ist noch kaum angetrunken, und stellt es an einen anderen Tisch. Vorne, nahe dem Eingang, der noch immer geöffnet ist.

Was ist, sagst du verblüfft, und weißt es schon.

Das ist, antwortet der Wirt. Nichts.

Wieso …? Deine Kehle brennt. Alles brennt. Wie kann etwas so wehtun, das man nicht greifen kann?

Sei doch froh, sagt der Wirt, hast es nimmer soweit nach draußen, oder?

Du springst auf –

Huck rang nach Luft, winselte, warf den Kopf herum, krümmte, wälzte sich, richtete sich mit einem Ruck auf und blieb steif sitzen. Er zitterte. Mit einem Ruck sprang er auf, tappte blind zur Tür und taumelte auf den Vorplatz. Der Sturm blies ihm den Schrei aus dem Mund.

Es regnete nicht mehr. Der Mond lugte hinter schnell wandernden Wolkenfetzen hervor und verschwand wieder. Der Sturm schabte an den Hängen. Störrisch nickten die Wipfel. In der Taltiefe sammelte sich ein hohles Fauchen, kochte zu einem brodelnden Tosen empor, das sich mit wuchtigen Sturmstößen zum lärmenden Crescendo steigerte. Von einem Atemzug zum nächsten wieder brüsk Stille, als stürze die Luft in die Schluchten, von gurgelnden, schwarzen Wassern in die Tiefe gesogen. Das Laub wisperte gläsern, der Gesang der Nachtvögel stand wieder frei, und aus der Tiefe stieg das Geräusch eines Flusslaufes. Über ihm polterte bröckelnder Fels. Das Blattwerk flatterte, Efeuranken hatten sich gelöst und peitschten an den Fels, von den Höhen sank ein dünnes Wehen herab. Die Luft war weich und warm.

Huck bibberte. Seine Wangen glühten im Luftzug. Er betastete sie und stellte fest, dass er weinte. Er erschrak, hatte plötzlich Angst zu zerfließen, verrückt zu werden. Er wimmerte, wehrte sich mit matter werdendem Zorn, doch schließlich überließ er sich diesem fremden, übermächtigen Pulsen und Fluten.

Irgendwann bekam er Hunger. Er erhob sich, fühlte sich leicht und federnd, ging zurück, angelte einige trockene Kastanien aus dem Proviantsack und kaute zufrieden. Dann tastete er sich zu seiner Bettstatt und wickelte sich in die Decke. Er fühlte die Wärme des Strohes, die Nässe seiner Wangen, atmete tief und regelmäßig, war noch immer ein wenig erstaunt und bald danach in einen tiefen, wohltuenden Schlaf gesunken.

3

Es musste bereits später Vormittag gewesen sei, als er erwachte. Durch die Ritzen der Tür drang eine eigenartige, schattenlose Helligkeit. Er schlug die klamme Decke zurück, öffnete die Tür und ging, noch schlaftrunken, einige Schritte vor das Gebäude. Es war totenstill.

Er riss die Augen auf. Sein Herz ruckte, er taumelte und rang nach Luft.

– Ich bin blind!

Ein unerhörtes, weißes Nichts quoll ihm entgegen. Es gab kein Tal mehr, kein Gebirge, keine Welt, keinen Himmel, nur noch diese wenigen Schritte auf dem von Tau geschwärzten Felsbalkon, dahinter gähnendes Nichts; fetter, schäumender, tropfensatter Nebel, ein maßloses, blendendes Weiß. Er war überwältigt.

Wenig später riss der Nebel auf, schmolz zu wattigen Krakeln, gleißend gehöht von der Helligkeit, die längst den Osten geflutet hatte, und löste sich auf. Die Sonne zwinkerte silbern, dann bäumte sie sich lichtsprühend über den Horizont. Langsam blühten die Farben aus dem Gestein.

Der Himmel hatte ein tiefes Azur angenommen, die Linien der Gebirgszüge geschärft. Nur hoch im Süden stand noch ein violetter Wolkenstreif. Aus ihm löste sich, winzig, silbrig, blinkend, ein Flugzeug. In unendlicher Langsamkeit, nur begleitet vom Gesang der Vögel und dem seidigen Rauschen des Waldes, schwamm es gegen Norden.

Dokument 3
»Kämpfe in St. Etiènne-Vallongue«
(7.6.1944/Regimentstagebuch des Freiwilligen Stamm-Regiments 2/geheim)

I

…Leider stellte sich heraus, dass die bisherigen Maßnahmen, insbesondere die erfolgreiche Liquidierung der größten Terroristengruppe (Gruppe »Belton«) nicht den gewünschten Effekt erbracht hatte. Wie mittlerweile bekannt geworden, wurden die Überlebenden in einer neu gebildeten Einheit unter dem Kommando eines hohen französischen Offiziers (Kampfname »Ruben«) zusammengefasst. Dass die Banditen binnen kürzester Zeit ihre Schlupflöcher wieder verlassen hatten, zeigte sich daran, dass am 3.6. ein Zug Milizionäre auf dem Weg nach St. Etiènne-Vallongue angegriffen und nach erheblichen Verlusten zur Umkehr gezwungen worden war. Am selben Tag griff eine Gruppe unbekannter Größe den Posten 969 an; dieser Angriff konnte jedoch abgewehrt werden. Zwei der Terroristen wurden an Ort und Stelle hingerichtet, da sie mit der Waffe in der Hand angetroffen worden waren. Eine größere Einheit (Zugstärke) wurde bereits zwei Tage später gegen 5 Uhr morgens beim Überschreiten des Vibron in der Nähe des Ortes Amalric gesichtet. Trotz Verstärkung der Patrouillen und des Wachdienstes um und in St. Etiènne-Vallongue gelang es in der Nacht vom 12. auf den 13. Juni einigen Banditen mit Unterstützung der Bevölkerung durch ein Kanalsystem in den Ort zu gelangen. Ein Versuch der Gefan-genenbefreiung konnte dabei verhindert werden, allerdings unter erheblichen Verlusten (4 Mann, 2 Schwer- und 1 Leichtverletzter), wohingegen die Angreifer unbeschadet entkommen konnten.

II

Dieser Vorfall machte durchgreifende Gegenmaßnahmen notwendig. Um 7 Uhr des folgenden Tages wurden die Häuser erneut durchsucht und den Bewohnern befohlen, sich zum Hauptplatz zu begeben. Die Kinder wurden in die Schule verbracht.

Hauptmann Lange machte der anwesenden Bevölkerung in scharfen Worten Vorhaltungen und forderte sie auf, die Täter oder ihre Unterstützer unverzüglich anzugeben. Sollte dies bis 15 Uhr nicht geschehen sein, so drohte er an, ab diesem Zeitpunkt stündlich eine Hinrichtung vorzunehmen, da er ein Verschweigen als Unterstützung der Terroristen werten müsse.

Da es in der Folgezeit zu ersten körperlichen Zusammenbrüchen gekommen war, wurde der Bevölkerung erlaubt, sich in die Kirche zurückzuziehen. Insb. Leutnant Faber versuchte mehrmals, die verstockte Haltung der Einwohner zu ändern, indem er sie auf den Ernst der Situation hinwies. Doch außer einem gebrechlichen älteren Mann, der sich selbst bezichtigte, blieben die Festgenommenen bei ihrer Beteuerung, nichts zu wissen. Leutnant Faber berichtete allerdings bei seinem letzten Besuch gegen 14.15 Uhr, dass es in der Kirche kurz zuvor offensichtlich zu massiveren Handgreiflichkeiten gekommen sei, deren Grund ihm jedoch nicht mitgeteilt wurde.

Da nichts darauf hindeutete, dass die Festgenommenen ihre Haltung ändern würden, ließ Hptm. Lange Vorbereitungen zu den angedrohten Maßnahmen durchführen.

III

Gegen 14.45 Uhr war am nördlichen Ortsausgang die Detonation eines Mörsereinschlages zu vernehmen, sowie heftiges Feuer aus Maschinenpistolen. Offenbar war der Posten überraschend angegriffen worden. Leutnant Vecht begab sich mit einem Zug sofort zu dieser Stelle, musste jedoch auf Grund der ungünstigen Lage sofort in Deckung gehen und forderte Verstärkung an. (Der Ortseingang wurde von einem höher gelegenen, geschützten Ort mit Maschinengewehrfeuer bestrichen.) Da wir zu diesem Zeitpunkt bereits 8 Mann verloren hatten, und außerdem keine Möglichkeit bestand, die Schwer verletzten zu bergen, ordnete Hauptmann Lange an, um die Angreifer einen Bogen zu machen und sie von der Seite bzw. von einem erhöhten Standpunkt aus unschädlich zu machen. Leider musste bald festgestellt werden, dass die Angreifer mit dieser Bewegung gerechnet hatten, denn der Zug unter Führung Leutnant Fabers geriet sofort in eine äußerst schwierige Lage, die ihn zwang, sich außerhalb des Ortes in einem verlassenen Gebäude zu verschanzen. Auch der Versuch, Mörser zu postieren, führte unter den gegebenen Verhältnissen nicht zum Erfolg. Zugführer Ltnt. Faber gab, vermutlich auf Grund einer plötzlich auftretenden Nervenkrise, den Befehl zum Ausbruch und setzte sich unter gröblicher Außerachtlassung jeder Vorsicht an dessen Spitze. Der Ausbruch wurde nach Ltnt. Fabers Tod sofort eingestellt. (Ltnt. Faber litt nach Angaben seiner Kameraden bereits seit längerem an periodischer Schwermut.) Da nun aber die Terroristen ihrerseits zum Angriff gegen Leutnant Vechts Zug übergingen, u.a. mit Handgranaten, ordnete Hptm. Lange einen Entsatz an, indem er einen weiteren Zug dazu beorderte. Unter schweren Verlusten gelang es, das gegnerische Feuer zunächst einzudämmen und sich in Richtung Schloss zurückzuziehen. Gleichzeitig mussten wir feststellen, dass es sich bei dieser Attacke um ein Ablenkungsmanöver gehandelt hatte, denn in der Zwischenzeit war es einer größeren Gruppe von Terroristen offenbar gelungen, sich im Schutz der Flussböschung dem Ort zu nähern und durch Kellergänge in der Ortsmitte zu verschanzen. Als auch der Posten am südlichen Ortsausgang angegriffen wurde, verließen die Eingedrungenen ihre Deckung und eröffneten das Feuer auf den 4. Zug, der dem Posten zu Hilfe eilen wollte. Da er zusätzlich von Fenstern und Balkonen im südlichen Ortsteil unter Beschuss geriet, die Stärke des Gegners in der Kürze der Zeit nicht auszumachen war, ordnete der Kommandant den Rückzug zum Schloss an. In dieser Zeit wurden offensichtlich die in der Kirche Festgehaltenen befreit, von denen sich die Mehrzahl sofort außerhalb des Ortes begab, ein anderer Teil sich an den Kämpfen vermutlich beteiligte. Da sich die Zahl der Angreifer beständig erhöhte, der gesamte Südteil des Ortes bereits in ihrer Gewalt war, wurde auch der nördliche Zug zum Schloss zurückgezogen. Da sich die Situation äußerst rasch veränderte, der Gegner mit äußerster Rücksichtslosigkeit und Entschlossenheit vordrang und eine Erstürmung des Schlosses noch vor dem Eintreffen der angeforderten Verstärkung möglich war, gleichzeitig die Westflanke des Schlosses noch nicht geschlossen war, entschloss sich Hptm. Lange zum sofortigen Ausbruch. Die Richtigkeit dieses Entschlusses bekräftigte sich dadurch, dass kurze Zeit später die Meldung eintraf, dass die von Harnac aus in Marsch gesetzten Kampfgruppen ebenfalls in ein heftiges Gefecht verwickelt sowie mehrere Brücken gesprengt worden waren. Gegen 17 Uhr erfolgte der Ausbruch unter Zurücklassung der schweren Ausrüstung und der LKWs. Dabei waren ebenfalls wieder starke Verluste zu verzeichnen, auch durch Desertion, hauptsächlich aus der armenischen Legion. Das Gelände erlaubte einen verhältnismäßig abgesicherten Rückzug. Nach gut gedecktem Nachhutfeuer zogen sich die Angreifer nach Anbruch der Dämmerung schließlich zurück. Die Garnison Harnac wurde gegen 22 Uhr erreicht. Wegen des schlechten körperlichen Zustandes und der hohen Verluste, die für Unruhe und Niedergeschlagenheit sorgten, sah sich Hptm. Lange außer Stande, die soeben zurückgekehrten Einheiten sofort wieder in das Gefechtsgebiet zu schicken. Die Verluste belaufen sich nach erster Zählung auf 83 Mann, darunter Leutnant Faber, 28 Vermisste, 14 mittelschwer und 19 Leichtverletzte, sowie das vollständige Gerät (Aufstellung folgt). Verlust durch Desertion 8 Mann, ausschließlich aus der Armenischen Legion. Die Verluste des Gegners dürften jedoch ebenfalls sehr hoch gewesen sein. (…) Bei unserer Ankunft in der Garnison erhielten wir die Bestätigung der Meldung, dass die erwartete Invasion an der Küste der Normandie begonnen hatte, wodurch sich auch die erwähnte überraschende und rücksichtslose Entschlossenheit des Gegners erklären lässt.

IV

Da der Befehl des Regimentsstabs zu sofortigen Gegenmaßnahmen bereits vorlag, wurden die noch kampffähigen Teile der armenischen Legion zu einer neuen Kompanie zusammengefasst. Die Stimmung war außergewöhnlich erregt. Die Kampftruppen setzten sich, von einer Abteilung der SS-Pz. Div. »Hohenstaufen« unterstützt, in Marsch. Der Abmarsch erfolgte gegen 3 Uhr nachts. (…)

5

Die Sonne wärmte bereits. Lopez saß auf einem Stein vor der Hütte. Er hatte die Hemdsärmel aufgekrempelt und beschrieb ein Blatt Papier, als der Kundschafter kam.

»Bericht!«, befahl Lopez.

»Darf ich erst mal Luft schnappen?« Der Kundschafter setzte sich. »Also, hör zu: Sie haben gegen vier Uhr morgens angegriffen. Die Warnung kam gerade noch rechtzeitig. Einige meinten zuvor schon, die Befreiung begießen zu müssen.«

»Wissen wir bereits.«

»Sie haben jetzt etwa 800 Mann im Einsatz, darunter eine Einheit Waffen-SS. Mehr kriegen die Boches nicht mehr zusammen, sie werfen jetzt alles in die Normandie. St. Etiènne ist, wie ihr euch denken könnt, nur noch ein Trümmerhaufen, sie haben gewütet wie die Berserker. Nur das Schloss steht noch. Weiß der Himmel, wieso sie das ausgelassen haben.«

Lopez winkte verächtlich ab. »Gehört der Schwester des Präfekten. – Wo sind die Leute hin?«

»Ein Teil versteckt sich in den Grotten, die meisten sind jedoch zu Verwandten. Viele der Männer haben sich Rubens Truppen angeschlossen, jeden Tag werden es mehr. Er liegt im Süden, nahe Alais. Wartet ab.«

»Klar. Was sonst. Und? Was hast du noch gesehen?«

»Die Ausfallstraßen nach Harnac und nach St. Germain sind bewacht. Kein Durchkommen. Auch Prades ist durchkämmt worden.«

»Gibt es Opfer? Verhaftungen?«

Der junge Mann schüttelte den Kopf. »Wir konnten die Leute dort warnen.«

»Weiter.«

»Sie fangen an, sich im Val'Longue festzusetzen. Claude ist tot, das Depot in der Mühle gesprengt …«

»Alter Hut!«

»Wenn du meinst. Soll ich überhaupt noch was sagen?«

»Hab dich nicht so. Mir ist eben nicht nach Geplauder zu Mute, was du verstehen wirst. Mach weiter.«

»Eine Einheit hat sich in Amalric festgesetzt. Eine andere ist am Nachmittag von Osten aus nach Campbon und Masaldemar aufgebrochen.«

»Was wollen sie da?«

Abel hatte zugehört. Er kratzte sich am Oberarm.

»Von Masaldemar aus wäre das ganze Val'Longue zu kontrollieren. Vielleicht legen sie's darauf an.«

»Vielleicht.« Lopez wiegte den Kopf. »Für uns heißt das, dass wir weder über Masaldemar noch über Prades operieren können. Gefällt mir nicht. Wenn sie einen guten Führer haben, können sie erst uns, dann Ruben auf den Pelz rücken.«

»Wir müssen die Leute von Bosc Cremat und Masaldemar warnen, hm?«, sagte Abel.

»Françoise weiß Bescheid. Sie wird sich vernünftig verhalten. Und Masaldemar – wohnt da überhaupt noch jemand?«

»So viel ich weiß, nur dieser Verrückte.«

»Numa«, ergänzte Abel abschätzig. »Numa, der Narr.«

»Es ist zu spät. Es ist nicht mehr zu schaffen, ihm Bescheid zu geben.«

»Sie werden ihm nichts tun. Sie fackeln nur die Farmen ab, in denen sie Flüchtlinge finden. Numa hat sich immer aus allem rausgehalten.«

Ein weiterer Späher hastete heran.

»Sie haben Bosc Cremat passiert und sind auf dem Weg nach Masaldemar!«, sagte er außer Atem. »Eine Abteilung hat sich hinter Bosc Cremat abgespalten und ist in Richtung Nordwesten weitergezogen.«

»Wohin? Nach Granville etwa?« Lopez lachte. »Schön, sollen sie ’ne Wanderung machen.«

»Nein. Den Grat hoch, nach La Granne.«

»Was ist mit La Granne?« Leonhard, der mit anderen einige Meter entfernt gesessen hatte, setzte die Kaffeetasse ab. »Sie stoßen in Richtung La Granne vor, sagst du?«

Der Kundschafter nickte.

»Verdammt«, sagte Lopez. »Mir kommt das Ganze immer eigenartiger vor. La Granne liegt fast in entgegengesetzter Richtung. Wer dahin geht, tut das nicht zufällig.«

»Wir müssen Almir und Jeanne warnen!«

»Die sind auf der Hut«, sagte der Kundschafter. »War eh nur noch dieser Deserteur oben.«

»Der, den wir vor ein paar Wochen am Pont Negase aufgegriffen haben? Sollte der nicht zum Lehrer…?«

»Ist jetzt unwichtig, Abel«, unterbrach Lopez ungeduldig. »Hat Almir ihn gut versteckt?«

»Ja. Jeanne hat ihn nach Babylone gebracht.«

»Das ist gut. Da kann ihm nichts passieren«, sagte Abel. »Was gibt es noch?«

Der Kundschafter hob die Schultern. »Das ist alles, was ich in meinem Bereich beobachten konnte. Noch ’n Schluck Kaffee übrig für mich?«

Lopez wies ihm stumm den Weg zur Proviantstelle. Er kratzte sich wieder am Arm.

»Ist schon eigenartig, dass sie genau diese Orte anpeilen, in denen wir oder der Pasteur unsere Leute untergebracht haben. Woher wissen sie das?«

»Vergiss nicht, dass sie den Pasteur und den Lehrer haben«, gab Abel zu bedenken. »Vielleicht haben sie nicht dichtgehalten.«

Lopez machte eine wegwerfende Handbewegung. »Der Lehrer weiß zu wenig. Wer alle Plätze kennt, ist Dondille. Wenn der allerdings ausgepackt hat …«

Leonhard unterbrach ihn. »Aber wieso ist es ihnen gelungen, schon bevor sie ihn hatten, in kurzer Zeit alle Farmen im Umkreis von St. Etiènne, in denen sich Flüchtlinge aufgehalten haben, auszuheben?«

»Hm – Jeannot, der Postbote?«

»Das wisst ihr doch: Der ist seit einigen Tagen nicht mehr so fit, dass er irgendwelche Aussagen machen könnte. André hat gründlich dafür gesorgt.«

Lopez rieb sich die Wange. »Es könnte fast jeder gewesen sein. Was ist eigentlich mit dem schönen Eugène, dem Händler?«

Abel winkte ab. »Eugène? Der ist seit einigen Tagen fort.«

Lopez verschränkte seine Arme vor der Brust. »Wirklich? Seit wann eigentlich?«

»Seit zwei, drei Tagen.«

»Darum kümmern wir uns später. Jorge? Milo? – ihr macht euch sofort zu Ruben auf. Kommt her – nein, wartet …«

Er richtete sich auf und legte die Hand über die Augen.

»Es ist die kleine Jüdin aus Amalric«, sagte Leonhard.

»Lea?«

Schon stand sie vor ihnen. »Sie haben La Granne eingenommen«, keuchte das junge Mädchen. »Die Herde ist beschlagnahmt. Das Haus brennt. Almir hat…«

Leonhard sprang auf. »Wieso brennen sie das Haus nieder?«, stieß er ungläubig hervor. »Was faselst du da?«

»Wieso-wieso! Sie haben's eben getan. Ich bin nicht blind. Die Rauchwolke war gut zu sehen.«

»Und was ist mit Jeanne und Almir?! Rede!«

Sie ließ sich auf der Bank nieder. »Almir muss den Kopf verloren haben, als er mit ansehen sollte, wie sie ihm die Farm anstecken. Ist mit der Gabel auf sie losgegangen. Hat einen abgestochen.«

»Und?«

Die junge Frau machte eine unmissverständliche Handbewegung.

»Tot!?« Leonhard zitterte heftig. »Und Jeanne? Wo ist sie? War Jode bei ihr?«

Sie hob die Schultern. »Sie muss mit dem Kleinen auf der Weide gewesen sein. Almir war jedenfalls allein, als sie kamen. Das ist sicher.«

»Hast du's gesehen?«

»Nein. Hab mich an die von der Miliz rangemacht, die den Verletzten nach Amalric gebracht haben.« Sie rieb ihre Hände am Stoff ihres Rocks.

Leonhard schlug die Hände vor sein Gesicht. Lopez streifte ihn mit einem besorgten Blick.

»Verflucht«, sagte er nachdenklich. »Du hast Recht, Leo: Wieso tun sie das? Wenn sie nichts finden oder nicht von jemandem angeschwärzt worden sind, lassen sie die Häuser doch stehen.«

»Was ist mit Jeanne? Und mit dem Kleinen?«, drängte Leonhard.

»Wie oft soll ich's noch sagen? Ich weiß es nicht! Sie werden geflohen sein«, rief Lea. »Almir war allein, glaub mir endlich.«

»Jeanne kennt sich in der Gegend gut aus«, beruhigte Abel.

»Warum tun sie das?«, flüsterte Leonhard.

Lopez spuckte neben sich. »Ich sagte doch: Weil sie vermutlich genau wissen, wo sie es tun wollen und wo nicht!«

»Also?«

»Was wohl? Jemand hat ausgepackt!«

»Der Pasteur!«, sagte Abel. »Ist die einzige Möglichkeit, wenn ihr mich fragt.«

»Pasteur Dondill…«, begann das Mädchen.

»Stimmt«, sagte Lopez nachdenklich. »Der Lehrer wusste zu wenig, von ihm können sie es nicht herausbekommen haben. Bleibt tatsächlich…«

»Wisst ihr das noch nicht? Der Pasteur ist tot«, unterbrach Lea. »Es heißt: Selbstmord.«

»Selbstmord?« Lopez schloss für eine Sekunde die Augen. »Klar«, sagte er bitter. »Weiter? Was hast du noch beobachtet?«

»Ein Zug ist über den Pass nach Masaldemar, das werdet ihr ja schon wissen. Scheint, dass sie sich dort festsetzen.«

»Sie sind nicht blöd, die Boches. Von da aus haben sie den besten Blick. War es das?«

Die junge Frau ließ sich auf einem Sitzblock nieder und griff nach ihrer Wasserflasche.

»Genügt es euch noch nicht?« Sie trank. »Wenn's recht ist, werde ich mich gleich wieder verziehen.« Sie stellte die Flasche ab und erhob sich. Lopez grüßte gedankenverloren.

»Was tun wir?«, fragte Leonhard nach einer Weile.

Lopez sah ihn über die Schulter an. »Wir haben unseren Auftrag.«

»Wir tun nichts?!«

»Jeanne wird in Sicherheit sein, beruhige dich. Du bleibst auf jeden Fall hier, verstanden?«

Leonhard stand auf und ging hin und her.

»Es lässt mir keine Ruhe.«

»Meinst du, mir?«

Leonhard fuhr herum. »Dann tu etwas!«

»Wir haben unseren Auftrag, sagte ich! Wir sind keine eigenständige Gruppe mehr, wenn dir das schon aufgefallen ist!«, rief Lopez. »Wir haben zu beobachten und Ruben Meldung zu machen, das ist alles!«

Vom Waldrand waren aufgebrachte Stimmen zu hören. Lopez stand neugierig auf.

»Endlich«, sagte er.

Stritzel kam, begleitet von der hünenhaften Gestalt des »kleinen Antoine« auf die Hütte zu. Lopez ging ihnen entgegen. Sie sprachen leise miteinander.

»Es ist Stritzel!«, rief Abel von hinten. »Salut, Stritzel.«

»Nun?«, fragte Lopez leise.

Stritzel nickte grimmig. Lopez schwieg einige Sekunden. Dann drehte er sich um. Sie kamen näher. Leonhard erhob sich zögernd.

»Was ist passiert?«, fragte Abel. »Ihr seht aus, als ...«

»Es ist ein Schwein unter uns«, unterbrach Lopez düster.

»Wer soll das sein?«, fragte Leonhard. Es wurde still.

»Los! Warum sagst du es nicht?« Abel griff hinter sich. »Wer ist es? Ich ...«

»Pfoten weg vom Gewehr!«, sagte Lopez scharf.

6

Sie hatten ihm Hemd und Hose ausgezogen. Leonhard und der »kleine Antoine«, der erst vor einigen Tagen zu ihnen gestoßen war, hatten immer wieder zugeschlagen, immer auf dieselben Stellen. Abel lag blutüberströmt am Boden und röchelte.

»Du hast dich vor Tabernes aus dem Staub gemacht, weil du wusstest, dass sie kommen«, brüllte Leonhard. Abel öffnete den Mund. Er würgte, hustete, spuckte weiße Splitter aus.

»Ihr seid verrückt«, nuschelte er.

»Du hast ihnen von Ronc del Sega berichtet«, sagte Stritzel. »Hast ihnen auch gesagt, das wir die Gendarmerie in La Rouviere angreifen wollten.«

»Wann hätte ich das tun sollen?«, keuchte Abel, »Ich war die ganze Zeit mit euch. Und in La Rouviere hätte ich fast selbst eine abbekommen.«

»Hast du aber nicht. Dafür haben Otto und Puig daran glauben müssen. Außerdem warst du mindestens zweimal in St. Etiènne.«

»War nicht der Einzige«, keuchte Abel.

»Alle, die dabei waren, leben nicht mehr.«

»Wollt ihr mir vorwerfen, dass ich noch nicht verreckt bin? Ihr seid komplett durchgedreht.« Abel versuchte sich aufzurichten. Antoine schlug ihm mit der Faust auf die Brust. Der Gefangene stöhnte auf.

Leonhard wischte sich die Wange mit dem Handrücken ab. »Mit wem hast du geredet? Mit den Deutschen? Mit Benedettis Leuten? Wer war es? Er muss in St. Etiènne sitzen.«

»Mit keinem, ihr Idioten! Ich habe niemanden verraten!«

»Spar dir deine Lügen«, sagte Stritzel. »Die Kameraden in Nîmes haben ’nen Tipp gekriegt und vorgestern ein Büro ausgehoben. Sie wurden zwar dabei überrascht, haben aber immer noch genug mitgehen lassen. Sagt dir vielleicht der Name Nourex-Handelsgesellschaft etwas?«

»Nein!«

»Dann will ich dir helfen: Es ist eines der Büros von Benedetti.«

»Ich hab doch nie mit Benedetti …«

Antoine versetzte ihm einen Schlag.

Abel stöhnte auf.

Stritzel sah ihn eisig an. »Natürlich. Aber leider sind zufällig ein paar deiner Berichte dort gefunden worden.«

»Nein! Ich hab nie was mit Benedetti geredet! Das ist …«

»Dass du nie selbst nach Nîmes gefahren bist, wissen wir. Wie sind die Berichte also dorthin gekommen?«

»Ich hab nie was mit Benedetti zu schaffen gehabt, verdammt. So glaubt mir doch!«

Der kleine Antoine zog ein Messer und griff nach Abels Hand.

»Wir wollen, dass du uns den Namen sagst«, sagte er, »wenn du es nicht tust, schneide ich dir die Finger einzeln ab. Bin Metzger, macht mir nichts aus.«

Lopez trat neben ihn. »Du warst fast immer bei uns. Also – wie sind die Berichte nach Nîmes gekommen?«

7

Als sie ihn zur Schlucht führten, wusste Abel, dass er sterben würde. »Ihr habt alle 'nen Vogel«, hatte er gesagt. »Ich war doch euer Kamerad … ich war doch mit euch …« Blut war über die Wange in seinen Mund gesickert. Er war kaum noch zu verstehen. »Ich hab's immer schon gewusst. Hätt ich mich bloß nie mit euch Idioten eingelassen.«

Nachdem sie ihn getötet hatten, warfen sie seinen Körper in ein Erdloch und schaufelten Geröll darüber.

»Er hatte Schulden«, sagte Antoine. »Das wusste jeder. Hat sich von Scipion einwickeln lassen und ist in dessen Bootsverleih mit eingestiegen. Dann hat der Krieg angefangen, und nichts ging mehr. Das war's.«

Eugène, den Gemischtwarenhändler von St. Etiènne-Vallongue, hatten sie noch am selben Tag bei seiner alten Tante in einem Weiler bei St. Germain aufgespürt. Vielleicht hatte er gehofft, dass der Wagen auf der Fahrt in die Berge von einem Posten kontrolliert werden würde und er sich dabei davonmachen könne – jedenfalls war er, ohne Widerstand zu leisten, in den *Jardinière* gestiegen, auf dessen Rücksitz ihn Stritzel mit gezogener Waffe erwartete.

Sie fuhren jedoch nur wenige Kilometer außerhalb des Ortes, verhörten ihn und erschossen ihn, nachdem sie den Eindruck gewonnen hatten, nichts mehr aus ihm herauszubekommen. Dann schleiften sie seinen Körper zu einem Felsspalt, warfen ihn hinab und wälzten Steine über die Leiche.

In der Hoffnung, verschont zu werden – das hatten sie ihm versprochen –, hatte Eugène schließlich zu reden begonnen: Als er sich vor einem Jahr bei der Gendarmerie darüber beschwerte, dass man mit – wie er fand – zu wenig Nachdruck nach den Banditen fahndete, welche seinen Laden überfallen und ausgeraubt hätten, hatte ihn ein Unbekannter, der sich als Mitglied des Sicherheitsbüros ausgab, angesprochen. Dieser zeigte Verständnis dafür, dass Eugènes Geschäft seit einigen Jahren miserabel ginge. Hätte der Krämer den Eindruck schon vor dem Krieg gehabt, als einer der wenigen Katholiken des Ortes nicht sonderlich gelitten zu sein, so sei es danach immer schlimmer geworden, da er sich vor Jahren einmal als Anhänger Petains zu erkennen gegeben habe – was eine Dummheit gewesen sei und er heute nie mehr tun würde. Er hätte Ausgaben, müsse an seine Familie denken.

Nach einem Anruf bei der Nummer, die ihm der Unbekannte gegeben hatte, habe man ihn gefragt, ob ihm mit einer bestimmten regelmäßigen Summe, für die man allerdings auch Verwertbares erwarte, geholfen sei. Dass man ihm einschärfte, niemandem davon zu erzählen, hätte er eingesehen, nicht aber, dass er es vor allem auch dann nicht zugeben dürfe, wenn sich sein Gesprächspartner als Angehöriger des Sicherheitsbüros zu erkennen geben sollte. Das habe ihn gewundert, aber er habe es dabei bewenden lassen. Die Informationen weiterzuleiten, sei kein Problem gewesen, da er sich einmal in der Woche zu einem Händler nach Nîmes begeben musste, wo er seine Berichte unbeobachtet abliefern und das Geld in Empfang nehmen konnte.

Und sonst? Ach ja, ein andermal hätte sich die etwas beschränkte Schwiegertochter des alten Georges, des Besitzers von Ronc de la Sega, ihm anvertraut und erzählt, dass sich die Banditen auf der verlassenen Farm ihres Schwiegervaters eingenistet hätten und sie Angst hätte, der Hof, den sie für einen ihrer Enkel bewahren wollte, könnte Schaden nehmen – schließlich kenne man das ja, wenn keine Frau auf Ordnung und Sauberkeit achte.

Bei einem Bauern aus Amalric, dessen Familienverhältnisse er zufälligerweise gut kannte, wäre ihm aufgefallen, dass dieser mehr Lebensmittelkarten abgegeben hatte, als er Familienmitglieder hatte. Nein – nur das habe er mitgeteilt. Dass wenige Tage später dort eine jüdische Familie mit zwei minderjährigen Kindern ausgehoben und deportiert worden wäre, hätte auch ihn betroffen gemacht. Es wären anständige Leute gewesen, die Kinder sehr gut erzogen und höflich …

Er habe auch herausgefunden, dass es in St. Etiènne-Vallongue noch mindestens einen wichtigen Informanten geben müsse, nicht aber, um wen es sich handele. Er habe seine Verbindungsleute schließlich gebeten, ihn zu entlassen, da er es mit seinem Gewissen nicht mehr länger vereinbaren könne. Die Stimmung im ganzen Land würde sich außerdem rasant wandeln, und er wäre sich nicht mehr sicher, ob er seinem Geschäft nicht schaden würde. Dies habe man hingenommen, von ihm jedoch verlangt, dass er, sollten ihm von anderen Informanten Nachrichten zugespielt werden, diese auf jeden Fall weiterleiten müsse. Ja, Abel sei einer davon gewesen, die Umschläge wären immer verschlossen gewesen; einmal hätte er einen geöffnet, aber nichts davon verstanden. Nein, er wüsste nicht, wer der Empfänger gewesen sei. Er habe sich nicht darum gekümmert.

Ob es auch die Deutschen gewesen sein könnten? Das wisse er nicht, obwohl ihn, wie er bereits sagte, gewundert habe, dass er sich vor allem vor Beamten des Sicherheitsbüros hüten solle. Wieso diese Briefe ausgerechnet in einem Büro Benedettis gefunden worden seien, könne er sich nicht erklären, das sei doch ein Widerspruch, nicht?

Dann sei ihm noch ein weiterer Informant avisiert worden, nie jedoch bei ihm aufgetaucht. Nein, er wisse seinen Namen nicht. Es soll sich um einen eingeschleusten Spitzel gehandelt haben, einen Deutschen, der sich als Flüchtling ausgegeben haben und sich irgendwo in der Gegend oberhalb von Les Molines aufhalten soll, wo er einmal gesichtet worden sei. Vereinbart war, dass dieser sich mit einem Gruß von »Onkel Ernest, dem es besser ginge«, zu erkennen geben solle.

Leonhard stöhnte auf.

»Was ist los, Leo? Bist in ’nen Kalkkübel gefallen?«

»Oberhalb von Les Molines…«, stammelte Leonhard. »Ich weiß, wen er meint. Lass mich das erledigen.«

»Leo, es wäre wirklich vernünftiger, du würdest dich mal ein paar Tage ausruhen.«

»Halt dein Maul, Stritzel.«

Lopez zögerte. Etwas in Leonhards Stimme hatte ihn beunruhigt.

»Meinetwegen«, sagte er schließlich. »Nimm dir Antoine mit.«

»Nicht nötig, Lopez.«

»Ich sagte, du nimmst ihn mit. Und jetzt will ich wissen, wer es ist.«

8

Tagelang war Moritz Ginsberg in den Wäldern umhergeirrt. Er hatte nichts gegessen, war jeder Siedlung ausgewichen, war panisch ins Dickicht geflohen, wenn er einen Menschen nur von der Ferne sah.

Nun war seine Kraft zu Ende. Mit schleppendem Schritt betrat er die Leninbrücke in Alais. Vom Fluss stieg kühler Dunst.

Die Luft war erfüllt vom herben Geruch, der von den Halden der Kohleminen kam und, vermischt mit dem Duft von Mimosen und Pinien, über Tal und Stadt schwebte.

Am höchsten Punkt der Brücke blieb er stehen und sah hinab. Der Fluss rann müde unter ihm hinweg, rieselnd über weißes Gestein und porige Schlacke. Auf dem trüben, ockergelben Wasser tanzten Schaumfetzen. Er drehte sich um, um auf die andere Seite der Brücke zu gelangen. Er wankte.

Ein Auto näherte sich in schneller Fahrt. Der Fahrer hupte in empörtem Stakkato. Der Klang hallte im Flusstal zurück.

Ginsberg wich zurück. Er umklammerte den Handlauf.

– Ma-tovu ohelech Jakov…

– Ob es stimmte, dass Alban auf die Straße hinabgerufen hatte, die Leute sollten zur Seite gehen, er würde jetzt springen?

An jenem Tag, an dem sie ihn zu Grabe trugen – der Freund hatte sich gewünscht, dass statt einer Leichenrede der Knieriem aus Nestroys »Weltuntergangstag« vorgetragen werden sollte, was eine schlechte Idee gewesen war, denn niemand war fröhlich gewesen und er selbst müde und verdrossen – standen seine Koffer schon bereit. Dass er beschlossen hatte, Wien zu verlassen, war noch ohne größere Not geschehen. Beleidigungen, Bedrohungen, sie gehörten, so sagte er sich, zum Geschäft, und sie wurden aufgewogen durch frenetischen Applaus nach den Vorstellungen im »Lieben Augustin«, im »Nachtlicht« und in der »Fledermaus«, durch die Wärme und Verlässlichkeit des kleinen Freundeskreises, der sich nach den Vorstellungen regelmäßig im »Museumscafé« am Naschmarkt einfand. Hass gegen die Wiener Juden, der immer unverhohlener gezeigt wurde, empörte ihn, traf ihn aber nicht. Er war Moritz Ginsberg, sonst nichts, er hatte Kopf, Augen, Hände, glaubte nur, was er sah, und verspürte nie Bedarf an metaphysischer Welterklärung. Er teilte nach allen Seiten aus, gegen Rechte wie Linke, gegen Antisemiten wie gegen Orthodoxe, gegen bürgerliche Spießer wie gegen eitle Weltumstürzler. Und er hatte gute Nerven, gepolstert in einer respektablen Statur, konnte zurückschießen wie eine Natter, schnell und tödlich.

Anders als der feine Alban, sein Freund und Partner, der Häme und Verachtung geradezu anzog und schließlich an ihnen erstickte. Er hatte nicht mehr getan, als einen empörten Kommentar zum Freispruch zweier Heimwehrleute, die in einem burgenländischen Dorf das Feuer auf unbewaffnete Schutzbündler eröffnet und zwei Menschen getötet hatten, zu veröffentlichen. Drohungen und Überfälle gegen ihn rissen nicht mehr ab, zermürbten ihn mehr und mehr, bis er irgendwann seine Wohnung im 2. Bezirk nicht mehr verlassen wollte. Jedenfalls nicht mehr durch die Türe.

Er hatte Alban zuvor für wehleidig gehalten, hatte versucht, ihn von seiner praktischen Weltschau zu überzeugen. Er hatte seine Hoffnungen auf die immer mächtiger werdende sozialistische Partei gesetzt. Als jedoch im Winter '34 der Aufstand losbrach, ließen deren zuvor so wortradikale Führer die Kämpfenden allein. Im sicheren Prag überbrachte man ihnen die Nachricht von den Gefechten an der Floridsdorfer Brücke, von den Exekutionen im Karl-Marx-Hof. Die Rebellion, ein wütender, blinder Aufruhr ohne jede logistische Vorbereitung, brach nach wenigen Tagen zusammen. Ein unverhohlen faschistisches Regime übernahm die Macht. Die Knute kreiste, die Menschen duckten sich. Die Glaser waren zufrieden; sie verdienten gut an jüdischen Ladenbesitzern.

Ach, wie erbärmlich war diese Denunziation gewesen. Was warf man ihm vor? Er war, was er gelegentlich getan hatte, unentgeltlich vor Kindern aufgetreten. Die Augen der Kleinen hatten geglänzt.

Herr Ginsberg! Wollen Sie uns weismachen, Sie hätten nicht gewusst, dass diese Wohltätigkeitsveranstaltung für arme Kinder von einer verbotenen sozialistischen Organisation veranstaltet worden ist?

Er hatte sich gewehrt: Hätte er die Kinder nach ihrem Parteibuch fragen sollen? Die Zuschauerstühle in den Kabaretts lichteten sich, der Beifall wurde verstohlener. Er hatte zuvor mit unverhohlener Liebe gespöttelt, nun wurden seine Witze bitter, das Gelächter dünner. Das sichere Gefühl für die Wirkung seiner Auftritte verließ ihn. Er repetierte eine Zeit lang bequem erprobte Scherze, denn neue Einfälle wollten nicht mehr kommen. Es war eine Art Ekel, der ihn immer häufiger überkam, wenn ihn die Überschriften der Zeitungen anschrien, wenn er den Menschen auf der Straße, in den Geschäften zuhörte. Irgendwann bemerkte er, dass er nur noch diese Stimmen wahrnahm, alle anderen schienen verstummt zu sein. Nachdem Alban in den Tod geflohen war, fiel ihm auf, dass auch er längst damit begonnen hatte, sein Leben nicht mehr von einem helleren Morgen aus zu denken. Ginsberg aber wollte keinem seiner Feinde den Gefallen tun, derart Macht über seine Gedanken zu gewinnen. Er verließ Wien.

In Paris atmete er auf. Die ersten Tage waren ihm, als befände er sich auf einer Urlaubsreise. Seine Hauswirtin war freundlich, sein Geld reichte – wie lange, darüber dachte er nicht nach, denn es war eine ordentliche Summe gewesen, die er hierher transferiert hatte.

Er sprach ein ausgezeichnetes Französisch, war in den Nächten nicht immer allein. Trotzdem war er erfreut, als er im Cabaret »La Lanterne« mit Berliner Emigranten ins Gespräch kam, sogar alte Bekannte wiedertraf. Er fand Anschluss, machte sich aber bei den Debatten um »bürgerliches« oder »proletarisches« Theater nicht auffällig; es interessierte ihn nicht, für ihn zählte nur das Wort, und eine gewisse Wahrhaftigkeit bei aller eingeübten Kunstfertigkeit genüge.

Man bot ihm an, bei Brechts Stück »Neunundneunzig Prozent« zu assistieren. Obwohl der Dichter zur Erstaufführung nach Paris gekommen war, war der Erfolg mäßig gewesen. Immerhin führte diese Arbeit dazu, dass er mit Filmleuten in Kontakt kam. Er hatte keine großen Auftritte, aber einmal immerhin eine größere Rolle neben von Strohheim, Gabin und Fresnes, die er sehr verehrte. Regelmäßiges Gehalt verdiente er sich als einer der Sprecher der »Nachrichten in deutscher Sprache«, die über Radio Strasbourg in das Reichsgebiet ausgestrahlt wurden.

Seit mehr als zwei Jahren lebte er nun bereits in seiner kleinen Wohnung in der Rue Delambre. Er hatte gerade begonnen, sich heimisch zu fühlen, als sich das Blatt zu wenden begann: Zuerst nur im Elsass, dann im ganzen Land wurden Stimmen laut, die sich gegen die deutschen Sprecher wandten. Ihre Sendungen, so schrieben Kommentatoren und Leser, seien hasserfüllt, verzerrten das Bild des Nachbarn, mit dem man doch den Frieden suchen sollte. Die Kritik weitete sich zu einem eigentümlichen Gebräu aus Chauvinismus – man wolle keinen »preußischen Akzent« – aus berufsständischer Abneigung gegen die Beschäftigung von Ausländern im französischen Radio, aus Angst vor jüdisch-kommunistischer Unterwanderung oder – und nun wieder die anderen, nicht minder verquer – vor einer fünften Kolonne der Nazis.

Die Regierung gab nach. Man wollte den Nachbarn nicht reizen. Wenige Monate nach seiner Entlassung – Frankreich hatte Deutschland mittlerweile den Krieg erklärt – wurde ihm befohlen, sich im *Stade Bufalo* einzufinden; es war verfügt worden, dass sich alle Ausländer in Internierungslager zu sammeln hätten.

Ein überfülltes Lager in der Nähe von Avignon – Baracken, mückenflirrende Hitze, Wein im Spritzbeutel, lehmiges Wasser und Fliegenschwärme um die dampfenden Latrinen – war seine nächste Station gewesen. Die Ankunft einer deutschen Kommission, die die Lager besuchte und sie offiziell nach Rückkehrwilligen, in Wirklichkeit aber nach gesuchten Regimefeinden durchforstete, wartete er nicht mehr ab. Er floh und fand Zuflucht bei einer Familie in Nîmes, wurde aber nach wenigen

Tagen wieder von Gendarmen aufgegriffen und erneut in das Lager verfrachtet.

Längst war die deutsche Armee im Land. Die Front schob sich südwärts. Die Angst bei den Gefangenen wuchs. Es gab erste hysterische Zusammenbrüche. Ein junger Mann aus Brandenburg, mit dem Ginsberg sich angefreundet hatte, verabschiedete sich eines Abends mit Handschlag. Am nächsten Morgen fanden sie ihn. Er lebte noch, wachte aber nicht mehr auf.

Die Internierten appellierten an die amerikanische Regierung. Prompt kam die Reaktion, doch nur wenigen Unterzeichnern händigte der Konsul die notwendigen Bürgschaften und Einreiseerlaubnisse sofort aus. Immerhin wurde das Lager kurze Zeit später in die noch unbesetzte Zone evakuiert – nach Tarbes, hieß es zunächst. Mitten auf der Strecke hielt der Zug jedoch an. Von Wagen zu Wagen pflanzte sich die Nachricht fort, dass vom Zielort die Warnung übermittelt worden sei, die Deutschen befänden sich bereits im Anmarsch. Der Zug wurde umgeleitet und erreichte wieder Nîmes – mittlerweile hatte sich herausgestellt, dass die Warnung auf einem Irrtum beruhte: Mit den anrückenden Deutschen waren sie selbst gemeint gewesen!

Wieder setzte er sich ab. Von Nîmes aus schlug er sich, über ihn dröhnten die Militärmaschinen, nach Marseille durch. Dort musste er feststellen, dass das geheime Büro, das eine Hilfsorganisation aus den Vereinigten Staaten betrieben hatte, vor einiger Zeit auf Betreiben der amerikanischen Regierung geschlossen worden war – in Übersee waren Stimmen laut geworden, die gegen die Zuwanderung von »Juden und Bolschewisten« protestierten. Vor dem Büro derjenigen, die dem Rückruf nicht folgen wollten und noch immer versuchten, Flüchtlingen zu helfen, patroullierten Gendarmen.

Das »Geschäft« war längst in den Händen Marseiller Verbrecherbanden; er hatte es nicht gewusst oder nicht glauben wollen, hatte sein letztes Geld genommen und eine illegale Überfahrt nach Algerien im Voraus bezahlt. Doch als er und einige andere Verzweifelte zum vereinbarten Treffpunkt, einem verlassenen Quai hinter Eustaque, kamen, war kein Schiff zu sehen. Die Männer und Frauen warteten bis zum Morgengrauen, dann gingen sie in die Stadt zurück. Nachdem auch seine Ausreiseerlaubnis abgelaufen war, flüchtete er in eine Kleinstadt in den Bergen, wo er sich mit Gelegenheitsarbeiten über Wasser hielt. Eine der Tätigkeiten, die ihm den einen oder anderen Franc einbrachten, war es, der siebenjährigen Tochter des Dorfarztes Klavierunterricht zu geben. Als die zwar talentierte, doch verhätschelte Göre ihm eines Tages keck eröffnete, dass sie – wenn er weiter so streng auf die Einhaltung der Übungen bestehen würde – ihn bei der Gendarmerie anzeigen würde, brach er, wie vernichtet, mit einem Weinkrampf zusammen. Er verkroch sich in der Hütte, die man ihm überlassen hatte, verweigerte tagelang jedes Essen, stierte stumpf vor sich hin. Hatte er zuvor noch auf seine Kleidung geachtet, es immer wieder organisieren können, dass sie gereinigt wurde, und täglich eine, wenn auch schon schäbiger gewordene, Krawatte umgebunden, so wurde ihm alles gleichgültig. Unter einem staubfarbenen Schopf biss die Krätze, er wusch sich nicht mehr, ein widerwärtiger Geruch nach Pilz, Kot und Urin ging von ihm aus.

Man bekam Angst um ihn und brachte ihn schließlich zu Pastor Dondille, der mit anderen hugenottischen Geistlichen bereits vor Jahren eine Organisation zur Unterbringung jüdischer Flüchtlinge aufgebaut hatte. Dort erfuhr er, dass der Bauer eines abgelegenen Gehöftes sich einverstanden erklärt hatte, ihn aufzunehmen. Zunächst genoss er die Ruhe und Abgeschiedenheit auf La Granne und kam wieder zu Kräften. Dann jedoch wurde er von Monat zu Monat unruhiger. Er verlor jeden Mut, suchte Streit, den niemand verstand. Reizbarkeit und Erschöpfung, Beschämung und Schwäche wechselten, etwas begann in ihm zu rasen, und – noch klang das keckernde Horn der Hupe in seinen Ohren.

Der Schofar mahnt:

Ma-tovu ohelech Jakov…

– Plötzlich versagten ihm die Beine, als hätte ihn eine plötzliche Lähmung niedergestreckt. Er klammerte sich benommen an das Geländer und sank zu Boden. Einige Passanten eilten an ihm vorbei. Sie blieben unschlüssig stehen, flüsterten untereinander (Was ist mit ihm? Ist er besoffen? Natürlich, er ist besoffen) und gingen weiter.

Schließlich blieb eine junge Frau stehen. Sie hielt ihren Begleiter am Ärmel fest und ging auf ihn zu. Ginsbergs Gedanken waren nur noch taubes und dunkles Gewölk. Fern hörte er: »Was haben Sie, Monsieur? …«

»Riech mal, ob er besoffen ist.«

»Er ist krank… das Herz? Wenn man's nur wüsste. – Monsieur!«

Das Wort »Essen« sickerte aus Ginsbergs Lippen. Er sprach deutsch.

Die Frau, sie hatte sich vor ihn gekniet, neigte ihr Ohr an seinen Mund.

»Pardon, Monsieur?«

»Ich bin beraubt worden«, wimmerte er, »man hat mir alles geraubt, ich habe nichts mehr.«

Die beiden sahen sich an, überlegten stirnrunzelnd, hoben ihn schließlich hoch, legten je einen Arm um ihre Schultern und trugen ihn auf die andere Seite des Flusses, wo sie ihn auf einer Bank abluden. Die junge Frau setzte sich neben ihn, während der Mann, ratlos und auf einem Zigarettenende kauend, um sich blickte.

Die Frau redete auf Ginsberg ein. Er stammelte etwas. Er verstand nicht, dass sie nicht verstand. Schließlich benutzte sie die Zeichensprache. Als sie ihre Finger zum Mund führte, schloss er die Augen.

»Also«, sagte sie, »nichts mit besoffen, dacht ich's mir. Der hat Hunger, sonst nichts. Sieh ihn dir an. Nur noch Haut und Knochen.«

»Was sollen wir tun?«, fragte ihr Begleiter, »Gendarmerie? Krankenhaus?«

»Wahrscheinlich – Gendarmerie, Idiot!«, sagte sie, »gib mir 'n Stück Brot.«

»Hab ich 'nen Bauchladen oder was?«

»Dann besorg eins!« Sie richtete sich auf und hielt ihren Begleiter am Ärmel fest. »Nein: Hol besser Doktor Bosca. Sieh. Er ist wirklich krank.«

»Spinnst du? Der wird herkommen.«

Ein offener Militärwagen hielt neben ihnen. Ein Soldat in grauer Uniform stieg aus.

»Brauchen Sie Hilfe?«, fragte der Deutsche in kantigem Französisch. Sie musterten ihn schnell: ein glattes Gesicht, unbeholfen, doch alarmbereiter Blick. Er kniete sich neben sie.

Ginsberg kippte stumm zur Seite. Er erbrach sich.

»Ja, ins Krankenhaus, bitte, schnell. Das Herz.«

»Das Herz«, wiederholte der Deutsche. »Kommen Sie, Madame.«

Sie luden ihn in den Wagen. »Zu Doktor Bosca!« Der Wagen fuhr schnell, polterte über das wellige Pflaster.

Der alte, graubärtige Arzt erhob sich hastig, als sie eintraten. Der Soldat grüßte eckig und verschwand.

Am Abend erwachte Ginsberg. Der Raum war unbeleuchtet. Um ihn herum gleichmäßiges Atmen. Er roch saubere Bettwäsche. Sie hatten ihn gewaschen. Er schlief wieder ein.

Es mussten mehrere Stunden vergangen sein, als ihn ein Geräusch weckte. Vor der Tür waren Schritte, ein Raunen zu hören.

Sie kommen …

Die Tür öffnete sich. Eine gelbe Lichtraute, gebrochen von der Silhouette eines Unbekannten, fiel in die Kammer.

Alles Schwere verließ ihn. Er schloss die Augen. Eine Woge unerhörter Erleichterung durchströmte ihn, hob und wiegte ihn sacht.

»Ma-tovu ohelech, Jakov …« Der Gesang des Morgengebets flog heran. »Wie lieblich sind deine Zelte, Jakob, deine Wohnungen Israels. Ich trete ein in dein Haus …« Er ließ es zu. Sein Gaumen füllte sich mit Speichel und dem Geschmack süßem Kukuruz-Gebäcks.

Er hob den Kopf. Das Licht war gleißend hell geworden.

Wer war es, der an der Tür stand?

»Maminka?«, rief er. »Bist du es?«

»Ch'bin dajn Malech ha-mowes«, berichtigte der Engel nachsichtig. *»Du kennst mich doch.«*

»Mach keine Scherze mit mir«, brummte Ginsberg unwillig. »Wer soll das sein? Ein Geist, oder was?«

Der Dunkle wartete geduldig. Ginsberg versuchte, sich zu erinnern. Schließlich lächelte er betreten.

»Entschuldigt, Malech ha-mowes. Izt dermon ich sich.«

»Siehst du.« Der Dunkle nickte zufrieden. *»Gornisch hostu fargessn.«*

Ginsberg suchte nach einem Wort. *»Ihr said der …«*

»Ich bin der, der dich ariber baglaitn wird.«

Der Malech ha-mowes zog behutsam sein Schwert und ließ von dessen Spitze einen Tropfen giftigen Blutes zwischen Mendel Ginsbergs Lippen fallen.

Eine Hand griff an die Schulter des wie im tiefen Schlaf Liegenden.

»Monsieur! Stehen Sie auf! Sie müssen sofort weg!«

»Monsieur!! Die Gendarmen sind bereits an der Pforte, eine Schwester hat geschwätzt! Der Doktor versucht sie noch aufzuhalten – schnell! … Mon …«

Der Wind rüttelte sacht am Fenster.

»… sieur …«

Vom Ende des Flurs näherten sich donnernd Schritte.

9

Huck wachte mit einem Ruck auf. Alle Müdigkeit war mit einem Schlag verflogen. Sein Herz hämmerte. Mit einer hastigen Bewegung setzte er sich auf und lauschte in die Dunkelheit.

Eine dünne Bö säuselte um die Hütte. Verhalten ächzte die Tür in den Angeln. Dumpf klockend schlug sie in den steinernen Falz. Im Tal schrie ein Kauz.

– Jetzt!

Da war es wieder – ein feines Knistern, Tritte auf mürbem Unterholz. Ein Nachttier? Geröll rieselte knisternd, ein Stein schlug auf hohles Gehölz.

Huck hielt den Atem an.

– Und das – was war das? Stimmen? Ein Flüstern?

Huck schlich zur Tür. Ein unerhört heller Mond stand über dem Tal. Blätter flatterten silbrig, ihre Schatten warfen unruhige Flecken auf den Fels des Plateaus. In der Tiefe das gleichmäßige, ferne Branden des Waldes.

Ein Krachen, nun ganz nah! Ein glühender Schreck durchfuhr ihn. Er lauschte starr: Nun konnte er deutlich gleichmäßige Tritte ausmachen. Wieder warnte der Kauz.

Seine Gedanken jagten: Konnte es Jeanne sein? Aber sie wollte erst morgen kommen, und wieso sollte sie mitten in der Nacht den gefährlichen Pfad besteigen? Oder hielten ihn seine überreizten Sinne plötzlich zum Narren?

– Werde ich närrisch?

Er kroch zum Abgrund. Dann wusste er es endgültig. Es war kein Tier. Er hatte eine gepresst flüsternde Stimme gehört.

Er fuhr mit einem Ruck hoch. Seine Adern siedeten.

Der Pfad endet in Babylone – wer hierher kam, wollte es auch. Doch wozu? Sollte ihm eine Nachricht gebracht werden? Wer konnte es sein? Nur Jeanne wusste, wo er war. Also? War es Belton, der gedroht hatte, ihn zu töten, wenn er dahinter kommen sollte, dass Huck als Spion eingeschleust worden war? – Aber Belton war tot, die Gruppe aufgerieben!

Huck hatte sich auch zu keiner Zeit verdächtig gemacht, hatte nie irgendeine Information ins Tal schmuggeln können. Wer also konnte es sein? Seine Kameraden, denen sein Versteck verraten wurde? Hatten sie nach ihm gesucht? Und kamen sie, um ihn zu retten? Doch wie würde er ihnen erklären können, dass er sich seit Wochen nicht gemeldet hatte, vor allem, dass er sich seit Tagen hier aufhielt, obwohl er sich längst wieder zu seinen Leuten hätte durchschlagen können? Er hatte Befehl und Auftrag nicht ausgeführt. Gewiss, zu Beginn war es unmöglich gewesen – doch jetzt? Er würde angeklagt und bestraft werden.

Und die Wahrheit war: Irgendwann hatte er bemerkt, dass er froh war, den Auftrag nicht ausführen zu können. Er konnte sich nicht erklären, was in ihm durcheinander geraten war, doch etwas war geschehen.

Er war in eine Welt eingetaucht, in der die Tage solange dauerten, als die Sonne sie beleuchtete, und die Nächte so lange, als die Dunkelheit herrschte. In der es keinen Rhythmus außer dem eigenen Herzschlag gab, nur die Synkopen eines Orchesters der Laute von Mensch und Tier, von Wind und Gewitter. In der die Ausführung von Plänen sich danach richtete, ob Wetter und Temperatur sie erlaubten. Das Leben auf La Granne war ihm so nah gewesen, als wäre er in seine Heimat zurückgekehrt.

Er fühlte Jeannes Blick auf sich, spürte den Samt ihres Kusses auf seinen Lippen und hatte den Geruch ihres Haares in der Nase, den Geruch von schwerer Wärme, von Leben und –

Der durchdringende Schrei eines Siebenschläfers schlitzte die Stille. Die Schritte waren nun deutlicher zu vernehmen. Es mussten mindestens zwei Personen sein. Wer konnte es sein? Wer ihm gut wollte – vielleicht, um ihn zu warnen –, hätte jetzt bereits ein Signal gegeben.

Huck duckte sich, kroch an den Rand des Plateaus und ließ sich auf einen Vorsprung unterhalb des Felsbalkons herab.

Keine Sekunde zu früh. Schon hörte er sie: schnelle, doch vorsichtige Schritte, keuchende, gepresste Atemzüge, geflüsterte Anweisungen – es waren zwei hoch gewachsene Männer, jeder ein Gewehr in den Händen tragend. Sie waren auf dem Platz vor der Einsiedelei angekommen, hielten an, lauschten in die Dunkelheit, orientierten sich raunend. Gekrümmte Schatten strichen über das grau schimmernde Gemäuer. Die Männer schlichen auf den Eingang zu und pressten sich mit ihren Rücken an die Wand neben der Tür. Huck duckte sich tiefer. Er atmete flach. Die Angst, sein donnernder Herzschlag könnte zu hören sein, schnürte ihm die Brust.

»Huck!?«

Einer der beiden schlug an die Tür. Er wartete einige Sekunden, bevor er den Ruf wiederholte. Dann dröhnte ein schwerer Schuh auf das Holz. Die Türe schwenkte knarrend zurück und krachte an die Laibung.

Die beiden Männer verschwanden in der Einsiedelei.

»Wo ist das Schwein?!«

Es war die Stimme Leonhards. Er raste vor Wut.

»Huck?! Wo steckst du! Elende Sau!«

Ein schwaches Echo brach sich spottend an den schwarzen Hängen. Bemüht, kein Geräusch zu verursachen, robbte Huck langsam den Fels entlang, bis er wieder festen Boden unter seinen nackten Sohlen hatte. Er sah hinab auf das dichte, schwarze Gebüsch am Fuß des Felsens. Er sprang. Das Gehölz knackte unter seinen Füßen, dorniges Gestrüpp schlug über ihm zusammen, sein Hemd riss, die Stacheln bohrten sich in seine Handflächen. Er spürte nichts. In Panik schlug er um sich, bis er sich befreit hatte. Oben schrien die Männer, sie hatten ihn jetzt bemerkt. In wilder Flucht hastete er den Steilhang hinab. Die Schüsse spratzten neben ihm in das Geröll, donnernd antworteten die gegenüberliegenden Hänge.

Das Dickicht riss plötzlich ab. Sein Fuß stocherte ins Leere, er klammerte sich an einen Ast, der über die Böschungskante wippte. Das Mondlicht spiegelte sich in einem schwarzen Wasserlauf. Mit Schwimmbewegungen bahnte er sich durch peitschendes, störrisches Geäst und hohen Farn in die Schlucht hinab. Der Bach rieselte durch eine flache, verblockte Rinne. Die Steine waren glitschig, er stolperte, stützte sich ab und watete weiter. Das gleichmäßige Rauschen fiel mit einem Mal aus. Der Bach schien im Nichts zu verschwinden. Tief unter ihm toste es.

Vorsichtig tastete er sich voran. Plötzlich, als hätte ein unter der Wasseroberfläche verborgenes Untier nach ihm gegriffen, verlor er den Boden unter den Füßen. Er schrie auf, rutschte auf dem schlierigen Fels in die Tiefe, und platschte, mitgerissen von schwerem, kaltem Wasser, in einen tiefen Gumpen. Prustend tauchte er auf, holte Luft, schwamm an den Kiesrand und versuchte, das Ufer zu erreichen. Der Bach eilte auf eine zweite Kaskade zu. Wieder flammten Schüsse auf, heulten neben ihm vorbei und in das aufspritzende Wasser. Ein Querschläger klickte auf Fels, zwitscherte an ihm vorbei und senkte sich mit dumpfem Geräusch in einen Baumstamm. Sie waren über ihm! Er ließ sich wieder in das Wasser fallen; der schäumende Strudel trieb ihn auf den nächsten Fall zu. Ein dunkles, mächtiges Rauschen hob an. Er spürte, wie sich der Sog verstärkte. Blind ruderte er mit den Armen, ertastete eine Wurzel, klammerte sich daran und arbeitete sich den brüchigen Fels empor. Er hatte die Kante der Böschung noch nicht erreicht, als er erneut kleine Flämmchen aufblitzen sah, gefolgt von einem trockenen Knallen, dessen Hall in der Schlucht polternd ausrollte. Er ließ sich entsetzt fallen. Der Wirbel riss ihn in die Tiefe. Das Wasser schlug über ihm zusammen. Betäubt schlug er um sich, schoss an die gurgelnde Wasseroberfläche und holte röhrend Luft. Der Bach schwemmte ihn weiter. Er trudelte durch die glatt geschliffene Rinne, bis er endlich wieder flacheres Gewässer erreichte und Boden unter den Füßen fühlte. Er richtete sich auf und warf hustend Wasser aus.

Es war heller geworden. Ein milchiger Himmel schien durch die hohen Kronen der Buchen, deren Äste sich von beiden Ufern wie ein Tunnel über die Bachschlucht bogen. Angestrengt suchte er den Hang ab. Der Wasserfall dröhnte. Über der Böschung bewegte sich nichts.

Er wartete, bis sich sein rasender Puls beruhigt hatte. Ich habe sie abgehängt, dachte er erleichtert.

Ein schweres Tier brach durch das Unterholz. Er fuhr herum und sah das Aufblitzen ihrer Kleidung zwischen den Stämmen, kurz wie ein Lidschlag. Gleich darauf krachten wieder zwei Schüsse.

Huck torkelte vorwärts. Der Bach wurde tiefer, schon fühlte er das Wasser an seinem Hals. Ein Mühlenwehr spannte sich über die Bachschlucht. Er kletterte auf die Mauerkrone, sah einen kleinen Pfad, der den Wasserlauf begleitete. Geduckt rannte er ihn entlang, bis er zu einer Mühle kam. Er schob die Türe auf. Die Mühle war aufgelassen, der Mühlstein lehnte an der Wand. Im Boden gähnte ein Loch, unter dem das Wasser des Mühlkanals röhrte.

Stimmen näherten sich. Huck griff nach einem faustgroßen Stein und kletterte hastig in das Balkenwerk, staubiges Spinnengewebe im Mund. Er spuckte aus und bewegte sich nicht mehr.

Die Tür wurde mit einem Ruck aufgestoßen. Ein witterndes Raubtier, auf den Schultern das Mondlicht wie metallene Epauletten, betrat unter ihm den Raum. Huck hielt den Atem an. Der Mann ging tastend in die Mitte des Raumes. Huck hob die Hand. Er ließ den Stein fallen.

Der Mann sank wortlos zu Boden. Huck hechtete herab. Doch bevor er das Gewehr an sich nehmen konnte – wo war es überhaupt? – hörte er den zweiten Verfolger.

»Antoine!?«

Huck hatte endlich das Gewehr ertastet, ließ sich in die Öffnung gleiten und kroch den halbmeterhohen Kanal entlang. Hinter ihm staute sich das Wasser. Mit einem Schwall platzte er aus der engen Röhre ins Freie. Er sprang aus dem Kanal und rannte in wilden Sprüngen in das nahe Dickicht, durchquerte einen steilen, eichenbestandenen Abhang, bis ihm eine hüfthohe Mauer den Weg versperrte.

Als er auf der moosüberwachsenen Krone stand und einen Augenblick wieder schwer atmend verharrte, peitschte wieder ein Schuss. Der Verfolger hatte seine Spur entdeckt.

Huck kam auf weicher Erde auf, ließ sich abrollen. Im Zickzack lief er die Terrasse hinunter, schnell, denn das Feld war hier offen. Sein Herz pumpte. Wieder heulte ein Schuss an ihm vorbei. Er feuerte zurück.

Endlich hatte er wieder Wald erreicht, niedrige Steineichen, die sich in das Geröll krallten. Er überlegte fiebernd, änderte die Richtung, lief nun nicht mehr nach unten, sondern folgte einer niedrigen Mauer in leicht abfallender Linie nach Osten. In seiner Brust brannte es, sein Hemd flatterte wie eine zerfetzte Fahne um seinen Körper.

Erleichtert stellte er fest, dass sein Verfolger ihn weiter unten zu suchen schien. Er schlich vorsichtig weiter. Vor ihm hob sich eine niedrige Geländerippe, deren Rückseite in eine kleine Senke abfiel, in der ein Bach behäbig plätscherte. Gebückt ließ sich Huck hinuntergleiten und watete bachabwärts. Immer wieder hielt er an und lauschte.

Eine alte Steinbrücke tauchte aus dem Gebüsch. Er stellte sich unter den Bogen, lehnte sich an das moosfeuchte Mauerwerk und holte Atem. Dann kletterte er wieder nach oben. Von der Brücke führte ein Weg in sachtem Abfall in das Tal.

Eine Lichtung schien auf, über ihr ein hoher, von dünnen, rosigen Wolkenstreifen verschleierter Morgenhimmel. Wieder sah er vorsichtig um sich. Gebückt rannte er weiter.

Kaum hatte er die vom frühen Licht beschienene Lichtung betreten, peitschten zwei Schüsse auf. Rindensplitter spritzten an seine Wange. Er zuckte zusammen, warf sich zu Boden, robbte zurück an den Waldrand, duckte sich hinter einen umgestürzten Baumstamm und richtete den Gewehrlauf aus.

Woher kam dieser Schuss? Leonhard konnte ihn unmöglich überholt haben! Nun knackten Schritte ganz in seiner Nähe. Er hörte eine halblaute Stimme. Hatte Leonhard Verstärkung bekommen? Hucks Puls hämmerte. Die Schritte kamen rasch auf ihn zu. Flieh! Er sprang auf.

Im selben Augenblick verspürte er einen heftigen Schlag an der Wange. Er richtete sich auf, maßlos empört, in blöder, viehischer Angriffshaltung, stolperte noch ein, zwei Schritte. Dann stürzte er in das Gras.

Er griff sich mit zitternden Fingern an die Wange, fühlte dünnen, frischen Brand und Feuchtigkeit. Er starrte auf seine blutverschmierten Finger. Er wollte schreien, doch seine Kiefer wollten sich nicht mehr bewegen. Er betastete sich wieder. Jetzt erkannte er, dass er keine Wange mehr hatte, Kiefer und Zähne frei lagen. Noch spürte er keinen Schmerz, sondern nur ein namenloses, ungläubiges Entsetzen: Ich verblute! Übelkeit klumpte sich in seinem Magen. Er versuchte sich wieder aufzurichten, schaffte es schließlich und torkelte auf die Lichtung zu.

»*Halte là!*«, schrie eine Stimme. »Stehen bleiben! Kommen Sie mit erhobenen Händen heraus!«

Deutsche! Huck war erleichtert. Er hob benommen die Hände. Aus dem entgegengesetzten Waldrand löste sich eine Gruppe Soldaten.

– Ich bin gerettet!

»Hände hoch!«

– Nicht schießen!

»Bleib gefälligst in Deckung«, brüllte die Stimme wieder. »Im Wald sind noch andere!«

Helme und Gewehre klackten scheppernd aufeinander. Einer

der Soldaten winkte mit dem Gewehrlauf. Huck wankte benommen auf ihn zu. Die Soldaten schwärmten gebückt aus. Geschossgarben knatterten in rascher Folge. Man zerrte ihn mit derben Griffen hinter die Deckung. Der Trupp kehrte kurze Zeit später zurück. Er führte einen Gefangenen vor sich her.

Leonhard war totenblass. Er humpelte. Aus einer Wunde am Oberschenkel pumpte Blut, das den Stoff der dünnen Hose bereits bis zu den Knöcheln dunkel genässt hatte. Einer der Soldaten trug sein Gewehr.

Der Zugführer ließ erkennen, dass für ihn die Sache eindeutig sei. Huck hörte: zwei Banditen, kein Zweifel.

Er keuchte. Langsam wich die Betäubung. Ein namenloser Schmerz pochte heran. Wie durch einen Schleier sah er, dass der Zugführer den Befehl gab, die Gefangenen an Ort und Stelle hinzurichten. Huck stöhnte laut auf, wälzte sich herum, versuchte zu sprechen. Es gelang ihm nicht mehr. Ein Schwall Blut, mit Zahnsplittern durchsetzt, quoll zwischen den gelähmten Kiefern hervor.

Niemand verstand, was er mit seinen wirren Handbewegungen und würgenden Lauten sagen wollte. Flehend kippte sein Gesicht, ein Gewicht aus Entsetzen und Hoffnung, zu Leonhard. Seine Augen schrien: Sag es ihnen! Mach dein Maul auf, und wir sind gerettet! Ich habe euch nie verraten, ich würde es auch jetzt nicht tun! Wenn du nur reden würdest!

Leonhard erwiderte seinen Blick nicht. Man schleifte sie an den Waldrand. Der Offizier trieb zur Eile.

Für den Bruchteil einer Sekunde – sie stießen ihn jäh nach vorne, sein Kopf pendelte – sah Huck die Augen Leonhards. Sie waren sehr blank, flackerten unruhig, zeigten aber auch eine harte, verzweifelte Genugtuung: So würde er ihnen entkommen. Endgültig. Sie würden ihn nie mehr quälen können.

Einen Augenblick versank alles in einem Brecher tauber Stille. Das Gefühl unendlicher Verlassenheit wölbte sich über

Huck, sanft und betäubend, und mit der Wucht schwerer Knüppel hefteten sich mehrere Schläge an seine Brust. Es wurde dunkel.

– Ich möchte jetzt sterben. Es tut zu weh.

»So macht doch ein Ende«, rief jemand.

XIV
Die Legende von Numas Suppe

1

Noch schimmerte der Himmel im Westen rot. Der Osterball in Prades hatte gerade angefangen. »Walzer!«, hatte der Kapellmeister gerufen. »Wir geben ›Über den Wellen‹ von Juventino Rosas! C'est parti!« Tuba und Schlagzeug polterten über den Platz, dann setzte die Trompete ein. Die ersten Paare drehten sich bereits auf der Tanzfläche, als am Rande der Tanzfläche Unruhe entstand.

Als hätte ihn ein Blitz zu Boden gestreckt, war der kleine Firmin wieder zusammengebrochen. Das Mädchen, das er zum Tanz hatte führen wollen, kniete weinend neben ihm. Der Junge begann sich in rasenden Zuckungen zu winden, wiederholte in gellendem Diskant die Worte »Raus! Raus!«, krallte seine Finger in den mit scharfkantigem Schotter bedeckten Platz. Zwei kräftige Männer versuchten, seine Hände festzuhalten. Firmin schleuderte sie zur Seite, tobte weiter. Nach einigen Minuten fielen seine Hände schlaff zur Erde. Er atmete hechelnd. Dann stand er auf, klopfte sich den Staub von der Kleidung und entschuldigte sich betreten bei den Umstehenden.

Die Musiker hatten ihr Stück nicht unterbrochen. Immer mehr Paare strömten auf die Tanzfläche.

Lucie hatte André entdeckt. Sie umarmte ihn und setzte sich neben ihm auf die Bank.

»Lucie – dich zu sehen, ist immer, als …«

»Lass dir doch mal ’nen neuen Spruch einfallen«, unterbrach sie ihn lachend. »Außerdem – gib bloß Acht. Siehst du den Kerl dort hinten?«

André drehte sich um. »Diese Mischung aus Eichenschrank und Menhir? Von so ’nem Klotz lässt du dir den Hof machen?«

»Was kann ich machen?«

»Stehen Schlange, hm?«

»Kann’s ja keinem verbieten.« Sie zuckte mit gespielter Gleichgültigkeit die Schultern. »Fing schon an, bevor das Trauerjahr um war.«

»Nein, verbieten geht nicht«, stimmte André zu. »Gibt ja auch Schlimmeres, nicht?«

Sie lächelte eigenartig. Plötzlich wurde sie ernst. Für einen Augenblick drohte ihr Gesicht zu splittern.

»Aber es geht nicht«, sagte sie leise, »auch wenn ich’s wollte, wenn es vernünftig wäre, ich kann gar nicht, verstehst du? Jedem, auf den ich mich einlasse, müsste ich sagen, dass ich ihn betrüge, weil ich noch immer bei Baptiste bin. Ist ja alles noch keine zwei Jahre her. Ich warte immer noch, dass Baptiste gleich um die Ecke kommt, ’ne faule Ausrede fürs Zuspätkommen und einen Witz auf den Lippen, über den nur er lacht, und, ach …«

»Musst nichts sagen, Lucie«, sagte André, »musst wirklich nichts sagen.«

Sie schien in Gedanken versunken. Dann hob sie mit einem Ruck den Kopf.

»Aber du, mein lieber André, hast ja auch immer nur Sprüche gemacht.« Sie grinste. »Hab mir übrigens sagen lassen, du hättest schon lange ein Techtelmechtel mit Judith von Amalric?«

»Mit Judith? Ach was. Geschwätz!«, wehrte er verlegen ab. »Ich mach da hinten halt immer ein wenig Pause.«

»Pause …«, echote sie mit freundlichem Spott. »Bist eben ein Windhund. Aber jetzt sag – was gibt’s Neues in St. Etiènne?«

»Wenig – Jean, dem du das Haus verkauft hast, ist schon bald mit dem Ausbau fertig.«

»Kommt wieder ’ne Bar rein?«

»Gottseidank. – Tut noch manchmal weh, hm?«

»Ach.« Sie sah zur Seite. »Ich komme nicht dazu, so viel an früher zu denken. Ich hätt’s nie geschafft, das Haus wieder aufzubauen. War ja ’ne Ruine. Aber was soll man viel rumhadern, wenn was nicht zu ändern ist? Und die Zeit rennt so schnell dahin.« Sie seufzte. »Ich dachte immer, wenn der Krieg einmal aus ist, müsste alles wieder ruhiger werden, wie früher, aber …«

André nickte verstehend.

»Tja, was es Neues gibt …«, überlegte er. »Dass sie neulich, bei der Renovierung des Schlosses, den Lehrer gefunden haben, wirst du ja schon gehört haben. Sie haben ihn in den Brunnenschacht geworfen, als sie abhauen mussten.«

»Ich war doch bei der Beerdigung.«

»Ach ja, natürlich. – Jemand will übrigens die fuchsige Visage von diesem Benedetti gesehen haben.«

»Und hat ihn nicht gleich umgelegt?«

»Er war sich nicht ganz sicher, hat sich wahrscheinlich auch getäuscht. Es soll nämlich ausgerechnet im Büro von Monsieur Morlan gewesen sein.«

»Morlan?«

»Der neue Präfekt. Hieß früher Ruben.«

Sie erinnerte sich. »Aber der ist doch in Ordnung, nicht?«

»Klar. Ich kann mir nicht vorstellen, dass er, wenn er Benedetti in die Finger kriegt, ihn nicht sofort an die Wand stellen lässt.«

»Es hört langsam auf, das mit den Todesurteilen. Kriegen jetzt alle lebenslänglich.«

»Ratte«, wiederholte Lucie. André nickte zustimmend.

»Und – wirst du dabei sein, zu Pfingsten? Sie stellen ein Denkmal in Tabernes auf.«

»Weiß nicht«, sagte sie. »Ich mag das Gerede nicht, das sie da immer haben, von wegen Martyrer und so… Jeder von ihnen hätte doch drauf gepfiffen, jeder hätte alles dafür gegeben, am Leben zu bleiben, oder? War auch gar nicht dafür, dass sie für Baptiste 'ne Tafel aufstellen und den Platz vor der Bürgermeisterei nach ihm benennen. Sag, findest du mich komisch?«

»Nein, Lucie. Aber ganz vergessen soll auch nichts werden, ist meine Meinung. Übrigens – unseren Papet haben wir letzte Woche auch begraben müssen.«

»Papet? Nicht wahr! Wie ich ihn zuletzt gesehen habe, war er doch noch bester Dinge. Was hatte er denn?«

André winkte ab. »Wenn's nicht so traurig wär, wär's lustig. Du weißt doch, dass er nie hat telefonieren wollen. Ich glaube, er wusste gar nicht, wie das geht. Aber neulich holt ihn die Nachbarin – die vom Laden, du weißt, den Eugène früher hatte – und sagt, sein Sohn sei am Telefon.«

»Wusste gar nicht, dass…«

»Numa, sein Jüngster, der nach Marseille gegangen ist! Der musste ihm unbedingt sagen, dass Papet wieder Großvater geworden ist und ihn zur Taufe einladen. Na, Papet nimmt den Hörer in die Hand, ist ganz aufgeregt, und – rumms! – fällt er um. Ein Blitz. Hat noch ein bisschen geschnappt, dann war's aus.«

»Der arme Papet. Aber das weiß man doch, dass man da nicht telefonieren darf!«

»Ja, schade um ihn.« André nickte bedauernd und nahm einen Schluck. »Aber sag – hat Jeanne dich schon eingeladen? Sie wollte es tun.«

»Jeanne? Die auf La Granne gewohnt hat? Nein. Wozu?«

»Na – zu ihrer Hochzeit!«

»Mach keine Witze mit mir!« Sie riss die Augen auf. »Jeanne heiratet? Wen? Doch nicht den Stoffel von Masaldemar, Numa?«

»Doch.«

»Nein!«

»Hör mal, wird ja auch Zeit. Wenn die noch ’nen Moment länger wartet, kommt sie mit ihrem Bauch nicht mehr durch die Tür des *Temple.*«

Sie lachte ungläubig. »Der Kerl hat doch nie sein Maul aufgebracht! Und so was kriegt eines der hübschesten Mädchen aus dem ganzen Val’Longue?«

»Du bist wirklich nicht mehr ganz auf dem Laufenden, Lucie: Seit wann braucht man dazu das Maul? Außerdem hat sie ihm das Maulfaule wohl etwas abgewöhnt.«

»Trotzdem. Erzähl, wie das gegangen ist, dass die beiden … nein! Ich kenn dich! Du erzählst mir Märchen!«

»Wieso? Sie hat ihm eine Zeit lang die Wirtschaft oben gemacht, das hast du ja noch mitbekommen. Da werden sie sich halt irgendwann einmal gefragt haben, wieso jeder von ihnen in einem anderen Bett schlafen soll. Und wie man hört, lassen die zwei es sich gut gehn. Numa ist ein Praktischer. Ich glaube, wir haben ihn immer unterschätzt.«

»Hab ich gehört«, sagte sie. »Möchte nur wissen, ob es stimmt, was man sagt. Dass er einmal dreißig Boches in die Flucht geschlagen hat, ohne ’nen Finger krumm zu machen.«

»Es stimmt«, sagte André.

»Ich glaube es nicht. Wie soll er das gemacht haben?«

»Tja …«

»Vorsicht! Rück deinen Arsch zur Seite, Briefträger. Du blockierst den Fortschritt!« Zwei Männer drängten geschäftig hinter ihm vorbei und befestigten eine Lampenkette an den Pfosten.

»Was, tja. Du tust wieder so, als ob du es wüsstest.«

»Das mit Numa? Ich?« Er tat ahnungslos. »Mir hat er nichts gesagt.«

Sie puffte an seine Schulter. »André …«

Er lächelte geschmeichelt. »Sicher, ich könnte es mir schon zusammenreim …«

Ein breiter Schatten schob sich über Andrés Gesicht.

Der Schrank nuschelte. »Tanzen wir?«

»Gleich«, sagte Lucie.

»Komm«, sagte der Schrank, »is' gleich um, das Stück.«

»Geh!«, sagte André.

»Hör mal, Serge«, Lucie wandte sich um, »such dir erst mal 'ne andere, ja? Ich red hier mit 'nem alten Freund von St. Etiènne. Siehst du doch.«

Der junge Mann klappte den Mund zu und gehorchte. »Als ob die was Besonderes wären«, brummte er und verschwand in der wogenden Menge.

»Also – wo waren wir? Du sagtest, du könntest dir zusammenreimen…«

»Vielleicht…«

»Lucie?«

Sie drehte sich unwillig um.

»'nen Tanz, Lucie?«

Das Licht flammte auf. Ein vielstimmiger Begeisterungsruf stieg in den mit einem Mal fahl gewordenen Nachthimmel.

Ihr Blick blieb überrascht hängen.

»Manda, du bist auch hier?«

Der junge Mann lächelte ge-winnend. Sie zögerte. Dann stöhnte sie gespielt auf, warf André einen entschuldigenden Blick zu und stand auf. »Du erzählst es mir ein andermal, ja?«

André zwinkerte väterlich und griff zu seinem Glas. Er nahm einen tiefen Schluck, stellte es vor sich und sah versonnen in die schimmernde Flüssigkeit.

Es ist zu hell, dieses Licht, dachte er. Es blendet. Man sieht zu viel, und zugleich zu wenig. Es ist kein Platz mehr für Geschichten, wenn man dem Irrtum anhängt, alles sehen zu können.

Und man hört zu viel, um noch zuhören zu können. Während des Krieges legten sich die Leute Radios nur zu, um die Nachrichten aus London empfangen zu können. Heute aber dudelt und quäkt der Kasten ununterbrochen, sie hängen mit ihren Ohren daran, als würde jemand mit ihnen sprechen, als wären nur sie selbst gemeint. Und mir sagen sie: »Halt ’nen Moment die Klappe, André. Sie bringen Lise Gotti.« Oder den Rossi, oder die Piaf.

Aber auch ich fange schon an zu vergessen. Wie war das mit Numa? Damals, vor zwei Jahren? Das mit seiner »Suppe«, dessen Rezept er nie verraten wollte?

Will es überhaupt noch jemand wissen?

2

Als Numa nach St. Etiènne-Vallongue zurückgekehrt war – damals, nach dem Sturz in die Zisterne und dem anschließenden Krankenhausaufenthalt – war nichts mehr wie zuvor gewesen. Einberufung und Arbeitsdienst waren ihm zwar erspart geblieben, und auch die Anklage wegen Wehrdienstentziehung hatte man fallen lassen. Doch Eugène, Vater Teissiers geschäftiger Junior, hatte in seiner Abwesenheit damit begonnen, seine Kammer zu einem Lager umzubauen. Der Maurer räumte in seinem Schuppen eine Ecke frei, in der er eine einfache Liege aufstellte, machte aber deutlich, dass das nicht ewig gehen könne.

Es dauerte noch viele Wochen, bis Numa die seelischen Nachwirkungen des Sturzes überwunden hatte. Er schlief schlecht, wurde von Ängsten gepeinigt, betrat die Gerüste zitternd und wurde des Öfteren von plötzlichem Schwindel befallen. Er litt unter schiefen, mitleidigen Blicken und verlotterte zusehends.

Irgendwann, als wieder ein Winter im nicht beheizbaren Schuppen des Maurers vor der Tür stand, entschloss er sich, Masaldemar wieder bewohnbar zu machen. Die ersten Schritte waren gewesen, Staub und Schutt aus den Wohnräumen zu schaufeln und das Dach abzudichten. Dann begann er, das Gelände um das Anwesen zu säubern. Er zerrte die Triebe von Efeu und Dornranken aus den Mauerritzen, grub die Wurzeln von Holunder und Brombeerbüschen aus, beschnitt den wuchernden Wein und harkte die Terrassen um das Haupthaus.

Es war ein trockener Herbst gewesen; die aufgerissene Erde schimmerte dunkel und feucht, doch nach wenigen Stunden hatten eine sengende Sonne und der Wind sie bereits wieder getrocknet. Er kam nur langsam voran; die Schulterverletzung, die er sich beim Sturz in die Zisterne zugezogen hatte, machte ihm immer wieder zu schaffen.

Als der Winter kam, waren erst die Terrassen um das Hauptgebäude wieder gesäubert, und nur zwei Räume im Erdgeschoss waren bewohnbar. Als Bett diente ihm in den ersten Monaten ein aufgeschütteter Haufen Heu. Der Kamin jedoch zog gut, und langsam schwand die klamme Kälte aus dem Mauerwerk. Die Plattform neben der Ruine des Althauses mied er lange. Doch schließlich wagte er sich wieder an den Mund der Zisterne und blickte schaudernd hinab. Einige Tage später fällte er eine Buche, ließ von den Ästen handbreite Stümpfe stehen und senkte den Stamm in die Tiefe. Als er die Kaverne schließlich gesäubert und abgedichtet hatte, fiel der erste Schnee.

Der erste Winter war unendlich hart. Die Bauarbeiten im Tal waren bereits Ende Dezember eingestellt worden, und die wenigen Tausend Francs, die ihm der Maurer ausbezahlt hatte, hatte er sich schlecht eingeteilt. Er hatte noch keine Vorräte anlegen können, denn um Kartoffeln zu setzen, war es, als er das Haus bezog, natürlich zu spät gewesen. Seine Lebensmittel und das Futter für das Maultier neigten sich bald dem Ende zu. Um die Jahreswende, als es mehrere Tage geschneit hatte, beißender Frost die hüfthohe Schneedecke nicht abschmelzen ließ, hatte er das Haus für mehr als zwei Wochen nicht mehr verlassen können. Er hatte das Maultier zu sich in den Wohnraum genommen. Kot und Urin stanken, er hungerte erbärmlich und saß fröstelnd vor dem qualmenden Herdfeuer. Das dampfende Holz sang, er verfluchte seinen Entschluss, in die Einöde zu ziehen, fühlte sich elend und einsam, und an einem Morgen stellte er fest, dass der Fuchs in den Hühnerverschlag eingedrungen war und kein Tier verschont hatte.

Doch bereits im März konnte er, nachdem er Teile des Schlämmkanals freigelegt hatte, auf einer kleineren Terrasse mit dem Setzen der Kartoffeln beginnen. Die Obstbäume blühten bereits, da fiel um Ostern wieder Schnee. Er ging in tagelangen Regen über. Bald schäumte Sturzwasser durch die Felsrinnen. Die Bäche tosten, Geröll und totes Geäst mit sich reißend. Der Donner rollte über das Tal hinweg. Die Gemäuer bebten, die Terrassen saugten sich quellend auf. Die Erde wurde schwer, und die Stützmauern bauschten auf.

Eines Nachts erwachte Numa von einem dumpfen, schauerlichen Geräusch. Er tappte in den Speicher. Ein Blitz erhellte die Katastrophe: Die durchweichte Erde hatte nachgegeben, das Fundament war eingesackt und hatte einen Teil der Frontmauer zum Einsturz gebracht. Damals weinte Numa.

Doch im Herbst war das schadhafte Fundament erneuert und der Schaden behoben. Der darauf folgende Winter, obwohl nicht minder streng, wurde ihm leichter. Er hatte eine passable Kartoffelernte einlagern können, Mehl und Futter für das Maultier reichten knapp. In den Fallen hing reiche Beute.

Die Anfeindung der Leute von Bosc Cremat, der Farm tief unter ihm, durchstand er stoisch; niemand konnte ihm schließlich das Recht absprechen, die Quelle, die auf seinem Grundstück entsprang, abzuleiten. Doch die Einsamkeit machte ihn sonderbar. Er selbst bemerkte es nicht. Im ersten Jahr erhielt er noch gelegentlich Besuch von Neugierigen, doch das leichte Palaver – es hatte ihm eh nie sonderlich gelegen – verlernte er nun zur Gänze. Obwohl nicht unfreundlich, wirkte er auf die Menschen abweisend. Sein Äußeres war wild und zottig geworden, er dampfte nach Vieh und Schweiß, von seiner Kleidung ging ein widerwärtiger Geruch aus, er schnitt sich Kopfhaar und Bart nur noch selten, und nur langsam abheilende, scharlachrote Wundflecken, die er sich beim Löschen des Kalks zugezogen hatte, verunstalteten seine rechte Wange.

Irgendwann hatte er erfahren, dass sich seine Schwester verheiratet, ihr Haus in Harnac verkauft hatte und an die Küste gezogen war. Wie es hieß, hätte sie eine ordentliche Partie gemacht, was es ihr vermutlich verboten, ihren Bruder zur Hochzeit einzuladen. Es verletzte ihn, aber es war ihm auch ganz Recht gewesen, kein Geld für passende Bekleidung ausgeben zu müssen.

Doch nun war er allein. Die wenigen noch unverheirateten Frauen, mit denen er gelegentlich sprach, freundlich, aber unbeholfen, scheuten den Umgang mit ihm. Gerüchte, von denen er nichts ahnte und gegen die er nichts unternehmen konnte, da er viel zu selten im Dorf war, um sie entkräften zu können, spannen sich um ihn. Es war, als fräße ihn die Einöde von Jahr zu Jahr mehr auf.

Numa jedoch, trotz seiner Schweigsamkeit, war kein Grübler. Beharrlich machte er die verlassene Farm wieder bewohnbar, schichtete geduldig Stein auf Stein. Das Geld für Kalk und Zement verdiente er sich, indem er gelegentlich bei Claude einsprang, die Nägel schlug er aus den verwitterten Hölzern der Ruine und hämmerte sie wieder gerade.

Mit den Jahren verlagerten sich die Arbeiten. War er zuvor damit beschäftigt gewesen, die Gebäude wieder instand zu setzen, so schoben sich nun die Arbeit auf den Terrassen, an den Obstbäumen, am Wein, den Bienenstöcken und den wenigen Nutztieren, die er sich zugelegt hatte, in den Vordergrund. Er war zufriedener geworden. Hin und wieder plagten ihn trübe Gedanken, sehnte er sich nach Ansprache und Freundlichkeit.

An manchen Morgen, als die Sonne bereits sein Gesicht wärmte, während das Tal noch dunkel und ohne Farben lag, dachte er daran, dass dort unten Krieg war. Natürlich wusste er, worum es ging. Doch eigentlich verstand er nichts und meist, wenn er versuchte, darüber nachzudenken, hatte er das Gefühl, Gedanken zu verschwenden.

Jetzt saß er rittlings auf dem First und befestigte die letzten Dachreiter der Scheune. Die Sonne brannte auf seinem Rücken. Er tauchte gerade die Kelle in den Eimer mit Mörtel, als er hörte, wie der Hund anschlug. Er drehte sich um. Die Soldaten kamen aus dem Wald. Helme und Waffen blinkten matt, wie träge steigendes Hochwasser fluteten sie aus dem silbrigen Grün des Eichenwaldes.

Numa wiegte die gefüllte Kelle in seiner Hand. Er überlegte einen Augenblick, dann setzte er den sämigen Klumpen auf den Spalt, den die Schieferplatten auf dem Dachscheitel freigelassen hatten. Er strich ihn glatt, fingerte nach einem geeigneten Stein, setzte ihn auf den Mörtel und klopfte ihn mit dem Stiel des Hammers fest. Nachdem er die Ränder glatt gestrichen hatte, schöpfte er wieder aus dem Eimer, rührte darin und hob erneut die gefüllte Kelle heraus.

Der anwachsende Lärm und das empörte Kläffen des Hundes ließen ihn gleichgültig. Es waren nur noch zwei, drei Schindeln zu setzen, und heute war der Tag, an dem die Arbeit beendet sein musste.

Die Vorhut umstellte die Scheune. Numa hob gelassen die Hände.

»Kommen Sie herunter!«

»Kann ich noch die beiden Schindeln setzen?«

»Was?! Herunter!!«

Der Führer des Zuges war vor dem Haupthaus angekommen. Er wischte sich den Schweiß von der Stirn. Zufrieden sah er sich um.

Er winkte. »Leutnant Penzolt, Sie verstehen doch ein bisschen was von diesem Kauderwelsch, das die Leute hier heroben von sich geben«, sagte er aufgeräumt. »Machen Sie dem guten Mann dahinten klar, dass wir hier einen Oberservationsposten einrichten werden. Es ist ein ausgezeichneter Platz, beste Sicht. Seine Tiere sind requiriert. Wir werden sie morgen ins Tal bringen lassen.«

Der Soldat, ein hagerer junger Mann mit glatten Wangen, legte die Hand an den Helmrand. »Zu Befehl, Herr Oberleutnant.«

Als Penzolt zurückkam, schien er verwirrt.

»Ich habe es ihm gesagt«, begann er.

»Hat lang genug gedauert. Ja? Und?«

»Er…« Der Leutnant räusperte sich, »er ist dagegen.«

Der Oberleutnant stutzte. Er sah seinen Untergebenen ungläubig an.

»Sind Sie betrunken? Penzolt!«

Der junge Mann schüttelte betroffen den Kopf.

»*Voli pas,* sagte er – das heißt: Ich will nicht.«

»Hä?«

»Er – äh – möchte, dass wir weiterziehen.«

»Ist ja… niedlich.« Aus dem Gesicht des Offiziers hüpfte ein unwillkürliches Kichern. »Die Leutchen hier sind doch immer wieder für eine Überraschung gut. Ich fange an, sie zu mögen. Haben Sie ihm gesagt, dass er meinetwegen eine Entschädigung anfordern kann?«

»Habe ich. Das will er auch nicht. Er sei einfach dagegen, und wir sollten gehen. Er hätte alles mühsam wieder aufgebaut, und er möchte nicht, dass es kaputtgeht. Auf einer Terrasse hätte er bereits Bohnen gepflanzt, aber unsere Leute würden nicht darauf achten…«

»Bohnen?«, hauchte der Hauptmann.

»Bohnen«, bestätigte Leutnant Penzolt. »Man trampele auf den Beeten herum. Außerdem würde zu viel Lärm gemacht. Es ginge alles kaputt, wieso wir das nicht einsehen würden.«

»Will er etwa frech werden?«, brauste der Zugführer auf.

»Nein, er war sehr höflich. Er hat mir lang und breit erklärt, dass das Anwesen eine Ruine war, er es mühsam wieder hergerichtet habe und …«

Der Offizier unterbrach ihn verärgert. »Sagen Sie ihm, wir sind Deutsche, wir behandeln seine Schaluppe ordentlich.«

»Das habe ich ihm auch gesagt. Aber er sagt, wir trügen Waffen, und da käme bestimmt nichts Vernünftiges dabei heraus.«

»Wie? Ist der Kerl eigentlich ganz dicht?«

»Er hat mich auch gefragt, warum wir hier seien, worauf ich ihm erklärt habe, dass man von hier aus einige Straßen sehr gut observieren kann. Und dass wir schließlich auch zu seinem Schutz hier wären. Er meinte jedoch, dass es hier keine Banditen gäbe. Hier ließen sich nur ganz selten Leute sehen, aber das seien keine Banditen.«

»Er lügt doch, wie alle!«

»Ich habe auch bezweifelt, was er sagte. Er wollte daraufhin wissen, woran er erkennen solle, wer zu den Banditen gehöre. Daran beispielsweise, dass er bewaffnet sei, sagte ich.«

Der Offizier dachte nach. »Sagen Sie, Penzolt, ich kann den Kerl doch nicht … Es ist doch absurd. Der Mann ist doch etwas beschränkt, nicht?«

»Das scheint mir noch zu milde ausgedrückt«, stimmte der Leutnant zu.

»Scheint gar nicht zu wissen, dass Krieg ist?«

Penzolt lachte. »Dasselbe habe ich ihn auch gefragt. Er hat darauf gesagt – soweit ich es verstanden habe –, das wisse er durchaus, aber er hätte keine Zeit für derartigen – äh – Unfug.«

»Genug jetzt! Sagen Sie ihm, er solle froh sein, dass wir ihn nicht als Banditen an die Wand stellen. Und sagen Sie ihm auch, dass er, wenn er will, hier bleiben kann. Allerdings darf er den Platz nicht verlassen, solange wir da sind.«

»Das habe ich ihm schon mitgeteilt. Aber das will er auch nicht. Er besteht darauf …«

»Dann soll er sehen, wo er bleibt!«, polterte der Offizier. »Ich möchte, dass der Posten unverzüglich eingerichtet wird.

Was beschäftigen wir uns mit diesem Idioten so lange? Bringen Sie ihn her.«

Penzolt nickte. Numa beeilte sich nicht. Er nickte höflich, als ihm erklärt wurde, dass er vor dem Kommandierenden stand.

»*Bonjòrn*«, sagte Numa.

Der Offizier maß ihn herablassend. »Leutnant, sagen Sie ihm, dass ich nicht dulde, wenn man sich meinem Befehl widersetzt.«

Penzolt übersetzte.

»Entschuldigen Sie, Herr Kommandant«, sagte Numa. »Ich hab es dem Herrn Offizier schon gesagt: Sie können hier nicht bleiben. Es tut mir Leid, aber ich erlaube es nicht.«

Der Offizier wippte auf den Fersen. Als Numa geendet hatte, wandte er sich an Leutnant Penzolt.

»Was sagt der Mann?«

»Das Gleiche wie vorhin. Das hier sei sein Besitz. Wenn wir es nicht glauben würden, könnten wir im Grundbuch der Gemeinde nachsehen.«

»Grundbuch. Wirklich ein Spaßvogel. Der Trottel ist wohl völlig aus der Welt? Hat wahrscheinlich gar nicht mitgekriegt, was los ist. Sagen Sie ihm, dass es nötig ist!«

Penzolt beugte sich zu Numa.

»Er will wissen, warum es nötig ist.«

»Weil Krieg ist, Mann!«, rief der Offizier.

Wieder übersetzte der Leutnant.

»Er sagt, er habe mit niemandem Streit.«

»Das wollen wir ihm gerne glauben …«

»Und wenn andere Unfug machten, sagt er, müsse er ihnen das schließlich nicht nachmachen.«

Der Kommandant schnaubte. »Sagen Sie dem Idioten, er soll gefälligst keine Schwierigkeiten machen«, bellte er, »weiß er überhaupt, was ihm blüht, wenn er sich uns widersetzt?«

Numa schien zu schmunzeln, als Penzolt übersetzte.

»Er sagt, er ließe sich nicht schrecken. Er sei schon mit einer Françoise von Bosc Cremat fertig geworden – muss sich um eine Nachbarin handeln, mit der er wohl wegen irgendeiner Quelle Streit hatte.«

Der Hauptmann starrt Numa verdutzt an.

»Genug«, sagte er. »Gott, diese Franzmänner! So etwas wie dieser Trottel ist mir noch nie untergekommen.«

»Soll ich das übersetzen?«

Der Hauptmann winkte schroff ab. »Es wird langsam absurd! Sagen Sie ihm, dass er die Wahl hat, auf der Stelle verhaftet zu werden oder sich zu verziehen. Meine Geduld ist zu Ende!«

Der Leutnant übersetzte und bemühte sich, einen entschiedenen Ton anzuschlagen.

»Erschießen?«

Der Zugführer sah mit Genugtuung, dass Numa endlich zu verstehen schien. Auch der Leutnant war erleichtert, als Numa nun ergeben mit den Schultern zuckte und in das Haus ging. Er stängelte Würste vom Balkon des Wohnraumes, packte einen kleinen Stoffsack mit einem Wasserbeutel, Proviant und einen kleinen Metalltopf, und verließ mit undurchdringlicher Miene das Haus. Verwundert, dass er nicht den üblichen Zuweg benutzte, sondern einen schmalen Pfad entlang der Felswand in die entgegengesetzte Richtung einschlug, doch erleichtert beobachtete der Leutnant, wie Numa, das Maultier am Seil und gefolgt von seinem Hund, im Wald verschwand.

»Veranlassen Sie, dass die Feldküche angeworfen wird, sobald die Posten besetzt und das Quartier gemacht ist. Die Leute haben Hunger. Ich auch«, befahl der Zugführer.

3

Als er außer Sichtweite war, verließ Numa den Weg und kletterte entschlossen den Waldhang zur Quelle hinauf. Er betrat den Stollen, stellte sich auf die niedrige Einfassung, öffnete den Hosengurt und ließ seine Hose herab.

Dann spreizte er die Beine und ging über dem Tümpel in die Hocke. Er wartete geduldig. Was hatte Onkel Bébert immer zu ihm gesagt? – Schieb nicht den Bach an, Numa, der fließt von allein. Was werden will, das wird.

Er genoss zu spüren, wie sich sein Darm zu füllen begann, und voller grimmiger Genugtuung hörte er wenig später ein sanftes und sattes Plitschen unter sich. Zufrieden richtete er sich auf, säuberte sich und machte sich davon.

Es war bereits Mittag, als er das Ende des Waldkranzes unter dem Grat des L'homme-mort erreichte. Er war müde geworden, hatte Borro an einer schattigen Stelle angeleint und sich gerade auf einem sonnenwarmen, glatten Felsaustritt ausgestreckt, als der Hund plötzlich knurrend Laut gab. Kurz danach hörte er Stimmen. Er duckte sich hinter einem mannshohen Ginsterbusch.

Es waren zwei Frauen. Er kannte sie, es waren Maryse aus Les Molines und Françoise aus Bosc Cremat. Numa zeigte sich.

»Mon dieu«, sagte Maryse aufatmend, »hast du uns erschreckt! Heute ist ja im Wald mehr los als auf dem Markt in St. Etiènne. Entschuldige, Numa, hab dich nicht gleich erkannt. Was suchst du denn hier? Sie haben dich auch verjagt, was?«

Die Frauen erklärten, dass sie nach Jeanne und Jode suchten, die seit gestern, seit dem Tod Almirs, vermisst wurden. Normalerweise würde man sich keine Sorgen machen, aber man wisse nicht, ob sie verletzt war.

»Wir dachten 'ne Zeit lang, sie würde zu uns nach Les Molines kommen, aber sie muss sich in Panik hier irgendwo versteckt halten. Jeder sucht jetzt seine Ecke ab. Wir den Fromental, Amado den Weg über Bosc Cremat bis rüber nach Andales, Castro die Höhlen. Überflüssig, dich zu fragen, ob du sie gesehen hast.«

»Wo war sie zuletzt?«, wollte Numa wissen.

»Auf der Weide.«

»Und auf welcher war sie?«

»Auf der Serre.«

»Dann ist sie oben beim Castelet-Turm«, sagte Numa bestimmt.

»Machst du Witze?«, sagte Françoise ärgerlich. »Wie kommst du darauf? Das ist doch viel zu …«

»Numa hat Recht«, unterbrach Maryse, »überleg mal: Ins Tal wird sie keinesfalls gegangen sein, weil es da noch von Soldaten wimmelt. Zur Fromental oder nach Babylone auch nicht, weil sie an La Granne vorbeilaufen müsste, wo zu diesem Zeitpunkt aber noch die Deutschen waren. Direkt zum Grat hoch wäre es zu steil und zu gefährlich für Jode. Bleibt also nur noch die westliche Richtung, zum Holzlager.«

Françoise zweifelte noch immer. »Aber das liegt doch schon ziemlich weit unten! Da würde sie ja wieder auf die Boches treffen.«

»Eben! Also wird sie vorher schon die Abzweigung zum Grat hoch genommen haben. Und was ist da? Der Mirador von Castelet. Er hat Recht.«

»Kommt mit«, sagte Numa.

Unterwegs berichteten die Frauen, dass die Deutschen und die französischen Milizen St. Etiènne wieder geräumt und sich in die Dörfer der Umgebung zurückgezogen hätten. Rauch stünde noch immer über dem Tal, aber die Feuerwehren von St. Germain und Harnac hätten schon damit begonnen zu retten, was noch zu retten sei.

»Nîmes haben sie übrigens ebenfalls bombardiert. Muss ein Inferno gewesen sein.«

»Die Boches?«

»Blödsinn – die Amerikaner! Sie haben alles andere erwischt, das Krankenhaus, das halbe Arenenviertel. Bloß nicht die Kasernen der Deutschen. Fast dreihundert Leute sind gestorben, kein einziger Boche soll darunter gewesen sein. Sie sind zu hoch geflogen, wegen der Fliegerabwehr, unsere Freunde.«

Am späten Nachmittag kamen sie auf dem Grat an. Wenig später standen sie vor dem alten Mirador von Castelet. Maryse schob die Türe auf und rief Jeannes Namen in die Dunkelheit. Das Gewölbe war leer. Françoise stemmte ihre Arme in die Hüften und sah Numa ärgerlich an.

»Sie muss hier sein«, beharrte Numa.

»Bist und bleibst 'n Spinner.« Françoise winkte Maryse und drehte sich um: »Komm. Es wird bald dunkel.«

Auch Maryse war enttäuscht.

»Wir gehen zurück, Numa. Wenn du die beiden doch noch finden solltest, sag Jeanne, dass wir Almir beerdigt haben. Und sie soll sich keine Sorgen machen. Sobald die Luft in Les Molines rein ist, kann sie bei uns wohnen.«

Françoise war schon ein Stück des Pfades hinunter gegangen. »Komm endlich«, drängte sie, »wahrscheinlich haben sie die anderen längst gefunden. Wär schließlich das erste Mal, dass hier jemand verloren geht.«

Maryse drehte sich noch einmal um.

»Numa, das mit dem Wohnen bei uns – das gilt natürlich auch für dich.«

»Nicht nötig«, sagte Numa. »Danke.«

»Nicht nötig, sicher!«, lästerte Françoise. »Hätte mich auch gewundert, was anderes zu hören. Ist und bleibt 'n Spinner, hab ich dir doch gesagt.«

Dann war er allein. Sein Blick schwenkte über die kleine Lichtung. Er dachte nach.

Der Hund, der gelangweilt am Boden geschnüffelt hatte, blieb plötzlich stehen. Seine Ohren richteten sich auf. Er kippte den Kopf schräg. Bellend rannte er los.

Numa folgte ihm an den Rand einer Felsplatte, die wie eine Kanzel über das Tal ragte. Der Hund keifte aufgeregt. Numa kniete sich an der Felskante zu Boden und sah in die Tiefe. Er lächelte.

»Ich bin es«, rief er.

Jeanne hatte sich in eine schmale Spalte unter dem Vorsprung gezwängt. Zögernd öffnete sie die Augen. Unter ihrem Umhang kam Jodes verschüchtertes Gesichtchen zum Vorschein.

»Seid ihr tot?«, fragte Numa grinsend. Er reichte ihr die Hand.

Ihr Blick war zuvor noch der eines gestellten Tieres gewesen. Jetzt wurde er weich.

»Nein, du Salatkopf«, flüsterte sie.

4

Numa erwachte noch vor dem Morgengrauen. Er warf einen Blick in das Gewölbe. Jeanne und Jode schliefen noch.

Er kletterte einige Meter durch einen schartigen Felskamin nach unten, bis er auf einen bewaldeten Vorsprung gelangte. Geduckt kroch er auf dem morgenfeuchten, mit Kiefernadeln übersäten Boden zum Abgrund.

Er legte sein Kinn auf seine verschränkten Arme und machte es sich bequem. Tief unter ihm, noch im Schatten und schweigend, lag Masaldemar. Er wartete. Die Gräser fröstelten im frühen Wind, die Erde roch säuerlich.

Noch blinkte im Westen ein Stern. Büschel zerfranster Wolken verloren sich an den Hängen des Mont Gabale.

Am Horizont sprühten Lichtgarben. Es wurde allmählich hell. Numa war in Gedanken versunken gewesen, hatte den Flug eines Sperbers verfolgt, der sich aus der schattendunklen, nebeligen Tiefe gelöst hatte, als er fern ein Geräusch hörte.

Ein Mann in flatterndem Hemd, die Hose mit beiden Händen haltend, torkelte aus dem Haus. Er hastete einige Schritte in verkrampfter Haltung, sah sich suchend um, schien gefunden zu haben, was er suchte und lief mit welken Bewegungen weiter. Er hatte die Latrine noch nicht erreicht, als er sich versteifte, an sich heruntersah und dann langsam, mit lächerlich gespreiztem Gang weiterstelzte. Einer seiner Kameraden wankte ihm entgegen, stützte sich an der Hauswand ab und sank vor der Treppe nieder.

Wieder flog die Tür auf. Ein zweiter, ein dritter Mann folgte. Auch sie erreichten die Latrine nicht mehr, stolperten übereinander, knickten entkräftet auf dem Vorplatz ein und krümmten sich. Einer nach dem anderen stürzte aus der Türe. Schreie und zornige Befehle hallten im Tal. Der Lärm verstärkte sich. Numa wischte eine Ameise von seiner Wange. Eine andere, die unter seinen Kragen gekrochen war, zerdrückte er.

Er wartete, bis die Soldaten verschwunden waren. Dann weckte er Jeanne. Als sie auf den Platz vor der Ruine kam, hatte Numa bereits ein kleines Feuer entfacht, auf dem ein Topf mit Kaffee köchelte. Die Sonne war aufgegangen. Sie setzte sich neben ihn. Dankbar nahm sie den Becher entgegen, den ihr Numa reichte. Sie sah gedankenverloren ins Tal.

»Ich habe nichts mehr, Numa«, sagte sie leise.

»Haben sie die Tiere auch umgebracht?«

»Bestimmt… haben sie in Vernet drüben auch gemacht. Numa, wo sollen wir jetzt hin?«

»Hab ich dir doch gestern schon gesagt: Maryse…«

»Nach Les Molines? Aber da sind noch die Boches, oder?«

»Dann zu mir. Erst mal. Wenn sie dann aus Les Molines weg sind, dann kannst du ja…«

Sie wich zurück. »Zu dir? Was redest du für einen Blödsinn«, schniefte sie. »Wie soll das gehen? Da sind sie doch auch.«

»Ist kein Blödsinn«, widersprach er verletzt. »Hab vorhin nachgesehen. Kannst mir ruhig glauben.«

Er führte sie zum Felsbalkon und wies in die Tiefe. Auf Masaldemar bewegte sich bereits nichts mehr.

»Ist Blödsinn, was ich sage, oder?«

»Entschuldige, Numa.«

»Schon gut. Dir geht's nicht gut.«

»Nein, das tut es wirklich nicht.«

Sie kletterten zurück, weckten den Jungen und machten sich auf den Weg zur Serre. Numa hatte Jeanne überreden können, nach der Herde zu suchen, die sie bei ihrer Flucht zurückgelassen hatte. Je näher sie dem Bergrücken kamen, der die Senke von La Granne von der Weide trennte, desto unruhiger wurde die junge Frau.

Hatte der Hund, wie er es gewöhnt war, die Herde wieder nach La Granne zurückgeführt, als die Soldaten noch auf dem Hof waren?

Numa beobachtete besorgt, wie sie ihn mit keuchendem Atem überholte. Auf dem Grat blieben sie wie gebannt stehen. Er trat neben sie. Sie wischte sich mit der Hand über die Augen und deutete mit einer Kopfbewegung zur Senke hinab. Das kehlige Mäh-Mäh der Schafe, vermischt mit zornigem Gebell, wehte herauf. Scheinbar bewegungslos stand die Herde am gegenüberliegenden Hang. Der Hund umkreiste sie mit heiserem Gebell. Jeanne formte einen Trichter mit ihren Händen.

»*Tschoune! Tschoune!*«, rief sie gellend. »Zu mir!«

Der Hund blieb stehen, spitzte die Ohren und drehte witternd den Kopf. Jeanne wiederholte ihren Ruf. Ein lautes Kläffen antwortete ihr. Die Herde kam in Bewegung und wechselte die Richtung. Der Lärm verstärkte sich. Gemächlich näherten sich die Tiere.

Jode war vom Maultier geklettert und hatte sich neben sie gestellt. Er zog sie am Ärmel.

»Hab Hunger.«

Sie schien es nicht zu hören.

Numa beobachtete sie verstohlen. Wieder wischte sie sich über die Augen. Ihr Kinn begann zu zittern. Er erschrak. Ungeschickt hob er den Arm.

Sie drehte sich zu ihm. Ihre Augen glänzten.

»Der Hund hat die Herde nicht allein gelassen!«

Numa nickte zustimmend. »Ihr habt ihn gut abgerichtet.«
Wieder griff der Junge an den Rockbund seiner Mutter.
»Hab Hunger!«

5

Kurze Zeit später befand sich der Tross auf dem Weg nach Masaldemar. Vom Grat aus hatten sie zuvor noch einen Blick auf La Granne geworfen. Über der Ruine stand noch immer Rauch. Nichts bewegte sich mehr.

Jode drängte sich an seine Mutter. Jeanne presste entsetzt die Hand vor ihren Mund.

Numa tätschelte betreten das Maultier.

»Meine Tiere«, sagte er nach einer Weile, »sie brauchen Futter.«

»Aber auf Babylone …«

»Da ist keiner mehr.«

»Woher willst du das wissen?«

»Von Maryse.«

»Aber …«

»Meine Tiere brauchen Futter.«

Jeanne verstand. Schweigend gingen sie weiter. Die Sonne stand nun schon hoch am Himmel. Sie hatten den Pass bereits hinter sich, als Jeanne sagte:

»Seltsam …«

»Was?«

»Dass sie ausgerechnet dich in Ruhe gelassen haben.«

»Wie?«, gab er zurück, »was meinst du mit ausgerechnet?«

»Ich meine: Hast wirklich Glück gehabt, Numa.«

Der Pfad tauchte in ein Waldstück. »Stimmt«, antwortete er einsilbig, ohne sich umzudrehen.

»Weißt du denn, warum die Boches so schnell wieder fort sind?«

»Keine Ahnung.«

»Aber hast du nicht gesagt, sie hätten irgendwie krank gewirkt?«

»Irgendwie, ja. Aber so genau kann man das von oben nicht sehen.«

»Sag – ist mit deinem Wasser vielleicht was nicht in Ordnung?«

»Blödsinn. Das kommt direkt aus dem Berg. Ich trink's, seit ich hier bin. Seh ich vielleicht krank aus?«

»Nein«, gab sie zu. »Aber was hättest du eigentlich gemacht, wenn sie nicht von selbst abgehauen wären?«

Er warf ihr einen unbestimmten Blick über die Schulter zu.

»Weißt du, was ich getan hätte?«, sagte sie kämpferisch.

Er drehte sich nicht um. »Hm?«

»Einfach 'nen Kadaver in die Quelle geworfen! Das hätte ich getan!«

»Hab schon dran gedacht«, antwortete Numa. »Hätte aber zu lange gedauert. Da wären sie heute noch da. Außerdem – wo willst du so schnell ein totes Vieh herkriegen?«

»Stimmt. Dann …«, sie überlegte kurz, »dann hätte ich 'ne Fuhre Mist reingekippt!«

»War doch nicht möglich!«, entfuhr es ihm. »Wo hätte ich die herhaben sollen, in dem Moment?«

Sie ging noch einige Schritte.

Dann blieb sie stehen.

»Du warst also an der Quelle …«, sagte sie ahnungsvoll. »Du wirst doch nicht …?«

»Wir sind gleich da«, sagte er.

Sie packte ihn am Ärmel. Er sah zur Seite.

»Ich konnte doch nicht mehr zurück, um Mist zu holen!«, verteidigte er sich. »Du hast Ideen!«

Sie ging nicht darauf ein. Noch immer wanderte ihr Blick über sein Gesicht.

»So«, sagte sie.

»Ja«, gab er zurück. »Nur noch über ’nen kleinen Buckel, dann sind wir da.«

Er wandte sich ab und ging schnell weiter. Ein störrischer Ast schnellte schwirrend zurück. Vor ihm öffnete sich die Lichtung.

»Hier ist es«, sagte er.

»Wann sind wir zu Hause?«, fragte Jode von hinten.

Jeanne trat aus dem Schatten, noch immer das Schmunzeln auf den Lippen, das Numa gegolten, dieser jedoch nicht bemerkt hatte. Ihr Blick strich über die Senke. Der Wind fächelte Schauer über das Waldmeer. Darin, lichttrunken, von den Hängen gewiegt, Masaldemar.

»Que saloparia«, brummte Numa, als sie die Terrassen erreicht hatten. »Alles niedergetrampelt, diese Idioten. Und wie wird’s erst drinnen aussehen?«

Sein Gesicht hellte sich auf, als er das Blöken der Schafe aus dem Stall hörte. Er warf Jeanne, die vor dem Haus stehen geblieben war, einen triumphierenden Blick zu. Sie lächelte grimmig.

»Numas Suppe scheint ihnen nicht bekommen zu sein. Aber das Rezept solltest du schnell wieder vergessen.«

»Gibt’s eh nur zu besonderen Anlässen.«

»Hinterhältiger Kerl.« Sie zwinkerte ihm zu. Ein Schauer durchlief ihn. Er war von Herzhöhe ausgegangen, rieselte seinen Rücken hinab und breitete sich als köstliche frische Hitze in seinem Körper aus. Seine Knie wurden weich. Er hielt sich verwirrt am Geländer fest.

»Schön.« Sie richtete ihren Blick wieder auf die Fassade. Sie deutete auf einen Riss in der Mauer. »Ist aber noch ’ne Menge zu tun, hm? Das da – das hast du wohl übersehen?«

Er starrte sie überrascht an. Dann wandte er sich mit einer eckigen Bewegung ab, gab einen ärgerlichen Laut von sich und stiefelte auf die Treppe zu.

»Was, Numa?«

Er drehte sich nicht um. »Muss in den Stall, siehst du doch. Höchste Zeit, dass die Tiere nach draußen gehen. Und kümmere dich um dein Viehzeug. Hab nicht für sie gepflanzt.«

»Ziege!«, dachte er aufgewühlt. »Soll sich da bloß nicht einmischen. Sonst gibt's Krieg. Jawohl, Krieg.«

Er überquerte den Platz vor dem Stall.

»Maman«, hörte er Jode unten jammern. »Ich hab Hunger.«

»Jaja«, murmelte Numa. »Bist nicht der Einzige.«

Er schob den Riegel zurück. Eine Wolke dampfenden Stallgeruchs empfing ihn. Die Tiere strömten lärmend zum Ausgang.

»Ich auch«, dachte er. »Oh, ich auch.«

Ende

EPILOG

Etwa eineinhalb Monate nach diesen Ereignissen waren die Berge des südlichen Zentralmassivs nahezu vollständig unter der Kontrolle der Partisanen. Die Eisenbahnlinien nach Norden wurden von ihnen kontrolliert, Truppen- und Munitionsnachschub für die Besatzer damit empfindlich gestört. Nur noch wenige Korridore waren verblieben, über die sich die deutschen Truppen kurz darauf überstürzt zurückzogen. In den ersten Monaten nach der Befreiung wurde in vielen Orten Rache an Kollaborateuren, vor allen an jenen Männern geübt, die sich der Miliz – die mit der SS zusammengearbeitet hatte – angeschlossen hatten.

Inspektor Joseph Benedetti konnte jedoch rechtzeitig abtauchen, vermutlich zunächst nach Algerien. Zu Beginn der achtziger Jahre tauchte er in der Entourage des französischen Präsidenten auf, was einen Skandal hervorrief. Zu einem Prozess kam es jedoch nicht mehr, da er bei einem Attentat schwer verletzt wurde und wenige Monate danach starb.

Kommandant Ruben machte eine respektable politische Karriere; nach seiner Pensionierung war er geschätzter Redner bei den jährlichen Erinnerungstreffen der Résistance-Kämpfer, wurde jedoch gegen Ende seines Lebens immer öfter von seiner resoluten Gattin mit zwar gezischtem, doch gut hörbarem Befehl ermahnt, sich kurz zu halten.

Jean-Pierre Garcia kehrte in seinen früheren Beruf als Minenarbeiter zurück. David Neyman (Stritzel) blieb im Lande, heiratete ein Mädchen aus Harnac und betrieb mit ihr eine gut gehende Bäckerei in einem kleinen Ort an der Küste. Die Partisanin Irene, die noch in den letzten Kriegstagen verhaftet und deportiert worden war, wurde im Herbst 1944 in Plötzensee ermordet. Die meisten der deutschen Maquis-Mitglieder verließen Frankreich im Sommer 1945 in Richtung Heimat. Manchen von ihnen wurde jahrzehntelang eine Wiedereinbürgerung verweigert. Stumm blieb auch das Büro von Bundeskanzler Brandt, den viele von ihnen in Paris in den dreißiger Jahren kennen gelernt und um Hilfe gebeten hatten.

Die Jüdin Lea wurde zu einer der gefeiertsten Film- und Fernsehschauspielerinnen der ehemaligen DDR; sie starb vor wenigen Jahren.

Hauptmann Lange trat in den Fünfzigern in die Bundeswehr ein, wo er seine Karriere fortsetzen konnte.

Agathe Huck war zwei Monate vor Beendigung ihrer Haft auf Bewährung entlassen worden – ihre Tante hatte angegeben, sie dringend als Arbeitskraft auf ihrem Hof zu benötigen. In einer an den Landpolizeiposten Krain gerichtete schriftliche Anfrage aus dem Jahre 1947 forderte ein Beamter des Amtsgerichts Weilheim eine Bestätigung, dass die wg. verbotenen Umgangs mit einem Kriegsgefangenen verurteilte H. in der Zeit nach ihrer Entlassung ein tadelloses Leben geführt habe, da ihr nur dann die restliche Strafe auf dem Gnadenwege erlassen werden könne. Die Beamten des Krainer Postens teilten daraufhin pflichtschuldigst mit, dass nichts Nachteiliges in Erfahrung gebracht werden konnte und man den Erlass der Reststrafe empfehle.

Anfang der siebziger Jahre war das zu diesem Zeitpunkt nahezu menschenleere Hochtal von Val'Longue der Zufluchtsort mehrer junger Leute, die in Zusammenhang mit den Pariser Unruhen ins Visier der politischen Polizei geraten waren. Sie wurden nicht verraten. Etwa zur gleichen Zeit wurden einige der verlassenen Weiler von einer Gruppe von Aussteigern aus der Pariser Region wiederbelebt. Das Dorf Andales ist heute fast vollständig restauriert.

La Tour, auf dessen Gebiet ein mit herrischen Allüren auftretender »homme d'affaire« aus Grenoble ein Hoteldorf errichten wollte, liegt noch in Ruinen. Der Besitzer kam bei einem Jagdunfall, dessen Umstände nie vollständig aufgeklärt wurden, ums Leben. Anfang der 90-er Jahre musste Masaldemar aufgegeben werden. Der bereits über siebzigjährige Numa war beim Beschnitt des Obstgartens vom Baum gefallen; der komplizierte Bruch zwang ihn und Jeanne, die Landwirtschaft aufzugeben und sich im Tal niederzulassen. Da jedes der insgesamt sieben Kinder ein gutes Auskommen in Nîmes und Montpellier gefunden oder in andere Landesteile geheiratet hatte, nahmen beide das Pachtangebot eines jungen Landwirts aus der Normandie an, der schon früh damit begonnen hatte, mit biologischem Landbau zu experimentieren und heute unter anderem für seinen ausgezeichneten Pelardon bekannt ist.

La Granne dagegen lag bis vor etwa einem halben Jahr in Ruinen, weil die Gemeinde keine Mittel zum Bau einer Straße zu diesem entlegenen Gehöft aufwenden konnte und wollte. Es lag zudem an der Grenze zum vor zwei Jahrzehnten eingerichteten Nationalpark, was bedeutete, dass ein Wiederaufbau mit peniblen denkmalschützerischen Auflagen versehen war. Dennoch kaufte ein junger Maurer, dessen Frau ihr erstes Kind erwartete, das Anwesen. Obwohl sein Baugesuch abgelehnt worden war, begann er damit, die Gebäude wieder instand zu setzen. Auf den Hinweis der Nachbarn, dass er Gefahr laufe, alles wieder einreißen zu müssen, öffnete er nur wortlos den Schrank, in dem sich sein Jagdgewehr befand.

Da es bei der anhaltenden Wohnungsknappheit außer Frage stand, dass das erwartete Kind ein Dach über dem Kopf brauchen würde, der junge Mann zudem zusicherte, sein Kind nicht in die Kreisstadt, sondern selbstverständlich in die von Schließung bedrohten Dorfschule zu schicken, einigten sich die Gemeindevertreter darauf, von dieser Angelegenheit nichts zu sehen und nichts zu wissen. Den Ausschlag gab, dass einigen der Alten die Sturheit des angesichts der bevorstehenden Geburt seines Kindes atemlos werkelnden jungen Mannes imponierte und sie sich an den alten Brama erinnerten. »Der gute Almir«, sagten sie, »hätte es genauso gemacht.«

NACHBEMERKUNG

Vor allem in Deutschland ist heute kaum mehr bekannt, dass in den Jahren 1940 bis 1944 mehrere tausend Männer, Frauen und Kinder von südwestfranzösischen Bauernfamilien versteckt und versorgt wurden. Die – als Oppositionelle, als Juden, als Deserteure oder als missliebige Künstler – vor den Diktaturen ihrer Heimatländer Geflohenen kamen aus nahezu allen europäischen Ländern, vor allem aber aus Deutschland und Österreich. Mehrere Männer, die zuvor im Spanischen Bürgerkrieg gekämpft hatten, aber auch viele Frauen schlossen sich dem französischen Untergrund an. So stand bei der Befreiung der Stadt Nîmes eine nur aus Deutschen und Österreichern bestehende Einheit an vorderster Front.

Dieses Asyl war illegal; den Zuflucht Gebenden war klar, dass sie damit ihre Existenz und ihr Leben gefährdeten. Manche bezahlten mit der Vernichtung von Haus und Hof, mit Gefangenschaft oder Leben, wenn sie etwa einen Wehrmachtsdeserteur bei sich aufnahmen.

Nur wenige der Flüchtlinge sprachen gut französisch, fast keiner beherrschte die in dieser Region benutzte Volkssprache.

Verblüffend jedoch ist: In historischen Darstellungen wie auch in den Berichten von Zeitzeugen finden sich kaum Hinweise, dass es deswegen zu gravierenderen Verständigungsproblemen gekommen ist. Es ist anzunehmen, dass die fehlenden sprachlichen Mittel in den meisten Fällen durch emphatische Mimik und Gestik sowie – nicht selten – durch einen durchaus vergleichbaren sozialen Erfahrungshintergrund, der keiner erklärenden Worte bedarf, ausgeglichen werden konnte. Diese oft holperige, mit Grammatik und Begrifflichkeiten der jeweils eigenen Sprache gebrochene Kommunikation, im Alltag der Asylanten durchaus effektiv und weitgehend ausreichend, kann hier aus Gründen der Leserlichkeit und Verständlichkeit jedoch nicht wiedergegeben werden. Also wird bei einigen Dialogen zwar deren Inhalt, nicht immer aber ihre zu vermutende realistische Form wiedergegeben. Gleiches gilt für umgangssprachliche Verschleifungen und Verknappungen, die ebenfalls nur angedeutet sind. Okzitanisch, das damals in Schulen und auf Ämtern nicht gesprochen werden durfte, wurde in der beschriebenen Epoche nurmehr von den Älteren beherrscht, wenngleich viele Begriffe, vor allem aus dem bäuerlichen und handwerklichen Leben, in der Umgangssprache erhalten geblieben waren. Jüngere Leute verstanden zwar Okzitanisch, griffen jedoch höchstens in emotionalen Situationen auf Versatzstücke ihrer Kindersprache zurück.

Der Roman fußt auf authentischen Geschehnissen. Personen- und Ortsnamen sind jedoch frei erfunden. Die eingestreuten Dokumente sind ebenfalls fiktiv, zuweilen aber authentischen Texten nachgebildet. Ich danke allen, die mir mit Informationen, Anregungen und Kritik geholfen haben. Vor allem einem unbekannten provenzalischen Erzähler für eine ungewöhnliche Version des Märchens von den drei Brüdern.